Zum Buch:

Mr. Nickolai – oder der alte Nick – hat Juno alles über das Aufbereiten von Antiquitäten beigebracht, was er weiß, und das ist eine ganze Menge. Denn Nick, der wegen Hehlerei schon die ein oder andere Justizvollzugsanstalt von innen kennengelernt hat, versteht sein Metier wie kein Zweiter. Doch mit wem hat er sich auf unsaubere Geschäfte eingelassen? Eines Abends kommt Juno gerade rechtzeitig, um den älteren Herrn vor zwei rabiaten Eindringlingen zu beschützen. Nick beschwört sie, nicht die Polizei einzuschalten. Als er kurz darauf ermordet wird, fühlt Juno sich verantwortlich und macht sich auf Mörderjagd.

Zur Autorin:

Ähnlich wie die Protagonistin ihrer Romane hat Stephanie Austin schon sehr unterschiedliche Karrieren verfolgt – einige davon dienten ihr als Inspiration für die Krimis um Juno Browne. So handelte sie beispielsweise mit Antiquitäten, arbeitete als Astrologin und Kunsthandwerkerin. Wenn sie nicht über Juno Brownes Abenteuer schreibt, treibt sie sich im örtlichen Theater herum oder gärtnert. Stephanie Austin lebt mit ihrem Ehemann in Devon.

Stephanie Austin

Juno Browne
und der Tote im Antiquitätenladen

Kriminalroman

Aus dem Englischen von
Karin Dufner

HarperCollins

Die Originalausgabe erschien 2019 unter dem Titel
Dead in Devon: A Juno Browne Mystery bei Allison & Busby, London.

1. Auflage 2021

Deutsche Erstausgabe

Umschlaggestaltung: Bürosüd, München
Umschlagabbildungen: Mauritius Images / Neville Mountford-Hoare / Alamy, David Burton / Alamy, Vito Arcomano / Alamy, Photimageon / Alamy, Nick Maslen / Alamy
Gesetzt aus der Stempel Garamond und der Serifa
von GGP Media GmbH, Pößneck
Druck und Bindung von GGP Media GmbH, Pößneck
Printed in Germany
ISBN 978-3-7499-0146-3
www.harpercollins.de

Klimaneutral
Druckprodukt
ClimatePartner.com/15109-2009-1001

MIX
Papier
FSC FSC® C014496

Prolog

Mord ist eine schmutzige Angelegenheit. Vor allem für die Leute, die den Dreck anschließend wegmachen müssen. Nicht dass wir uns hier falsch verstehen. Ich war es nicht. Ich habe die Tat nur entdeckt. Ihn. Ich habe *ihn* entdeckt. Den armen alten Nick, auf dem Kaminvorleger und mit eingeschlagenem Schädel. Ein Großteil dessen, was eigentlich in diesen Schädel hineingehörte, hatte sich auf den Kacheln am Kamin verteilt.

Schon als ich vor seiner Tür stand, ahnte ich, dass etwas faul war. Eigentlich hätte diese Tür fest verschlossen sein sollen, sodass ich, den Blick auf den zerschrammten schwarzen Lack gerichtet, warten musste, bis Nicks schlurfende Schritte sich näherten. Ich hätte das Quietschen hören sollen, das erklang, wenn er einen Riegel nach dem anderen zurückschob, um mich dabei zu fragen, warum der Blödmann mir nicht der Einfachheit halber einen Schlüssel gab. Sehr auf Sicherheit bedacht, so war er, der alte Nick.

Doch die Tür bewegte sich, als ich sie antippte, und schwang weit auf, bis ich freien Blick in den Flur und auf die zur Hälfte verglaste Tür hatte, die in den hinteren Teil des Ladens führte. Über die Treppe daneben erreichte man die Wohnung in der oberen Etage. An jedem normalen Tag wäre ich ihm diese Treppe hinaufgefolgt und hätte gehört, wie er beim Treppensteigen keuchte und wie in der Küche das Radio spielte. Dazu der Duft seines Frühstückstoasts.

Ich ging nach oben und rief dabei seinen Namen. Im Badezimmer auf halber Treppe plätscherte kein Wasser, und hinter der Milchglasscheibe an der Tür regte sich nichts. Trotzdem klopfte ich an die Scheibe und rief noch einmal. Als ich mich umwandte, fiel mir auf, dass im Wohnzimmer die Deckenlampe brannte, obwohl es draußen helllichter Tag war. Ich rannte die letzten Stufen empor, voller Angst, er könne einen Unfall gehabt oder einen Schlaganfall erlitten und die ganze Nacht dagelegen haben. Wobei sich Letzteres als zutreffend herausstellte.

»Was wollten Sie dort?«, erkundigte sich der Detective Inspector, als wir einander später in einem hastig improvisierten Vernehmungszimmer im Nebenraum eines Immobilienmaklers am Tisch gegenübersaßen.

»Es ist Dienstag. Dienstags arbeite ich beim alten … bei Mr. Nickolai. Eigentlich, wann immer ich kann, aber dienstags auf jeden Fall«, erklärte ich.

»Was genau?« Er war ein beleibter, freundlich wirkender Mann, vermutlich irgendjemandes Lieblingsonkel, der sein Bestes tat, um mich zu beruhigen. Ganz im Gegensatz zu seiner Begleiterin, der jungen Detective Constable neben ihm. Die schwieg und strahlte Verachtung, ja beinahe Feindseligkeit aus. Vielleicht übte sie für die Rolle der bösen Polizistin. Oder ich war ihr einfach nur unsympathisch. Sie war eine auffällig attraktive Frau. Ein pechschwarzer Pagenkopf umrahmte ein blasses Gesicht mit großen violettblauen Augen. Ihre Lippen presste sie voller Missbilligung so fest zusammen, dass man ihr Vorhandensein kaum erkennen konnte. Das Ergebnis sah aus, als sei jemand mit dem Fingernagel durch rohen Kuchenteig gefahren.

»Ich … äh … poliere Möbel und so …«, erwiderte ich.

»… für Mr. Nickolai.« Irgendwie kriegte ich keinen klaren Satz zusammen.

»Sie sind seine Reinemachefrau?« Erstaunt zog der Inspector die sandfarbenen Augenbrauen hoch. »Nehmen Sie es nicht persönlich, aber Sie machen nicht den Eindruck …« Obwohl er den Satz nicht beendete, war mir klar, worauf er hinauswollte.

»Ich arbeite mich eben nach unten.«

Meine Stimme klang nicht wie meine eigene. Vom Schluchzen und lautlosen Schreien schmerzte mir die Kehle. Ich rollte das zusammengeknüllte, feuchte Papiertaschentuch über meine Wange und starrte in die Tasse mit walnussbraunem, allmählich erkaltendem Tee vor mir. Vorhin hatte ich versucht, nach der Tasse zu greifen, doch meine Hand hatte so gezittert, dass ich das Vorhaben aufgeben musste.

»Also, Miss Browne … darf ich Sie June nennen …?«, fragte der Inspector väterlich.

»Juno«, verbesserte ich ihn. »Ich heiße Juno.«

»Juno?«, wiederholte er. »Wie die Göttin?« Der Hauch eines hämischen Grinsens spielte fast unmerklich um die Lippen seiner jungen Begleiterin. Offenbar stellte sie sich eine Göttin etwas anders vor.

»Ist das Ihr Transporter auf der anderen Straßenseite, der alte Astra?« Endlich fiel bei dem Inspector der Groschen. »Der mit der Aufschrift ›Haushaltsgöttin‹? Gehört der Ihnen?«

Mir, nur mir allein. Man kann das Auto nicht übersehen, denn es ist fröhlich leuchtend gelb und trägt in schwarzen Buchstaben die Aufschrift »Juno Browne, Haushaltsgöttin – Haus und Garten, Hausmeisterdienst, Pflege, Haussitten, Haustierhüten, Hundeausführen. Gerne auch kleine

Aufträge«. Die Beschriftung hatte mich mehr gekostet als das Fahrzeug selbst.

»Also putzten Sie Mr. Nickolais Wohnung?«, wandte er sich wieder seinem Mordfall zu.

Die Wahrheit war ein wenig komplizierter. »Nein, nicht seine Wohnung ... Ich gehe ihm mit seinen Waren zur Hand ... reinige Dinge, die er verkaufen will ... also versteigern ...«

»Wie lange machen Sie das schon?«

»Äh ... etwa vier Monate ... nein, länger ... fünf oder so.«

»Sicher kennen Sie ihn ziemlich gut.«

Ich nickte. Ein Naseputzen war unumgänglich. »Ja, ich glaube schon.«

»Juno, können Sie sich einen Grund vorstellen, warum jemand Mr. Nickolai Schaden zufügen wollen würde?«

Als ich einen Sekundenbruchteil zu lange zögerte, beugte er sich mit eindringlicher Miene vor.

»Da wären zum Beispiel die Russen«, stieß ich schließlich hervor.

»Russen?«, hakte er stirnrunzelnd nach.

Ich schnäuzte mich in das in Auflösung begriffene Papiertaschentuch und nickte wieder.

Rasch blickte er zwischen seiner Begleiterin und mir hin und her. »Welche Russen?«

1

Es war der Tag, bevor ich Nick kennenlernte. Der Tag also, an dem er anrief. Es muss im Mai gewesen sein. Am Morgen war ich wie immer mit der Meute unterwegs gewesen und verlud sie gerade nach dem Auslauf hinten in meinen Transporter. Da sich die Hunde beim Herumtoben in Whiddon Scrubs ziemlich verausgabt hatten, wurde kräftig gehechelt und gescharrt.

Ich hatte den Transporter auf der Hügelkuppe geparkt, kurz bevor die Straße wieder bergab nach Ashburton führt. Die letzte Stelle, wo mein Smartphone noch sicheren Empfang hatte. Unten im Städtchen ist er nämlich, wohlwollend formuliert, unzuverlässig. Und wo ich wohne, hat man gar keinen. Ich rutschte hinters Steuer und verstaute die für Menschen unhörbare Hundepfeife in meiner Umhängetasche.

Mein Telefon versteckte sich irgendwo in deren höhlenartigen Abgründen, und so musste ich eine Weile herumwühlen, bis ich es hatte. Keine Nachrichten. Ich warf einen Blick in den Rückspiegel. Nookie, die Huskiedame, betrachtete mich mit eisblauen Augen durch das Trenngitter, gähnte, drehte sich ein paarmal um die eigene Achse und legte sich zu den anderen.

Bevor ich den Motor anließ, genoss ich für einen Moment die Aussicht. Jetzt, am frühen Morgen, schimmerte der Himmel hell und zartgrau über den Bäumen in der Ferne. Der

Turm von St. Andrews brach durch den Dunst, der wie ein Schleier über dem Tal schwebte. Als ich den Zündschlüssel drehte, ging das Radio an, und Vivaldi ließ das ländliche Devon erbeben.

Ich finde Vivaldi spannend. Man nannte ihn den roten Priester – vielleicht fallen mir andere rothaarige Menschen einfach automatisch auf. Aber die durchdringenden Triller der Geigen waren mir für diese Uhrzeit dann doch ein wenig zu heftig, und ich machte das Radio aus.

Der alte Astra ratterte den Hügel hinunter. Nun erstreckten sich links und rechts von uns Felder und Weiden, die heulenden Winde und die Ginsterbüsche im Moor hatten wir weit hinter uns gelassen. Zerzauste Schafe und struppige Ponys grasten am Straßenrand. Als wir eine Kurve umrundeten, verschwand das Schild, das Reisenden riet, mit mehr »Moorsicht« zu fahren, aus meinem Seitenspiegel. Die Straße verlief weiter bergab und schlängelte sich zwischen dichten, von weißem Wiesenkerbel durchsetzten Hecken hindurch. Inmitten von dunklen Farnen leuchteten die winzigen rosafarbenen Sterne der Feuernelke. Es war eine der Landstraßen nach Ashburton, wo das Blätterdach der Bäume einen funkelnden grünen Tunnel bildet – sehr idyllisch, jedoch in eine schmale, gewundene Straße mit wenigen Überholmöglichkeiten mündend. Zudem scheinen die Leute hier allesamt einen Traktor oder einen Geländewagen zu fahren und sind entweder mit dem Zurücksetzen überfordert oder wegen ihrer fahrzeugtechnischen Überlegenheit nicht bereit, auch nur einen Zentimeter Platz preiszugeben. Die Folge ist ein ständiges Vor und Zurück.

An diesem Morgen hatte ich jedoch Glück und musste nur einmal am Tor einer Farm links ranfahren, um einen Trecker vorbeituckern zu lassen, weshalb ich die Mitglieder der Meute ohne große zeitliche Verzögerung in ihrem jeweiligen Zuhause abliefern konnte. Sally, die arthritische Labradorhündin, wurde von ihrem nicht minder arthritischen Frauchen in Empfang genommen. Nookie hingegen musste ich in ein menschenleeres Haus bringen und sie füttern. Wenigstens hatte sie sich so ausgepowert, dass sie den Vormittag verschlafen und ihr einsames Warten auf die Rückkehr ihrer Familie somit nicht zu lange dauern würde.

Ashburton ist ein Städtchen, in dem es von verschwiegenen Winkeln nur so wimmelt, ein Labyrinth von engen Straßen und noch engeren Bürgersteigen, das sich, wie es in den Reiseführern so schön heißt, in die Hügel an der Schwelle zu Dartmoor schmiegt. Räumlich betrachtet ist es von Ashburton nur ein Katzensprung zur A38. Zeitlich gesehen sprechen wir eher von einem guten Jahrhundert. Alte Häuschen und traditionelle Pubs stehen eingezwängt zwischen eleganten edwardianischen Stadtvillen, und es gibt hübsche Ecken, verborgene Höfe und lange, ummauerte Gassen. Ein Eldorado also für Touristen und Tagesausflügler, die vor der Weiterfahrt ins Moor gemütlich Rast machen wollen. Der Ort bietet die optimale Kulisse für Cream Tea, also Schwarztee mit Scones, Clotted Cream und Erdbeermarmelade, oder ein Glas einheimisches Bier und einen gemächlichen Bummel durch die Läden, wo es teure Geschenkartikel und hausgemachte Spezialitäten gibt und die nichts im Sortiment haben, was nicht ländlich, kunstgewerblich oder folkloristisch wäre. Wir haben sage und schreibe sechzehn Antiquitätenläden, den Flohmarkt und die Auktionshäuser nicht mitgerechnet. Die meisten davon drängen sich in dem Gewirr aus Straßen rings um die große Kreuzung, wo die East Street zur West Street und die North Street zur St. Lawrence's Lane wird.

So wunderschön es in der Altstadt auch sein mag, für eine leidgeprüfte berufstätige Frau, die nur versucht, ihrer Arbeit nachzugehen, ist sie ein Albtraum. Dauernd steckt man in Straßen, die ursprünglich für maximal eine Pferdekutsche gedacht waren, hinter einem Reisebus fest und muss aufpassen, dass man die Touristengrüppchen nicht umfährt, die, aufgereiht wie Kegel, mitten auf der Straße stehen, um die Sehenswürdigkeiten zu bestaunen. Als ich von der North Street abbog, waren meine Nerven nicht mehr angespannt, sondern regelrecht zerrüttet. Nachdem ich die Meute ausgeführt und heimgebracht hatte, hatte ich zwei Stunden bei einer grässlichen Frau namens Verbena Clarke geputzt. Inzwischen war es längst Mittag, und ich hatte einen Mordshunger. Sie würden mich nicht mögen, wenn ich Hunger habe.

Meine Straße ist ruhiger als die Hauptverkehrsader und bei Weitem nicht so malerisch. Von georgianischen Häusern in Zuckermandelfarben fehlt hier jede Spur. Keine Reetgrasdächer, keine Stockrosen, nur eine schmale, kopfsteingepflasterte Straße mit einem ehemaligen, inzwischen leider mit Brettern verrammelten Buchladen auf halber Höhe. *Sunflowers*, das vegetarische Café, ist das einzig andere interessante Gebäude. Es gehört meinen Vermietern, Adam und Kate, und befindet sich in einem ehemaligen Stall.

Dahinter verliert sich der Gehweg im Nichts. Das Kopfsteinpflaster verwandelt sich in einen vernachlässigten, mit Schlaglöchern durchsetzten Trampelpfad, eine Sackgasse, die schließlich an einer Brachfläche endet. Diese wird von staubigem Dornengebüsch und einem alten viktorianischen Laternenmast geprägt und scheint für manche Leute offenbar eine

Einladung zu sein, ausgediente Einkaufswagen abzustellen, durchgelegene Matratzen abzuladen und kaputte Mikrowellen und Ähnliches zu entsorgen. Ich parke dort meinen Transporter, denn wenn ich aus dem Fenster auf dem Treppenabsatz spähe, kann ich ihn dort vom Haus aus im Auge behalten. Allerdings wäre wohl kaum jemand so dämlich, ihn zu stehlen.

Adam und Kate haben ein riesiges viktorianisches Haus geerbt, aber leider nie das Geld gehabt, es zu renovieren. Das Gebäude ist düster und feucht. Die Dielenbretter knarzen, und die Fensterrahmen sind morsch. Aber das Angebot an Mietwohnungen ist in Ashburton gering. Und die Miete ist billig. Wer finanziell klamm ist, kann eben keine großen Ansprüche stellen. Die beiden freuen sich, in der oberen Etage eine Mieterin zu haben, die sich nicht über die schimmelige Wand in der Küche, die klappernden Fenster und die Zugluft beklagt, welche wie ein Derwisch heulend unter der Wohnzimmertür hereinpfeift. Der Gerechtigkeit halber muss ich allerdings einräumen, dass sie einige Versuche unternommen haben, das Haus auf Vordermann zu bringen. Dummerweise tritt aber stets Ebbe in der Kasse ein, bevor das jeweilige Projekt abgeschlossen werden kann. Da das *Sunflowers* keine gute Lage für ein Lokal hat, macht es leider weniger Umsatz, als es wegen seiner ausgezeichneten Speisekarte verdient hätte.

Als ich an jenem Vormittag zurückkam, waren meine Vermieter noch im Café und mit dem Mittagessen beschäftigt. Niemand war zu Hause. Ich lief die Stufen vom Garten hinauf, betrachtete die Büsche im Vorgarten und dachte, dass es höchste Zeit war, ihnen einen ordentlichen Haarschnitt zu verpassen. Schon eine ganze Weile schob ich diese Aufgabe vor mir her, obwohl ich versprochen hatte, mich darum zu kümmern.

Ich öffnete die Haustür und ging nach oben. Der erste Stock ist offiziell meiner, allerdings existiert keine Tür, um meinen Bereich abzutrennen. Der Treppenabsatz ist gemeinsames Gebiet, weil man nur hier Zutritt zum Trockenschrank und zum Speicher hat. Offenbar war Kate heute oben gewesen. Auf dem Tisch neben meiner Wohnzimmertür stand ein Plastikbehälter, eine milde Gabe aus dem *Sunflowers*. »Curry mit Aubergine und Kartoffeln« lautete die zum Teil durch das Auftauen verwischte Aufschrift. Lächelnd griff ich danach. Caféinhaber als Vermieter zu haben bedeutet, dass stets genug Essen übrig bleibt, und ich leide nicht an falschem Stolz.

Meine Wohnung besteht aus einem Wohnzimmer, einer kleinen Küche, einem Schlafzimmer mit einem Bettgestell aus Messing und einem winzigen echt antiken Kamin sowie einem Bad mit zickender Therme.

Ich schloss die Wohnzimmertür auf. Bill saß, den Schwanz ordentlich um die Pfoten gelegt, auf dem Fensterbrett und spielte »Ich bin eine Vase«. Er mag die Aussicht aus meinem Wohnzimmer und betrachtet gerne das wilde Gewirr in dem seltsam geformten Garten unter ihm und die windschiefen Dachfirste und grünen Hügel dahinter. Als ich den kurzflorigen schwarzen Samt zwischen seinen Ohren kraulte, fing er an, rau und kehlig zu schnurren, wandte den Kopf und sah mich wohlwollend aus einem smaragdgrün strahlenden Auge an. Das andere hat er als Kätzchen bei einem unglücklichen Zusammentreffen mit einem erbosten Huhn verloren. Außerdem entstellen lange Kratzer seine wunderschöne schwarze Nase. Sie müssen wissen, dass Bill nicht mein Kater ist. Er gehört Adam und Kate von unten. Jedes Mal, wenn ich das Haus verlasse, vergewissere ich mich, dass ich ihn nicht eingesperrt habe. Und wenn ich zurückkehre, ist er jedes Mal wieder drinnen. Offenbar kann er nach Belieben in der Wohnung aus und ein gehen wie ein Magier. Wir rätseln alle, wie er das anstellt.

Ich machte mir eine Tasse Kaffee und ein Brot mit Erdnussbutter und Banane, ließ mich im Sessel nieder, streifte die Schuhe ab und legte meine bestrumpften Füße auf den Couchtisch. Dann fuhr ich mir mit den Fingern durch meine zerzausten Locken und kratzte mich am Kopf.

Bill streckte sich auf dem Fensterbrett und schlenderte dann zu mir herüber. Er hüpfte auf meinen Schoß und bohrte mir genüsslich seine Krallen in die Oberschenkel. »Du brauchst dich nicht häuslich einzurichten«, erklärte ich ihm mit vollem Mund. »Ich glaube, ich bleibe nicht lange sitzen.« Als mir auffiel, dass am Anrufbeantworter das rote Lämpchen blinkte, griff ich mühsam über den Kater hinweg und drückte auf PLAY.

Ich kannte die Stimme nicht. Es war die eines Ausländers mit starkem Akzent. Sie klang zögernd, und offenbar war es dem Anrufer unangenehm, mit einer Maschine reden zu müssen. *Ich möchte mit Miss Browne sprechen … äh … mit Juno. Hier ist Mr. Nickolai … Nickolai Antiquitäten. Ich möchte, dass sie kommt und hier arbeitet.* Er hinterließ eine Nummer. Ich schubste einen verärgerten Bill hinunter, um nach einem Stift zu greifen und sie zu notieren. Dann rief ich zurück.

»Mr. Nickolai?«, meldete ich mich, als jemand abhob. »Juno Browne. Sie haben wegen eines Jobs angerufen?«

Er lachte kehlig auf. »Kommen Sie heute?«

»Nein, tut mir leid. Ich bin den restlichen Tag bereits ausgebucht.« Gestern hatte ich einen Notruf von Ricky und Morris erhalten und ihnen den Nachmittag versprochen. Ich durfte sie nicht im Stich lassen.

Der Terminkalender lag aufgeschlagen auf meinem Schoß. »Morgen habe ich auch ziemlich viel zu tun. Aber ich könnte gegen Mittag vorbeischauen, um alles zu besprechen.«

»Sehr gut. Morgen. Nickolai Antiquitäten. Wissen Sie, wo ist?«

»Shadow Lane?«

Er brummelte zustimmend. »Kommen Sie nicht Ladentür. Wohnungstür. An der Seite.«

»Das finde ich schon. Also dann so um zwölf?«

»Wir sehen um zwölf. Ich freue mich.« Wieder ein leises Auflachen. »Habe noch nie getroffen Göttin.«

»Mr. Nickolai, suchen Sie eine normale Putzfrau …?« Aber er hatte schon aufgelegt. »… denn ich kann keine normalen Putzaufträge mehr annehmen«, fügte ich ins Leere hinein hinzu und hängte ebenfalls den Hörer ein.

2

Als ich damals nach Ashburton zog, brauchte ich dringend einen Job und eine Unterkunft. Ricky und Morris haben mir bei beidem weitergeholfen, und obwohl ich mir seitdem ein Geschäft aufgebaut habe, versuche ich, für sie da zu sein, wann immer es nötig ist.

Sie betreiben einen Theaterkostümverleih in ihrem Haus in der Druid Lane. Es ist ein prachtvolles georgianisches Gebäude, das in erhabener Abgeschiedenheit auf einem Hügel mit Blick auf das Städtchen thront. Eine Villa wie diese malt man sich aus, wenn man einen Roman von Jane Austen liest: elegante Proportionen, weißer Anstrich, bodentiefe Fenster, symmetrisch angeordnet zu beiden Seiten einer beeindruckenden Haustür, und dazu eine Lage inmitten weitreichender, geschwungener Rasenflächen.

Ricky hat das Haus von einer Tante geerbt. Er und Morris sind sich vor vielen Jahren als Mitglieder einer Tanztruppe begegnet, und sie haben beschlossen, Morris' Ausbildung als Schneider und Rickys Auge für Design zu vereinen und sich auf Bühnenkostüme zu spezialisieren. Wie es auf ihrer Webseite heißt, versorgen sie professionelle Theater und Laienspielgruppen im ganzen Land. Mittlerweile behaupten sie ständig, sie wollten sich unbedingt zur Ruhe setzen, was natürlich absoluter Schwachsinn ist. Allein bei dem Vorschlag, als ersten Schritt einen Teil ihres Inventars zu verkaufen, wird ihnen beiden ganz blümerant zumute. Derzeit sind vier ihrer sechs Schlafzimmer von Kleidern belegt, auf dem Speicher türmen sich Hüte, Perücken und Schuhe.

Offenbar hatte Ricky den Transporter in der Auffahrt bemerkt, denn als ich mich näherte, öffnete sich schon die Haustür. »Die Göttin vom Arsch der Welt!«, rief er aus und verbeugte sich tief, als ich an ihm vorbei in die Vorhalle ging. »Ein Segen, dass du gekommen bist, mein Engel!«, fügte er ehrerbietig hinzu.

In seiner Jugend hätte man Rickys gutes Aussehen mit dem von Lord Byron verglichen. Selbst jetzt, mit über siebzig, fallen ihm die stahlgrauen Locken dekorativ, wenn auch nicht mehr so dicht in die edle Stirn. Er hat eine Adlernase und einen markanten Kiefer, etwa so, wie ich mir Mr. Rochester vorstellte, nur dass Jane Eyre in der Hochzeitsnacht wohl bitter enttäuscht gewesen wäre.

»Worum geht es?«, fragte ich und beäugte die vier Wäschekörbe aus Weidengeflecht, die offen in der geräumigen Vorhalle standen.

»Eine Laienspielgruppe in Leicester gibt nächste Woche den *Zauberer von Oz.*« Seine Worte überschlugen sich. »Und ihr Ausstatter hat sie versetzt. Deshalb haben sie uns um Hilfe gebeten. Bis morgen früh muss alles fertig sein. Um neun holt ein Bote die Sachen ab.«

»Gut, dass ich den Nachmittag frei habe.« Eigentlich hätte ich bei Mrs. Berkley-Smythe putzen müssen, aber die war auf einer Kreuzfahrt.

»*Maurice* ist oben im Atelier«, sprach Ricky weiter. »Geh schon mal hoch. Ich drucke nur noch rasch die Unterlagen aus und komme gleich nach.«

Ich schlängelte mich zwischen den Wäschekörben hindurch und stieg die geschwungene Treppe hinauf, wo ich der Versuchung nicht widerstehen konnte, mit der Hand über das glatt polierte Geländer zu streichen. Morris war im Atelier. Vor sich hin murmelnd schüttelte er einen Haufen Kunstpelze aus.

Wenn Ricky Rochester ist, dann ist Morris Pickwick. Während Rickys Gesichtszüge in Granit gemeißelt scheinen, sind die von Morris rundlich und wie aus Ton modelliert. Lächelnd wie ein Riesenbaby blickte er mich über seine kleine goldgeränderte Brille hinweg an. »Ich könnte schwören, dass dieser Löwe die Motten hat … Hallo, Juno! Schön, dass du hier bist.«

Ich beugte mich vor und küsste ihn auf die weiche Wange. »Es ist mir ein Vergnügen.« Ich sah, dass die böse Westhexe bereits an einem ansonsten leeren Kleiderständer hing. Ihr spitzer Hut baumelte an einem Gummiband.

Ricky kam, einen Papierstapel in der Hand, leicht keuchend die Treppe hinauf. Die Theatergruppe aus Leicester hatte ihm die Maße der Schauspieler gemailt. »*Der Zauberer von Oz* ist keine große Inszenierung«, teilte er mir mit, während er die Listen überflog. Er zog eine Augenbraue hoch. »Die Dorothy ist offenbar ein Pummelchen! Ich bezweifle, dass das blaue Baumwollkleid passt.«

»Was soll ich tun?«

»Such die Vogelscheuche Krähenschreck und den Blechmann.« Er drückte mir die Zettel mit den Angaben in die Hand. »Und achte darauf, dass beim Blechmann nichts fehlt!«

»Falls es dir nichts ausmacht, Juno«, fügte Morris höflich hinzu.

In den nächsten beiden Stunden kramten, sortierten und packten wir. Leider hatte der Blechmann seinen Trichterhut verloren, und einer von Dorothys rubinroten Schuhen fehlte auch. Hinzu kam, dass Glinda, die gute Nordhexe, wie vom Erdboden verschluckt war. Wir beschlossen, eine Teepause einzulegen.

»Hast du morgen auch Zeit, Liebelein?« Als wir alle am Tisch im Frühstückszimmer saßen, zündete Ricky sich eine seiner Mentholzigaretten an und reckte das Kinn, um die Rauchwolke über unsere Köpfe hinwegzupusten.

»Ich fürchte, nein. Morgen geht es ziemlich rund. Außerdem treffe ich mich gegen Mittag mit einem neuen Kunden. Nun, er könnte ein neuer Kunde werden. Mr. Nickolai.«

»Doch nicht etwa der alte Nick?« Ricky starrte mich mit aufgerissenem Mund an.

»Lebt der noch?« Morris runzelte die Stirn. »Er muss ja älter sein als der liebe Gott.«

»Mr. Nickolai«, wiederholte ich. »Er ist Inhaber eines Antiquitätenladens in der Shadow Lane, der allerdings immer geschlossen zu sein scheint, wenn ich vorbeikomme.«

»Er betreibt seine Geschäfte ausschließlich an der Hintertür.« Ricky verzog vielsagend das Gesicht. »Wozu braucht er dich?«

»Vermutlich soll ich bei ihm putzen.«

Morris schwenkte warnend den Zeigefinger. »Sei bloß vorsichtig, Juno.«

Obwohl ich an die dramatischen Anwandlungen der beiden gewöhnt war, konnte ich mir die Frage nicht verkneifen: »Warum?«

»Er hat schon mehrmals gesessen.«

»Wegen Hehlerei«, flüsterte Ricky theatralisch.

»Wirklich?«, hakte ich in hoffentlich angemessen empörtem Tonfall nach.

»Und dann wären da noch die anderen Sachen.« Morris nickte beifällig.

»Was für andere Sachen?«

»Nickolai ist gar nicht sein richtiger Name.« Mit einem eleganten Schulterzucken, um das ihn jede Hollywood-Diva beneidet hätte, schnippte Ricky die Asche von seiner Zigarette. »Sondern die Abkürzung für … Nickoloviza oder so … etwas Längeres jedenfalls.«

»Am Telefon klang er ein wenig wie ein Russe«, räumte ich ein. »Irgendwie osteuropäisch. Was für andere Sachen?«, wiederholte ich.

Als die Antwort ausblieb, wuchs mein Verdacht, dass es sich mal wieder bloß um eine Übertreibung der schöneren Dramatik wegen handelte. Bis Morris mit den Lippen das Wort *Erpressung* formte. »Pass auf, dass er dich richtig bezahlt.« Als er in einen Keks biss, verzog er das Gesicht. »Früher war er ein richtiger alter Halunke.«

»Ich habe ihm ja noch nicht zugesagt«, stellte ich fest. »Morgen treffe ich mich erst mal nur mit ihm.« Ich warf einen Blick auf die Uhr. »Wann ist euer Konzert?«

»Oh, mein Gott, schon halb sechs!« Hastig drückte Ricky seine Zigarette aus. »Und wir sind noch nicht fertig!«

»Ich stelle die Kostüme selbst zusammen«, erbot ich mich. »Falls ihr noch üben wollt.«

»Wir müssen wirklich einige Dinge durchgehen«, entschuldigte Morris sich verlegen. Rasch sammelte er die Tassen ein und trug sie zum Spülbecken. »Schaffst du das allein, Juno?«

»Keine Sorge. Macht nur.« Seit Jahren schon treten Ricky und Morris als Duo namens *Giftspritze* auf, und an diesem Abend spielten sie ein Benefizkonzert zugunsten des Hospizes am Ort. Zu Anfang gab es einige Operettenmelodien und witzige Dialoge, die dann in bissige Satire übergingen und schließlich im Absurd-Zotigen mündeten. Die zwei sind beim Publikum unbeschreiblich beliebt.

Ricky war bereits im Musikzimmer verschwunden. Aus dem Flügel erklangen fordernde Akkorde. »Los, *Maurice*, beweg deinen fetten Hintern hierher!«

Morris grinste mir zu und eilte zu ihm hinüber.

»*Take a pair of sparkling eyes …*«, folgte mir seine einschmeichelnde Stimme, als ich wieder die Treppe hinaufstieg. »*… take a pretty little palm, fringed with dainty fingerettes …*«

Operetten von Gilbert und Sullivan sind nicht mein Fall. Ich widerstand der Versuchung, mir die eigenen zarten Fingerchen in den Hals zu stecken, und widmete mich der Suche nach dem rubinroten Schuh. Als Ricky und Morris ihr Repertoire abgearbeitet und sich genug vorbereitet hatten, hatte ich die fehlenden Sachen entdeckt und die meisten Kostüme eingepackt. Jedes hing an einem Bügel, war mit dem Namen des jeweiligen Schauspielers versehen und in eine dünne Zellophantüte gehüllt. Anstatt alles hinunter zu den wartenden Wäschekörben zu schleppen, griff ich auf die bewährte Methode zurück, die Kleidungsstücke über das Geländer auf den blitzsauberen Marmorfußboden der Vorhalle zu werfen und sie anschließend einzeln aufzuheben und ordentlich zu verstauen.

»Alles ist gepackt«, teilte ich den beiden mit, als sie mit Kummerbund und Fliege in der Vorhalle erschienen, während ich mich gerade mit den Lederriemen der Körbe abmühte. Zum Glück hatten die Körbe selbst Räder. Sobald ich sie fertig beschriftet hatte, konnte ich sie also, bereit für morgen früh, zur Haustür schieben. Ricky und Morris brauchten sie dann nur noch zum Transporter des Kurierfahrers zu befördern.

»Wo hast du Glinda gefunden?«, erkundigte sich Morris.

»Bei den Kostümen für *Cinderella*. Weißt du noch, letztes Jahr, als die Dame nicht in das Kostüm der Patenfee passte und wir ihr stattdessen Glinda gegeben haben?«

»Juno, du bist fantastisch!« Das Bündel Geldscheine, das Ricky mir in die Hand drückte, entsprach etwa meinem doppelten Stundensatz. »Keine Widerrede!«, befahl er, ehe ich protestieren konnte.

»Ihr braucht mir nicht so viel zu bezahlen …«, begann ich.

»Was sollen wir sonst tun, solange du dich nicht von uns adoptieren lässt?«

Ich lachte laut. Sie hatten mir schon öfter eine Dauerstellung angeboten, doch sosehr ich Ricky und Morris auch liebte, hätte ich nie ständig mit ihnen zusammenarbeiten können. Eine halbe Stunde in ihrer Gesellschaft reicht normalerweise, um mich in den Wahnsinn zu treiben. Ich schaute auf die Uhr. »Ihr geht jetzt besser. Ich schließe hinter mir ab, wenn ich alles erledigt habe.«

Morris stellte sich auf die Zehenspitzen, um mich zu küssen. »Leg einfach den Riegel vor. Und sei morgen vorsichtig mit Mr. Nickolai. Man nennt ihn nicht umsonst den alten Nick!«

Als ich nach Hause kam, hatte ich einen Mordshunger. Das Magenknurren wurde noch dadurch gesteigert, dass mir im Flur wie immer Essensdüfte entgegenwaberten. Kate steckte den Kopf zur Küchentür hinaus. Der dunkle Zopf fiel ihr über die Schulter. Sie hat genau die Haare, von denen ich seit jeher träume: lang, dunkel und glatt. Haare, die man tatsächlich kämmen kann.

»Hat das Curry geschmeckt?«, fragte sie lächelnd.

»Das werde ich gleich wissen.«

»Nun, sag mir, wie du es findest. Es ist ein neues Rezept«, bat sie und verschwand mitsamt Zopf.

Ich trat in mein Wohnzimmer, wo Bill im Sessel schlief. Als ich die Tasche von der Schulter nahm, hörte ich, dass Adam unten nach ihm rief. »Klingt, als wäre es auch für dich Zeit zum Abendessen«, meinte ich zu ihm und hob ihn hoch. »Du gehst jetzt besser.«

Als ich die Tür öffnete, stand Adam bereits davor. »Schaff dir selbst eine Katze an, Juno«, sagte er streng und nahm mir den zappelnden Bill ab.

»Mein Vermieter erlaubt es nicht.«

Er nickte traurig. »Das muss hart sein.« Bill wand sich in seinen Händen, worauf er ihn fest unter den Arm klemmte und mit ihm nach unten marschierte.

Das Curry war das Warten wert. Nach dem Essen klappte ich den Laptop auf, in der vagen Hoffnung, dass das Hub funktionieren würde. Und das tat es. Das Geschwätz in den sozialen Medien bestärkte mich mal wieder in meiner Überzeugung, dass ich im falschen Jahrhundert lebe. Vermutlich wäre ich mit Kriegen, Seuchen und Pestilenz besser zurechtgekommen als mit den Ärgernissen der Moderne. Ich verschickte einige verspätete Geburtstagsgrüße, bejubelte brav die neuesten Babyfotos und erinnerte eine Freundin, die sich darüber beschwerte, dass ich nie erreichbar sei, an das launenhafte Mobilfunknetz in Ashburton und daran, dass ich tatsächlich noch einen Festnetzanschluss besitze. Alle meine alten Freundinnen aus der Schule oder der Uni bekamen entweder Babys oder lebten in aufregenden Städten, wo sie traumhafte Karrieren hinlegten. Ich tat weder das eine noch das andere. Nun, ich wünschte ihnen viel Glück. Mir ist es egal, denn mir gefällt mein Leben so, wie es ist.

Brian, mein einziger lebender Verwandter und ein Onkel zweiten Grades, war Diplomat in Südkorea, hatte gemailt und fragte, ob ich noch immer die Omas und Haustiere anderer Leute versorgte und ob ich genügend Geld hätte. Es war schön, von ihm zu hören, und ich antwortete, alles sei bestens.

Natürlich war das gelogen. Ich habe nie genügend Geld. Ich weiß, dass ich Brian nur darum zu bitten bräuchte, aber ich möchte seine Großzügigkeit nicht ausnützen, solange der böse Wolf nicht meine Tür aufbricht und mir seine Reißzähne ins Bein schlägt.

Ich schleppte mich ins Bett. Wir Hundesitterinnen müssen früh aufstehen. Bevor ich das Licht ausmachte, warf ich noch einen Blick in meinen Terminkalender, wer eigentlich morgen auf dem Programm stand. Da sich mein Geschäft ganz allmählich entwickelt hat, sehe ich manche meiner Kunden wöchentlich, andere alle zwei Wochen, einige einmal im Monat und den Rest, wenn sie mich brauchen. Ohne Terminkalender wäre ich eine tote Frau. Der morgige Tag verhieß zudem etwas Neues – die Begegnung mit Ashburtons Meisterverbrecher: mit Mr. Nickolai.

3

Auf den ersten Blick wirkte *Nickolai Antiques* nicht sehr vertrauenerweckend. Der Laden befand sich eindeutig abseits der von den sommerlichen Touristen ausgetretenen Pfade. Sobald diese nämlich ihren Wagen abgestellt haben oder auf dem ausgesprochen schäbigen Busparkplatz hinter dem Rathaus abgesetzt worden sind, ist der Ablauf immer gleich. Zuerst benutzen sie die öffentlichen Toiletten. Darauf folgt mit an Sicherheit grenzender Wahrscheinlichkeit ein gemächlicher Spaziergang von der Teestube zum Antiquitätenladen und dann vom Pub zum Museum und schließlich zum Café. Ein Schaufensterbummel zu den Läden, die einheimisches Kunsthandwerk, Keramik, selbst gefertigten Schmuck, mundgeblasenes Glas, Honig aus dem Moorland und sogar Schokolade und Gin, ebenfalls aus dem Moorland, verkaufen, ist natürlich ein Muss. Wenn die Leute zu guter Letzt zu ihren Fahrzeugen zurückkehren, haben sie das enge Straßengewirr der Altstadt nie verlassen.

Nickolai Antiques liegt, versteckt und hinter zu vielen Häuserecken, entfernt vom geschäftigen Treiben und außer Sichtweite, in der Shadow Lane. Diese ist eine schmale, kopfsteingepflasterte Straße, in die kaum je ein Sonnenstrahl fällt und die bis auf einen Münzwaschsalon und ein Bestattungsunternehmen nichts Interessantes zu bieten hat. Ich spähte durch die mit Schutzgittern verrammelten Fenster, deren Scheiben aber so schmutzig und mit Kondenswasser beschlagen waren, dass ich drinnen nichts erkennen konnte. Eine graue Schicht überzog das eigentlich cremefarben gestrichene Mauerwerk, die seit Jahren nicht mehr abgewaschen worden war. Ein mit Wachskreide bekritzeltes Stück Pappe an der Tür verkündete, dass der Laden geschlossen war. Ich konnte mir sowieso keinen Grund vorstellen, ihn betreten zu wollen.

Seitlich vom Laden verlief eine enge Gasse zwischen hohen Gebäuden. Keiner der berühmten ummauerten Wege von Ashburton, sondern nur ein zweckmäßiger Durchgang, der die Shadow Lane mit der Sun Street verband. Ich hatte diese Abkürzung noch nie genommen.

Etwa auf halber Höhe stieß ich auf die Tür zur Wohnung über dem Laden. Ich drückte auf den Klingelknopf, worauf ein asthmatisches Keuchen erklang. Dann wartete ich und starrte auf das zerschrammte, schwarz lackierte Holz. Ich habe immer noch manchmal Albträume, in denen ich vor dieser Tür stehe, sie mit den Fingerspitzen anschubse und beobachte, wie sie weit aufschwingt. An diesem Morgen fragte ich mich jedoch nur, warum das so lange dauerte. Nach einer vollen Minute hörte ich endlich schlurfende Schritte. Mehrere schwere Riegel wurden zurückgeschoben, und Mr. Nickolai öffnete die Tür.

Mir wurde klar, dass ich ihn vom Sehen kannte. Ein schäbiger kleiner Mann in einer viel zu weiten grauen Strickjacke. Er war nicht groß, dafür aber kräftig gebaut und muskulös, vielleicht war er früher einmal Ringer gewesen. Ich schätzte ihn auf mindestens achtzig. Ein Rest drahtiges graues Haar umrahmte einen ansonsten kahlen Schädel, und er trug einen schlaffen sandfarbenen Schnurrbart. Die Hand, die er mir hinhielt, um meine zu schütteln, hatte kräftige, dicke Finger und wies rings um die Nägel Flecken auf. Nicht von Nikotin, sondern eher von einer Holzbeize oder Lasur. Außerdem roch er ganz leicht nach Möbelpolitur und, so wie manche allein lebenden alten Menschen, nach mangelnder Körperpflege. Doch sein Handschlag war fest, und seine blauen Augen funkelten lebendig und schalkhaft.

»Miss Browne.« Er hatte einen starken Akzent.

»Juno bitte.«

Er lächelte, und unter dem buschigen Schnauzer schimmerten weiß leuchtende dritte Zähne.

»Kommen Sie nach oben.« Er winkte mich zu sich. »Dann reden wir.«

Ich folgte ihm in die obere Etage. Vom Treppenabsatz ging ein Raum ab – offenbar das Badezimmer. Einige weitere Stufen führten ins Wohnzimmer. Es war mit dunklen Möbeln vollgestellt. Auf dem Fußboden bildeten ausgeblichene, gemusterte Teppiche ein Mosaik, in den hübschen viktorianischen Kamin mit seinen grünen Kacheln war ein modernes Gasfeuer eingebaut. Auf dem Kaminsims drängten sich Krimskrams, Figürchen und ein vermutlich einen Monat zurückreichender Stapel Briefe. Auf einem kleinen Tisch zwischen zwei Lehnsesseln war ein Schachspiel aufgebaut. In der Ecke stand der älteste Fernseher, der mir je untergekommen ist. Ein Zwölf-Zoll-Bildschirm untergebracht in einem massiven Holzgehäuse.

Mr. Nickolai blickte in dieselbe Richtung wie ich. »Geht nicht«, bestätigte er meinen Verdacht und machte eine wegwerfende Handbewegung. »Egal. Nur Mist im Fernsehen. Ich höre Radio.«

Auf einem Schreibtisch auf der anderen Seite des Zimmers befand sich ein Laptop, der aussah, als käme er von einem anderen Planeten und hätte auf dem Weg hierher mehrere

Zeitzonen durchquert. »Ich mag das Internet«, vertraute Mr. Nickolai mir an. »Ich sehe mir Internetauktionen an, um die Preise zu kennen.«

»Aber Sie öffnen Ihren Laden nicht?«

»Laden?« Er zuckte die Achseln. »Laden voller Krempel.«

Er wies auf den Tisch, der die Mitte des Raums dominierte. Auf der braunen Tischdecke aus Chenille türmte sich eine dicke Schicht Zeitungen. Offenbar war hier ein Restaurierungsprojekt im Gange. Ein abgetragenes Paar Gummihandschuhe, die gelben Finger geschwärzt wie bei überreifen Bananen, lag zwischen einer Ansammlung von Flaschen und alten Marmeladengläsern. Lederfetzen, Knäuel aus Stahlwolle und etwa sechs Zahnbürsten mit struppigen Borsten umringten eine schimmernde Holzschatulle mit wunderschönen Intarsien. »Boulle-Technik«, sagte er.

»Wie bitte?«

»André-Charles Boulle«, wiederholte er und berührte liebevoll den Deckel der Schatulle. »Messing, Ebenholz, Schildpatt.« Mit dem dicken Zeigefinger wies er auf kunstvolle Details im Muster. »Boulle-Technik.« Er bedachte mich mit einem forschenden Seitenblick. »Interessiert Sie?«

»Ja, ich liebe alte Dinge. Restaurieren Sie sie?«

»Für besonderen Kunden«, erwiderte er mit einem geheimnisvollen Nicken, und mir fielen Rickys Worte ein, seine wahren Kunden kämen an die Hintertür. »Nicht anfassen«, fügte Mr. Nickolai hinzu. »Die Sachen auf Tisch nicht anfassen.«

»Natürlich nicht«, entgegnete ich ein wenig empört.

»Sie verstehen nicht.« Er deutete auf die Flaschen und Gläser. »Das da – Gifte, Säuren, ätzende Mittel – brauche ich für Arbeit. Unter der Spüle dasselbe. Die Chemikalien nicht anfassen. Sie sich sonst verletzt.«

»Oh, na klar! Vielleicht sollten wir jetzt besprechen, was genau Sie von mir …«

»Tee.« Er unterbrach mich mit einer Handbewegung. »Ich mache Tee. Kommen Sie.«

Ich trottete hinter ihm her in die Küche, wo ein abgestoßener emaillierter Gasherd auf stämmigen Beinen stand. Es gab ein original antikes tiefes Porzellanspülbecken, ein Abtropfbrett aus Holz und einen Tisch mit Resopalplatte, so altmodisch, dass er schon beinahe wieder Retro war.

»Sie bitte setzen.« Er füllte einen Kessel mit kurzer Tülle und stellte ihn auf den Gasherd, den er mit einem Streichholz anzündete. Als zischend eine blaue Flamme emporschoss, schüttelte er das Streichholz aus, kippte Teeblätter aus einer alten Porzellankanne ins Spülbecken und holte eine Dose Kondensmilch aus dem gedrungenen Kühlschrank in der Ecke.

»Kann ich Ihnen helfen?«, fragte ich, hauptsächlich um das Schweigen zu überbrücken. Bang beobachtete ich, wie er die dickflüssige gelbliche Milch in zwei Porzellantassen goss. Bei der Vorstellung, diesen Tee trinken zu müssen, wurde mir mulmig.

»Nein, nein«, versicherte er mir. »Sie sitzen. Ich bin langsam. Habe mir an Weihnachten Hüfte gebrochen. Sechs Wochen Krankenhaus.«

»Ach herrje!«, rief ich wie von mir erwartet. War das wirklich der verurteilte Verbrecher, von dem Ricky und Morris mir erzählt hatten? Dieser alte Mann, der in Hauspantoffeln herumschlurfte und Tee für mich kochte?

»Als ich wieder zu Hause war, sie mir haben Frau geschickt.« Er verzog angewidert das Gesicht. »Sozialdienst.«

»Eine Ergotherapeutin?«, mutmaßte ich.

Er nickte. »Die Teppiche müssen weg, hat sie zu mir gesagt. Teppiche Stolperfalle. Das sind meine Teppiche, hauen Sie ab, habe ich ihr geantwortet!« Als er kicherte, musste ich auch lachen. Er musterte mich eingehend. »Warum Sie machen diesen Job? Sie hübsches Mädchen, könnten Mannequin sein.«

Ich lachte auf. »Ganz sicher nicht.«

»Warum nicht? Sie groß ... wunderschöne rote Haare, wie als wäre der Herbst verrückt geworden.«

An dieser Stelle ist es wichtig, einiges geradezurücken. Ja, ich bin groß. Ich habe langes rotes Haar, das sich lockt wie wild und das alle – außer mir – offenbar schön finden. Vielleicht würde ich diese Ansicht ja teilen, wenn es nicht auf meinem Kopf wachsen würde. Zugegeben, ich habe hübsche Zähne. Doch abgesehen davon bin ich in keinerlei Hinsicht bemerkenswert. Ich habe im Laufe meines Lebens zwar gelernt, dass es ein Vorteil sein kann, eine hochgewachsene Rothaarige zu sein, aber zum Model eigne ich mich auf keinen Fall. Erstens bin ich zu kräftig gebaut, und zweitens würde ich mir eher selbst die Augen auskratzen.

Zu meiner Erleichterung gab der Kessel, der im Hintergrund vor sich hin gemurmelt hatte, ein schrilles Pfeifen von sich, weshalb Mr. Nickolai sich wieder mit dem Teekochen beschäftigen musste. Er ging dabei sehr methodisch vor, wärmte die Kanne an und gab vier gehäufte Löffel pechschwarzer Teeblätter hinein, bevor er Wasser darübergoss und die Kanne mit einer gestrickten Haube abdeckte.

»Sie arbeiten für alte Tunten in Druid Lodge?« Er warf mir einen verschlagenen Blick zu. »Die Judenbuben?«

»Ja«, erwiderte ich unangenehm berührt und fragte mich angespannt, was da womöglich noch an antisemitischen und homophoben Äußerungen kam.

»Ich habe Wohltätigkeitskonzert gesehen.« Er kicherte. »Sehr klug, sehr witzig!«

Ich wurde wieder lockerer. »Ja, das sind sie.«

»Sie verheiratet?«, erkundigte er sich mit einem spitzbübischen Funkeln in den blauen Augen.

»Wollen Sie mir einen Antrag machen?«

Er zuckte die Achseln. »Vielleicht.«

»Mr. Nickolai, ich …«

»Nick. Nennen Sie mich Nick.«

»Also, Nick. Was genau soll ich tun?« Ich hob meine Umhängetasche vom Boden auf und verzog wegen des Gewichts ein wenig das Gesicht. Was, zum Teufel, schleppte ich nur mit mir herum, das so schwer sein konnte? Ich förderte meinen Terminkalender zutage. »Ich bin im Moment nämlich ziemlich ausgebucht. Wie oft soll ich denn kommen?« In dieser Wohnung war eindeutig Großreinemachen angesagt. Der Tisch, auf den ich mich stützte, fühlte sich ekelhaft klebrig an, und in den Ecken des Linoleumbodens hatte sich jahrealter schwarzer Schmutz eingefressen. »Den Rest der Wohnung kenne ich nicht, aber sie ist vermutlich nicht groß. Ich könnte sie sicherlich im Nu auf Vordermann …«

»Wohnung putzen?« Verdattert runzelte er die Stirn. »Ich will nicht, dass Sie putzen Wohnung.«

»Oh. Dann einkaufen?«

»Nein. Wenn ich will einkaufen, ich rufe an Mr. Singh vom Laden an der Ecke. Er bringt mir Sachen.« Er kicherte. »Wir trinken Tee, spielen Schach. Wenn er zurück in den Laden kommt, schreit Mrs. Singh ihn an, weil er so lange weg war.« Der Tee, den er einschenkte, war so stark, dass man eine Maus hätte darüberlaufen lassen können. Er schob eine Tasse zu mir hinüber. »Sie möchten Zucker?«

»Nein!«, rief ich ein wenig zu hastig aus und beobachtete mit Grauen, wie er welchen in seine eigene Tasse löffelte. »Nur der Neugier halber.« Ich wies auf die antike Waschmaschine mit integrierter Mangel. »Funktioniert das Ding noch?«

Er nickte. »Ja, es funktioniert. Aber Waschsalon drei Türen weiter ist einfacher.«

»Aha. Was soll ich also tun?«

»Ich zeige Ihnen. In einer Minute. Trinken Sie Ihren Tee.«

Im Inneren des Ladens war es dunkel und roch nach Vergangenheit, abgestandenem Staub und Möbelpolitur wie in einer alten Kirche. Es war auch genauso still. Die Uhren hatten längst zu ticken aufgehört. Massive dunkle Möbelstücke versperrten den Weg zur Ladentür. Wir waren die Treppe von der Wohnung hinuntergestiegen und hatten den Laden durch eine Hintertür, einen Flur und vorbei an einem Lagerraum betreten. Ich schaute mich um und schlängelte mich vorsichtig zwischen Glaskästen mit ausgestopften Vögeln und anderen Tieren hindurch: tote Federn, totes Fell, Glasaugen, die mich anstarrten. Hier gab es keine Spitzendeckchen oder Fächer, keine bunten, nett anzusehenden Schätzchen aus Porzellan, keinen Nippes aus grauer Vorzeit, um die düstere Stimmung aufzuhellen. Nur Pappkartons voller in Zeitungspapier, nicht auszumachender Gegenstände, die sich überall türmten. Eine ausgestopfte Eule glotzte mich böse an.

»Sehen Sie? Laden nur Krempel«, verkündete Nick vergnügt. »Ich werfe weg. Kommen Sie nach hinten ins Lager. Ich zeige Ihnen.« Er führte mich zurück in den Flur und in einen Lagerraum, in dem sich Möbel bis zur Decke stapelten. Schreibtische, Hocker, Stühle und Tische – alles chaotisch aufeinandergeschichtet. »Ich brauche Ihre Hilfe.«

Ich ließ meinen Blick durch den Raum schweifen und drehte mich dann zu Nick um. »Und was genau soll ich machen?«

Mit einem Auflachen klopfte er auf den Deckel einer dunklen Kiste, die aussah wie ein kleiner Sarg mit Beinen. »Wissen Sie, was das ist?«

»Ein Schrein?«, riet ich.

»Barschrank.« Als er den Deckel aufklappte, konnte ich sehen, dass die Kiste mit blauem Moiré gefüttert und mit Messinghaltern und Kristallkaraffen bestückt war. »Verstehen Sie? Das muss alles poliert werden.« Er wies auf die löwentatzenförmigen Messingbeine des Barschranks. »Ich schlechte Knie. Kann mich nicht mehr so tief bücken, um zu polieren.«

»Sie möchten, dass ich das poliere?«

»Ja, aber kein Spritzen.«

»Spritzen?«, wiederholte ich verständnislos.

»Nicht mit Politur spritzen. Nur Wachspolitur. Sehr vorsichtig. Ich zeige Ihnen.« Sanft schloss er den Deckel der Kiste und strich zärtlich mit der Hand darüber.

»Was ist das für ein Holz?«, fragte ich.

»Walnuss.« Er deutete mit einem dicken Zeigefinger darauf. »Das Kreuzstreifenfurnier aus Ebenholz.«

»Wollen Sie es verkaufen?«

Er wies mit dem Kopf auf die Stapel um uns herum. »All das muss weg.« Kichernd zeigte er auf sich selbst. »Inzwischen zu alt. Mein Herz nicht in Ordnung. Ich weiß nicht mehr, was hier ist. Sie mir helfen, gute Sachen zu finden und bei einer Auktion oder im Internet zu verkaufen.«

»Aber Nick. Ich kenne mich überhaupt nicht damit aus …«

»Sie lernen. Ich bringe Ihnen bei.«

»So eine Arbeit mache ich normalerweise nicht.«

»Warum nicht?«

Ich zögerte. Etwas in mir hatte große Lust, in diesem Kram herumzuwühlen, ihn mir gut anzuschauen, alle Deckel hochzuklappen und sämtliche Schränke zu öffnen, um zu erfahren, was sich darin verbarg. Außerdem gefiel mir der alte Nick mit seinen funkelnden Augen und dem amüsierten Kichern trotz seines schlechten Rufs.

»Warum ich?«, sagte ich, worauf er ein ratloses Gesicht machte. »Warum fragen Sie mich?«, führte ich weiter aus.

»Ah!«, antwortete er, als der Groschen fiel. »Ich gesehen Ihren Wagen. Außerdem hat Mr. Singh Ihre Karte im Fenster. *Kein Auftrag ist zu klein*, steht da.«

Lachend wies ich in den Lagerraum hinein. »Nick, das hier ist kein kleiner Auftrag! Wie oft soll ich kommen?«

»Jeden Tag.« Bei ihm klang das, als sei es selbstverständlich. »Ich bezahle.«

»So einfach ist das nicht. Ich kann meine anderen Kunden nicht im Stich lassen. Es sind Leute und Hunde, die auf mich angewiesen sind. Ich komme, wann immer ich kann. Was halten Sie davon?«

»Wann?«, hakte er stirnrunzelnd nach.

In diesem Moment klopfte es an der Tür. Nick verzog das Gesicht und ging aufmachen. »Paul!«, rief er aus und winkte jemanden herein. »Komm rein, komm rein.«

»Ich bin hier, um die Stühle abzuholen, über die wir gesprochen haben.« Ein Mann erschien im Flur und erschrak sichtlich bei meinem Anblick.

»Das ist Juno«, verkündete Nick. »Meine neue Assistentin«, fügte er stolz hinzu.

»Wirklich?« Er zog eine dunkle Augenbraue hoch. Paul war etwa in meinem Alter oder ein bisschen älter. Ich war groß genug, um ihm in die Augen schauen zu können, aber daran war ich gewöhnt. Außerdem waren es ausgesprochen schöne Augen, sehr dunkel unter langen, geraden Brauen und von schwarzen Wimpern umrahmt. »Paul«, sagte er und hielt mir die Hand hin. Ich schüttelte sie. Fester Händedruck, hinreißendes Lächeln. Ich spürte ein Flackern, eindeutig ein Vibrieren, und ich erkannte daran, wie er den Blickkontakt mit mir hielt, dass es ihm ähnlich erging. »Und Sie arbeiten für Nick?«, fragte er. Seine Stimme klang angenehm, sein Akzent ließ auf Bildung schließen. Überhaupt hatte er etwas von einem ehemaligen Eliteschüler an sich. Vielleicht lag es an seinem Selbstbewusstsein. Er strahlte gute Laune und Lebenskraft aus.

»So lautet der Plan«, erwiderte ich.

»Ganz gleich, wie Sie sich entscheiden«, warnte er mich leise, »trinken Sie bloß nicht seinen Tee.«

»Zu spät.«

»Na, dann viel Glück!« Er wandte sich wieder Nick zu. »Also, wo sind die Stühle?« Sie verschwanden hinter einem Wall aus Möbeln am anderen Ende des Raums und tauchten wieder auf, nachdem sie eine Weile Gegenstände umhergewuchtet hatten. Paul trug zwei schwere, dick weiß lackierte Holzstühle, deren Sitzflächen in einem kitschigen Blumenmuster bezogen waren. Obwohl ich nichts von antiken Möbeln verstand, erkannte sogar ich, dass hier ein Frevel geschehen war.

»Nett, Sie kennenzulernen, Juno«, rief er über die Schulter gewandt, als Nick ihm die Tür aufhielt.

»Kunde?«, fragte ich, nachdem er fort war.

»Paul?« Nick schüttelte den Kopf. »Er restauriert Möbel. Bei diesen Stühlen macht er ab Lack, lasiert sie und bezieht sie anders. Bringt sie so gut wie neu zurück. Sie werden sehen.«

Tja, dachte ich. Mit ein wenig Glück vielleicht. »Wäre Ihnen der Samstag recht?«, schlug ich vor, obwohl ich am Wochenende eigentlich nur ungern Verpflichtungen eingehe. »Ich könnte am Samstag nur für einen Tag kommen, und wir sehen, wie es klappt.«

»Wie es klappt«, wiederholte Nick lächelnd, und wir gaben uns darauf die Hand.

»Und kein Spritzen«, fügte ich feierlich hinzu. »Ich schwöre.«

4

Als ich drei Jahre alt war, wurde ich in London in einer Unterführung aufgefunden. In einem mit Graffiti beschmierten, nach Pisse stinkenden unterirdischen Gang. Offenbar hatte ich mir dort schon stundenlang, in meinen Buggy festgeschnallt, die Lunge aus dem Hals geschrien, während meine junge Mutter neben mir auf dem Boden an einer Überdosis starb. Ich erinnere mich nicht daran. Eigentlich erinnere ich mich an kaum etwas, das vor meinem fünften Geburtstag geschehen ist. Auch nicht an meine Mutter. Ich habe das alles ausgeblendet, so hat man es mir zumindest erklärt.

Nach meiner Rettung aus dem Buggy übergab man mich dem Jugendamt und machte sich auf die Suche nach meiner Verwandtschaft. Wie sich herausstellte, war meine Mutter das schwarze Schäfchen der Familie gewesen. Trotz aller Privilegien – wohlhabende Eltern, teure Privatschulen, Studienplatz – hatte sie alles hingeworfen. Aus den Partydrogen waren harte geworden, und irgendwann hatte sie die Uni geschmissen, war schwanger geworden und zu guter Letzt mit der Polizei in Konflikt geraten. Als sie starb, hatte mein Großvater sie seit vier Jahren nicht gesehen. Meine Großmutter war in der Zwischenzeit verstorben. Wer mein Vater war, wusste kein Mensch.

Als mein Großvater von meiner Existenz erfuhr, wollte er nichts mit mir zu tun haben. Er gab seiner Tochter die Schuld am gebrochenen Herzen seiner Frau und an ihrem frühen Tod, womit er vermutlich recht hatte. Und da er nicht bereit war, die Verantwortung für den Nachwuchs eines Kriminellen oder Dealers zu übernehmen, blieb ich im Heim.

Doch ein Cousin meiner Mutter namens Brian, erfolgreicher Diplomat in Diensten des Auswärtigen Amtes und während eines Einsatzes in Südkorea kurz auf Heimaturlaub, hörte von meinem Schicksal und besuchte mich. Später beschrieb er mir, was für eine kleine Teufelin ich gewesen sei. Eine kreischende Vogelscheuche von einem Kind, das nur aus rudernden Armen und um sich schlagenden Fäusten bestand. Wahrscheinlich war ich keine besonders vielversprechende Kandidatin für eine Adoption, außerdem wäre das in seinem Beruf sowieso undenkbar gewesen, aber er finanzierte mir ein ausgezeichnetes Internat. Ich wurde nie das Gefühl los, dass er meine Mutter vor ihrem Schicksal hätte bewahren können, wäre er damals zu Hause gewesen und nicht weit weg im Fernen Osten.

In der Schule ging es streng zu. Mätzchen wurden nicht geduldet, und ich fühlte mich pudelwohl. Das Schuljahr verbrachte ich im Internat, aber die langen Sommerferien waren ein Problem. Brian kam außerdem nur an jedem zweiten Weihnachtsfest nach Hause. Also wusste man nicht, wohin mit mir.

Cordelia, eine andere Cousine meiner Mutter, erwies sich als meine Rettung. Brian hatte sich mit ihr in Verbindung gesetzt, und obwohl sie meine Mutter nie kennengelernt hatte, war sie bereit, mich aufzunehmen, und lud mich über die Ferien zu sich nach Devon ein.

Brian fuhr mich nach Totnes und stellte uns einander vor. Ich war sieben Jahre alt und kriegte vor Staunen den Mund nicht mehr zu: Cordelia hatte Haare genau wie meine. Zwar nicht rot, sondern braun und grau meliert, aber wild gelockt. Sie trug eine Mähne, die ihr über den Rücken fiel, und unternahm keinen Versuch, sie zu bändigen, zu scheiteln oder anderweitig zu maßregeln. Ich glaube, bei mir war es Liebe auf den ersten Blick. Sie bevorzugte bunte Röcke und baumelnde Ohrringe und war so ganz anders als alle Menschen, die ich kannte. Nachdem sie mir tief in die Augen geschaut hatte, hielt sie mir eine lange, knochige Hand hin.

»Du bist eine alte Seele«, meinte sie sanft zu mir. Und als ich sie immer noch ehrfürchtig anstarrte, lächelte sie. »Du bist ein ernsthaftes kleines Mädchen. Wann hast du Geburtstag?« Es gelang mir, ihr zu antworten, worauf sie weise nickte. »Das ist also der Grund. Du bist Steinbock. Wusstest du, dass Steinböcke alt zur Welt kommen und jünger werden?«

»Du glaubst also noch immer an diesen Hokuspokus«, murmelte Brian.

Cordelia schmunzelte. »Falls du damit die Astrologie meinst, Brian«, erwiderte sie, ohne auch nur im Geringsten verärgert zu sein, »lautet die Antwort Ja.«

Cordelia betrieb einen kleinen Laden in Totnes, dem blühenden Zentrum der Bewegung, die früher New Age hieß. Der Laden mitten in der Fore Street war für mich ein Wunderland, drapiert mit seidenen Schals und farbenfrohen Umschlagtüchern, an Schnüren hängenden Kristallen in den Fenstern und Figürchen, die Drachen und Einhörner darstellten. Die hölzerne Theke war in Fächer voller Perlen aufgeteilt. Cordelia fädelte sie auf silberne Nadeln auf, um Ohrringe zu basteln, oder machte daraus Ketten, die sie an der Wand auf schwarzem Samt präsentierte. Manchmal durfte ich ihr helfen und mit den Glasperlen aus Indien spielen, die in allen Regenbogenfarben schillerten, wenn ich sie ins Licht hielt. Manche waren so groß wie Kastanien, andere so klein wie Samenkörner, einige waren mit Gold und Schnitzereien verziert. Stundenlang beschäftigte ich mich mit diesen Schätzen und passte auf den Laden auf, während Cordelia in einem kleinen Raum hinter einem Vorhang Menschen beriet, die ihr Horoskop deuten oder sich Tarotkarten legen lassen wollten.

Über die Öffnungszeiten entschied sie willkürlich. Wenn keine Termine anstanden und das Wetter schön war, hängte Cordelia das GESCHLOSSEN-Schild an die Tür, und wir sprangen in einen Bus, der uns in die South Hams, ins Otter Valley oder nach Dartmoor brachte. Dort stiegen wir aus und marschierten meilenweit. In unseren derben Wanderstiefeln stapften wir mit schmatzenden Schritten durch den Sumpf, kletterten auf hohe Felsen, durchquerten spritzend plätschernde Bächlein oder erklommen, den Rucksack voller belegter Brote, so manchen Hügel. Die Liebe zum Moor und zur ungezähmten Natur habe ich von Cordelia.

Wenn wir den ganzen Tag im Laden verbracht hatten, zündete sie abends in dem kleinen Feuerkorb in ihrem winzigen Garten ein Feuer an. Dann saßen wir in der Dunkelheit da, verspeisten unser Abendessen, und sie zeigte mir die Sterne und erzählte mir von den Orten, wo sie gewesen war oder die sie gerne noch bereisen wollte. Sie nahm mich mit zum Yogaunterricht, zum Volkstanz, zum Tai Chi, zur kosmischen Heilung und zu allen anderen Kursen, die sie sonst noch besuchte. Ich war zu jung, um zu begreifen, worum es dabei eigentlich ging. Doch ich hatte Spaß und lernte einige spannende Leute kennen.

Bis ich die Schule abschloss und an die Universität ging, verbrachte ich alle meine Ferien bei Cordelia. Aus heutiger

Sicht betrachtet, ist es traurig, dass ich, als ich alt genug war, um alles zu verstehen, was sie mir beibringen konnte, kein Interesse mehr daran hatte. Mein Studium hatte mich zu vernunftbestimmt und kopflastig werden lassen, als dass mich Esoterik noch hätte fesseln können. Ich hatte das Gefühl, Cordelia entwachsen und weltgewandter zu sein als sie. Sie war nur ein alter Hippie – und ich begann, über sie zu spotten.

Es war Ironie des Schicksals, dass eine Frau, die mit dem Rucksack und allein einige der gefährlichsten Orte der Welt bereist hatte, wegen eines einzigen unachtsamen Moments beim Überqueren einer Straße in Totnes das Leben verlor. Brian schaffte es nicht, aus dem Fernen Osten zu ihrer Beerdigung zu kommen, aber er schickte Blumen. Später erfuhr ich, dass er versucht hatte, meinen Großvater zur Teilnahme an der Trauerfeier zu bewegen – so wie er sich schon öfter bemüht hatte, ein Zusammentreffen zwischen uns herbeizuführen –, doch Großvater weigerte sich. Aber alle ihre Freunde kamen, sodass die Kirche aus allen Nähten platzte.

Sie war fast völlig mittellos gestorben. Laden und Wohnung waren gemietet, und sie war mit der Miete im Rückstand. Ich glaube, Brian bezahlte ihre Schulden. Ihre Bernsteinohrringe und einige Bücher waren das Einzige, was sie besaß, und ich erbte sie. Für mich war sie beinahe so etwas wie eine Mutter gewesen. Ich vermisse sie jeden Tag.

5

»Hehlerei, hast du gesagt«, erinnerte ich Ricky und spießte einen Pilz in Knoblauchsauce mit der Gabel auf.

Er und Morris hatten mich zum Mittagessen eingeladen. Angeblich als Dank für meine Hilfe mit den Kostümen für *Der Zauberer von Oz*. Aber in Wahrheit wollten sie mich aushorchen, wie ich am Vortag – meinem ersten Arbeitstag bei Nick – mit ihm zurechtgekommen war. Ich hatte keine Einwände. Ein sonntägliches Drei-Gänge-Menü im traditionellen und gemütlichen Landgasthof *Church House* war nichts, was ich mir selbst hätte leisten können, und deshalb ein paar kleine Gerüchte wert.

»Das ist schon lange her«, erwiderte Ricky nachdenklich. »Es müssen dreißig Jahre sein.«

Morris nickte und verspeiste manierlich ein kleines Eckchen von seinem Brötchen. »Während er im Knast war, ist ihm die Frau davongelaufen.«

Ricky nickte heftig, denn er hatte den Mund voller Crabcake und konnte deshalb nicht sprechen.

»Ich glaube, sie ist zu ihrer Schwester gezogen.« Sorgsam tupfte Morris sich ein Tröpfchen Rote-Bete-Suppe von der Krawatte. »Die Tochter muss damals fünfzehn gewesen sein.«

Endlich war Ricky wieder in der Lage, verbal etwas beizusteuern. »Da war auch noch ein Sohn, er war ein wenig jünger.«

Ich überlegte. Bei der Arbeit gestern hatte ich mich, nur um Konversation zu betreiben, bei Nick nach seiner Familie erkundigt. Er hatte erwidert, er habe keine. Offenbar nichts, worüber er reden wollte.

In diesem Moment erschien der Kellner, räumte den ersten Gang ab und erkundigte sich, ob alles zu unserer Zufriedenheit gewesen sei. Das war es. Als er sich mit den Tellern entfernte, konnte Ricky nicht mehr an sich halten. »Und wie habt ihr euch gestern vertragen?«

Ich zögerte. Es war nämlich etwas Seltsames geschehen, und ich war nicht sicher, wie viel ich verraten sollte.

Anfangs hatte alles geklappt wie am Schnürchen. Nick hatte mir einige Stücke gezeigt, die er bei einer Auktion verkaufen wollte: den Barschrank und einen entzückenden kleinen Sekretär auf schlanken Beinen, dessen Türen Intarsien in Rosenform zierten. Laut Nick stammte er aus dem achtzehnten Jahrhundert.

»Schauen Sie, sogar von hinten ist wunderschön. Darf nicht an Wand stehen«, erklärte er mir. »Sondern mitten im Raum, ein Blickfang. Im Zimmer einer Dame. Man nennt ihn *Bonheur de jour*«, fügte er mit besonders deutlicher Aussprache hinzu.

»Bonheur de jour.« Ich versuchte, es mit meinem gelinde gesagt lückenhaften Schulfranzösisch zu übersetzen. »Eine gute Stunde des Tages?«

Nick lachte leise auf. »Eine tägliche Freude«, verbesserte er mich. Hinter den Türen verbargen sich Reihen winziger Schubladen mit einem Geheimfach dahinter, das er mir zeigte. »Hier hat sie die Liebesbriefe versteckt, oder?«

Am liebsten hätte ich angefangen, in sämtlichen Möbelstücken nach Geheimfächern zu suchen, aber es war Zeit, mich an die Arbeit zu machen. Ich begann mit dem Barschrank, indem ich ihn zuerst mit einer Lauge aus Spezialseife abwusch und ihn dann mit einem weichen Baumwolltuch abtrocknete. Beim Entfernen der hundert Jahre alten Schmutzschicht verfärbte sich das Tuch rasch schwarz. Anschließend griff ich zum Bienenwachs. Nick beobachtete mich mit Argusaugen, um sich zu vergewissern, dass ich mit der Maserung des Holzes und nicht dagegen arbeitete. Er hatte die Messingbeschläge abgeschraubt, saß in einem alten Lehnsessel, aus dem die Hälfte der Polsterung quoll, und wienerte daran herum. Dazu benutzte er nicht etwa Metallpolitur, sondern eine Mischung aus Salz und Zucker, und schrubbte die kunstvolle Ziselierung mit einer Kinderzahnbürste.

»Ist dieser *Bonheur de jour* wertvoll?«, fragte ich.

Als er gleichmütig mit der Hand wedelte, hatte ich den Eindruck, dass er mir den wahren Wert nicht verraten wollte. Ich nahm mir vor, zu Hause im Internet eine Webseite zu suchen, die antike Möbel bewertete.

»Sie machen das sehr gut, Juno«, lobte Nick. »Sehen Sie, wie Holz jetzt schimmert?«

Plötzlich stieß die Türglocke ihr an einen Todeskampf gemahnendes Röcheln aus. Darauf folgte ein wütendes Hämmern an die Seitentür. Nick schien überrascht, so als habe er nicht mit Besuch gerechnet. Er warf mir einen verunsicherten Blick zu. »Ich schaue nach, wer da ist. Sie bleiben hier, Juno.« Er schlurfte zur Tür.

Da ich einige Zeit auf dem Boden gekniet hatte, beschloss ich, die Störung zu nutzen, um aufzustehen, mich zu strecken und meine eingeschlafenen Beine zu wecken. Ob der Besucher womöglich der ziemlich interessante Paul war? Ich schlich mich unter Schmerzen zur Tür des Lagerraums und spähte verstohlen in den Flur hinaus.

Er war es nicht. Der Mann im Flur war gedrungener und muskulös. Sein kurz rasiertes blondes Haar betonte hohe Wangenknochen und kleine Ohren, die so eng am Schädel anlagen, dass er beinahe wie ein Außerirdischer oder ein menschenähnlicher Roboter wirkte. Er redete mit leiser Stimme und eindringlich auf Nick ein, und zwar nicht auf Englisch, sondern in einer Sprache, die slawisch oder nach Balkan klang. Nick antwortete in ruhigem, versöhnlichem Ton. Der Fremde war offenbar unzufrieden.

Ich verstand ohnehin nichts, und somit war es zwecklos, die zwei belauschen zu wollen. Außerdem ging es mich ja auch nichts an. Gerade wollte ich von der Tür zurückweichen und mich wieder an die Arbeit machen, da musste ich fürchterlich niesen. Vermutlich lag es an dem vielen Staub, den ich bei der Poliererei aufgewirbelt hatte. Das Gespräch an der Haustür brach ab, rasche Schritte hallten über den Flur. Ich beugte mich über den Barschrank, als hätte ich nie etwas anderes getan. Die Tür wurde aufgerissen.

Der Fremde versperrte mir den Weg und betrachtete mich mit Augen, so blau wie Gletscher – und ebenso kalt.

»Hallo«, sagte ich mit zitternder Stimme und winkte ihm rasch mit meinem Polierlappen zu. Anstatt sich zu rühren, starrte er mich weiter eisig, schweigend und feindselig an. Kälte kroch mir den Rücken hinunter, und ich konnte nur mit Mühe ein Erschaudern unterdrücken. Nick näherte sich hastig auf dem Flur und gab dabei Geräusche von sich, die wohl irgendwie beruhigend wirken sollten. Kaum stand er in der Tür, fing er an zu reden. Der Fremde wandte nur ein einziges Mal den Blick von mir ab, um Nick etwas zu fragen, und deutete dabei mit dem Daumen grob in meine Richtung. Mir fiel auf, dass er Handschuhe trug. Schwarze Lederhandschuhe. Obwohl ich das nun folgende Gespräch nicht verstand, konnte ich mir den Inhalt denken. Der Mann wollte wissen, wer ich war und was, zum Teufel, ich hier trieb. Einmal wandte er sich direkt an mich und herrschte mich an. Ich schüttelte nur achselzuckend den Kopf. Wahrscheinlich war das ein Trick, und er wollte mir bloß eine Reaktion entlocken, um sich zu vergewissern, dass ich seine Sprache nicht beherrschte und die Unterhaltung von gerade eben nicht hatte verstehen können. Was mich betraf, hätte er auch Transylvanisch reden können.

Wieder ergriff er das Wort, trat einen Schritt auf mich zu und boxte mit der behandschuhten Hand in die Luft. Ich müsste lügen, wenn ich behaupten würde, dass ich mich nicht bedroht fühlte, denn der Mann machte einen ziemlich robusten Eindruck. Er war kompakt, kräftig, muskelbepackt und wirkte mit seinem martialischen Auftreten und seinem zombieartigen starren Blick wie ein Mensch, der mir, ohne auch nur mit der Wimper zu zucken, Schaden zufügen würde. Ich beschloss, ihn Vlad zu nennen, und überlegte, ob sich das abgebrochene Bein des Stuhls neben mir als Waffe eignete, die ich ihm über den Schädel ziehen konnte, falls er mir noch näher kommen sollte. Aber Nick gelang es, ihn zu beschwichtigen, indem er weiter beruhigend auf ihn einredete und ihn nach oben lotste.

Ich nahm meine Arbeit wieder auf, polierte weiter und versuchte, nicht auf die lauten Stimmen aus der oberen Etage zu achten und mich auf meine Arbeit zu konzentrieren. Etwa zwanzig Minuten später polterte Nicks Besucher die Treppe hinunter.

»Habe mich auch gefreut, Sie kennenzulernen«, seufzte ich, in dem Glauben, dass er endlich auf dem Weg nach draußen war.

Doch im nächsten Moment flog die Tür zum Lagerraum krachend auf, und der Mann stand mit finsterer Miene mitten im Raum. Ich rappelte mich hoch und hielt seinem Blick stand, fest entschlossen, mich nicht einschüchtern zu lassen, indem ich mich als Erste abwendete. Nach einer Weile murmelte er etwas, das wie ein Schimpfwort klang, marschierte hinaus und knallte die Haustür hinter sich zu. Ich hatte gesehen, dass er eine kleine Pappschachtel unter dem Arm trug. Nur zu gern hätte ich gewusst, was sich darin befand.

Inzwischen eilte Nick die Treppe hinunter. »Ist alles in Ordnung?«, erkundigte ich mich.

»Ja … natürlich«, keuchte er. Allerdings wirkte er verstört und wollte unbedingt meine Hand tätscheln, wie um mich zu trösten. »Mein Freund hat sich aufgeregt. Es ist nichts.«

»Offenbar gefiel es ihm nicht, dass ich hier bin.«

»Es ist nichts. Keine Angst.«

Das stimmte nicht, das sah ich ihm an. Auch ich war ein wenig erschüttert.

»Wir hören für heute auf, Juno. Ein andermal mehr, ja?« Er förderte eine dicke Rolle Geldscheine aus der Tasche seiner Strickjacke zutage und begann, welche abzuzählen.

»Das ist viel zu viel …«, protestierte ich, aber er ignorierte mich und drückte mir das Geld in die Hand.

»Sie hart gearbeitet, Juno.« Er zögerte und betrachtete mich abschätzend. »Mein Freund … Sie vergessen, dass Sie getroffen, ja?«

»Wenn Sie möchten«, erwiderte ich. »Aber es geht mich ohnehin nichts an. Sie brauchen mich nicht zu bestechen.«

»Nein, nein. Behalten Sie!«, beharrte er. »Wir uns sehen an einem anderen Tag.«

»Ich muss in meinen Terminkalender schauen.«

»Ja, ja. Sie rufen mich an.« Er nickte und konnte mich gar nicht schnell genug zur Tür hinauskomplimentieren.

»Also hast du nicht erfahren, wer der Kerl war?«, fragte Ricky und tat sich an seinem Baiser-Sahne-Dessert gütlich. Inzwischen hatten wir den Seebarsch mit Babyspinat und Stampfkartoffeln vertilgt. Morris und ich aßen Crème brulée.

»Nicks Besucher?« Ich schüttelte den Kopf.

»Wirst du wieder bei Nick arbeiten?«

»Ich glaube schon. Er hat tonnenweise Kram, den ich für ihn säubern soll. Sachen, die er zu Auktionen schicken will.«

»Warum öffnet er seinen Laden nicht? Ich würde mich gerne mal dort umsehen.« Morris sammelte mit Hingabe Teekannen. Auf der Kommode im Frühstückszimmer scharte sich eine ganze Armee dieser Dinger, deren Tüllen alle in Habachtstellung in dieselbe Richtung zeigten.

»Wahrscheinlich ist er müde. Es ist ihm zu anstrengend. Ich gebe ihm Chloe Berkley-Smythes Termin am Mittwochnachmittag, bis sie von ihrer Kreuzfahrt zurück ist. Danach müssen wir weitersehen.«

»Lass dich nicht zu sehr auf ihn ein, Juno.« Morris drohte mir mit dem Finger. »Du möchtest doch nicht in zwielichtige Geschäfte verwickelt werden.«

Ich hätte auf ihn hören sollen. Damals aber ahnte ich noch nicht, was zwielichtig wirklich bedeutete.

6

Verbena Clarke war nicht meine Lieblingskundin. Sie wohnt in einer luxuriös umgebauten Scheune in der Widecombe Road, dort, wo die Landschaft anfängt, sich zu verändern. Der Baumbestand wird spärlicher, zu beiden Seiten erstreckt sich eine weitläufige Ebene, und die Hecken werden von grasbewachsenen Böschungen und niedrigen Trockenbaumauern abgelöst. In der Ferne verwandeln die grünen Fichten einer forstwirtschaftlichen Plantage den Horizont in eine dunkle, gezackte Linie. Hier ist man noch nicht wirklich im Moor, auch wenn die Umgebung nicht mehr so weich und anschmiegsam ist wie unten im Tal, sondern strenger wirkt. Sie ist noch idyllisch, hat jedoch härtere Kanten, als wolle sich der unter dem Moor verborgene Granit nach oben drücken.

Ich parkte den Transporter am Straßenrand. Mrs. Clarke erlaubte mir nämlich nicht, durch ihr Tor zu fahren und mein Auto neben ihrem Porsche und ihrem Range Rover abzustellen. Sie behauptete, mein Fahrzeug beleidige ihre Netzhaut. Deshalb parkte ich stets hundert Meter weiter die Straße hinunter auf der Böschung, wo sie nicht anders kann, als ihn durch ihr Wohnzimmerfenster zu sehen. Allerdings entschädigte mich diese kleine Genugtuung nicht dafür, dass ich bei Wind und Wetter die Straße entlangtrotten musste.

Nur ein kleines Eckchen der Scheune lugte verlockend hinter der hohen Mauer hervor. Erst wenn ich am Torpfosten aus Granit vorbei auf den Hof trat, konnte ich die Schönheit des Hauses auf mich wirken lassen. Altes Mauerwerk und Eichenbohlen nahtlos kombiniert mit modernen Glasfronten. Mrs. Clarke ist Innenarchitektin und hat aus dieser Ansammlung heruntergekommener Farmgebäude wirklich etwas Bemerkenswertes geschaffen. Gerüchten zufolge – und mit Gerüchten meine ich, wie Ihnen sicher schon klar ist, Ricky und Morris – lauert irgendwo im Hintergrund ein Exmann, ein alternder Rockstar, der die Kohle für die Scheunensanierung springen ließ, um Verbena und ihre halbwüchsigen Töchter loszuwerden und mit einem jüngeren Modell durchzubrennen.

Zu meiner Überraschung parkte ein weiteres Fahrzeug neben dem Porsche, ein alter Laster, eindeutig nicht schick genug, wie ich kleinlich dachte, um auf den Hof zu dürfen. Da die Heckklappe offen war, spähte ich neugierig hinein. Der Wagen war leer. Die Haustür war weit aufgerissen, aber ich konnte nicht sagen, ob etwas hineingebracht oder gerade hinausgetragen worden war. Ich erhielt die Antwort, als ich im verglasten Atrium auf eine wuchtige, altmodische Kommode stieß, die den Großteil der Vorhalle blockierte. Ich rief und zwängte mich daran vorbei.

Die reizende Mrs. Clarke saß mit einem Besucher im Wohnzimmer. Zumindest hätte sie mit ihrem vollen blonden Haar und den riesigen blauen Augen reizend sein können, hätte sie nicht einen schauderhaften südenglischen Schulmädchenakzent gehabt und sich resolut jedes Lächeln verkniffen. Ich kam nicht umhin zu bemerken, dass der Besucher, seinem Blaumann nach zu urteilen der Lieferant der Kommode, eine Tasse Kaffee in der Hand hatte. In den zwei Jahren, die ich nun schon zwei Stunden pro Woche bei Mrs. Clarke arbeitete und mich von der Straße, wo sie mich zu parken zwang, bei jedem Wetter ins Haus schleppte, hatte sie mir noch nie eine Tasse Kaffee oder eine andere Erfrischung angeboten.

»Hallo!«, begrüßte mich der Gast laut und vergnügt. Er war ein sympathisch aussehender älterer Mann und, seiner dröhnenden Stimme nach zu urteilen, offenbar schwerhörig.

Mrs. Clarke blickte über die Schulter. »Ach, Juno«, sagte sie herablassend. »Schlafzimmer.« Nachdem sie mir meine Anweisungen erteilt hatte, würdigte sie mich keines Wortes mehr und wandte sich wieder ihrem Besucher zu.

»Trinken Sie denn nicht einen Kaffee mit uns?«, erkundigte sich der Mann.

Ein fragender Blick auf Verbenas starre Körperhaltung verriet mir, dass ich nicht dafür bezahlt wurde, meine Zeit mit Nettigkeiten zu vergeuden, und meinen Hintern deshalb am besten ins Obergeschoss bewegen sollte.

»Ich fürchte nicht«, erwiderte ich und verdrückte mich die Treppe hinauf.

»Ein Jammer«, antwortete er. Oben auf dem Treppenabsatz hörte ich noch, wie er lautstark hinzufügte: »Wer ist denn diese Schönheit mit dem tizianfarbenen Haar?« Obwohl ich aufmerksam die Ohren spitzte, verstand ich nur den Schluss ihrer Antwort: *Putzfrau*. Sie hätte genauso gut *Dienstmädchen* sagen können. Vielleicht hätte sie mir am liebsten ein Brandzeichen auf die Stirn verpasst, damit zukünftige Gäste meinen niederen Stand auf Anhieb erkannten und nicht versuchten, ein Gespräch mit mir anzufangen.

Im Schlafzimmer traf ich das sympathischste Mitglied der Familie Clarke an. Perdita, die rassereine Perserkatze, hatte sich auf dem Bett ausgestreckt. Träge wälzte sie sich herum, präsentierte ihr hinreißend flauschiges Bäuchlein und gestattete mir, sie zu bewundern. Ich habe den Verdacht, dass Perdita nur angeschafft worden ist, weil sie sich so dekorativ auf den Möbeln räkelt. Doch falls sie weiter tote Wühlmäuse und niedergemetzelte Babykaninchen ins Haus schleppt, könnte sie feststellen, dass ihre Tage gezählt sind.

Als ich mit dem großen Schlafzimmer und dem dazugehörigen Bad aus weißem Marmor durch war, musste ich noch zwei weitere putzen. Meiner Ansicht nach sollte man Verbenas jugendlichen Nachwuchs dazu verdonnern, seine Zimmer und Bäder selbst sauber zu halten. Schmutzige Unterhöschen einzusammeln und lange Haare mit einer zurechtgebogenen Büroklammer aus dem Abfluss der Dusche zu popeln bildet nämlich den Charakter.

Als ich fertig war und nach unten kam, befand sich die Kommode an ihrem Platz im Frühstückszimmer. Verbenas gut gelaunter Besucher war anscheinend schon seit einer Weile fort. Verbena stand vor ihrer Neuerwerbung und meditierte über der richtigen Position für eine gedrungene Keramikskulptur. Bei meinem Anblick griff sie widerwillig nach ihrer ledernen Brieftasche. Die Bezahlung verläuft stets nach demselben Muster: ein Seufzer und ein leichtes Kopfschütteln, als würde ich sie in den Ruin treiben.

Irgendwann hatte ich sie mal darauf hingewiesen, dass sie gerade dem Klempner für zehn Minuten Arbeit ein dickes Geldbündel überreicht hatte, ohne mit der Wimper zu zucken. Ihre ein wenig vorwurfsvolle Erwiderung lautete, ein Klempner sei schließlich ein qualifizierter Profi mit Fachkenntnissen. Ich widersprach ihr nicht, sondern schlug ihr lediglich vor, doch mich kommen zu lassen, wenn ihr Müllschlucker das nächste Mal verstopft sei.

Danach schaute ich bei Maisie vorbei. Es heißt ja, dass Hund und Besitzer sich irgendwie ähneln, aber bei Jacko und Maisie ist das nicht der Fall. Jacko ist eine kunterbunte Mischung verschiedener Terriersorten, also eine borstige, struppige Fellwalze auf vier kurzen Beinen. Ihn zusammen mit den anderen Hunden auszuführen ist unmöglich, weil er ein Psychopath ist. Maisie hingegen erinnert mit ihren aprikosenfarbenen Löckchen und den schwarzen Knopfaugen eindeutig an einen Pudel. Sie ist vierundneunzig, und meine Aufgabe besteht darin, für sie einzukaufen, mit ihrem Hund Gassi zu gehen, ihre Rezepte einzulösen und gelegentlich sauber zu machen. Es ist eine flexible Vereinbarung.

Ihr Häuschen steht in der Brook Lane, die deshalb so heißt, weil der Ashburne, ein kleiner Seitenarm des River Dart, ganz im Verborgenen unter dem Großteil des Städtchens verläuft und hin und wieder als winziges Rinnsal im Straßengraben in Erscheinung tritt. Maisies Gartentor erreicht man nur über eine mit alten Gehwegplatten gepflasterte kurze Brücke. Ihr Häuschen ist eines von vieren in dieser Straße. Wie so oft auf dem Land wird der Asphalt nach dem letzten Haus allmählich bröckelig und verwandelt sich schließlich in einen ungeteerten Feldweg.

Als ich hereinkam, saß Maisie auf dem Fußboden. Sie hatte sich ans Sofa gelehnt und die kurzen Beine ausgestreckt, sodass ich die abgetragenen Sohlen ihrer rosafarbenen Lammfellpantoffeln sehen konnte.

»Hallo, meine Liebe«, flötete sie fröhlich.

»Was machen Sie denn da unten?« Ich stieß Jacko, der schrill kläffend auf mich zustürmte, um mein Bein zu bespringen, mit dem Fuß weg. »Sind Sie gestürzt?«

»Ich bin auf einem Teebeutel ausgerutscht.« Sie deutete

auf den Übeltäter, der zerquetscht auf dem Linoleum in der Ecke lag. Er war einer von mehreren, verstreut rings um einen überquellenden Mülleimer mit Fußpedal. Ich kniete mich neben sie. »Wann war das?«

»Oh, vor etwa einer Stunde.«

»Haben Sie sich wehgetan?«

»Nein!« Sie kicherte neckisch. »Ich konnte nur nicht aufstehen. Also bin ich auf meinem alten Hintern hierher zum Sofa gerutscht, um zu probieren, ob ich mich daran hochziehen kann. Aber ich schaffe es nicht. Ich bin einfach ein hoffnungsloser Fall.«

»Eins, zwei, drei!« Ich packte ihre blau geäderten Händchen, die mager wie Klauen waren, und bugsierte sie aufs Sofa. Sie wog nahezu nichts. »Warum sind Sie noch im Morgenmantel? War das Mädchen vom Pflegedienst nicht da?« Es war kurz vor zwölf. Eigentlich sollte jeden Morgen zwischen acht und neun ein Pflegedienst kommen, der Maisie beim Waschen und Anziehen half. Sie hatte morgens ein wenig Mühe, ihre alten Knochen in Gang zu kriegen, und falls ihr niemand Frühstück machte, vergaß sie zu essen. Wenn ich es zuließe, würde sie sich problemlos den ganzen Tag von Tee und Plätzchen ernähren.

»Noch nicht«, erwiderte sie unbesorgt. »Doch sie kommt jeden Morgen um eine andere Zeit. Manchmal ist sie es auch nicht selbst, sondern eine Vertretung.«

»Ich koche Ihnen Tee.« Die Verspätung war sicher nicht Schuld der Pflegerin. Ich habe kurz bei einem Pflegedienst gearbeitet und weiß, dass die Zeitvorgaben nicht zu erfüllen sind.

»Was möchten Sie frühstücken?« Ich sammelte feuchte und ausgetrocknete Teebeutel vom Küchenfußboden auf. »Mit dem Zielen in den Mülleimer hapert es noch, was?«

»Stimmt«, räumte sie vergnügt ein. »Ich hätte gerne eine Scheibe Toast.«

Ich steckte das Brot in den Toaster, verstaute den Müll in einem Beutel und brachte ihn hinaus. Bis ich zurück war und einen frischen Beutel in den Mülleimer gelegt und das Brot aus dem Toaster genommen hatte, hatte Maisie die Fernsehnachrichten eingeschaltet. »Wer ist das?« Sie wies auf den Bildschirm. »Ständig ist er im Fernsehen. Ich mag ihn nicht.«

Ich blickte mich zum Fernseher um, während ich den Toast butterte. »Das ist der Außenminister, Maisie.«

»Ein Arschloch!«, verkündete sie mit finsterer Miene.

Ich hielt mitten im Streichen inne. »Was möchten Sie auf den Toast?«

»Ach, das ist mir egal.«

»Dann nehmen wir Orangenmarmelade, ja?«

Ich hatte keine Ahnung, wovon der Außenminister redete, aber Maisie nickte weise. »Schlechtes Blut lässt sich nicht verleugnen«, verkündete sie.

Oh Gott, hoffentlich doch. Wenn man nicht weiß, wessen Blut in den eigenen Adern fließt, ist das nämlich keine sehr beruhigende Vorstellung.

Im nächsten Moment hastete ein hübsches Mädchen im blauen Overall zur Haustür herein. Jacko startete sofort eine Attacke auf ihre Knöchel, doch ich lenkte ihn ab, indem ich mit einer Schachtel Hundekuchen klapperte, und zerrte ihn am Halsband weg.

»Hallo, Maria!«, rief Maisie und schwenkte ihren Toast. »Alles in Ordnung, Liebes?«

»Hallo, Maisie. Entschuldigen Sie die Verspätung, aber ich musste einen Krankenwagen für Mr. Wilson rufen und konnte ihn nicht allein lassen. Jetzt hinke ich dem Zeitplan hinterher. Tut mir leid. Ich lasse Ihnen jetzt Ihr Bad ein.« Mit diesen Worten eilte sie ins Badezimmer.

Ich wischte den Küchenfußboden, warf einen Blick in Maisies Kühlschrank, kontrollierte die Verfallsdaten auf Lebensgefahr und setzte mich dann zu ihr, um eine Einkaufsliste aufzustellen. »Was halten Sie von neuen Pantoffeln?«, schlug ich vor. »Etwas mit mehr Profil?«

Während Maisie unter Marias wachsamem Blick in der Badewanne einweichte, machte ich mich, Jacko an der Leine, auf den Weg in die Stadt. Sobald Jacko sich auf fremdem Gebiet befindet, kommt er mit Menschen recht gut zurecht. Allerdings lehnt er es strikt ab, den Gehweg mit anderen Hunden oder irgendwelchen Gegenständen auf Rädern zu teilen. Ehe wir unser Ziel erreichten, hatte er sich bellend auf ein Mädchen gestürzt, das Zwillinge in einem Buggy vor sich herschob, ein Kind auf einem Dreirad verängstigt und einem älteren Spaniel und dessen nicht minder älterem Besitzer einen ordentlichen Schrecken eingejagt. Nachdem ich ihn auf der Suche nach Maisies Schinken und grünem Salat durch mehrere Läden gezerrt hatte, hatte ich es satt, mich für ihn zu entschuldigen, und band seine Leine an einem Haken in der Mauer gegenüber von Mr. Singhs Laden fest, um in Ruhe hineingehen und für sie eine Dose Ovomaltine und eine Tüte Zitronenbonbons kaufen zu können.

»Wenn du dich nicht benimmst, kriegst du von mir keine Schweinsohren«, drohte ich ihm mit Grabesstimme.

Plötzlich begann er, tief in seiner Kehle zu knurren. Es war nicht seine übliche Angeberei, sondern ein urwüchsiges Grollen, das von Angst und Abscheu zeugte. Micky war um die Ecke gebogen, wie immer bekleidet mit einer Strickmütze und einem uralten, von einer Schnur zusammengehaltenen

Trenchcoat. Und somit war der Grund für Jackos Knurren sofort sonnenklar. Denn wo Micky ist, ist Duke ganz sicher nicht weit.

Micky ist ein Gentleman der Straße, und zwar mehr aus freier Entscheidung als wegen der Unbilden des Schicksals. Er streift nach Herzenslust durchs Moor, übernachtet in verschiedenen selbst gebauten Verstecken und meidet für gewöhnlich seine Mitmenschen. In die Stadt kommt er nur, wenn die Notwendigkeit ihn dazu zwingt. Falls er zu Mr. Singh wollte, dann sicher, um Blättchen zum Zigarettendrehen zu erwerben.

Er begrüßte mich mit einer wortlosen Handbewegung. Vor einer Weile war er in ein Missverständnis mit der Polizei verwickelt gewesen, bei dem es um den Besitz einer kleinen Menge Marihuana ging. Während er einen Monat im Knast verbracht hatte, hatte ich jeden Tag Duke im Moor gesucht und ihn gefüttert.

Kaum war Micky durch Mr. Singhs Schwingtüren verschwunden, als Duke schon angehinkt kam. Duke ist eine Kreuzung aus Dänischer Dogge und Mastiff auf der mütterlichen und … nun … etwas anderem auf der väterlichen Seite. Jedenfalls muss es ein riesiges Tier mit einem Fell gewesen sein, das schwärzer war als bei einem gewöhnlichen Hund. Dukes muskulöser Körper ist über und über mit Narben bedeckt, und er ließ den massiven Schädel hängen. Er würde sich optimal für die Titelrolle in *Der Hund von Baskerville* eignen.

Inzwischen tobte Jacko. Seine Leine war straff gespannt, und er erwürgte sich fast an seinem eigenen Halsband, als er verzweifelt versuchte, über die Straße zu rasen und sich auf Duke zu stürzen. Dieser nahm ihn überhaupt nicht zur

Kenntnis, sondern brach durch Mr. Singhs Schwingtür wie ein Revolverheld in einen Saloon. Denn drinnen im Laden gibt es eine Verkaufsstation für Süßigkeiten zum Selbstmischen, die Schalen verlockend auf Kleinkinderhöhe angebracht, sodass eine Hundeschnauze mühelos die Deckel aufschieben kann. Ich fing an zu zählen.

Ich war erst bei sechs angelangt, als Duke aus dem Laden gerannt kam. Ihm folgte Mrs. Singh im Sari und mit grüner Strickjacke, die »Böser Hund! Böser Hund!« schrie und ihm dabei mit einem Besen auf den Rücken schlug. Duke interessierte das in etwa so, als ob sie ihn mit einer Puderquaste gestreichelt hätte. Er ließ sich auf den Gehweg fallen und spuckte mit Inbrunst einen Schwall glänzender Einwickelpapiere aus.

»Er nimmt sich immer die Sachen von Quality Street!«, teilte Mrs. Singh mir empört mit und hastete wieder hinein.

Ich ging hinüber zu Duke, kauerte mich hin und umfasste seinen riesigen Kopf. Er ließ mich gewähren und lehnte ihn in meine Hand, als sei er ihm zu schwer und er erleichtert, die Last los zu sein. Ich starrte in seine müde flackernden bernsteinfarbenen Augen, und wir wechselten still ein paar Worte, während ich seine eingerissenen Ohren streichelte. Das war zu viel für Jacko, der kläffte und knurrte und vor Wut beinahe einen Herzinfarkt bekam.

»Bist du jetzt endlich still, du lebensmüder kleiner Kläffer?«, zischte ich ihm zu. Falls Duke die Herausforderung angenommen hätte, hätte er nicht mehr Chancen gehabt als eine Ratte. Zum Glück hatte Duke keine Lust, Jackos Dasein zu beenden. Sein einziges Lebensziel war es, seinem Herrchen zu folgen, das gerade aus dem Laden kam. Micky sagte zwar nichts, denn das tat er nur selten, aber er nickte mir zu und schenkte mir das, was bei ihm als ein Lächeln durchging: tiefere Fältchen um die Augen und Bewegung im schimmelpilzgrauen Bart. Duke rappelte sich auf und hinkte ihm nach. Sobald er außer Sicht war, erschlaffte Jacko langsam wie ein Ballon, dem die Luft entweicht, und ich trat in den Laden, um Maisies Zitronenbonbons zu kaufen und Mrs. Singh gut zuzureden.

7

»Wir gehen morgen zu Besichtigung für Auktion. Ich und Paul. Juno, Sie kommen mit, ja?« Nicks Stimme hallte aus dem Telefonhörer. Ich war gerade von meinem Spaziergang mit der Meute zurück und musste einen Moment überlegen. »Morgen ist Mittwoch. Soll ich da nicht bei Ihnen arbeiten?«

»Keine Arbeit, Besichtigung für Auktion. Sie kommen, ja?«

»Nun … ja«, erwiderte ich und begann mich für die Idee zu erwärmen. »Warum nicht?« Ich war noch nie bei einer Auktion oder Besichtigung gewesen. Und wie ich zugeben musste, stellte die Tatsache, dass Paul mit von der Partie sein würde, einen zusätzlichen Anreiz dar. »Danke, ich komme sehr gerne.«

»Gut. Dann Sie sind um eins hier. Wir brechen auf. Und, Juno«, fügte er mit unheilschwangerer Stimme hinzu, ehe ich auflegen konnte, »ziehen Sie Kleid an.«

Und so fuhr ich, nachdem ich am nächsten Tag die Meute ausgeführt und alle Rabauken abgeliefert hatte, nach Hause, schlüpfte aus den Hundeklamotten, wusch mir dir Haare, ertränkte sie in Kurspülung und zog das einzige Kleid an, das ich derzeit besaß. Es war durchgeknöpft und bestand aus cremefarbener Seide. Ich hatte es in einem Wohltätigkeitsladen in Totnes gekauft. Also absolut passend für eine Antiquitätenauktion, dachte ich. An einem Ärmel hatte es zwar einen kleinen Rostfleck, aber der fiel kaum auf. Ich ließ meine Haare offen und legte Cordelias Bernsteinohrringe an. Dann musterte ich mich in dem einzigen bodentiefen Spiegel, den es im Haus gab. Gar nicht so übel.

Auch der alte Nick wirkte völlig verändert. Als er die Tür öffnete, wich ich vor Erstaunen einen Schritt zurück. Statt seiner Strickjacke und der Pantoffeln trug er einen dunklen Mantel und auf Hochglanz polierte schwarze Schuhe. »Ich wette, die haben Sie nicht mit der Zahnbürste geputzt«, sagte ich.

Lachend setzte er einen alten Filzhut auf und bot mir den Arm.

»Unsere Kutsche wartet«, verkündete er mit funkelnden Augen. Bis jetzt hatte ich gar nicht darüber nachgedacht, wie wir unser Ziel erreichen sollten, und angenommen, dass wir in Pauls Möbellaster fahren würden. Aber nein. Nick eröffnete mir, wir würden sein Auto nehmen.

»Sie stecken voller Überraschungen. Ich wusste gar nicht, dass Sie ein Auto haben!«

»Ich stelle in Garage um Ecke«, antwortete er und zeigte in die entsprechende Richtung.

Dass es sich um einen Oldtimer handelte, hätte mich nicht überraschen dürfen. Es war ein Riley, von außen schimmernd schwarz, drinnen cremefarbenes Leder und ein Armaturenbrett aus Walnussholz.

»Wunderschön«, hauchte ich. »Wie alt ist er?«

»1953«, erwiderte er stolz. »Viel älter als Sie und … äh … unser Fahrer«, fügte er hinzu, als Paul erschien. Offenbar war er nicht aufgefordert worden, ein Kleid anzuziehen, denn er trug Jeans und einen alten blauen Pulli. Grinsend nahm er die Schlüssel von Nick entgegen und hielt uns mit einer theatralischen Verbeugung die Tür auf. Als ich hinten einstieg, ertappte ich ihn dabei, wie sein Blick bewundernd über mein Seidenkleid wanderte.

Ich hatte damit gerechnet, dass wir zu einem der Auktionshäuser in Newton Abbot oder Exeter wollten, doch wir fuhren durch Holne und Buckland ins Moor. Als wir plötzlich zwischen steinernen, von Greifen gekrönten Steinsäulen hindurch und über eine lange Auffahrt auf ein prächtiges ländliches Anwesen zurollten, wurde mir klar, dass es sich nicht um eine der Nullachtfünfzehn-Provinzauktionen handelte, die ich aus Antiquitätensendungen im Fernsehen kannte. Diese wurden normalerweise in alten Lagerhäusern mit Werkzeugbrettern an den Wänden abgehalten, während es sich bei dieser Auktion offenbar um eine hochkarätige Veranstaltung handelte. Nach den Autos zu urteilen, neben denen wir auf dem mit Kies bestreuten Vorplatz parkten, sehr hochkarätig.

Unter einem glitzernden Kronleuchter, so groß wie ein Gewächshaus, traten wir in eine marmorne Vorhalle, wo Paul zwei dicke Kataloge von einem Stoß auf einem Tisch nahm und mir einen davon reichte. Der Katalog enthielt eine Liste der zum Verkauf stehenden Gegenstände, versehen mit einer Schätzung des Auktionators, wie viel jeder davon vermutlich einbringen würde.

»Schauen Sie sich um, Juno«, meinte Nick zu mir. »Da sind einige Dinge, die Paul und ich uns ansehen müssen.«

Ich stand noch immer inmitten all dieser Pracht und kriegte den Mund nicht mehr zu wie eine Idiotin. »Gut«, murmelte ich. Nichts war mir lieber, als ungestört in Aladdins Schatzkammern zu stöbern, die ich in den von der Vorhalle abgehenden Räumen entdeckt hatte. Ich schlenderte in einen Ballsaal, wo die Kronleuchter an der kunstvoll verputzten Decke nur halb so groß waren wie der in der Vorhalle. Dafür waren es sechs. Ricky und Morris würden begeistert sein, wenn ich ihnen das alles hier schilderte.

Der Ballsaal war Möbelstücken vorbehalten. Es wimmelte von Kaufinteressenten, und in der Luft flirrte eine Energie, wie ich es sonst nur von der Rennbahn kannte. Hier waren ganz klar hohe Summen im Spiel. Ich konsultierte meinen Katalog. *Posten 294: George I, kleiner Schrank aus Walnussholz mit verschnörkelter Randleiste, circa 1720. 37.000–45.000 Pfund.* Ich stieß einen lautlosen Pfiff aus. Kurz darauf fand ich mich vor einem Gegenstand wieder, den ich erkannte, und schlug ihn eilig nach. *Posten 298: Edwardianischer Bonheur de jour für Damen. Mahagoni mit schmalen Intarsien und Rosenholzkanten, eingelegte Rosen. Circa 1850. 2.500–3.500 Pfund.*

Mir fiel die Kinnlade herunter. Obwohl der kleine Schreibtisch verglichen mit den teureren zum Verkauf stehenden Stücken nicht sehr bedeutend war, hatte ich keine Ahnung von seinem Wert gehabt, als ich ihn, auf den Knien liegend, im Lagerraum des alten Nick poliert hatte. Ich schaute mich nach Nick und Paul um, aber sie waren nirgendwo im Raum.

»Gütiger Himmel! Was machen Sie denn hier?«, sprach mich jemand an.

Ich fuhr herum – Verbena Clarke stand dicht hinter mir. Ihr Blick wanderte mein Kleid hinauf und hinunter, allerdings ganz anders als der von Paul. Sie freute sich offenbar nicht, mich zu sehen.

»Hallo«, erwiderte ich so freundlich wie möglich. »Ich bin mit Freunden da.«

»Oh«, murmelte sie, und ihre Wangen röteten sich vor Verlegenheit. »Mit Ihnen habe ich nicht gerechnet.« Anscheinend bemerkte sie selbst, wie taktlos sie sich verhielt, und wusste nicht, was sie sonst noch sagen sollte, denn sie machte kehrt und stolzierte davon.

Nachdem ich noch ein Weilchen zwischen den Kostbarkeiten umhergestreift war, fragte ich mich allmählich, was wohl aus Paul und Nick geworden sein mochte. Hoffentlich hatten sie mich nicht vergessen und waren ohne mich nach Hause gefahren! Durch die hohen Fenster des einen Raums hatte ich freie Sicht über den Hof und zu den ebenfalls mit Antiquitäten vollgestopften Stallungen. Ich schlenderte hin und fand drinnen bescheidenere Stücke vor: abgebeiztes Fichtenholz, alte Werkzeuge und landwirtschaftliche Geräte. Außerdem entdeckte ich Paul und Nick, die mit einem Grüppchen von Menschen sprachen. Unter ihnen amüsanterweise Verbena. Entschlossen marschierte ich auf die Leute zu.

»Ach du lieber Gott!«, rief ein Herr lautstark aus. »Da ist ja die Schönheit mit dem tizianfarbenen Haar!«

Ich brauchte einen Moment, um den Mann mit Mantel und Filzhut als den zu erkennen, der Mrs. Clarke die Kommode gebracht hatte. Er zog vor mir den Hut. »Wir sind uns letztens bei Vee begegnet«, half er mir, stellte sich gut gelaunt als Tom Smithson vor und reichte mir seine Hand.

»Juno«, stellte ich mich meinerseits vor. Ich drehte mich zu Verbena Clarke um, als hätte ich sie eben erst zur Kenntnis genommen. »Oh, hallo, Vee!«

Sie antwortete mit einem steifen Nicken.

»Juno ist meine Assistentin«, teilte Nick den Umstehenden mit. In seinem Ton schwang ein Stolz mit, der mich rührte.

Im nächsten Moment knetete ein hochgewachsener, magerer Mann mit Krawatte und Sakko meine Hand. Als er laut lachte, zeigte er vergilbte Zähne, die an alte Klaviertasten erinnerten. »Nicht Tizian, alter Junge!«, rief er und schien sich selbst unbeschreiblich witzig zu finden. »Präraffaelitisch, mein Freund! Eindeutig präraffaelitisch.«

Ich kann es nicht leiden, wenn man mir auf die Pelle rückt. Der Klavierzahn beugte sich viel zu dicht vor und ließ mich weiter seinen jetzt scheußlich schlaffen Händedruck spüren, während seine blassblauen Augen mir das Kleid aufknöpften. Es war, als habe man sich in einen feuchten Strang Seetang verheddert und werde dabei von einem Kabeljau angegafft.

Rasch kam Paul mir zu Hilfe. »Was halten Sie von einer Tasse Tee, Juno?«, schlug er vor. »In der alten Molkerei gibt es einen Teeausschank.«

»Ja, geht nur«, drängte uns Nick, ein klares Zeichen dafür, dass er uns loswerden wollte, und so überließen wir ihn seiner Clique.

»Also kennen Sie Verbena?« Ich konnte mir die Frage nicht verkneifen, als wir zum Teeausschank spazierten.

»Nicht wirklich«, meinte er in einem Tonfall, den ich erfreut als Desinteresse deutete. »Sie ist hin und wieder bei Verkaufsveranstaltungen und Auktionen. Ständig sucht sie nach neuen Stücken.«

»Vermutlich weil sie Innenarchitektin ist«, fügte ich hinzu.

Er nickte. »Ich habe das ein oder andere Möbelstück für sie restauriert.«

Der Teeausschank, offenbar eigens für den heutigen Tag eingerichtet, war eine große Enttäuschung. Nach dem Prunk im Haus hatte ich weiße Tischdecken und zartes Porzellan erwartet und auf leckere Appetithäppchen, Scones und gewaltige Kuchenstücke gehofft. Doch der Tee kam aus einer Thermoskanne auf einem Tapeziertisch und wurde in Plastikbechern serviert. Wir setzten uns an einen von verschüttetem Zucker aus aufgerissenen Päckchen klebrigen Tisch und ergatterten die letzten beiden Kekse von dem einzigen herumstehenden Teller. Sie waren ein bisschen aufgeweicht.

»So etwas würde der National Trust sich bei seinen Führungen durch historische Anwesen nie erlauben«, stellte Paul grinsend fest. »Anscheinend halten sie es für überflüssig, sich Mühe zu geben.« Er wies mit dem Kopf auf das Haus. »Es geht nur um die Antiquitäten. Deshalb sind die Leute hier.«

»Ich hatte keine Ahnung, dass es so eine wichtige Veranstaltung ist«, gab ich zu. »Mir war gar nicht klar, dass Nick mit derart wertvollen Stücken handelt.«

Paul zuckte die Achseln. »Meistens tut er das auch nicht. Wir besuchen nicht so oft solche Besichtigungen. Hin und wieder helfe ich ihm bei Reparaturen und Restaurierungen, aber eigentlich arbeiten wir nicht zusammen.«

Ich fragte mich, ob er etwas von Nicks Geschäften an der Hintertür, insbesondere von Vlad, wusste, bohrte jedoch nicht nach. »Und Sie handeln auch mit Antiquitäten?«

»So könnte man es wahrscheinlich nennen. Ich restauriere Möbel, allerdings verkaufe ich nicht viel.« Wieder ein Achselzucken. »Ich habe einen Stand im *Ashburton Art and Antiques Bazaar* gemietet.«

Hinter diesem überkandidelten Namen verbirgt sich ein Trödelparadies, eine alte Markthalle, die renoviert und in Stände aufgeteilt wurde. Diese sind an verschiedene Händler vermietet, und das Ergebnis ist eine eigenwillige Mischung aus Antiquitäten, Kunsthandwerk und regionalen Spezialitäten. Sophie, eine befreundete Künstlerin, sitzt dort regelmäßig mit knurrendem Magen ihre Zeit ab. Bestimmt hatte ich Pauls Sachen schon dort gesehen, wenn auch nicht unbedingt Paul selbst. Die Händler wechseln sich beim Bewachen der Stände ab, damit sie nicht täglich anwesend sein müssen.

Er seufzte. »Ich überlege, ob ich dort kündigen soll.«

Gerade wollte ich mich nach dem Grund erkundigen, als Nick in der Tür des Teeausschanks erschien und auf uns zuschlurfte. Er wirkte erschöpft, war ein wenig fahl im Gesicht und lehnte den angebotenen Tee ab. »Wir fahren jetzt nach Hause«, sagte er, und ich ahnte, dass er sich mit diesem Ausflug übernommen hatte.

Auf dem Weg zum Auto hakte ich ihn unter. »Ich habe den *Bonheur de jour* entdeckt. In dieser Umgebung sieht er ganz anders aus. Wirklich hübsch.«

Nick lachte leise auf. »Hoffentlich bringt er auch hübschen Preis ein. Warten wir ab.«

»Ich wusste gar nicht, dass Sie Mrs. Clarke kennen«, fuhr ich beiläufig fort.

»Mrs. Hochwohlgeboren, blöde Kuh«, knurrte er, und ich lachte.

»Fahren Sie zur Auktion wieder hin?«

Er schüttelte den Kopf. »Ich schaue online zu.«

»Werden Sie für etwas bieten?«

Nick wedelte mit der Hand, was offenbar *vielleicht* bedeutete. »Da waren ein paar schöne Sachen.« Er wandte sich mir zu, und ich sah ein spitzbübisches Blitzen in seinen Augen. »Wissen Sie, Juno, verkaufen ist leicht. Wissen, was man kaufen soll …« Er tippte sich vielsagend an den Nasenflügel. »… ist wahre Kunst.«

8

»Ich habe gute Idee.« Bereits am nächsten Vormittag rief Nick mich an. »Sie kommen zu mir, ja?«

»Ich komme zu Ihnen, nein«, entgegnete ich. Ich war gerade von meiner morgendlichen Arbeit zurückgekehrt und wollte rasch ein Brot essen, bevor ich wieder losmusste. Darum hörte ich nur mit halbem Ohr zu. Den Telefonhörer zwischen Hals und Schulter geklemmt, schaute ich mir die Post, die vormittags gekommen war, an. Nichts, was einen vom Hocker haute: ein Stapel Rechnungen und eine Gratis-Wundertüte von einer Hilfsorganisation für die Dritte Welt. »Ich bin beschäftigt«, teilte ich Nick mit Nachdruck mit, während ich den Inhalt der Wundertüte sichtete. Er entpuppte sich als billiger Kugelschreiber mit meinem Namen in eingeprägten Goldbuchstaben darauf. Falls diese Leute glaubten, dass ich ihnen damit einen Scheck ausstellen würde, hatten sie sich geschnitten. »Wir sehen uns morgen.«

»Nicht morgen«, beharrte er. »Kommen Sie heute.«

»Worum geht es denn?«, fragte ich gereizt.

Er kicherte ins Telefon. »Sie werden sehen.«

Seufzend gab ich mich geschlagen und ließ die Hoffnung auf ein Sandwich fahren. »Okay, einverstanden. Ich bin in zehn Minuten da.«

»Gut«, erwiderte Nick und legte auf.

Während ich mich Nicks Haustür näherte, schimpfte ich

noch immer übellaunig vor mich hin. Als allerdings Paul diese Tür öffnete und mich lächelnd hereinbat, war meine Missstimmung schlagartig wie weggeblasen.

Nick stand im Flur, der zum Lagerraum führte, und zwar neben zwei traumhaften edwardianischen Stühlen mit Rundlehne aus dunklem, schimmerndem Holz. Die dick gepolsterten, geknöpften Sitzflächen bestanden aus üppigem grünen Samt mit Fransen am Rand.

»Das sind doch nicht etwa dieselben Stühle!«, rief ich nach Luft schnappend aus.

Nick kicherte und nickte. »Paul hat gut gemacht.«

»Das hat er wirklich.« Ich drehte mich zu ihm um. »Was haben Sie damit vor?«

»Es sind Nicks Stühle«, antwortete er. »Aber ich bringe sie zu …«

»Ja, ja!«, fiel Nick ihm ins Wort. »Deshalb ich Sie brauche, Juno … kommen Sie rauf … wir reden.«

»Keine Sorge«, raunte Paul mir auf dem Weg nach oben ins Ohr. »Ich koche den Tee.«

»Wissen Sie, worum es geht?«, flüsterte ich.

»Ja.« Er wirkte verlegen. »Ich fürchte, es ist meine Schuld.«

Kaum saß ich am Küchentisch, legte Nick los. »Juno, ich habe tolle Idee. Paul fährt zu …«

»Haben Sie schon mal von der Somerset's Summer Antiques Fair gehört?«, unterbrach ihn Paul, setzte den Kessel auf und drehte sich zu mir um.

»Am Rande.« Mir war bekannt, dass irgendwo in Somerset jedes Jahr auf einem ungenutzten Flugplatz eine Antiquitätenmesse stattfand, ich war jedoch noch nie dort gewesen.

»Riesengroßer Markt!«, rief Nick aufgeregt. »Berühmt! Leute aus ganzem Land …«

»Eine ausgezeichnete Möglichkeit zu verkaufen«, stimmte Paul zu, während er auf der Suche nach Tassen Schranktüren öffnete. »Es ist ziemlich schwierig, einen Platz zu bekommen. Man muss sich Monate im Voraus bewerben und sich auf eine Warteliste setzen lassen. In diesem Jahr habe ich einen Stand ergattert. Zwar nur auf dem Freigelände, aber …«

»Und da bringen Sie die Stühle hin?« Ich begriff immer noch nicht, was das mit mir zu tun hatte.

»Guter Stand«, ergänzte Nick. »Doppelte Größe. Und Paul mir angeboten, dass er mitnimmt meine Sachen, wenn ich zahle halbe Standmiete …«

»Prima Idee«, stimmte ich arglos zu. Rückblickend betrachtet fasse ich es nicht, wie naiv ich ihm auf den Leim ging.

»Sehr prima«, bestätigte Nick grinsend. »Sie fahren hin, ja?«

»Verzeihung?«

»Sie fahren mit Paul zu Messe. Verkaufen Sachen.«

Ich starrte ihn entgeistert an. »Moment mal …«

»Tut mir leid, Juno.« Paul hatte aufgehört, mit den Teeutensilien zu hantieren, und am Tisch Platz genommen. »Allein schaffe ich es nicht. Um einen Stand zu betreiben, muss man zu zweit sein. Der Freund, der mitkommen wollte, hat abgesagt. Ich habe überall herumgefragt, aber ich finde niemanden, der am Freitag Zeit hat.«

»Meinen Sie *diesen* Freitag?«, rief ich aus.

»Nächste Woche. Nick ist es aus naheliegenden Gründen zu viel. Doch als ich ihn darauf angesprochen habe, dachte er, dass Sie es vielleicht einrichten könnten.«

»Tja, Nick vergisst eben gern, dass ich nicht nur für ihn arbeite!«, entgegnete ich mit einem tadelnden Blick in seine Richtung.

Nick lachte nur. »Aber es wird Ihnen gefallen, Juno. Es macht Spaß.« Als er mir die Hand tätschelte, hätte ich ihm am liebsten eine runtergehauen. »Sie nehmen nur ein paar Sachen von mir mit. Rest Sie suchen selbst aus.«

»Was?«, hakte ich argwöhnisch nach.

»Sie schauen sich Krempel an und packen ein, was Sie wollen. Verkaufen Sie es. Wir teilen Geld. Fünfzig-fünfzig.«

»Ich kann nicht.«

»Sie werden mögen, Juno. Ich weiß das.«

»Das ist nicht das Problem, Nick. Ich kann meine Freitagskunden nicht im Stich lassen.« Ich runzelte die Stirn. »Warum kann man diese Messe nicht an einem Samstag veranstalten?«

Er zuckte die Achseln. »Tradition.«

Inzwischen schenkte Paul Tee ein. Dann schwenkte er mit fragend hochgezogenen Augenbrauen die Kondensmilchdose vor meiner Nase. Ich schüttelte den Kopf. »Warum gibst du Juno keine Bedenkzeit?« Er schob eine Teetasse zu mir hinüber. »Sagen Sie uns morgen Bescheid, ob Sie es einrichten können. Das heißt, falls Sie Lust dazu haben«, fügte er mit einem freundlichen Lächeln hinzu.

Seltsamerweise hatte ich Lust, und das lag nicht daran, dass ich Nicks Schrott verhökern sollte.

»Nick hat recht, es kann ein Spaß sein«, fuhr er fort. »Allerdings ist es ein langer Tag, den man im Freien verbringen muss. Und wenn das Wetter schlecht ist und man nichts verkauft, kann es eine ziemliche Schinderei werden. Außerdem hat er unter den Tisch fallen lassen, dass wir um vier Uhr morgens aufbrechen müssten.«

»Warum?«, erkundigte ich mich schon mit deutlich weniger Lust.

»Weil wir früh da sein müssen. Zum Abladen müssen wir direkt hinter unserem Stand parken. Später bringe ich den Wagen zum Parkplatz, doch es dauert eine Weile, die Tische aufzubauen und alles vorzubereiten.«

»Also fahren Sie, Juno, ja?«, fragte Nick.

Ich bedachte ihn mit einem giftigen Blick. Der Mann hatte wirklich Nerven, von mir zu erwarten, dass ich einen Arbeitstag opferte und meine Freitagskunden verärgerte, nur um mit seinem Müll ein paar lausige Pfund zu verdienen. Andererseits würde es bestimmt ein Abenteuer werden, und ein Tag mit Paul hatte auch etwas für sich. »Ich überlege es mir«, murmelte ich. »Jetzt muss ich aber los«, fügte ich hinzu, als Nick den Mund aufmachte, und ergriff die Flucht, bevor er mich weiter bedrängen konnte.

Bis zum Abend hatte ich ermittelt, dass ich eigentlich nur noch ein Problem hatte, wenn ich Maisies Einkäufe am Donnerstagnachmittag anstatt am Freitagvormittag erledigte. Deshalb trottete ich die Treppe hinunter und klopfte höflich bei meinen Vermietern an. Adam öffnete die Tür.

»Guten Abend«, flötete ich.

»Kann ich dir helfen?«, erwiderte er und zog misstrauisch eine Augenbraue hoch.

»Kommt drauf an. Was hältst du davon, mal ein paar Hunde spazieren zu führen?«

Die größte Schwierigkeit war die Entscheidung, was ich mitnehmen sollte. Nick ließ mich aus den Krimskramskartons in seinem Laden aussuchen, was ich wollte. Der Platz in Pauls Transporter war begrenzt, und ich brauchte Stunden für die Auswahl. Zu guter Letzt packte ich sechs Kartons voll mit verschiedenen Stücken aus Porzellan und Glas, das meiste davon mit kleinen Fehlern, und dazu ein paar Messingteile.

Ich schleppte alles mit nach Hause, um es zu reinigen. Das Messing musste poliert werden, das Zeitungspapier zum Einwickeln hatte schwarze Schmierer auf dem Porzellan hinterlassen, und die Gläser waren staubig. Ich erstellte eine Inventurliste und schrieb sie für Nick noch einmal ab.

Das nächste Problem war, dass ich keine Ahnung hatte, wie viel ich für jedes Stück verlangen sollte. An der Uni habe ich Geschichte studiert und wäre in der Lage gewesen, einen gepfefferten Aufsatz über die Keramikstädte des neunzehnten Jahrhunderts zu schreiben. Doch wenn es darum ging, deren jeweilige Erzeugnisse auseinanderzuhalten, tappte ich zugegebenermaßen völlig im Dunkeln. Ich konnte Keramik nicht von Porzellan, Steingut nicht von Schlickerglasur und Biskuitporzellan oder Wedgwoodware nicht von einem Loch im Fußboden unterscheiden. Außerdem war ich nicht in der Lage, die geheimnisvollen Zeichen am Boden vieler Stücke zu deuten, solange es sich nicht um eine Aufschrift in lesbarem Englisch handelte, und wusste nicht, was Keramik von Clarice Cliff, Bristol-Porzellan oder Bow war.

Nick war mir da überhaupt keine Hilfe. Als ich ihm beichtete, ich hätte keinen Schimmer von den gängigen Preisen, zuckte er nur die Achseln und meinte, ich würde es schon lernen. Der einzige hilfsbereite Mensch war Morris, der vorbeikam, Stielaugen machte und auf Zuwachs für seine Teekannensammlung hoffte. Er ging alles mit mir durch, versicherte mir, dass sich unter meiner Ware keine verborgenen Kostbarkeiten befanden, und schlug mir Preise vor.

»Schau dich gut auf dem Markt um«, riet er mir. »Dann siehst du, was die anderen verlangen. Weißt du, Juno, Nick würde dir diese Sachen nicht anvertrauen, wenn er befürchten würde, dass du sie unter Wert verkaufst. Es ist wirklich nur Nippes, Liebelein.«

In Nicks Lager hatte ich auch eine Keksdose voller alter Glasbroschen entdeckt, wie Maisie sie sich bei ihren seltenen Ausflügen an den Mantel heftete. Bei vielen war der Verschluss defekt, oder es fehlten Steine. Ich verbrachte Stunden damit, die Broschen in Seifenwasser einzuweichen, sie mit einer Zahnbürste zu reinigen und lose Steine mit Schnellkleber zu befestigen. Als ich fertig war, drapierte ich sie alle auf einem auf dem Küchentisch ausgebreiteten Stück schwarzen Samt, demselben, auf dem schon Cordelia in ihrem Laden Schmuckstücke ausgestellt hatte. Gerade steckte ich die Broschen fest, als es an die Wohnzimmertür klopfte.

Es war Adam. »Unten ist Polizei für dich«, teilte er mir mit unbewegter Miene mit.

Ich dachte, dass er sich einen Scherz erlaubte, doch als ich ihm nach unten folgte, standen tatsächlich zwei Polizistinnen unten auf der Vortreppe.

»Juno Browne?«, fragte die eine freundlich. »Könnten wir kurz mit Ihnen sprechen?«

Verdattert brachte ich sie nach oben ins Wohnzimmer, wo sie nebeneinander auf dem Sofa Platz nahmen. Die eine war mager und dunkelhaarig, die andere mollig und blond. »Kann ich Ihnen einen Tee anbieten?«, erkundigte ich mich. »Ich habe gerade den Kessel aufgesetzt.«

Blondie lehnte ab, während Schwarzköpfchen annahm. Also ging ich in die Küche, um eine Tasse zu holen, wobei ich mich die ganze Zeit fragte, was zwei Police Constables dazu verleitet haben mochte, sich Seite an Seite auf meinem Wohnzimmersofa niederzulassen. Ich servierte den Tee und setzte mich ihnen gegenüber in meinen Lehnsessel. »Worum geht es denn?«, wollte ich wissen.

»Kennen Sie Mrs. Verbena Clarke?« Blondie übernahm das Reden, während Schwarzköpfchen sich an ihre Teetasse klammerte.

Mir wurde sofort unbehaglich. »Ja, seit etwa zwei Jahren. Ich putze einmal wöchentlich bei ihr.«

»Die Sache ist, dass sich offenbar ein Diebstahl ereignet hat. Aus Mrs. Clarkes Haus fehlen gewisse Wertgegenstände sowie ein Geldbetrag, und sie ...«

»Moment mal!« Ich hob eine Hand. »Sie beschuldigt mich doch nicht etwa ...«

»Ganz und gar nicht! Das wollen wir zuerst einmal klarstellen«, erwiderte Blondie hastig, genau genommen so hastig, dass ich es ihr keine Minute lang abkaufte. »Es ist nur, dass Mrs. Clarke nicht ganz sicher ist, seit wann besagte Gegenstände verschwunden sind, und da Sie am ... am Dienstag, richtig? ... dort waren«, sie konsultierte ihr Notizbuch, »fragt sie sich, ob Sie ihr vielleicht weiterhelfen können.«

Mir war schleierhaft, wieso Mrs. Clarke mich nicht einfach angerufen hatte, wenn sie meine Hilfe so dringend brauchte, doch ich sprach es nicht aus. »Sagten Sie gerade, Sie vermuten einen Diebstahl?«

»Nichts weist auf einen Einbruch hin, aber es wurde eine erhebliche Summe Geldes aus ihrer Brieftasche genommen.«

»Sie lässt sie häufig herumliegen.« Als Auftakt unseres Bezahlungsrituals musste Verbena das verdammte Ding jedes Mal suchen. Für gewöhnlich lag die Brieftasche dann auf dem Couchtisch, dem Frühstückstisch oder auf einer Arbeitsfläche in der Küche. »Sie schließt auch ihre Hintertür nicht ab.«

»Das hat sie selbst zugegeben«, fuhr die blonde Polizistin

fort. »Ihrer Vermutung nach hat sich der Dieb ins Haus geschlichen, während sie in ihrem Atelier beschäftigt war. Soweit mir bekannt ist, befindet sich dieses auf der anderen Seite des Hofes in den ehemaligen Stallungen.«

»Und die Fenster zeigen nicht auf den Hof«, ergänzte ich. »Also wäre es kein Problem, sich unbemerkt hineinzupirschen. Nur dass es keinen Sinn ergibt, oder? Warum sollte jemand nur das Geld mitnehmen und nicht die ganze Brieftasche?«

Die Polizistin zuckte die Achseln. »Ein Obdachloser hätte nicht viel Verwendung für Kreditkarten. Drogensüchtige interessieren sich nur für Bares. Doch hinzu kommt«, sprach sie weiter, »dass aus der oberen Etage verschiedene Dinge fehlen.«

»Können Sie uns sagen«, meldete sich Schwarzköpfchen zu Wort, beugte sich vor und fixierte mich mit einem Blick aus grauen Augen. Ihre Hand umklammerte noch immer die Tasse. »Ob Ihnen am Dienstag etwas Ungewöhnliches aufgefallen ist?«

»Nun, es war gerade eine neue Kommode geliefert worden«, teilte ich ihr mit.

»Der Lieferant war nicht oben«, entgegnete sie und starrte mich an. »Im Gegensatz zu Ihnen.«

Mir verschlug es die Sprache. Wenn das keine Anschuldigung war, war es zumindest nah dran.

»Waren Sie in Mrs. Clarkes Schlafzimmer?«, hakte sie nach.

»Deshalb war ich ja gekommen«, antwortete ich geduldig. »Ich habe wie immer ihr Zimmer und das angeschlossene Bad gereinigt. Und ihr Ankleidezimmer«, fügte ich hinzu. »Ich habe einige ihrer Kleidungsstücke aufgehängt.«

»Haben Sie den Frisiertisch gesäubert?«

»Ja.« Verbenas Frisiertisch verbarg sich hinter lautlos zufallenden Türen, die einen Blick auf einen eingebauten, in weiches Licht getauchten und mit Spiegeln versehenen Frisiertisch freigaben. Das Ganze erinnerte an einen Hausaltar.

»Wissen Sie, ob Sie je Schmuck auf ihrem Frisiertisch gesehen haben?«, fragte Blondie.

Mir war bekannt, dass Verbena den Großteil ihres Schmucks, also die wertvollen Stücke, in einem kleinen Safe mit Nummernschloss unten in einem ihrer Wandschränke aufbewahrte. Auf dem Frisiertisch hatte sie ein chinesisches Porzellantellerchen, wo sie den Schmuck zwischenlagerte, den sie abends ablegte. Offenbar hielt sie es nicht für nötig, diese Stücke sofort wegzuschließen. Den Inhalt dieses Tellerchens sah ich jede Woche, weil ich es beiseiteräumen musste, um die Tischplatte darunter zu polieren. Am Dienstag war es eine goldene Brosche in Blattform gewesen, mit der sie häufig ihre Schals feststeckte. Sonst nichts.

»Haben Sie Ohrringe bemerkt?«

»Wurden denn welche gestohlen?«

»Offenbar handelt es sich um tropfenförmige Diamanten.« Die Polizistin reichte mir ein Foto, das sicher irgendwann für die Versicherung geknipst worden war. Die etwa neun Zentimeter langen Ohrringe bestanden aus in zickzackförmigen Reihen angeordneten Diamanten. Ich war sicher, dass sie mir noch nie untergekommen waren.

»Ungewöhnlich«, merkte ich an.

»Anscheinend Einzelstücke«, verkündete die Polizistin. »Ein Geschenk ihres Exmannes, eigens für sie angefertigt.«

Ich gab ihr das Foto zurück. »Hätten die nicht in den Safe gemusst?«

»Mrs. Clarke hat sie über Nacht auf den Frisiertisch gelegt, um sie am nächsten Tag wegzuschließen«, führte die Polizistin aus. »Als sie ihr Verschwinden bemerkte, nahm sie an, sie habe das doch schon am Vorabend erledigt. Sie war bis spätnachts auf einer Party gewesen und hatte viele Einzelheiten nicht mehr parat. Jedenfalls hat sie erst irgendwann während des Tages nachgeschaut.«

»Tja, ich habe sie nicht gesehen.«

Die Polizistin klappte ihr Notizbuch zu und bedankte sich lächelnd. »Mehr wollten wir nicht wissen«, sagte sie. »Entschuldigen Sie die Störung.«

»Tut mir leid, dass ich Ihnen nicht weiterhelfen konnte.« Als die beiden aufstanden, wollte ich Schwarzköpfchen die Tasse aus der Hand nehmen.

»Nein, nein«, protestierte sie. »Ich bringe sie in die Küche.« Kurz darauf wehte ihre Stimme zum Wohnzimmer herein. »Ach, Sie interessieren sich also für Schmuck?«

Gefolgt von ihrer Kollegin, ging ich in die Küche. Schwarzköpfchen stand am Tisch und betrachtete den schwarzen Samt, an dem die festgesteckten Broschen anklagend glitzerten. »Gehören die alle Ihnen?«, erkundigte sie sich.

»Keine davon«, erwiderte ich. Aus unerklärlichen Gründen wurde mir mulmig. »Ich verkaufe sie für einen Freund.«

Sie zog die Augenbrauen hoch. »Sie handeln mit Schmuck?«

»Die bestehen nur aus Glas«, antwortete ich und wünschte, die Dinger hätten nicht gefunkelt, als stammten sie aus den Diamantminen von De Beers.

»Und Sie handeln damit?«, wiederholte Blondie.

»Ich fahre damit zu einem Antiquitätenmarkt«, erklärte ich mit Nachdruck. »Für einen Freund.«

»Und dieser Freund wäre?«

Die zwei glotzten mich an. Ich zögerte. Warum fühlte ich mich schuldig, obwohl ich nichts angestellt hatte? »Mr. Nickolai.« Ich bemühte mich, nicht rechtfertigend zu klingen.

Doch ich scheiterte kläglich. »Sie können ihn fragen, wenn Sie möchten. Er hat einen Laden in der Shadow Lane.«

Schwarzköpfchen lächelte. »Oh ja«, meinte sie mit einem Seitenblick zu ihrer Kollegin. »Über Mr. Nickolai wissen wir bestens Bescheid.«

Ich war so wütend, dass an Schlafen nicht zu denken war. Nachdem ich die Polizistinnen hinausbegleitet hatte, klopfte ich an Adams und Kates Tür. Erstens musste ich Dampf ablassen, und zweitens hatten sie meiner Ansicht nach ein Recht darauf, zu erfahren, was die Polizei in ihrem Haus gewollt hatte. Als Studenten waren sie leidenschaftliche Tierschützer gewesen und wegen ihrer Teilnahme an Aktionen mehr als einmal verhaftet worden. Jedenfalls waren für Adam alle Reichen Schweine, und als er und Kate meine Geschichte hörten, bemitleideten sie mich sofort als unschuldiges Opfer von Unterdrückung, wenn nicht gar Gewalt, durch den Polizeistaat. Und so zogen wir bei einem Glas Bio-Rotwein genüsslich Verbena Clarke durch den Kakao.

Als ich nach oben ging, fühlte ich mich um einiges besser, konnte jedoch noch immer nicht schlafen. Während der Nacht wäre ich einige Male beinahe aufgestanden und hätte Mrs. Clarke angerufen. Am liebsten hätte ich ihr gesagt, sie solle sich ihren Job sonst wohin schieben. Allerdings war es vielleicht nicht ratsam, überstürzt meine Stelle zu kündigen. Auch wenn die Polizei behauptete, der Diebstahl sei das Werk eines Zufallstäters, vermutete sie anscheinend einen Schuldigen, der im Haus aus und ein ging und wusste, wo Verbena ihre Wertsachen bunkerte. Und die hatte mit dem Finger direkt auf mich gezeigt.

9

Am nächsten Tag nahm ich eine Abkürzung durch den *Ashburton Art and Antiques Bazaar*, wo ich in einer Ecke auf Pauls Stand stieß. Die Möbelstücke waren alle wundervoll restauriert, bis auf einen Holzstuhl, der in der Mitte geteilt und zur einen Hälfte abgebeizt, zur anderen mit abblätterndem Lack bedeckt war. Eine beeindruckende Vorher-nachher-Demonstration.

»Suchst du Paul?« Als ich hinter mir eine Stimme hörte, drehte ich mich um. »Der ist aber leider im Moment nicht da.«

Die Stimme gehörte Sophie Child.

»Hallo, Sophie. Ich schnüffle nur herum. Wie geht's denn so?«

Sophie ist Künstlerin und malt traumhaft detailgetreue Aquarelle, die zumeist von Wildblumen durchsetzte Hecken darstellen. Bei ihr bekommt sogar ein schlammiger, mit totem Laub gefüllter Graben etwas Idyllisches. Trotz ihres Talents blieb ihr der Erfolg bislang verwehrt. »Ruhig heute«, seufzte sie. Sie ist ein elfengleiches, zierliches Geschöpf mit ernsten dunklen Augen hinter gewaltigen Brillengläsern. Ihr Gesicht umrahmt ein jungenhafter dunkler Kurzhaarschnitt.

Heute hatte sie sich wegen der Kälte in einen einige Nummern zu großen, verfilzten Pullover eingemummelt. Mich erinnerte sie an eine Babyeule. Obwohl es draußen Sommer war, herrschten in der steingepflasterten Markthalle stets frostige Temperaturen.

Einige Tagestouristen scharten sich um ihren Stand. Ihr schnatterndes Stimmengewirr hallte laut im Raum wider, während sie Sophies Arbeiten begutachteten. »Vielleicht sind ja Käufer dabei«, meinte ich.

»Für mich sehen sie aus wie NWAs«, murmelte sie bedrückt. Beim Anblick meiner ratlosen Miene grinste sie. »Nehmen. Weglegen. Abhauen«, erklärte sie. »Vielleicht kaufen sie ja ein paar Grußkarten.«

Ich wies mit dem Kopf auf das Café in der Ecke, der einzige Betrieb in der Markthalle, der mehr oder weniger regelmäßige Einkünfte abwarf. »Soll ich dir einen Kaffee holen?« Sie sah aus, als habe sie etwas Warmes nötig.

»Nein danke. Ich hatte heute Morgen schon zwei Tassen. Aber du könntest mir einen Gefallen tun und auf meinen Stand aufpassen, während ich aufs Klo gehe.«

»Reizend, nicht wahr?« Ich deutete auf die Bilder, als ich mich hinter Sophies Tisch zwängte und vor der Touristenhorde aufbaute. Wir plauderten darüber, wie hübsch, aber leider auch wie teuer sie seien. Ich wies darauf hin, dass jedes davon ein Einzelstück sei, und die Handarbeit habe nun mal ihren Preis. Die Folge war ein großes Köpfeschütteln. »Doch wir haben auch Drucke als Grußkarten.« Ich zeigte auf den Drehständer. »Die sind recht günstig.«

Bedauerlicherweise entpuppten sich die Damen samt und sonders als NWAs. Nur eine erstand eine Geburtstagskarte für ihre Schwester. Sophie kehrte zurück, als die Kundschaft sich zerstreute. Ich verkündete, ihr Umsatz habe sich gerade um zwei Pfund fünfzig vermehrt.

»Welche Karte hat sie gekauft?«

»Die mit dem Hasen«, erwiderte ich.

Sie nickte. »Die ist beliebt. Ich müsste welche nachdrucken

lassen, aber …« Sie beendete den Satz nicht, aber das war auch überflüssig. Sie musste welche nachdrucken lassen, konnte sich jedoch die Druckkosten nicht leisten.

Ich lud Sophie zum Abendessen ein, um sie aufzuheitern. Doch sie lehnte ab. »Das wäre wirklich schön gewesen, Juno, aber man hat mir heute Abend eine Schicht als Bedienung in der *Dartmoor Lodge* angeboten, und die kann ich auf keinen Fall ablehnen.«

»Nun, dann vielleicht nächste Woche.« Ich wollte schon gehen, als mir noch etwas einfiel. »Ist Verbena Clarke nicht eine Kundin von dir?«

»Bitte nicht!« Sophie erschauderte. »Wenn ich nur an die denke, brauche ich meinen Inhalator.«

»Ich dachte, sie hätte dir ein paar Bilder abgekauft.«

Sophie verdrehte die großen dunklen Augen. »Stimmt nicht ganz. Sie hat mir falsche Hoffnungen gemacht und mich eine Stange Geld gekostet.«

Neugierig geworden, parkte ich meinen Hintern auf der Kante ihres Tisches. Ich wollte die ganze Geschichte hören.

»Sie hat ein großes Hotel in Dartmoor umgestaltet«, berichtete Sophie. »Nachdem sie meine Sachen hier gesehen hatte, fand sie, dass meine Gemälde von Hecken zu dem neuen Dekor passen könnten. Also hat sie zwei mitgenommen. Nun, die Eigentümer waren begeistert und wollten, dass ich zwei weitere Bilder male. Nur die Rahmen haben ihnen nicht gefallen. Also habe ich ihnen angeboten, die Rahmen der beiden Bilder zu wechseln und die neuen entsprechend rahmen zu lassen. Ich musste ein Vermögen hinblättern, weil sie echt teure verschnörkelte Goldrahmen wollten.«

»Aber zu guter Letzt haben sie die Bilder gekauft, oder?«, fragte ich.

Sophie schüttelte den Kopf. »Nein, haben sie nicht. Verbena hat sie zurückgebracht. Angeblich habe das Hotel entschieden, dass sie doch nicht geeignet seien. Da mich die Rahmen so viel gekostet hatten, war ich stinksauer. Aus diesem Grund habe ich im Hotel angerufen, um den Eigentümern den Marsch zu blasen. Wie sich herausstellte, hatten sie die Bilder nicht genommen, weil sie zu teuer waren. Verbena hatte auf meinen Preis noch eine ordentliche Provision draufgeschlagen«, empörte sie sich. »Sie hätte sogar mehr daran verdient als ich selbst.«

»Hast du sie deshalb zur Rede gestellt?«

»Na klar. Sie hat nur die Achseln gezuckt und gesagt, jede Galerie, die die Bilder für mich verkauft hätte, hätte dieselbe Provision verlangt. Leider hat sie recht.« Sophie seufzte. »Die Welt ist eben schlecht«, fügte sie leise hinzu.

Da konnte ich ihr nicht widersprechen. Als ich den Basar verließ, schaute ich bei dem Stand der Honeysuckle Farm vorbei, einer Schutzeinrichtung für verletzte Wildtiere und im Stich gelassene Vierbeiner aus Farmen und Haushalten. Die Wand hinter dem Stand war – wenn man es so ausdrücken kann – mit Fotos und Beschreibungen von Meerschweinchen, Ponys, Enten und anderen bemitleidenswerten Geschöpfen »geschmückt«, die ein liebevolles Zuhause suchten. Ich nickte Pat, die die Einrichtung mit ihrer Schwester und ihrem Schwager betrieb, zur Begrüßung zu. Sie war eine unscheinbare Frau, frei von äußerlichen Vorzügen und mit einer ständigen Leichenbittermiene, hinter der sich aber Tatkraft und ein Herz aus Gold verbargen. Die Nase vor Kälte gerötet, saß sie hinter dem Tisch und strickte.

»War euer Stand nicht da drüben an der Wand?«, fragte ich stirnrunzelnd.

Pat nickte, während die Stricknadeln unbeirrt weiterklapperten. »Ich bin umgesetzt worden«, antwortete sie traurig. »Die da haben sich über mich beschwert.« Sie wies mit dem Kopf auf die beiden Händlerinnen gegenüber, deren Figürchen und Sammlerobjekte einen großen Teil der Halle beanspruchten. »Sie haben behauptet, bei mir gebe es weder Kunsthandwerk noch Antiquitäten, weshalb ich hier nichts zu suchen hätte«, fuhr sie mit zitternder Stimme fort. »Angeblich sieht es hier aus wie auf einem Trödelmarkt. Ich würde das Niveau senken.«

Obwohl ich mitfühlend mit der Zunge schnalzte, konnte ich den Standpunkt der Damen nachvollziehen. Die Antiquitätenhändlerinnen hatten einiges an Mühe und Kosten investiert, um ihr hübsches Porzellan und ihr Silber in Glasvitrinen auszustellen. Ihre Tische waren ansprechend und geschmackvoll gestaltet. Pat hingegen hatte einfach eine alte Decke über einen Tisch gebreitet. Außer ein paar Taschenbüchern, gebrauchten Spielsachen und alten Jahrbüchern zur Kinderserie *Blue Peter* hatte sie fast nichts zu verkaufen. Sie hatte noch ein Körbchen mit Modeschmuck, das meiste davon aus Plastik, im Angebot, und damit war auch schon Schluss. Ihr Tisch hatte wirklich etwas von einem Privatflohmarkt, würde niemals Geld für die Tierschutzeinrichtung einbringen und warf vermutlich nicht einmal genug für die Standmiete ab. Das Beste waren einige reizende Kleidungsstücke für Babys, die Pat selbst strickte. Sie kosteten lächerlich wenig – kein Mensch kauft mehr handgefertigte Babyausstattung.

»Das Problem ist, Pat, dass du keine gute Ware hast.«

»Das weiß ich selbst. Aber ich bin von Spenden abhängig. Außerdem dürfen wir hier keine Eier vom Hof mehr verkaufen«, sprach sie ärgerlich weiter. »Und sie reden davon, die Miete zu erhöhen. Dabei wird das Tierfutter immer teurer …« Verzweifelt schüttelte sie den Kopf.

»Keine Angst, Pat. Die können dich nicht einfach rausschmeißen.«

»Da bin ich nicht so sicher«, murmelte sie. »Die da drüben ...« Wieder wies sie mit dem Kopf auf eine der besagten Antiquitätenhändlerinnen. »... sitzt im Verband der Gewerbetreibenden.«

»Tja, sag ihr, sie soll dir mal im Mondschein begegnen«, empfahl ich ihr.

Offenbar versetzte mir Cordelia ausgerechnet in diesem Moment einen Rippenstoß, denn ich bemerkte im Körbchen mit dem Plastikschmuck eine zusammengerollte Schnur. Ich förderte eine alte dreisträngige Kette zutage, die hauptsächlich aus Glasperlen bestand, und hielt sie hoch. »So etwas habe ich schon seit Jahren nicht mehr gesehen.« Ich betastete die Glasperlen. »Schau, das hellgrüne Glas. Das kommt aus der Tschechoslowakei. Wenigstens war das früher so. Solche Perlen kriegt man nicht mehr. Man findet sie nur noch in alten Schmuckstücken. Dieser Grünton ist unverwechselbar. Cordelia hat ihn geliebt.«

Pat strickte unbeirrt weiter.

»Wie viel?«, fragte ich.

»Ein Pfund?« Sie schniefte niedergeschlagen.

»Einverstanden.« Ich gab ihr das Geld, nahm die Kette und ging.

An der Tür des Basars machte ich einer jungen Mutter Platz, die einen Buggy schob. Darin saß ein komplett mit Diadem und Flügeln als Fee verkleidetes kleines Mädchen und schwenkte einen Zauberstab aus Plastik. Ich zeigte auf Sophie und Pat, die einander ihr Leid klagten, verbunden durch gemeinsames Elend. »Verzaubere die beiden«, bat ich und klopfte auf den Stab. »Braves Mädchen.«

Eine halbe Stunde später stand ich in der North Street gegenüber der Apotheke und studierte Maisies Einkaufsliste, als ich ganz in der Nähe ein diskretes Klopfen hörte. Ricky und Morris saßen an einem Fenstertisch bei Taylor's – eine elegante, gediegene Teestube und eines ihrer Lieblingslokale –, pochten an die Scheibe und winkten mich zu sich.

Als ich eintrat, hatte Ricky bereits bei der Kellnerin einen Kaffee für mich bestellt. »Am besten bringen Sie auch gleich noch einen Käse-Scone mit«, rief er ihr zu. »Einen großen.« Manchmal liebe ich diesen Mann.

Morris entfernte seine Einkaufstüten von einem Stuhl, damit ich mich setzen konnte. Da ich die beiden nach der Auktion nicht mehr getroffen hatte, schilderte ich ihnen alles und berichtete dann ausführlich über Verbena Clarke und den Polizeibesuch am Vorabend. »Jetzt arbeite ich seit zwei Jahren für diese blöde Kuh«, schimpfte ich, während ich mein Brötchen dick mit Butter bestrich. »Doch sie hat mich schon immer wie ein Stück Dreck behandelt. Ihr hättet ihr Gesicht sehen sollen, als wir uns bei der Auktion begegnet sind.«

Ricky und Morris fingen an zu kichern.

»Was ist?«, erkundigte ich mich argwöhnisch.

»Offenbar hat ihr die Konkurrenz nicht gefallen, Liebelein«, verkündete Ricky.

»Ach, lass den Unsinn!« Ich starrte ihn an. »Willst du etwa behaupten, dass sie neidisch ist?«

»Ich weiß noch, wie sie als Kind war«, erklärte er. »Mit ihren babyblauen Augen hat sie alles gekriegt, was sie wollte. Inzwischen ist sie eine Frau mit halbwüchsigen Töchtern und einem Mann, der sie in die Wüste geschickt hat, während die Zeit gnadenlos voranschreitet. Die blauen Augen wirken nicht mehr so gut, und was das Kultivieren ihres Charmes angeht, ist der Zug wohl abgefahren. Und so fragt sie sich jetzt, warum die Leute sie nicht mögen.«

»Ich bin ihre Putzfrau«, wandte ich ein. »Wir veranstalten keinen Beliebtheitswettbewerb.«

Ricky lachte spöttisch auf. »Du vielleicht nicht, aber sie.«

Ich biss von meinem Scone ab und dachte darüber nach. »Glaubt ihr, sie hat den Einbruch dazu benutzt, mich loszuwerden? Denn wenn sie wirklich nicht sicher gewesen wäre, ob ihre Ohrringe gestohlen wurden, hätte sie mich anrufen können, bevor sie mir die Polizei auf den Hals hetzt.«

Ricky und Morris wechselten einen Blick.

»Es könnte auch noch einen anderen Grund geben, Liebelein.« Morris wirkte plötzlich bedrückt.

»Was soll das heißen?«

»Damit meint er«, antwortete Ricky, »dass sie möglicherweise genau das getan hätte. Sie hätte dich angerufen und mit dir geplaudert, hätte sie dich nicht einige Tage zuvor in Begleitung des alten Nick auf dieser Auktion gesehen.«

»Eines Hehlers«, fügte Morris hinzu.

»Meint ihr, sie hat so lange zwei und zwei zusammengezählt, bis es fünf ergab?«, hakte ich entgeistert nach. »Dass Nick im Gefängnis war, ist doch schon viele Jahre her.«

»Da waren deine beiden jungen Polizistinnen noch nicht geboren«, bestätigte Ricky. »Nur dass sie trotzdem gut über ihn im Bilde waren, oder?«

»Könnte er seitdem in Schwierigkeiten geraten sein?«

»Wer weiß? Für die Polizei sind Antiquitätenhändler immer suspekt. Schließlich sind sie eine Bande von Heimlichtuern. Aber der springende Punkt ist, Prinzessin«, fuhr er im Brustton der Überzeugung fort, »dass er einen gewissen Ruf hat. Und es bleibt eben immer etwas hängen.«

»Du darfst das nicht außer Acht lassen, Schätzchen.« Morris blinzelte über den Rand seiner Brille hinweg. »Du musst an deinen eigenen Ruf denken.«

Ich schwieg einen Moment. Bis jetzt war ich als ehrlich und vertrauenswürdig bekannt. Meine Auftraggeber stellten mir samt und sonders gute Zeugnisse aus, und ich hatte Schlüssel zu vielen Häusern. Wenn Verbena Clarke in Ashburton damit hausieren ging, dass ich im Verdacht stand, lange Finger gemacht zu haben, konnte sich das schlagartig ändern. Das Geschäft, das ich mir so mühevoll aufgebaut hatte, schwebte in Gefahr. Dann fiel mir noch etwas ein. »Bedeutet das, diese beiden Polizistinnen wussten, dass ich für Nick arbeite, als sie gestern bei mir waren? Und zwar, weil Verbena es ihnen erzählt hat?«

»Vielleicht haben sie dir ja genau deshalb einen Besuch abgestattet.« Ricky nickte vielsagend.

»Möglicherweise solltest du dir morgen nach dem Antiquitätenmarkt überlegen, ob du nicht bei Nick kündigen möchtest«, schlug Morris einfühlsam vor.

Ich schüttelte den Kopf. Die Arbeit bei ihm machte mir Spaß. Warum sollte ich das nur wegen einer bösartigen und paranoiden Schwachköpfin wie Verbena Clarke aufgeben? Andererseits gefiel es mir gar nicht, wenn die Polizei mir komische Fragen stellte und mich dabei so eigenartig anblickte. Nachdenklich nippte ich an meinem Kaffee.

»Offenbar handelt es sich um ein Zwei-Brötchen-Problem«, mutmaßte Morris, nachdem er mich eine Weile beobachtet hatte.

Ricky nickte und hob die Hand, um die Kellnerin herbeizurufen. »Es macht ganz diesen Eindruck.«

Als ich wieder zu Hause war, spähte ich missmutig in meinen Kühlschrank. Ein Glück, dass Sophie heute nicht zum Abendessen kommen würde. Das erleuchtete Gewölbe enthielt nämlich nichts als zwei Eier und ein kleines Stück Käse. Gut, dass ich vorhin die Brötchen gegessen hatte. Würden Ricky und Morris mich nicht bei jedem unserer Treffen durchfüttern und Kate mir nicht regelmäßig Reste aus der Restaurantküche zustecken, ich würde wohl verhungern. Also zum Abendessen Käseomelette, beschloss ich, das Beste aus der Situation zu machen. Ausgezeichnet.

Ich rieb gerade den Käse in eine Schüssel, als das Telefon läutete. Also legte ich die Reibe weg und ging ins Wohnzimmer, um abzuheben. Eine Stimme wie ein moduliertes Nebelhorn dröhnte aus dem Hörer. »Hallo, Juno, meine Liebe! Hier spricht Chloe!«

»Mrs. Berkley-Smythe, wie sie leibt und lebt«, rief ich. Ihre Stimme löste leichte Panik in mir aus, und ich griff nach meinem Terminkalender. »Sie sind doch nicht schon wieder da, oder?« Es war abgemacht, dass ich am Tag vor ihrer Rückkehr von der Kreuzfahrt zu ihr kam, abstaubte, Heizung und Kühlschrank einschaltete und einen Grundstock an Lebensmitteln einkaufte. Hatte ich das Datum verbummelt?

»Nein, nein! Ich rufe aus Malta an«, beruhigte sie mich lachend.

»Ich höre Sie laut und deutlich. Amüsieren Sie sich gut?«

»Einfach wunderbar! Deshalb melde ich mich ja. Die nette Kreuzfahrtgesellschaft hat mir einen Nachlass von fünfzig Prozent angeboten, wenn ich für die nächste Reise an Bord bleibe. Außerdem bekomme ich eine bessere Kabine. So was nennt man ein Superschnäppchen, glaube ich …«

»Tut man«, stimmte ich zu. »Und wo soll es hingehen?«

»Ach, nur noch eine Spritztour über das Mittelmeer. Aber ich dachte, das wird sicher ein Spaß. Das heißt, dass Sie sich noch einen weiteren Monat keine Gedanken wegen mir zu machen brauchen.«

In diesem Moment schlenderte Bill aus der Küche herein. Eine gelbe Käselocke klebte an seiner Augenbraue. Ich fauchte ihn an.

»Was?«, brüllte Chloe.

»Nichts. Und wann kommen Sie zurück?«

»Am dreiundzwanzigsten oder am fünfundzwanzigsten. Aber keine Sorge, ich gebe Ihnen das genaue Datum noch durch.«

Ich wünschte ihr noch einmal *bon voyage*, was sie urkomisch zu finden schien.

Ich mag die alte Chloe. Sie verprasst fröhlich und unbeschwert den Erbteil ihrer Kinder für Kreuzfahrten, was ich ihr nicht verübeln kann. Ihr Nachwuchs ist nämlich nicht sehr nett zu ihr und erstickt außerdem im Geld. Chloe ist fest entschlossen, so lange wie möglich auf See zu leben und an Bord zu sterben, sofern es sich machen lässt. Ihren Worten nach kostet eine Kreuzfahrt weniger als ein Pflegeheim, und außerdem sei der Service besser.

Ihre verspätete Rückkehr passte mir gut in den Kram. Wenn sie wieder da war, würde ich meinen Zeitplan völlig neu aufstellen müssen, falls ich weiter für den alten Nick arbeiten wollte. Allerdings grübelte ich immer noch darüber nach, ob das klug von mir war. Ich legte den Hörer auf und sah Bill, der sich triumphierend die Pfoten ableckte, finster an. Dann eben Omelette ohne Käse.

10

In Pauls Transporter holperten wir auf den alten Flugplatz und rollten über rissigen Beton, der einmal eine Startbahn gewesen sein musste. Obwohl ich auch sonst ziemlich früh aufstehe, um die Hunde auszuführen, bin ich normalerweise nicht vor Sonnenaufgang auf den Beinen. Nun lugte sie gerade über den Horizont und tauchte den grauen Himmel in einen rosigen Schein. Ich gähnte.

Die Startbahn wurde auf beiden Seiten von Ständen – im Moment noch nur Skelette aus Stangen – gesäumt. Neben einigen parkten bereits Fahrzeuge. Wegen der morgendlichen Kälte dick eingemummte Händler waren damit beschäftigt, ihre Waren abzuladen. Jeder Stand war mit einer Nummer versehen, wir stoppten bei Nummer siebenundvierzig. Ich war ziemlich aufgeregt, denn für mich war es die absolute Premiere.

Paul wies mit dem Kopf auf einen großen Hangar, dessen Inneres bereits beleuchtet war, sodass das Licht hell durch die offenen Türen strömte. »Da sind die oberen Zehntausend zu Hause«, erklärte er. »Feine Pinkel, die sich drinnen einen Stand leisten können. Dort findest du auch die Klos, wenn du mal musst.«

»Kein Problem«, versicherte ich ihm.

»Gut.« Grinsend öffnete er die Tür des Transporters. »Dann also los.«

Unsere erste Aufgabe bestand darin, eine Plane aus dem Transporter zu zerren und sie, für den Fall, dass es regnete, über die Rahmenkonstruktion des Standes zu breiten. Es war eine ziemliche Schinderei, sie nach oben zu wuchten. Paul stand auf dem Holztisch, befestigte sie mit riesigen Krokodilklemmen am Stahlgestänge und spannte sie über die beiden Tische, die unseren Stand ausmachten. Ich schob den wasserfesten Stoff von unten nach.

Um uns herum knallten Autotüren, als weitere Händler eintrafen. Der Himmel erhellte sich, und der Geruch nach heißem Fett und ein Brutzeln lagen in der Luft, denn die Essensstände in unserer Nähe öffneten allmählich. Der Wind pfiff über den ungeschützten Flugplatz. Ich war froh, dass ich auf Paul gehört und mehrere Kleidungsschichten übereinander angezogen hatte.

Da ich keine Tischdecke besaß, hatte ich für meinen Tisch ein weißes Laken mitgebracht, auf dem ich den Inhalt meiner Kartons drapierte. Ich breitete das rechteckige Stück schwarzen Samt mit den daran gehefteten Broschen aus und arrangierte Porzellan und Krimskrams so ansprechend wie möglich. Im Großen und Ganzen war ich recht zufrieden mit dem Ergebnis.

Paul hatte einige kleinere Gegenstände auf seinen Tisch gestellt. Außerdem Dinge, die vor dem Wetter geschützt werden mussten, so wie zum Beispiel die Stühle mit den Sitzflächen aus grünem Samt. Größere Möbelstücke deponierte er einfach daneben.

»Kommst du einen Moment allein klar? Ich muss den Wagen parken. Auf dem Rückweg bringe ich Kaffee mit.«

»Ja, bitte!« Ich rieb mir die Hände und bedauerte, dass ich keine Handschuhe eingesteckt hatte. Ob man sich im Juni Erfrierungen holen konnte?

»Hast du Wechselgeld dabei?«, fragte er.

Ich war gut vorbereitet und schüttelte meine Butterbrotdose mit den sorgfältig abgezählten Münzen, die ich außer Sichtweite unter dem Tisch aufbewahrte. »Aber sie lassen doch noch keine Leute rein, oder?« Ich schaute auf die Uhr. Offiziell machte die Messe erst in einer Stunde auf.

»Die Händler schauen sich nach einem frühen Schnäppchen um.« Er stieg in den Transporter. »Falls ein Mann namens Dennis aufkreuzt, richte ihm aus, dass ich das Zeug habe und in einer Minute wieder da bin.«

Ich reckte den Daumen und blickte ihm nach, obwohl ich keine Ahnung hatte, von welchem Zeug er redete.

Während ich mit meinen Waren beschäftigt gewesen war, war der Markt zum Leben erwacht. Entlang der Startbahn gab es vier Reihen von Ständen, alle bereits mit Planen ausgestattet und in verschiedenen Phasen des Aufbaus. Ich platzte fast vor Neugier. Ungeduldig wartete ich auf Paul, stampfte mit meinen eiskalten Füßen und hoffte, dass es nicht regnen und dass ich ein paar Kunden haben würde. Ich wollte abends nicht nach Hause fahren, ohne etwas verkauft zu haben.

Meine erste Kundin erschien schon nach wenigen Minuten. Eine Frau mit wattierter Jacke und Pelzmütze – auch eine Händlerin, wie ich annahm – begutachtete meinen Stand. Sie griff nach einem blauen Krug und musterte ihn eine Weile. »Was können Sie mir für einen Preis machen?«, fragte sie.

»Fünfer?«, schlug ich vor.

Sie nickte wortlos, reichte mir ohne viel Federlesen das Geld und spazierte weiter. Nun, dachte ich, das ist ja gelaufen wie geschmiert. Mit kindlicher Begeisterung trug ich den ersten Verkauf des Tages in mein Notizbuch ein. Paul kehrte mit dem Kaffee zurück. Die steifgefrorenen Hände dankbar um den Plastikbecher gelegt, berichtete ich ihm stolz davon.

»Sie hat nicht gefeilscht?«, erkundigte er sich mit argwöhnischem Blick.

»Nein, überhaupt nicht«, erwiderte ich vergnügt.

Er verzog das Gesicht. »Händler feilschen immer. Wahrscheinlich hast du ihn zu billig abgegeben.« Ich schien wohl enttäuscht, denn er meinte, ich solle nicht traurig sein. »Warum schaust du dich nicht um? Geh in den Hangar, und wärm dich auf. Frühstücke etwas. Später haben wir vielleicht zu viel zu tun.«

Das ließ ich mir nicht zweimal sagen. Mit vor Staunen aufgerissenen Augen schlenderte ich die Gänge zwischen Ständen mit jedem erdenklichen alten Kram entlang. Zumindest wirkten die Sachen so auf mich. Allerdings üben verbeulte Modellautos, Eisenbahnen, Orden, Kaffeebecher mit Krönungsmotiven, Spielsachen aus Blech oder Plastik und Tierfigürchen keinen Reiz auf mich aus. Offenbar sammeln die Leute einfach alles. Nach einer Weile stieß ich auf interessantere Stände, einige davon mit Modeschmuck, und ich prägte mir die Preise gut ein. An einem Stand gab es nichts als Küchenutensilien: Brotschneidebretter, Nudelhölzer, angeschlagene Emaillekrüge und Brotkästen und Waagen mit Messinggewichten. Viele dieser Dinge kannte ich aus Nicks Küche. Anscheinend alles wertvolle Sammlerstücke.

Ich entdeckte auch meinen kleinen blauen Krug oder einen, der aussah wie der, den ich gerade für fünf Pfund verkauft hatte. An diesem Stand kostete er fünfundvierzig. Als ich mich nach der Dame mit der Pelzmütze umsah, konnte ich sie nirgendwo entdecken. Vielleicht hatte sie mich ja bemerkt und sich versteckt. Jedenfalls war ich selbst schuld. Schließlich hatte ich mich nur mit einem Minimum an Wissen ausgestattet auf ein Minenfeld gewagt.

Ernüchtert betrat ich den Hangar, der sich, obwohl er an beiden Seiten offen und ziemlich zugig war, verglichen mit der Kälte draußen anfühlte wie ein warmer Kokon. Zuerst ging ich aufs Klo. Ich hatte meinen Kulturbeutel mitgebracht, um mich frischmachen zu können. Ich schminke mich nie groß, und so früh am Morgen hatte ich nicht mehr hingekriegt, als mir kurz das Gesicht zu waschen und mir die Zähne zu putzen. Also stellte ich mich vor den Spiegel, strich mit der Wimperntuschebürste über meine Wimpern und trug ein wenig Lipgloss auf. Nach kurzem Kampf gab ich die Schlacht um meine Haare verloren und stattete dem Café einen Besuch ab, wo ich zwei mit Eiern und Speck belegte Frühstückssandwiches erwarb und sie auf einem gefährlich wackeligen Papptablett wegtrug.

Die Stände im Hangar waren eine Klasse für sich. Von fadenscheiniger Sentimentalität, Reklameschildern aus Blech und *Star-Wars*-Sammlerobjekten keine Spur. Hier fand man die wahren antiken Schätze: goldene Uhren, Silber, kostbaren Schmuck, zerbrechliche Möbelstücke und zartes Porzellan und Kristall, alles, was man nicht dem windigen Wetter draußen aussetzen durfte. Dazu seltene Bücher und Landkarten, Stickbilder, Puppen aus Biskuitporzellan, Fächer und alte Spitze. Alles war empfindlich und wertvoll und schimmerte und funkelte. Da ich mir wie eine arme Verwandte vorkam, eilte ich zum Ausgang. Außerdem wollte ich nicht, dass unser Frühstück kalt wurde.

Doch ehe ich die Tür erreichte, wurde ich zu einem Umweg gezwungen. Ich hörte ein lautes Lachen ganz in meiner Nähe und bemerkte im nächsten Moment ein bekanntes Gesicht. Es war der Besitzer der Klaviertastenzähne, der sich mir bei der Auktion an den Hals geworfen hatte. Da ich nur wenig Lust darauf hatte, wieder mit Blicken ausgezogen zu werden oder einen feuchtklebrigen Händedruck zu erdulden, schlug ich einen Haken und ging hinter einer Gasse von Ständen in Deckung. Wie sich herausstellte, war meine Angst vor Entdeckung vollkommen unbegründet. Seine Aufmerksamkeit wurde voll und ganz von einer kurvenreichen jungen Frau in Anspruch genommen. Die beiden erörterten einen riesigen Teller aus Messing, den die Frau, wie mir auffiel, schützend wie einen Schild vor sich hielt.

»Ach, welch eine Augenweide!«, rief Paul aus, als ich zurückkam. Gerne hätte ich geglaubt, dass damit ich gemeint war, aber sein Blick war starr auf sein Sandwich mit Eiern und Speck gerichtet.

Zufrieden schweigend mampften wir vor uns hin. Ein gut mit Eiern und Speck belegtes Sandwich einigermaßen manierlich zu verspeisen verlangt Konzentration, keine Konversation. Nachdem ich den letzten Rest verschlungen und mir die Finger abgeleckt hatte, berichtete ich, ich hätte den Krug und den Klavierzahn gesehen.

»Oh, Albert ist hier!«, meinte er grinsend.

Ehe ich antworten konnte, erklang eine Stimme. »Paul, alter Junge!« Ein Mann mit Schiebermütze und wattierter Jacke schlenderte auf uns zu. Paul stellte mich Dennis vor, und Dennis lüpfte die Mütze. Er war beklagenswert kahlköpfig, womit ich keinen männlichen Stoppelschädel meine, sondern eine spiegelblanke Glatze, die nach oben hin spitz zulief. Ich musste gegen den Drang ankämpfen, ihm mit einem Löffel auf den Kopf zu klopfen.

»Hast du die Bilder, von denen ich am Telefon geredet habe?«, fragte er und setzte die Mütze wieder auf.

Paul holte einige Ölgemälde unter dem Tisch hervor. Mir wurde klar, dass ich sie seit dem Verladen meiner Sachen in den Transporter nicht mehr gesehen hatte. Offenbar waren sie für Dennis reserviert, und er legte sie nun auf den Tisch. Sechs traditionelle ländliche Szenen: alte Schweinerassen, Schafe mit Hörnern, ein Hahn mit Hennen, ein über die Stalltür spähender Esel und was derartiger Motive mehr ist.

»Ausgezeichnet!« Dennis lachte auf. »Gut gemacht, mein Junge.«

»Sei vorsichtig mit dem da.« Paul zeigte mit dem Finger auf eines. »Es ist noch nicht ganz trocken.«

Ich hielt das für einen Witz. Die Bilder stammten sicherlich aus dem neunzehnten Jahrhundert oder sogar aus einer noch früheren Zeit. Die Farben waren nachgedunkelt und stumpf von Alter und Schmutz. Also lachte ich auf.

»Wie hast du sie signiert?«, erkundigte sich Dennis. Er setzte eine Brille auf und beugte sich vor, um die Gemälde besser in Augenschein zu nehmen.

»Henry Wain.«

»Ach, der gute alte Henry. Der hat in der Stadt ziemlich viele Fans.« Er förderte eine dickleibige Brieftasche zutage. »Das Übliche?«, fragte er und zählte Geldscheine von einem Bündel ab.

»Es ist mir ein Vergnügen, Euer Geld anzunehmen, Sir.« Grinsend faltete Paul die Banknoten zusammen und steckte sie ein.

»Kannst du mir noch sechs Arnold Bishops malen?« Dennis klemmte seine Neuerwerbungen unter den Arm.

»Seestücke?«, hakte Paul nach.

»Ja, prima! Ruf uns an, wenn du sie fertig hast. Dann verabreden wir, wann wir sie abholen. Nett, dich kennenzulernen, Juno.« Er musterte mich grinsend von Kopf bis Fuß. »Äh, Paul, was hältst du von ein paar antiken Göttinnen? Juno könnte dir ja Modell stehen, oder, Schätzchen?« Kichernd und sehr zufrieden mit sich schritt er von dannen.

Ich drehte mich um und starrte Paul an. Er erwiderte meinen Blick. Obwohl er sich bemühte, ernst zu bleiben, funkelten seine dunklen Augen belustigt.

»*Du* hast die Bilder gemalt?«, stieß ich schließlich hervor.

»Jawoll«, antwortete er schmunzelnd.

»Die waren doch *alt*!«

»Etwa eine Woche.«

»Aber wie ... die waren alt ... verblasst und dunkel ...«

Er winkte mich näher heran. »Darkolene«, raunte er mir ins Ohr. Verständnislos schüttelte ich den Kopf. »Die Produktion wurde vermutlich eingestellt, als wir beide noch nicht geboren waren«, fuhr er fort. »Vor der Zeit des Polyurethanlacks haben die Leute damit ihre Holzböden gebeizt. Eine Schicht Darkolene altert ein Bild um hundert Jahre. Mit einem Pinselstrich sozusagen.«

»Und du hast diese ... *antiken* Bilder gemalt ... im Auftrag von Dennis, der sie in seinem Laden als Originale verkauft ... an Kunden, die glauben, dass es sich um Antiquitäten handelt?«

»Nicht immer«, erwiderte er ohne eine Spur von Reue. »Er verkauft auch an andere Händler.«

»Und die kennen die Herkunft der Bilder?«

»Nein. Die Herkunft kennen sie nicht«, entgegnete er mit Nachdruck. »Aber sie wissen, dass sie es nicht mit echten Antiquitäten zu tun haben.«

Seine unbekümmerte kriminelle Energie schockierte mich. Offenbar stand mir das Entsetzen ins Gesicht geschrieben.

Paul lachte. »Schau, Juno, ich bin kein Fälscher. Ich signiere die Bilder nicht mit echten Namen, sondern erfinde welche.« Er zuckte die Achseln. »Und falls du dich dadurch besser fühlst: Meine Verbrecherkarriere wird nicht mehr lange dauern.«

»Warum?«

»Darkolene ist immer schwieriger zu bekommen. Ich kaufe zwar alte Dosen auf, wann immer ich welche in die Finger kriege, aber eines Tages werden meine Vorräte zu Ende sein. Und moderne Polyurethanlacke bringen mich nicht weiter. Sie erzeugen einfach nicht dieselbe Wirkung.«

»Ich verstehe.« Ich wusste nicht, was ich sagen sollte. Offenbar hatte ich ein behütetes Leben geführt.

»Ich bin nicht der Einzige, der selbst Antiquitäten herstellt«, sprach er weiter. »Ist dir der Stand mit den viktorianischen Dioramen aufgefallen?«

»Oh ja!« Ich erinnerte mich an die kleinen Glasvitrinen, jede ein wenig größer als ein Schuhkarton. Sie waren innen wie ein Zimmer in einem Puppenhaus gestrichen und beherbergten Wäscheklammerpüppchen und winzige Teddybärchen auf Miniaturstühlen. Reizend, wenn man auf so etwas steht.

»Die sind von Carol. Ich wette, dass sie später hier aufkreuzt und uns fragt, ob wir ausgestopfte Tiere haben.«

»Ausgestopfte Tiere?«

»Welche, die in Glaskästen sind.«

Plötzlich dachte ich an die finster glotzende Eule in Nicks Laden, und mir ging ein Licht auf.

»Alte Glaskästen.« Paul bemerkte, dass bei mir der Groschen gefallen war, und nickte. »Carol ist sehr vorsichtig. Sie malt die Hintergründe mit Wasserfarben, benutzt antike Stoffe für die Puppenkleider und stellt nie zu viele ihrer *Dioramen* auf einmal aus.« Er zeichnete mit den Fingern Anführungsstriche in die Luft.

»Das muss ich mir noch mal genauer ansehen«, antwortete ich.

»Wenn jemand sie fragt, sagt sie ganz ehrlich, dass sie die Dinger selbst gebastelt hat. Allerdings fragt kaum jemand …«

»Und die Leute bezahlen gern einen hohen Preis, weil sie denken, dass sie etwas Altes kaufen«, beendete ich den Satz für ihn. »Außerdem sind ausgestopfte Tiere absolut out, weshalb sie die Glaskästen vermutlich billig kriegt.«

»Genau.«

Wie schlau von Carol. Ich zog den Hut vor ihrem Einfallsreichtum.

Wir mussten unser Gespräch beenden, denn ein Paar erschien und interessierte sich für die Rundlehnen-Stühle. Während sie die beiden eingehend betrachteten und Paul ihnen von der Herkunft der Stühle erzählte, erschien meine zweite Kundin des Tages.

»Wie viel kostet das Pressglas?«, erkundigte sich eine freundliche Frau und hielt ein Gefäß mit breiter Öffnung und podestartigem Fuß hoch.

Im ersten Moment starrte ich sie fassungslos an. Ich hatte gar nicht gewusst, dass das Ding aus Pressglas war, und es einfach nur für eine Vase gehalten. Ich riss mich zusammen und nannte einen Preis. Sie bot ein bisschen weniger, was ich annahm, und das Geld wechselte die Besitzerin. Ich notierte mir den zweiten Verkauf in mein Buch. Pressglas. Ich musste noch viel lernen.

Der Markt füllte sich. Offenbar eine Rekordzahl an Besuchern. Ich wurde einige Broschen und einen Zierteller los, ein Vermögen würde ich so sicher nicht verdienen, aber ich stellte überrascht fest, dass mir das Handeln Spaß machte. Außerdem verkaufte ich eine Frisiertischgarnitur aus rosafarbenem Glas, froh, den Preis erhöht zu haben, nachdem ich an einem anderen Stand ein ähnliches Set gesehen hatte. Paul wurde unterdessen einen edwardianischen Frisiertisch und eine Militärkommode aus Holz los.

Dennoch war es ein langer Tag. Wenn gerade keine Kunden da waren, vertrieben wir uns die Zeit mit Reden und holten uns abwechselnd etwas Essbares – nach Pommes von einer Bude und Eiscreme-Donuts mit heißer Schokolade von einer anderen beschlossen wir allerdings, dass die Völlerei ein Ende haben musste. Paul zog los, um sich umzuschauen, und überließ es mir, die Stellung zu halten, ausgerüstet mit einer Liste von Tiefstpreisen für seine Ware, von denen ich nicht abweichen durfte, selbst wenn jemand fragte.

Ich hatte inzwischen ziemlich viel über Paul erfahren. Er wohnte in Luftlinie ganz in meiner Nähe, ich könnte seine Unterkunft in zwei Minuten erreichen, indem ich durch eine Hecke kroch und ein Feld überquerte. Der zivilisiertere Weg führte vorbei an Maisies Haus und die Brook Lane hinunter bis direkt vor seine Tür.

Paul wohnte auf einem Feld oder besser gesagt in einem Wohnwagen auf einem Feld. Er hatte einen Hektar Land gekauft, um sich dort ein Haus zu bauen, und zwar in Ökobauweise aus Strohballen und Maiskolben. Das Projekt begeisterte ihn wirklich. Noch nie hatte ich jemanden mit so viel Leidenschaft über Erdwärmepumpen und Windenergie sprechen gehört. Natürlich lautete die Frage, die mich eigentlich interessierte, ob jemand mit ihm zusammenlebte. Allerdings fiel mir nicht ein, wie ich das herausfinden sollte, ohne mich zu verraten und mich damit bis auf die Knochen zu blamieren. Er hatte zwar keine Partnerin oder einen Partner erwähnt, doch es wäre seltsam gewesen, wenn ein so attraktiver Mann wie er allein gelebt hätte. Aber da ich mich nicht zum Narren machen wollte, war Vorsicht angesagt.

Er berichtete mir, er liege drei Jahre nach dem Grundstückskauf noch immer wegen der Baugenehmigung im Clinch mit der Gemeinde. »Wenn ich ein normales modernes Haus bauen wollte, wäre das kein Problem.« Entnervt schüttelte er den Kopf. »Aber ich möchte etwas bauen, das längst nicht so schädlich für die Umwelt wäre, und die verdammten Idioten erlauben es mir einfach nicht.«

»Und den Wohnwagen erlauben sie?«, fragte ich.

»Der stand schon da, als ich das Land gekauft habe. Außerdem noch eine Scheune. Die benutze ich als Werkstatt. Ich habe einen Abbeiztank eingebaut.«

»Abbeiztank?«

»Ich habe einen Freund, der Teile aus alten Häusern rettet. Den Großteil meiner Brötchen verdiene ich damit, dass ich für ihn Türen und andere Dinge abbeize. Bei den wertvolleren Sachen mache ich das mit der Hand, aber große Objekte wie Türen müssen in den Tank.« Seine dunklen Augen lächelten. »Du musst mal vorbeikommen und es dir ansehen.«

Als er von seinem Rundgang zurückkehrte, wirkte er zufrieden, obwohl ich keine weiteren Verkäufe zu melden hatte. Er hielt einen Gegenstand mit der Faust umklammert. »Das Problem bei solchen Märkten ist, dass man mehr kauft, als man verkauft hat, wenn man sich nicht am Riemen reißt.« Er öffnete die Hand und zeigte mir etwas Kleines, Helles. Es war eine Kröte, ein hässliches Geschöpf mit Glupschaugen und einer heraushängenden Zunge. Ein Loch verlief vom Kopf bis zum Schwanz.

Ich griff danach. »Ist das aus China?«

»Japan. Ein *Netsuke*, vermutlich neunzehntes Jahrhundert. Die Japaner haben sie an ihren Obis getragen. Das Loch dient dazu, es aufzufädeln.«

»Ist es wertvoll?«

»Das hier nicht, aber sie können auch teuer sein. Es hängt davon ab, woraus sie bestehen. Elfenbein oder Jade. Oder wer sie geschnitzt hat. Das hier ist nur aus Holz.« Er zuckte die Achseln. »Aber es wird sich gut in meiner Sammlung machen.«

»Sammelst du sie?«

»Mein Hobby.« Zwinkernd verstaute er das Ding in seiner Jackentasche.

»Wie viele hast du?«, fragte ich.

Nachdenklich runzelte er die Stirn. »Ungefähr zwanzig.«

»In einer Vitrine?«, hakte ich spöttisch nach.

Er lachte auf. »Im Wohnwagen? Nein. Sie sind in einer Pappschachtel.«

Netsuke. Ich ließ mir das Wort auf der Zunge zergehen. Noch etwas, das ich zu Hause im Internet nachschauen musste.

11

Ich beschloss, in Zukunft einen Bogen um Paul zu machen. Er gefiel mir einfach zu gut. Und seit dem Zwischenfall auf der Messe kurz vor unserem Aufbruch war klar, dass die Sache keine Zukunft hätte.

Wir packten gerade zusammen. Es war kurz vor Schluss, die Kundschaft zerstreute sich, und um uns herum verstauten die Händler ihre Waren.

Eine Frau kam auf uns zu. Ich hatte sie an einem Stand im Hangar gesehen und erinnerte mich an ihre auffälligen grünen Augen. Sie hatte angeregt und mit französischem Akzent mit einem Kunden über eine chinesische Emaillevase debattiert. Die Frau wirkte nicht wie eine Markthändlerin und hatte im Gegensatz zu mir, die ich vom Wind zerzaust und schmuddelig war, ganz sicher nicht den Tag im Freien verbracht. Nein, alles an ihr war makellos gepflegt und elegant. »Oh, Paul!«, rief sie aus, fiel ihm um den Hals und küsste ihn auf beide Wangen.

Paul stellte sie als Sandrine vor. Sie musterte mich von Kopf bis Fuß und schaute mir schließlich ins Gesicht. Den Blick, mit dem sie mich bedachte, kann ich nur als giftig bezeichnen.

»Also, Paul«, fuhr sie fort, während sie weiter Augenkontakt mit mir hielt. »Wo ist denn deine reizende Frau?«

Ich wandte mich ab, räumte weiter die nicht verkauften Sachen weg, wickelte sie in Zeitungspapier und packte sie in Kartons. Dabei tat ich so, als ob mich das Gespräch der beiden nicht interessierte, obwohl ich anstrengt die Ohren spitzte. Paul schwieg einen Moment, bevor er antwortete. Sah er etwa in meine Richtung?

»Carrie ist in Nottingham«, erwiderte er. »Bei ihrer Mutter.«

»Josh auch?«, flötete sie zuckersüß. »Wie alt ist er jetzt? Zwei?«

»Fast drei.«

»Oh«, plapperte Sandrine weiter. »Wie die Zeit rast!«

Und wie das Herz verdorrt! Jetzt wusste ich Bescheid. Mein Gesicht glühte, und ich wurde rot wie ein albernes Schulmädchen. Aber warum? fragte ich mich. Schließlich hatten Paul und ich kein Date. Gut, er hatte mich gefragt, ob ich Lust hätte, weitere Messen und Flohmärkte mit ihm abzuklappern, was ich als Zeichen dafür gedeutet hatte, dass sich die Dinge in eine spannende Richtung entwickelten. Aber einen Grund, gleich im Erdboden zu versinken, gab es nicht. Ich fand es nur seltsam, dass er mir von seinen Plänen für sein neues Haus und seine Zukunft erzählt hatte, ohne von Frau und Kind zu sprechen. Er hätte sie doch erwähnen müssen! Deshalb ärgerte ich mich völlig grundlos über ihn – und noch viel mehr über mich selbst.

Mit einem »Richte Carrie liebe Grüße aus, wenn du sie siehst!« rauschte Sandrine, die Schaufensterpuppe, davon. Ich packte weiter und rang mit meinem Bedürfnis, sie mit bloßen Händen zu erwürgen. Schließlich hatte sie mir einen Gefallen getan.

Da Paul von einer Kundin abgelenkt wurde, die sich für einen seiner kleinen Tische interessierte, blieb uns ein peinliches Gespräch für den Moment erspart. Ich hatte sowieso keine Ahnung, was ich sagen sollte. Also hielt ich den Mund und wartete, bis er das Thema anschnitt.

Was er auch tat, allerdings erst, als wir alles verstaut, es in den Transporter geladen und die Plane zusammengefaltet hatten und mit den anderen Händlern in einer Schlange darauf warteten, das Gelände verlassen zu können.

»Alles in Ordnung, Juno?«, fragte er und schaute zu mir hinüber, weil ich nicht reagierte.

»Ausgezeichnet«, versicherte ich ihm. Je weniger ich sprach, desto besser.

»Hat es dir heute Spaß gemacht?«

»Es war spitze, danke.«

Nach einer kurzen Pause ergriff er wieder das Wort. »Ich habe Carrie bis jetzt nicht erwähnt, weil es … nun, es tut im Moment ein wenig weh. Sie hat mich nämlich in die Wüste geschickt.«

»Deine Frau versteht dich nicht?«, höhnte ich, was ich im nächsten Moment bereute. Am liebsten hätte ich mir die Zunge abgebissen.

Er seufzte auf. »Vermutlich geschieht mir das recht.« Er schwieg einen Moment. »Weißt du, es war unser Traum, ein eigenes Haus zu bauen und unsere Kinder in der Natur aufwachsen zu lassen. Anfangs war Carrie genauso leidenschaftlich dafür wie ich. Doch als sie Josh bekommen hat … tja, es ist nicht leicht mit einem Baby in einem engen Wohnwagen. Der letzte Winter war wirklich schlimm. Wir waren pleite … und das Wetter …« Die Erinnerung sorgte dafür, dass er den Kopf schüttelte. »Es war eiskalt und schien ununterbrochen zu regnen. Im Wohnwagen war es klamm. Der Morast eine Katastrophe. Und als wir herausfanden, dass Carrie wieder schwanger war …«

Aha! dachte ich. Das hatte Sandrine, die Schaufensterpuppe, offenbar nicht gewusst.

»Sie sagte, so etwas könnte sie nicht noch einmal aushalten. Nur wenn wir in einem richtigen Haus wohnen würden. Und so hat sie beschlossen, die Zeit der Schwangerschaft bei ihrer Mutter zu verbringen.«

»Aber sie kommt doch zurück, oder?«

»Ich weiß nicht«, gab er bedrückt zu. »Ich habe vorgeschlagen, unsere Pläne zu ändern und ein herkömmliches Haus zu bauen. Das würde uns die Gemeinde möglicherweise genehmigen. Doch selbst das könnte ein Jahr dauern, sogar länger, wenn man uns weiter Steine in den Weg legt. Sie verlangt, das gesamte Vorhaben aufzugeben und ein Haus zu kaufen, das schon fertig ist.«

»Und das möchtest du nicht?« Inzwischen tat er mir leid, aber ich versuchte, mir nichts anmerken zu lassen.

»Natürlich werde ich es tun müssen. Auch wenn ich immer noch hoffe, dass ich Carrie nach der Geburt des Babys überzeugen kann wiederzukommen. Vielleicht überlegt sie es sich ja anders.«

»Das tut sie bestimmt«, beteuerte ich, obwohl ich nicht sicher war, ob ich an ihrer Stelle dazu bereit gewesen wäre. Kinder verändern den Menschen. Nicht, dass ich mich gut mit so was auskennen würde. Eigentlich bin ich allgemein nicht sehr bewandert, was Liebe und Beziehungen angeht. Vielleicht ist das der Steinbock in mir, und ich werde besser darin sein, wenn ich jünger werde.

»Sind wir noch Freunde?«, fragte Paul. Wir hatten die Kartons vor meiner Haustür abgeladen, und ich hatte ihm gerade versichert, dass ich schon allein zurechtkäme.

»Selbstverständlich sind wir das.«

»Dann umarmen wir uns.« Als er weit die Arme ausbreitete, ließ ich mich freundschaftlich drücken. Was eine sehr dumme Idee war, denn als er mir einen brüderlichen Kuss auf die Wange drückte, spürte ich, wie warm und kräftig sein Körper war, und es durchfuhr mich wie ein Stromschlag. Es kostete mich Überwindung, mich nicht an ihn zu schmiegen und mit den Lippen seinen sonnengebräunten Hals zu streifen.

Also beschloss ich, ihm von nun an möglichst aus dem Weg zu gehen. Er war ein verheirateter Mann. Das hatte ich schon einmal mitgemacht und würde diesen Fehler nicht wiederholen. Deshalb würde ich auf keine weiteren Märkte mit ihm fahren und auch nicht seiner Einladung folgen, mir sein Zuhause anzusehen. Stattdessen würde ich höflich Abstand halten und den Kontakt mit ihm meiden.

Ich blickte seinem Transporter nach. Und wären die Ereignisse des nächsten Tages nicht gewesen, ich hätte mich ihm nie wieder genähert.

12

Am Morgen nach der Messe stattete ich Nick einen Besuch ab, um ihm haarklein von meinem Tag zu berichten. Angesichts der Summe, die er bei der Auktion mit dem *Bonheur de jour* verdient hatte, nahm ich an, dass er wegen unseres mageren Umsatzes enttäuscht sein würde, aber weit gefehlt. Er machte einen zufriedenen Eindruck. »Den Rest habe ich wieder mitgebracht«, teilte ich ihm mit. »Die Sachen sind in meinem Transporter.«

»Nein, nein, behalte sie«, erwiderte er. »Behalte sie bis zum nächsten Mal.«

Ich war nicht so sicher, dass es ein nächstes Mal geben würde. Außerdem wusste ich nicht, wohin mit den Kartons. In meiner Wohnung hatte ich keinen Platz, und im Transporter konnte ich sie nicht lassen, weil ich den jeden Morgen für die Meute brauchte. Doch da ich ihn um einen Gefallen bitten wollte, fand ich mich damit ab, das verdammte Zeug wieder nach Hause karren zu müssen.

»Erinnerst du dich noch an das mottenzerfressene ausgestopfte Wiesel, das du im Laden hast? Das kannst du bestimmt nicht mehr verkaufen, oder?«

»Willst du haben?« Nick musterte mich ungläubig. »Du willst Wiesel?«

»Nein, ich will nicht Wiesel, sondern Glaskasten.«

»Wofür brauchst du Glaskasten?«, erkundigte er sich argwöhnisch.

»Ich habe da so eine Idee, etwas, das ich ausprobieren möchte. Ich bezahle ihn auch.«

Er zuckte die Achseln. »Er gehört dir. Nimm ihn.«

»Bist du sicher?«

»Ja. Hol«, erwiderte er, als sei ich ein Hund. »Juno!«, rief er mir nach, als ich die Treppe hinunterging. »Du nimmst Wiesel mit. Du nimmst nicht nur Glaskasten und lässt mir Wiesel.«

»Okay!«, rief ich zurück, wobei ich mich fragte, ob die Müllabfuhr wohl ein ausgestopftes Tier abtransportieren würde, wenn ich es in die Tonne steckte.

Das Wiesel stand auf dem obersten Regal im Laden, was hieß, dass ich eine gefährlich wackelige Holzleiter hinaufklettern musste. Während ich, umweht von Staub und Spinnweben, auf der obersten Sprosse hin und her schwankte, musterte ich einige andere ausgestopfte Exemplare. Die glotzende Eule und ihr Glaskasten waren viel zu groß für meine Zwecke. Aber ich entdeckte ein schlecht ausgestopftes, wütend die Zähne fletschendes kleines Geschöpf, das offenbar früher einmal ein Eichhörnchen gewesen war. Sein Kasten hatte ungefähr die richtige Größe.

So gebannt betrachtete ich die Objekte, die ich sonst nie aus der Nähe sah, dass ich das asthmatische Keuchen der Klingel und Nicks Schritte zur Tür erst hörte, als es zu spät war. Stimmen hallten im Flur. Sie sprachen eine fremde Sprache. Die eine war die von Nick, und die andere gehörte eindeutig Vlad. Außerdem war da noch eine unbekannte Stimme, die viel tiefer klang. Da ich vermutete, dass Nick daran gelegen war, Vlad meine Anwesenheit zu verheimlichen, und selbst auch keine Lust auf eine erneute Begegnung hatte, verhielt ich mich mucksmäuschenstill. Ich hörte schwere Schritte auf der Treppe und lauschte, bis diese Nicks Wohnzimmer direkt über meinem Kopf erreicht hatten.

Dann huschte ich so lautlos wie möglich die Leiter hinunter. Ich hätte unbemerkt zur Haustür hinausschlüpfen können, aber ich hatte meine Handtasche in Nicks Küche liegen gelassen. Weil sich meine Schlüssel darin befanden, konnte ich den Transporter nicht aufschließen, und wenn ich zu Fuß nach Hause ging, war ich dort ebenfalls ausgesperrt. Als ich die Hand in die Jackentasche schob, berührten meine Finger nur mein Smartphone. Sonst nichts.

Etwa eine Minute lang verharrte ich unschlüssig auf der Stelle und horchte auf die Stimmen von oben. Die lebhafte Diskussion steigerte sich rasch zu einem erbitterten Streit. Ich schlich zur Tür und spähte in den Flur hinaus. Plötzlich erklang eine zornig erhobene Stimme. Die von Vlad, und zwar herrisch, laut und eindeutig drohend. Begleitet wurde das Ganze von einigen dumpfen Geräuschen. Drosch er mit der behandschuhten Faust auf den Tisch, oder war es etwas Schlimmeres? Im nächsten Moment ertönte ein gewaltiges Poltern, so als sei ein Möbelstück umgestürzt, dazu das unverkennbare Geräusch eines Schlags. Ich hörte Nick aufschreien.

Ich hastete die Treppe hinauf, zog mein Handy aus der Tasche und hielt es mir ans Ohr. »Polizei!«, schrie ich, stürmte ins Zimmer und streckte das Telefon auf Armeslänge von mir. »Ich habe die Polizei alarmiert!« Natürlich hatte ich das nicht getan. Kein Empfang. Ich konnte nur hoffen, dass Vlad und sein Kumpan das nicht wussten.

Das Überraschungsmoment war auf meiner Seite: Sie hatten nicht damit gerechnet, dass ich mich im Haus befand, und starrten mich sprachlos an. Dann stieß Vlad einen Fluch aus. Sein Begleiter, massiv wie ein Kirchenportal, mit schwarzen Locken, die sich über einer niedrigen Stirn kräuselten – nennen wir ihn einmal Igor –, stand da und glotzte. Mit einer

Faust hatte er Nick vorne am Hemd gepackt, und mit der anderen holte er aus.

»Raus!«, brüllte ich und wies auf die Treppe. Sosehr ich mich auch bemühte, meine Stimme zu beherrschen, zitterte sie doch und war viel zu hoch. »Raus!« Kreischend wie eine Furie schwenkte ich mein Smartphone. »Polizei! Ich habe die Polizei gerufen!«

Auch wenn sie wahrscheinlich nicht viel Englisch sprachen, verstanden sie das Wort »Polizei« sehr wohl. Langsam lockerte Igor seinen Griff.

Einen Moment, in dem mir fast das Herz stehen blieb, befürchtete ich schon, Vlad habe meinen Bluff durchschaut. Ein abfälliges Lächeln breitete sich langsam auf seinem Gesicht aus, und er trat einen Schritt auf mich zu. Sein eiskalter Blick war schon gruselig genug, aber sein Lächeln war noch schlimmer. Es war das Grinsen eines Wolfes, der ein lahmendes Lamm erspäht hat. Doch da heulte draußen auf der East Street eine Sirene auf. Ich wusste zwar, dass es sich nur um einen Krankenwagen handelte, aber es genügte, um den Gebrüdern Grimmig einen Schrecken einzujagen. Sie wechselten einen Blick, kamen zu dem Schluss, dass wahrer Heldenmut sich durch Weisheit auszeichnet, und traten die Treppe hinab den Rückzug an. Unterwegs schimpfte Vlad hasserfüllt vor sich hin.

Unten an der Treppe drehte er sich um, sah mich wütend an und zeigte erbost mit dem Finger auf mich. Dann fuhr er sich damit betont langsam und vielsagend über die Kehle. Die Botschaft hätte nicht klarer sein können.

Ich hob mein Smartphone und richtete es auf ihn. Telefonieren konnte ich zwar nicht, dafür aber ein Foto machen. Das Blitzlicht leuchtete auf. Als Vlad klar wurde, was ich getan hatte, erbleichte er vor Wut. Kurz glaubte ich schon, er würde die Stufen hinaufstürmen und mir das Telefon entreißen. Aber die Sirene näherte sich. Er murmelte etwas und folgte seinem Kumpan türenknallend hinaus.

Ich rannte hinter ihm die Treppe hinunter, schloss schnell die Tür und legte die Riegel vor. Mein Herz klopfte, und mir war übel. Nachdem ich tief Luft geholt hatte, lief ich wieder hinauf ins Wohnzimmer, wo Nick in einem Sessel zusammengesackt war. Sein Gesicht war aschfahl.

Ich wusste, dass er in einem Schrank Schnapsflaschen aufbewahrte. Also kramte ich darin herum, fand Brandy und ein Glas, schenkte etwas ein und stellte es neben ihn auf den Tisch. Er rang noch immer nach Luft, deshalb gab ich ihm Zeit, sich zu fassen, hob den umgeworfenen Tisch auf und sammelte die Scherben eines zerbrochenen Figürchens ein.

»Oh, Juno ... Juno ...«, keuchte er schließlich und schüttelte den Kopf. »Das hättest du nicht tun dürfen.«

»Und was wäre andernfalls wohl passiert?« Ich kniete mich neben seinen Sessel, worauf er nach meiner Hand griff und sie schwach drückte. Seine Hand war feuchtkalt, sein Atem ging stoßweise.

»Ich rufe einen Arzt«, verkündete ich.

»Nein, nein«, protestierte er mit bebender Stimme. »Ich habe Tabletten ...« Er zeigte auf den Kaminsims. In dem Wald aus Nippes fand ich ein braunes Gläschen und schüttete Nick zwei winzige Tabletten auf die zitternde Handfläche. Er legte sie sich unter die Zunge, und nach einer Minute schien er ruhiger zu atmen.

»Wer sind diese Männer?«, fragte ich. »Was wollen sie?«

Er wich meinem Blick aus. »Das sind nur ... Geschäftspartner.«

»Geschäftspartner?«, spottete ich. »Ich rufe jetzt die Polizei.«

»Nein! Keine Polizei.« Er umklammerte meine Hand. »Versprich es, Juno. Wenn du Polizei rufst, wird alles schlimmer.«

»Entweder verrätst du mir jetzt, was los ist, Nick, oder ich rufe sofort an.«

»Und was erzählst du ihnen?«, fragte er, inzwischen sichtlich besser bei Kräften. »Du hast Streit gehört … weißt nicht, worum es geht. Alter Mann wird geschlagen …« Er zuckte die Achseln. »Meinst du, das interessiert die?« Er lachte blechern auf. »Nur ein Missverständnis, Juno … alles gut.«

Ich ging zum Fenster, schob es hoch und blickte in beide Richtungen die Straße entlang. Von Vlad und Igor war nichts zu sehen, was allerdings nicht hieß, dass sie nicht irgendwo da draußen lauerten. Sie würden wiederkommen, da war ich ganz sicher. Doch Nick ließ sich nicht überreden. Das Wort »Polizei« versetzte ihn nur in Aufregung, und ich wollte seinen Zustand nicht noch verschlimmern. Schließlich versprach ich, nicht anzurufen. Noch nicht.

»Kein Problem, Juno, sie sind weg.« Nick kicherte. »Zornige Göttin hat sie verjagt. Du gehst jetzt, ja?«

»Ich gehe, wenn du fit genug bist, mich die Treppe hinunterzubegleiten«, stimmte ich widerstrebend zu. »Du schließt hinter mir ab und schiebst die Riegel vor. Und du lässt die zwei nicht mehr rein, schwörst du mir das?«

Nick nickte. »Ich schwöre«, antwortete er gehorsam.

Erst eine halbe Stunde später wagte ich es, die Haustür einen Spalt weit zu öffnen. Vorsichtig spähte ich hinaus, nur für den Fall, dass die beiden üblen Burschen in einer Seitengasse auf mich warteten. Nachdem ich mich vergewissert hatte, dass die Luft rein war, zog ich die Tür zu und blieb stehen, bis ich das Einrasten der Riegel hörte. Erst dann huschte ich über die Shadow Lane, stieg in meinen Transporter und schloss hinter mir ab. Eine Weile saß ich da und klopfte mit den Fingern aufs Lenkrad, als mir bewusst wurde, was für einen Riesenmist ich gebaut hatte. Falls die beiden beschlossen, sich an mir zu rächen, hatte ich keine Chance gegen sie. Vlads Geste zum Abschied war unmissverständlich. Außerdem wäre es ein Leichtes für sie gewesen, mich zusammenzuschlagen. Womöglich würde ich sogar als Wasserleiche im River Dart landen.

Ich spielte mit dem Gedanken, mein Versprechen zu brechen und schnurstracks zur Polizei zu gehen. Allerdings brachte das vermutlich nicht viel. Wenn sie sich bei Nick erkundigten, würde er den Vorfall entweder herunterspielen oder ihn sogar abstreiten. Ich seufzte. So ungern ich es auch zugab, ich konnte offenbar nichts unternehmen. Also fuhr ich widerwillig los.

Am Nachmittag war ich für den Garten des Vikars gebucht. Normalerweise arbeitete ich sehr gerne im Pfarrgarten inmitten von warmen, mit alten Rosensorten bewachsenen Steinmauern, wo Büschel duftender Rambling Rector und Moschusrosen in der lauen Brise wehten. Aber an jenem Nachmittag konnte es mich nicht aufheitern, die Rosen zu beschneiden und den Rittersporn hochzustecken. Auch der Gesang der Vögel und das Summen der Bienen im Lavendel versetzten mich nicht in bessere Stimmung. Ich konnte nur an Nick denken. Zu Hause angekommen, parkte ich den Transporter, ging jedoch nicht ins Haus, sondern vorbei am Gartentor und die Straße entlang, wo ich durch die Hecke kroch und das Feld überquerte.

Paul war in seiner Werkstatt. Da ich zuerst beim Wohnwagen vorbeigeschaut und diesen abgeschlossen vorgefunden hatte, machte ich mich auf den Weg zu dem großen Wellblechschuppen. Die Tür stand offen. Ich trat ein und verharrte auf der Stelle, umgeben von Stapeln aus alten Möbeln. Irgendwo schoss Wasser mit Hochdruck aus einer Düse oder einem Schlauch. Ich rief Pauls Namen und ging durch den Schuppen in die alte, daran angeschlossene Scheune aus Stein. Dort rief ich noch einmal. Plötzlich verstummte der Wasserstrahl, und Paul kam durch eine kleine Tür. Er trug nasse Gummistiefel, und auch sein Overall war vorne mit Wasser bespritzt. Er hatte eine Schutzbrille in die Stirn geschoben. »Juno!«, sagte er lächelnd. Er streifte die schweren Gummihandschuhe ab und warf sie auf eine Werkbank. »So bald hätte ich nicht mit dir gerechnet.« Ich verzog das Gesicht, und sein Lächeln verflog. »Was ist passiert?«

Als ich anfing, die Ereignisse dieses Vormittags zu schildern, unterbrach er mich und forderte mich auf, mich zu setzen. Dann zog er sich einen Hocker heran und hörte zu, während alles aus mir heraussprudelte.

»Und du hast keine Ahnung, wer die Männer waren?«, fragte er zu guter Letzt.

»Deshalb bin ich ja hier. Ich dachte, du kennst sie vielleicht. Nick könnte sie erwähnt oder etwas gesagt haben …« Ich zeigte ihm das Foto von Vlad auf meinem Telefon. Es war eine entzückende Porträtaufnahme. Sein Gesicht war vor Hass verzerrt, und ich hatte ihn genau in dem Moment erwischt, als er sich mit dem Finger über die Kehle fuhr.

»Den habe ich noch nie gesehen.« Paul runzelte die Stirn und kratzte sich nachdenklich am Kinn. »Ich kenne einige Händler, die Nick auch kennt, Leute von hier wie Tom Smithson und Verbena. Aber die zwei sind mir nie begegnet.«

»Nick rückt nicht damit heraus, was sie wollen. Ich habe Angst, dass ihm etwas zustoßen könnte.«

Paul überlegte einen Moment. »Pass auf. Nick und ich müssen noch wegen der Sachen abrechnen, die ich gestern für ihn auf der Messe verkauft habe. Heute Abend gehe ich zu ihm und versuche, etwas aus ihm rauszukriegen. Vielleicht vertraut er sich mir ja an.«

»Danke«, sagte ich lächelnd, und er erwiderte mein Lächeln.

»Gut.« Ich wandte meinen Blick ab und schaute mich um. »Das ist also dein Reich.«

»Gestatten Sie mir, Sie herumzuführen, gnädige Frau.«

In der Scheune sah es aus wie in einer ordentlich aufgeräumten Werkstatt. Den Großteil des Raums nahmen eine gewaltige Sägebank und Stapel von Möbeln in verschiedenen Stadien der Restaurierung ein. An eigens dafür geformten Schienen an den Wänden hingen Meißel und Feilen, und es gab Plastikbehälter für Hobelspäne und Sägemehl. In den Regalen standen dicht an dicht verschiedene Dosen. Außerdem roch es kräftig nach Harz, Bienenwachs und lösungsmittelhaltigen Lacken. Auf einer Staffelei bemerkte ich ein Ölbild, das eine Barke mit roten Segeln auf einem bewegten grauen Meer darstellte. Die Farben strahlten frisch.

»Ist das ein echter Arnold Bishop?«, fragte ich.

Paul grinste. »Wie er leibt und lebt.«

»Wo ist das Darkolene?«

Er wies auf eine alte, zerbeulte Dose, an deren Seiten dunkelbraune Rinnsale herunterliefen. »Meine letzte. Allmählich kriege ich Panik.«

Nur in einer Ecke regierte das Chaos. Auf einem hölzernen Abtropfbrett neben einem rissigen Becken aus Porzellan kämpften schmutzige Kaffeetassen, ein antiker Wasserkessel, eine aufgeplatzte Zuckertüte und ein halb aufgerissenes Päckchen Kekse um Lebensraum.

»Deine kulinarische Versorgung ist nicht unbedingt begeisternd«, beschied ich ihm unverblümt. »Was ist da oben?« Ich kletterte die Holzleiter zum Heuboden hinauf. Aber es gab nicht mehr zu sehen als weitere Möbelstücke.

Als ich wieder unten war, ging ich durch die kleine Tür, durch die Paul vorher hereingekommen war. Sie führte in einen Anbau mit einem in das Wellblechdach eingelassenen Oberlicht aus Glas. Der Betonboden glänzte feucht. Der Schlauch mit der starken Düse, den Paul benutzt hatte, lag zusammengerollt wie eine Schlange da. Unter dem Oberlicht befand sich ein riesiger Metalltank, etwa von der Größe eines Bauschuttcontainers. »Ist das der Abbeiztank?« Ich musste mich auf die Zehenspitzen stellen, um hineinspähen zu können. Er war zur Hälfte mit einer kalten, klaren Flüssigkeit gefüllt.

»Vorsicht!«, warnte Paul, der mir durch die Tür gefolgt war. »Geh nicht zu dicht ran.«

»Was ist da drin?«

»Natriumhydroxid«, erwiderte er und blieb stehen, um den Schlauch aufzuwickeln. »Ätznatron.«

»Ein fieses Zeug. Schadet das nicht den alten Möbeln?«, erkundigte ich mich. »Macht es nicht das Holz kaputt?«

Lachend hängte er den Schlauch an eine an der Wand befestigte Felge. Aus der Messingdüse tropfte es ein wenig, und er drehte noch einmal an dem massiven Hahn daneben, um das Wasser richtig abzustellen. Dann kam er zu mir an den Tank. »Wenn man etwas zu lange drin liegen lässt, zerfällt es. Der Leim in den Verbindungsstücken löst sich auf. Deshalb heize ich den Tank zuerst auf, damit die Sachen nicht lange drinbleiben müssen und das Holz keinen so großen Schaden nimmt. Für die guten Möbel benutze ich es gar nicht.« Er deutete auf einen Schrank aus Fichtenholz, der seitlich auf dem nassen Beton lag. »Den habe ich eben rausgeholt. Als du kamst, war ich gerade beim Abbrausen.«

»Wie kriegst du die Möbel da rein?« Ich schaute nach oben. Über dem Tank hing an Ketten ein gewaltiges Metallgitter, das an einen Wäscheständer erinnerte.

»Wenn du kurz Platz machst, zeige ich es dir.« Er berührte einen der drei Hebel an der Seite des Tanks. »Mit dem da hebt und senkt man das Gitter«, erklärte er. Die Ketten quietschten und rasselten, als das Gitter hinauf- und hinunterfuhr. »Damit öffnet und schließt man den Deckel.« Als er den zweiten Hebel betätigte, bewegten sich die beiden Hälften des Metalldeckels aufeinander zu, bis oben auf dem Tank eine gerade Naht entstand.

»Und wozu braucht man den da?« Ich zeigte auf den dritten Hebel.

»Oh, vor dem musst du auf der Hut sein. Pass auf deinen Kopf auf, denn er schnellt ziemlich plötzlich nach außen. Damit schwenkt man die gesamte Konstruktion zur Seite. Dann senkt man sie auf Bodenhöhe, um den Gegenstand auf das Gitter zu legen …«

»… und anschließend hebt man das Gitter mit dem anderen Hebel an und schwenkt es wieder zurück«, beendete ich für ihn den Satz.

»Richtig«, bestätigte er. »Möchtest du es versuchen?«

Ich übernahm die Hebel, spielte ein paar Minuten damit, hob und senkte das Gitter und schwenkte es an seinen Platz, bis es mir zu langweilig wurde.

»Ist der Umgang mit diesem Zeug nicht ein bisschen gefährlich?«, fragte ich. »Ätznatron brennt entsetzlich.«

»Als ich den Tank eingebaut habe, musste ich einen besonderen Abfluss installieren«, erläuterte er. »Wer das Abwasser nicht richtig entsorgt, muss mit hohen Strafen rechnen.«

»Und was passiert, wenn man reinfällt?«

»Man kommt nie wieder raus, so viel steht fest. Und wenn man lange genug drinbleibt, löst man sich auf.«

Wollte er mich veräppeln? »Echt?«

»Früher hat man es zur Beseitigung von Tierkadavern benutzt. Wahrscheinlich ganz nebenbei auch für menschliche Leichen. Ich habe einmal von einem Typen gehört, der in einen Tank gestürzt ist und es nicht rausgeschafft hat. Am nächsten Morgen hat man ihn gefunden. Nur noch ein Haufen Gallert.«

Erschaudernd wich ich einen Schritt zurück. Als ich wieder in der sicheren Werkstatt war, kehrten meine Gedanken zu Nick zurück. »Rufst du mich an, nachdem du dich heute Abend mit ihm getroffen hast?«

»Keine Sorge.« Ein Grinsen huschte über sein Gesicht. »Vielleicht kommen diese Kerle ja nicht wieder. Offenbar hast du ihnen einen ziemlichen Schrecken eingejagt.«

13

Als ich nach Hause kam, musste ich endlich Nicks Kartons ausladen. Bei meinem fünften Gepäckmarsch zur Haustür erschien Adam, um mir zu helfen. Er bot mir an, die Kartons in dem Hohlraum unter der Treppe zu lagern, worauf ich mich schon viel besser fühlte. Dann trat Kate aus der Küche und fragte mich, ob ich Lust auf eine scharf gewürzte Gemüsepastete zum Abendessen hätte. Mein Glücksgefühl steigerte sich bis fast zur Ekstase.

Ich verspeiste die warme Pastete vor der Mikrowelle in der Küche stehend, während Bill sich wie eine Acht um meine Knöchel schlängelte. Nachdem ich den Teller in die Spüle gestellt hatte, wischte ich mir die Blätterteigkrümel vom Busen. Ich hatte noch zu tun.

Ich kramte unter dem Bett, bis ich das Gesuchte gefunden hatte: eine geschnitzte Holzschatulle, ein Erbstück von Cordelia. Ich trug sie zum Küchentisch und klappte sie auf.

»Aha!«, rief ich und förderte eine winzige Pinzette zutage. Die Schatulle war mit wiederverschließbaren Plastiktütchen vollgestopft, die lange Silberdrahtstücke, Haken und diverse Glasperlen enthielten. Cordelias Ausrüstung zum Ohrringebasteln.

Ich holte die Kette aus grünem Glas, die ich Pat abgekauft hatte. Da ich sie vor der Antiquitätenmesse gereinigt hatte, konnte ich mich sofort ans Werk machen. Ich schnitt die drei

Stränge durch, aus denen die Kette bestand, und ließ die Perlen auf einen Teller rieseln. Danach nahm ich drei in fortlaufender Größe und fädelte sie abwechselnd mit einer winzigen Silberperle aus Cordelias Fundus auf ein Stück Silberdraht. Bill war auf den Tisch gesprungen und beobachtete neugierig, wie ich das obere Ende des Drahtes mit der Pinzette zu einer Schlaufe formte und diese an den Haken hängte, der durchs Ohrläppchen gehörte. Ich drückte die Schlaufe fest. »Voilà!« Ich ließ das Ergebnis vor Bills Nase baumeln. »Ein Ohrring!«

In den nächsten zwei Stunden produzierte ich vierundzwanzig Paar grüner Glasohrringe, wobei ich silberne oder goldene Perlen als Trenner verwendete und das Design mithilfe weiterer Perlen aus Cordelias Bestand abwandelte. Nachdem Bill eine murmelgroße Perle mit der Pfote auf den Boden geschubst, sie über den Küchenfußboden gejagt und unter den Kühlschrank geschussert hatte, verlor er das Interesse. Ich angelte die Perle mit einem Besenstiel aus dem Staub hervor, und als ich wieder saß, rollte sich der Kater bleischwer auf meinem Schoß zusammen.

Ich war mit meinem Werk zufrieden, auch wenn ich kaum noch geradeaus schauen konnte. Sämtliche Ohrringpaare unterschieden sich voneinander. Und es waren trotzdem noch Perlen von der Kette übrig. Außerdem hatte ich einen steifen Nacken. Ich hatte gerade meinen Haarknoten gelöst und streckte mich eben ausgiebig, als das Telefon läutete. Es war Paul.

»Mit Nick alles in Ordnung?«, erkundigte ich mich.

»Ja. Aber er war vorsichtig und hat erst die Tür aufgemacht, als ich ihn durch den Briefschlitz gerufen habe.«

»Hat er dir etwas erzählt?«

»Ich habe ihn einfach gefragt. Er war sauer, weil du mit mir geredet hast, und hat anfangs stur geschwiegen. Doch nach einer Weile ist er ein bisschen aufgetaut. Er sagte, er habe früher mit diesen Typen zu tun gehabt. Er habe … Sachen für sie organisiert … wie er es ausdrückte. Hin und wieder kämen sie aus London, um Geschäfte mit ihm zu machen, und er habe nie Ärger mit ihnen gehabt.«

»Tja, heute Vormittag hatte er welchen.«

»Diesmal gab es ein Problem mit dem Preis für irgendwelchen Kram, den er für sie verkauft hat. Er hat das Zeug versteigert, und es hat – er hat mir nicht verraten, worum es ging – nicht den gewünschten Gewinn erzielt. Und jetzt fordern sie die Differenz von Nick ein.«

»Das ist nicht fair«, protestierte ich. »Dafür kann er doch nichts.«

»Ich glaube, das Wörtchen *fair* kommt im Vokabular dieser Typen nicht vor.«

»Offenbar«, stimmte ich zu. »Und was tut er jetzt?«

»Bezahlen, damit er sie loswird, meint er. Er möchte ein Treffen vereinbaren. Ich habe ihm angeboten, als sein Leibwächter zu fungieren. In Gegenwart eines Zeugen werden sie sicher nicht gewalttätig werden.«

»Ich möchte auch dabei sein.«

Ich hörte Paul ins Telefon lachen. »Womöglich verjagst du sie. Schade, dass ich das heute nicht gesehen habe. Es muss ein beeindruckender Anblick gewesen sein.«

»Keine Ahnung«, murmelte ich verlegen.

»Apropos: Das Auto der beiden ist dir heute Morgen nicht vielleicht aufgefallen, oder?«

»Nein. Warum?«

»Wahrscheinlich nur ein Zufall. Heute Abend stand ein schwarzer BMW ein Stück weiter die Straße hinunter. Ich habe ihn bemerkt, als ich aus Nicks Haus kam. Zwei Männer saßen drin. Ich bin in ihre Richtung gegangen, und da sind sie mit quietschenden Reifen abgehauen.«

»Hast du sie genauer sehen können?«

»Nicht wirklich. Es war ziemlich dunkel. Ich bin dann mit meinem Transporter ein paarmal um den Block gefahren, um mich zu vergewissern, dass sie nicht zurückgekommen sind. Aber da war niemand. Wie ich schon sagte, nur ein Zufall.«

»Wollen wir es hoffen.«

Paul gähnte. »Nun, ich lege mich jetzt ins Bett. Bemüh dich, keine gefährlichen Gangster mehr zu ärgern, falls du das hinkriegst.«

Ich dachte an Vlad, wie er unten an Nicks Treppe stand, mich drohend anstierte und sich mit dem Finger über die Kehle strich. »Ich tue mein Bestes«, versprach ich.

Am nächsten Morgen schaute ich im Basar vorbei und erteilte der niedergeschlagen dreinblickenden Pat eine kurze Lektion im Ohrringebasteln. Meine Werke vom Vorabend hatte ich in Reihen in einen alten Bilderrahmen gehängt, den ich mit schwarzem Samt in eine Auslage verwandelt hatte.

»Juno, die sind ja traumhaft!«, rief sie aus.

»Dann rutsch rüber. Ich zeig dir, wie man das macht.«

Ich behielt recht. Sobald sie begriffen hatte, wie man das obere Ende des Silberdrahts mit einer Pinzette zu einer Schlaufe bog, war es ein Kinderspiel. Die wahre Kunst bestand darin, die Farben und Formen zusammenzustellen. Nach den hübschen selbst gestrickten Babysachen zu urteilen, nahm ich an, dass Pat Talent dafür hatte, und das stimmte auch. Ihre großen, grobknochigen Hände waren erstaunlich geschickt.

»Ich muss dich für die vielen Perlen und das Zubehör bezahlen«, meinte sie mit ängstlicher Miene.

»Nein, betrachte es als Spende für die Tiere.« Ich überreichte ihr alle restlichen Perlen und eine Liste von Händlern für Schmuckzubehör. Außerdem lieh ich ihr Cordelias kleine Pinzette mit einer Warnung, dass ich sie zurückhaben wollte. Sie hatte für mich sentimentalen Wert.

»Oh, Juno, vielen, vielen Dank!«

»Es ist mir ein Vergnügen, Pat. Mach dich einfach an die Arbeit. Demnächst habe ich noch etwas für dich.«

14

Paul irrte, was den BMW betraf. Er war nicht schwarz, sondern blau. Ich kam gerade auf der B3357, der Straße, die mitten durchs Moor führt, aus Tavistock zurück. Endlich hatte der Sommer richtig angefangen. Ich hatte mir einen freien Tag gegönnt, um durch Tavistock zu bummeln, ein reizendes Städtchen mit einer alten Markthalle aus Stein, in der ich einige interessante Schätze entdeckt hatte. Allerdings hatte ich länger gebraucht als gedacht, weshalb ich auf ein Mittagessen in einem Café verzichtete und mir stattdessen einige Sandwiches kaufte, um auf der idyllischen Strecke durch das Moor Halt zu machen und ein Picknick zu veranstalten.

Trotz des traumhaften Wetters hatte ich das Moor offenbar für mich. Nur einige Schwarznasenschafe grasten zwischen den Ginsterbüschen. Ich stoppte am Straßenrand auf einem kleinen Parkplatz, eigentlich nur eine ebene Kiesfläche oberhalb der Böschung. Von anderen Autos fehlte jede Spur.

Hier oben wuchsen nicht einmal wilde Brombeeren oder Ginster, und dank der baumlosen Moorlandschaft hatte ich freie Sicht. Ich blickte über die Ebene. Eine steife Brise spielte mit meinen Haaren, und ich sog die Luft tief ein. Nördlich der Straße beherrschte der felsige Umriss des Great Mis Tor das Panorama. Im Süden fiel die Landschaft sanft ab. Ich musterte die bronzefarbenen, rostroten und violetten Hügel, die in der Ferne bläulich schimmerten. Dann schloss ich den

Transporter ab und ging von der Straße aus über das mit kleinen Häufchen Schafskot durchsetzte kurze Gras zu einem von der Sonne erwärmten Felsen, um meinen Hintern zu parken und meine Sandwiches zu verspeisen. Ich zog die Jacke aus, faltete sie zu einem Kissen zusammen und beobachtete zwei Bussarde, die über mir im wolkenlos blauen Himmel kreisten.

Vielleicht habe ich ja doch eine Putzfrauenseele. Etwa hundert Meter von mir entfernt stemmte sich ein buckeliger Weißdornbaum gegen den steten Wind und klammerte sich mit knorrigen Wurzeln an ein niedriges Felssims. Der Baum wäre ein wundervolles Fotomotiv gewesen, ein Symbol des Kampfes schwacher Lebewesen gegen die gnadenlosen Elemente – hätte sich nicht eine zerfetzte Plastiktüte in seinen Zweigen verfangen.

Ich konnte den Anblick dieses Dings nicht ertragen, das da wie eine Flagge vor sich hin flatterte. Auch nicht den Gedanken, dass es noch jahrelang dort hängen würde, ein die Netzhaut beleidigender Eingriff in eine ansonsten unberührte Natur. Die Tüte musste weg. Also ließ ich Tasche und Jacke liegen und bahnte mir einen Weg durch den Ginster zu dem Felssims. Ich sah, dass sich vor mir einige Schafe hier durchgezwängt hatten, denn an den Dornen hingen winzige Wollbäusche.

Es war eine mühselige Kletterei, den Fuß des Baumes zu erreichen. Vorsichtig tastete ich mich weiter und suchte zwischen den knorrigen, hexenfingerähnlichen Wurzeln Halt für meine Füße. Deshalb dauerte es einige Minuten, nach oben zu krabbeln. Die nach Norden gewandte Seite des Stamms war dick mit Flechten bewachsen, ein Zeichen für saubere Luft. Ich atmete tief durch und drehte mich dann um, um noch einmal die Aussicht zu genießen. Eine Sekunde später kauerte ich mich hinter den Baum und duckte mich mit vor Angst klopfendem Herzen so tief wie möglich zwischen die Felsen.

Vlad und Igor marschierten über die Wiese direkt auf mich zu. Offenbar hatten sie meinen am Straßenrand geparkten Transporter wiedererkannt. Allerdings war das auch nicht weiter schwer, denn ich stelle ihn stets auf der Straße gegenüber von Nicks Laden ab. Vermutlich hatten sie ihn dort bemerkt, und man musste kein Genie sein, um daraus zu schlussfolgern, wem er gehörte.

Ich riskierte einen Blick über die Felsen unmittelbar vor mir. Die beiden lachten und waren gerade dabei, meine Jackentaschen zu durchwühlen. Ich beobachtete, wie mein Schlüsselbund in einer funkelnden Flugbahn im Dornengestrüpp verschwand. Als Nächstes fing Igor an, in meiner Handtasche zu kramen. Er entdeckte mein Telefon und reichte es Vlad, der sich aufrichtete und die Dateien nach etwas durchsuchte: dem Foto, das ich von ihm gemacht hatte. Nach einer Weile lachte er auf und zeigte Igor etwas. Offenbar hatte er es gefunden. Ich brauchte seinen Daumen nicht zu sehen, um zu wissen, dass er auf »Löschen« gedrückt hatte, bevor er das Telefon zu meinen Schlüsseln ins Gebüsch warf.

Unterdessen schleuderte Igor vergnügt den Inhalt meiner Tasche in alle Richtungen. Er stieß auf die lautlose Hundepfeife, pustete ein paarmal hinein, zuckte die Achseln, als kein Geräusch ertönte, und schmiss sie über seine Schulter. Ein Tampon segelte durch die Luft. Danach mein Terminkalender. Zu guter Letzt entdeckte er meine Geldbörse, öffnete sie und holte die Münzen heraus.

Ich verkroch mich wieder hinter dem Felsen, damit sie

mich nicht bemerkten. Vielleicht hatte Vlad ja jetzt, was er wollte. Das Foto war gelöscht, nun könnten die zwei doch davonfahren und mich in Ruhe lassen.

»Juuunooo!« Vlads Stimme verhöhnte mich. »Wo versteckst du dich, mein Schatz?«

Er und Igor würden also nicht verschwinden. Sie wollten mir an den Kragen.

Was, zum Teufel, sollte ich tun? Weit und breit gab es weder andere Menschen noch ein Versteck bis auf die Felsen, hinter denen ich kauerte. Hier konnte ich nicht bleiben, und fliehen war auch unmöglich, ohne dass sie mich sahen. Selbst wenn ich es zum sicheren Transporter schaffte, hatte ich keinen Autoschlüssel. Lautlos krümmte ich mich zusammen und zwang mich, die Ruhe zu bewahren, gleichmäßig durchzuatmen und mich nicht von der Panik überwältigen zu lassen, die in meinem Magen flatterte. Bestimmt war ihnen klar, dass ich mich verkrochen hatte. Über kurz oder lang würden sie kommen und mich schnappen.

Ich spähte über die Felsen. Die zwei steuerten zielstrebig auf den Felsvorsprung zu. Ich schaute mich um: kurzes Gras, Gesteinsbrocken und verkrüppelte Dornenbüsche, alles bretteben und ohne eine Möglichkeit unterzutauchen. Ich blickte den Baum empor. Ich konnte hinaufklettern, doch da der Baum recht klein war, würden sie mich auf seinen Ästen mühelos packen. Eine weitere Möglichkeit war, mich ins rostbraune Gestrüpp zu schleichen und auf allen vieren davonzukrabbeln. Allerdings würde ich zu langsam vorankommen, und lautlos ginge das auch nicht, sodass sie mich sofort bemerken würden. Also war es das Beste, loszurennen, zu versuchen, die Straße zu erreichen, und zu beten, dass ein Auto erscheinen und der Fahrer für eine Frau mit wildem Blick und noch wilderem Haar anhalten würde, die wie eine Wahnsinnige winkend aus dem Moor sprang.

»Juuunooo.«

Sie waren näher gekommen. Ich stürmte los, umrundete sie in einem weiten Bogen und raste über die Wiese zur Straße. Sie erkannten mich, sobald ich hinter den Felsen hervorstürzte, und riefen nach mir. Ich rannte weiter. Früher war ich eine gute Läuferin gewesen. Wenn ich nur nicht mit dem Training aufgehört hätte. Die beiden trennten sich. Igor folgte mir in einem unbeholfenen Galopp. Vlad eilte voraus, um mir den Weg abzuschneiden, bevor ich an der Straße war. Keuchend blieb ich stehen. Das Blut dröhnte mir in den Ohren. Dann machte ich kehrt und steuerte wieder auf den Felsvorsprung zu, was sie zwang, ihre Taktik zu ändern.

Doch wir wussten alle drei, dass ich keine Chance hatte. Lange konnte ich nicht mehr durchhalten. Das Sonnenlicht traf auf einen Gegenstand in Vlads Hand und ließ ihn funkeln: ein Messer. Ich kletterte die Felsen hinauf und zurück zum Baum, erhob mich und rief aus voller Kehle um Hilfe. Ein grausamer Wind verwehte den Klang meiner Stimme und trug ihn fort wie eine verlorene Seele, was mein Schreien nutzlos machte. Igor und Vlad näherten sich von beiden Seiten.

Ich bückte mich, nahm einen tennisballgroßen Stein und hob ihn hoch, um sein Gewicht zu schätzen. Igor lachte. Aber ich würde mich nicht kampflos geschlagen geben. Außerdem hatte er keine Ahnung, dass er sich mit der Kapitänin des Kricketteams meiner Schule angelegt hatte. Wollten wir doch einmal sehen, wie lustig er einen Granitbrocken zwischen den Zähnen fand. Ich holte weit aus und zielte auf seinen Kopf. Allerdings ist es ein Unterschied, ob man einen Kricketball oder einen Stein wirft. Der Stein flog nicht weit genug. Ich war außer Übung.

Außer Übung und zudem vom Pech verfolgt. Zwischen den Steinen zu meinen Füßen suchte ich verzweifelt nach einem anderen, der sich als Wurfgeschoss eignete. Ein zu kleiner würde keinen Schaden anrichten, einen zu großen konnte ich nicht heben. Meine Hand schloss sich um ein spitzes, scharfkantiges Exemplar, das eigentlich nur ein Splitter war. Dann stand ich auf und zielte damit wie beim Steinehüpfen auf dem See nach Igors Kopf. Der Stein trudelte durch die Luft und traf ihn am Wangenknochen. Mit einem Aufschrei blieb er stehen und fasste sich ins Gesicht. Als er die Hand wegnahm, konnte ich sehen, dass er leicht blutete. Begleitet von Wutgebrüll, watschelte er auf mich zu. Panisch wühlte ich nach einem weiteren Stein. Mein Atem ging hektisch und stoßweise.

Während ich mich noch abmühte, einen zwischen zwei Wurzeln eingeklemmten Stein freizukriegen, hallte ein lang gezogenes, tragisches Jaulen über das Moor. Ich erstarrte kurz und blickte auf. Igor und Vlad zögerten ebenfalls und sahen einander fragend an. Dann herrschte Stille. Die gedämpften Schreie der Bussarde, die über uns am Himmel kreisten, waren die einzigen Geräusche. Die beiden zuckten die Achseln und steuerten weiter auf mich zu. Grinsend schloss Vlad die Hand fester um sein Messer. Ich scharrte an dem Stein zu meinen Füßen, grub mit den Fingern und brach mir die Nägel ab, als ich versuchte, ihn aus dem Boden zu befreien.

Nur dass jemand gehört hatte, wie Igor in die lautlose Pfeife geblasen hatte, denn der Ruf wurde beantwortet. Wieder erklang ein trauriges Heulen, diesmal war es schon ein wenig näher. Eine unsichtbare Gestalt brach durch ein Dornengebüsch, sodass die Farne wild raschelnd in Aufruhr gerieten. Als die Gestalt drohend knurrte, stoben die Schafe in alle Richtungen auseinander. Im nächsten Moment teilte sich das Gebüsch, und ein riesiges schwarzes Etwas erschien.

Es stoppte vor den beiden und versperrte ihnen den Weg. Eine bebende Muskelmasse, deren Fell sich an Schultern und Rücken sträubte. Die zerfetzten Ohren lagen eng am massigen Schädel an. Das offene Maul gab furchterregende Reißzähne frei. Wieder knurrte das Wesen, ein zorniges Grollen, tief aus der Kehle. Seine Augen blitzten lodernd und wütend.

»Duke!«, flüsterte ich ehrfürchtig.

Vlad und Igor wichen einen Schritt zurück, worauf Duke eine Salve dröhnenden, hasserfüllten Gebells ausstieß. Die Männer verharrten reglos auf der Stelle. Vlad umfasste fester sein Messer. Duke duckte sich, bis sein Bauch beinahe den Boden streifte. Er schlich weiter, und die Muskeln an seinen Schultern spielten wie bei einem Löwen, der sich an seine Beute anpirscht, als er zum Sprung ansetzte. Dabei stieg ein grausiges, leises Winseln aus den Abgründen seiner Kehle auf. Ich bemerkte, dass Vlad seine Chancen abschätzte. Selbst wenn ihm ein Glückstreffer mit dem Messer gelang, riskierte er, dass ihm dabei die Mandeln herausgerissen wurden.

Langsam, ja fast unmerklich traten er und Igor zentimeterweise den Rückzug an, wobei Igor wie ein Idiot »braves Hündchen« flötete. Sie ließen Duke, der ihnen unbeirrt folgte, nicht aus den Augen.

Ohne Vorwarnung griff er an. Die beiden Männer drehten sich um und rannten los. Duke sprang Igor an, stieß ihn gegen einen Baum und schüttelte ihn. Seine Kiefer hielten seinen Unterarm im Schraubstockgriff. Von meinem Platz aus konnte ich zermalmte Knochen splittern hören. Igor schrie auf, doch Vlad war weitergerannt und stieg bereits in den BMW.

Duke ließ Igor los, um jetzt das Auto zu attackieren. Vlad knallte die Fahrertür zu, als der Hund sich dagegenwarf. Seine Krallen rutschten ab und scharrten am Fenster, und er knurrte durch die Fensterscheibe. Der Motor sprang an. Schluchzend und stammelnd vor Schmerzen rappelte Igor sich auf und taumelte über die Wiese. Vlad legte scharf den Rückwärtsgang ein, um Duke abzuschütteln, und riss den Wagen herum, damit Igor auf der Beifahrerseite einsteigen konnte. Ich rief Duke zu mir, voller Angst, dass Vlad ihn überfahren könnte.

Igor öffnete die Tür mit dem unversehrten Arm und sprang an Bord. Noch ehe die Tür richtig zu war, schoss das Auto mit krachenden Gängen vorwärts. Es knirschte, als die Reifen auf dem Kies durchdrehten. Steinchen flogen in alle Richtungen, und das Auto raste auf der Straße davon. Duke verfolgte es noch ein Stück mit langen, geschmeidigen Schritten, wurde dann jedoch langsamer und verlor das Interesse. Ich stolperte zu dem Felsvorsprung, wo meine Beine nachgaben. Schluchzend saß ich auf dem Boden. Seiner Beute beraubt, trottete Duke zu mir hinüber und legte sich mit mürrischer Miene neben mich. Ich schlang die Arme um seinen Hals und drückte ihn an mich.

»Fantastisch!«, flüsterte ich ihm ins Ohr. »Du warst fantastisch!«

Nicht ich verständigte die Polizei. Keine Ahnung, wie lange ich dasaß, mich an Dukes Hals klammerte und in sein Fell heulte. Aber nach einer Weile hatte er genug von mir. Er wuchtete sich hoch, schnüffelte im Ginster herum, bis er mein vor einer gefühlten Ewigkeit auf einem Felsen abgelegtes angebissenes Sandwich fand, und verschlang es.

Das holte mich in die Wirklichkeit zurück. Ich brauchte

meine Schlüssel und mein Telefon. Also hob ich meine Tasche auf und fing an, das struppige Gebüsch zu durchkämmen. Ich entdeckte mein leeres Portemonnaie, meinen Terminkalender und den Tampon und kramte noch immer auf der Suche nach Schlüssel und Telefon zwischen den messerscharfen Dornen, als ich aus der Ferne ein durchdringendes, aus drei Tönen bestehendes Pfeifen hörte. Duke hob den Kopf, wedelte einmal langsam mit dem Schwanz und bellte zur Begrüßung. Auch ich erkannte den Pfiff. Es war Micky. Obwohl ich Ausschau nach ihm hielt, konnte ich ihn nicht sehen. Vermutlich war er noch ein gutes Stück entfernt. Der Klang seiner Pfeife wurde ziemlich weit getragen.

Duke trottete los. Oben am Abhang blieb er stehen und blickte mich verunsichert an. Im nächsten Moment ertönte wieder ein Pfiff. Ohne weiter nachzudenken, verschwand mein Held jenseits der Kuppe und aus meinem Gesichtsfeld.

Trotz der Schmerzen suchte ich weiter zwischen den Dornen. Meine Finger bluteten schon, weil ich mich ständig stach. Ich musste meine Schlüssel finden. Ich wollte weg vom Moor und nach Hause. Doch noch dringender war es, Nick anzurufen und ihn davor zu warnen, dass Vlad und Igor bei ihm aufkreuzen könnten. Ich brauchte mein Telefon. Zum Glück entdeckte ich die Hundepfeife. Keine Ahnung, ob Duke deswegen oder durch mein Gebrüll und Geschrei auf mich aufmerksam geworden war. Jedenfalls wollte ich sie unter keinen Umständen zurücklassen.

»Haben Sie etwas verloren?«

Ich blickte auf. Zwei Wanderer mit Strickmützen und Rucksäcken marschierten auf mich zu.

Als sie näher herangekommen waren, zwang ich mich zu einem Lächeln. »Mir ist die Tasche runtergefallen. Jetzt ist mein Telefon weg. Es muss hier irgendwo sein …«, fügte ich hilflos hinzu. »Sie haben nicht vielleicht ein Telefon dabei? Würde es Ihnen etwas ausmachen, meine Nummer anzurufen?«

Die Frau hatte bereits ihr Telefon gezückt. Ich diktierte ihr meine Nummer, und schon wenige Sekunden später begann meines zwischen den gelben Ginsterblüten lautstark zu vibrieren. Wir entdeckten es einen knappen Meter von der Stelle entfernt, wo ich gesucht hatte. Zum Glück hatte Vlad die SIM-Karte nicht entfernt. Wir stießen auch auf meine Schlüssel. Ich bedankte mich wortreich bei dem Paar.

»Ist mit Ihnen sicher alles in Ordnung?«, erkundigte sich der Mann und musterte mich zweifelnd.

»Bestens«, erwiderte ich und lutschte mir das Blut vom Finger. »Ich fahre jetzt nach Hause. Ich glaube, für heute habe ich genug vom Moor.« Sie waren besorgt und wollten bleiben und reden, ich hingegen wünschte mir nur sehnlich, dass sie endlich weitergingen, damit ich Nick anrufen konnte.

»Nun, wenn Sie sicher sind, dass alles in Ordnung ist …«

»Ja. Noch mal vielen Dank.« Ich winkte ihnen zu und hastete zu meinem Transporter.

Der hatte einen Platten. Offenbar hatte Vlad mir den Reifen aufgeschlitzt, als er und Igor angekommen waren. Ich musste an die alten Steinbrüche und Bergwerksstollen in der Umgebung denken. An all die Örtlichkeiten, wo sie meine Leiche auf Nimmerwiedersehen hätten verschwinden lassen können. Ich wählte Nicks Nummer, schloss den Transporter auf, warf meine Tasche hinein und tigerte nervös auf und ab, während ich darauf wartete, dass er endlich ranging.

»Nick, ist alles gut?«, platzte ich heraus, sobald er abhob.

»Juno?«, fragte er. »Ja, ja, alles gut.«

»Vlad und Igor …«, begann ich.

»Wer?«

»Deine Freunde …«

»Du musst nicht schreien. Ich sie heute Morgen gesehen. Wir haben geredet und uns geeinigt. Jetzt alles in Ordnung. Sie nach Hause gefahren.«

»Ich … ich verstehe kein Wort«, stammelte ich. »Du hast dich mit ihnen *getroffen*?«

»Wir wieder Freunde«, teilte er mir fröhlich mit.

Ich traute meinen Ohren nicht. »Freunde?«, brüllte ich ins Telefon. »Sie haben gerade versucht, mich umzubringen!«

»Nein, nein, Juno …«, meinte Nick beschwichtigend, bevor ihm jemand das Telefon aus der Hand riss.

»Juno, wo bist du?« Es war Pauls Stimme.

»Oben im Moor.«

»Geht es dir gut?«

»Jetzt schon.« Stotternd berichtete ich, was mir zugestoßen war, und erwähnte zum Schluss den platten Reifen.

»Ich hole dich ab. Erkläre mir, wo du genau bist.«

Was ich tat. »Aber das brauchst du nicht. Ich schaffe das. Ich habe einen Ersatzreifen.«

»In einer halben Stunde bin ich da. Du rührst dich nicht vom Fleck.« Er legte auf, bevor ich ihm weiter widersprechen konnte.

Plötzlich von Erschöpfung übermannt, setzte ich mich in den Transporter und lehnte den Kopf ans Lenkrad. Nach einigen Minuten stoppte ein Auto mit blinkendem Blaulicht neben mir. Ich schreckte hoch. Es war ein Streifenwagen mit zwei Polizisten darin. Der Fahrer kurbelte das Fenster herunter und betrachtete mich mit hellblauen Augen. »Fehlt Ihnen etwas, Miss?«

»Nein, alles bestens, Officer«, log ich, bemüht um einen fröhlichen Tonfall, als er aus seinem Auto stieg. »Nur eine Reifenpanne.«

Der andere Polizist folgte ihm. Dann umrundeten die zwei den Transporter und veranstalteten meiner Ansicht nach viel Lärm um nichts. »Richtig«, stellte der erste Polizist fest. »Sind Sie schon lange hier?«

»Ich warte auf den Automobilclub.«

»Aha.« Der Fahrer warf seinem Kollegen einen Blick zu. »Wir hatten vor etwa zwanzig Minuten nämlich eine seltsame Meldung. Ein Gentleman, der hier oben die Vögel beobachtet, hat uns angerufen.« Er wies auf eine Felsformation in der Ferne. »Der Mann hatte ein starkes Fernglas. Er sagte, er habe etwas Seltsames gesehen. Eine Frau sei von zwei Männern gejagt worden. Eine Frau mit langem roten Haar«, fügte er hinzu und betrachtete mich argwöhnisch. »So wie Sie.«

»Wirklich?« Ich sah ihn mit Unschuldsmiene an, strich mir mit der Hand durch die zerstrubbelten Locken und zog einen Brombeerzweig heraus.

»Offenbar handelt es sich um einen älteren Herrn«, fuhr der Polizist fort. »Seiner Ansicht nach sei es zu weit gewesen, als dass er Ihnen zu Hilfe hätte kommen können, weshalb er uns mit dem Smartphone verständigt hat. Außerdem sprach er von einem großen schwarzen Hund.«

Ich lachte – hoffentlich überzeugend – auf. »So groß war er nun auch wieder nicht! Ich glaube, es war ein Labrador. Er gehörte den beiden Männern. Ich habe dort gesessen und ein Sandwich gegessen, und da kam der Hund auf mich zu. Er war sehr zutraulich. Die beiden hatten angehalten, damit er sich die Beine vertreten konnte. Sie sind nur herumgelaufen und haben mit ihm gespielt.«

»Und Sie sind auch herumgelaufen?«

»Oh ja!« Mir war klar, dass die zwei mich für ziemlich dämlich halten mussten. »Ich liebe Hunde«, fügte ich ausweichend hinzu.

»Und Sie haben nicht um Hilfe gerufen?«

»Nun ... ja! Aber nur im Scherz.«

»Also bloß ein Spiel?« Der Polizist beäugte mich zweifelnd. »Sind Sie sicher?«

»Tja, ich verstehe, dass es aus der Entfernung ein bisschen merkwürdig gewirkt haben mag ...«

»Und der Hund hat niemanden gebissen?«

»Nein, nein«, beteuerte ich lachend. »Es war wirklich nichts weiter als ein Spiel.«

Der Polizist warf mir einen langen, nachdenklichen Blick zu. Ich wusste, dass er mir kein Wort abnahm. Allerdings lagen nirgendwo verstümmelte Leichen herum, weshalb es ihn vermutlich am Ende nicht groß interessierte. »Tja, solange mit Ihnen alles in Ordnung ist, Miss«, meinte er schließlich.

Als ich Pauls Transporter herannahen sah, atmete ich erleichtert auf. »Oh, da kommt mein Freund und Retter, um meinen Reifen zu wechseln.«

»Ach wirklich, Miss?« Lächelnd rutschte der Polizist auf den Fahrersitz und schloss die Tür. »Haben Sie vorhin nicht behauptet, dass Sie auf den Automobilclub warten?«

»Warum hast du nicht die Wahrheit gesagt?«, erkundigte sich Paul.

Das war später, viel später. Wir lagen in seinem Wohnwagen im Bett. Mein Kopf ruhte an seiner Brust, und seine Finger spielten geistesabwesend mit einer meiner Haarsträhnen.

»Ich weiß nicht genau«, seufzte ich. »Ich wollte nicht, dass etwas auf Nick zurückfällt. Wenn ich der Polizei reinen Wein eingeschenkt hätte, hätte er Unmengen von Fragen beantworten müssen. Ich wollte nicht, dass er Ärger kriegt.« Außerdem war mir ehrlich gesagt klar, dass sie in diesem Fall nach Micky und Duke gefahndet hätten. Polizisten haben es nicht gern, dass Hunde Menschen angreifen, selbst wenn diese sich mit Mordplänen tragen.

Paul lachte leise auf. »Du wolltest nicht, dass Nick Ärger kriegt? Vor gar nicht so langer Zeit wolltest du ihn noch umbringen.«

»Das eine schließt das andere nicht aus«, murmelte ich.

Dass er sich weigerte, mich ernst zu nehmen, versetzte mich in Wut. Nachdem wir meinen Reifen gewechselt hatten, waren Paul und ich mit unseren Transportern zu Nick gefahren, wo ich diesem alles berichtete. Anfangs hatte er so getan, als glaube er mir nicht und als hätte ich mir das Ganze nur eingebildet.

»Was die wollten in Dartmoor?«, wunderte er sich. »Sie zurück nach London gefahren.«

»Vielleicht hatten sie ja vor, ein paar ihrer reizenden Freunde im Gefängnis zu besuchen«, höhnte ich. »Keine Ahnung! Ich weiß nur, dass sie angehalten haben, als sie meinen Wagen sahen.«

»Sie würden dir nicht wehtun, Juno«, beharrte er.

»Vlad hatte ein Messer!«, protestierte ich zornig. »Er hat mir den Reifen aufgeschlitzt, damit ich nicht fliehen konnte.«

»Sie wollten dir nur machen Angst … Du sie gedemütigt … sie dir wollten erteilen Lektion.«

»Ach, na, dann ist ja alles bestens! Vielleicht hätten sie mich doch nicht erstochen, sondern sich damit begnügt, mich zusammenzuschlagen, zu vergewaltigen oder mir einfach nur ihre Initialen ins Gesicht zu ritzen.«

»Nein, nein, Juno«, versuchte er mich zu beschwichtigen. »So was tun die nicht.« Als er nach meiner Hand griff, um sie gönnerhaft zu tätscheln, entriss ich sie ihm.

»Du hast gesagt ...«, begann ich leise, jedoch mit vor Wut zitternder Stimme, »... an dem Tag, als ich die Polizei anrufen wollte, weil die beiden hier waren und dich bedroht haben ... du hast gesagt, es könnte schlimme Folgen haben, wenn ich die Polizei verständige.«

Darauf hatte er keine Antwort. Ich nickte. »Ich verschwinde! Tschüss, Nick.«

»Aber, Juno, warte!«, rief er mir nach, als ich erbost die Treppe hinunterpolterte.

Paul holte mich ein, als ich tief durchatmend draußen in der Seitengasse stand. »Schau, er ist wegen der Sache, die dir heute passiert ist, wirklich erschrocken und hat Angst. Er will es nur nicht zugeben.«

»Er redet, als würde ich alles nur erfinden!«, schimpfte ich.

Paul riskierte ein Lächeln. »Warum gehen wir nicht einen trinken?«

»Das ist der beste Vorschlag, den ich heute gehört habe«, befand ich, worauf wir zum Silent Whistle spazierten.

»Und was war heute Morgen los?«, fragte ich übellaunig. »Warum hast du mir nicht erzählt, dass du ein Treffen arrangiert hattest?«

Paul wirkte ein wenig verlegen. »Wir hielten es für keine gute Idee, dich mit hineinzuziehen«, beichtete er.

»Ach ja?« Ich kippte meinen Drink hinunter. Normalerweise trinke ich keine doppelten Brandys, doch ich fand, dass ich mir diesmal einen verdient hatte. »Unter den gegebenen

Umständen wohl Ironie des Schicksals, findest du nicht?«, krächzte ich, denn der Alkohol brannte mir in der Kehle. Ich knallte mein Glas auf den Tresen und bedeutete der Barfrau, mir noch einen einzuschenken.

»Es war total schräg«, räumte Paul ein. »Ich stand stumm da wie eine Salzsäule und habe versucht, den harten Burschen zu mimen, während Nick und ... Vlad ... ist das dein Name für ihn?«

Ich nickte, da ich eine Tüte Chips aufgerissen und deshalb den Mund zu voll hatte, um zu sprechen.

»Nun, sie haben ziemlich lange gestritten«, fuhr er fort. »Natürlich konnte ich kein Wort verstehen, und der andere Typ ...«

»Igor«, nuschelte ich, bemüht, ihn nicht mit Querschlägern zu treffen.

»*Igor* stand auch da wie eine Salzsäule und mimte ebenfalls den harten Kerl. Und ich muss zugeben«, fügte er bedauernd hinzu, »dass er es viel besser draufhatte als ich.«

»Und sie haben sich zu guter Letzt geeinigt?«

»Offenbar. Nick hat einen dicken Umschlag mit Geld übergeben. Ich habe Vlad beim Zählen zugeschaut. Es waren mindestens dreitausend. Alle schienen zufrieden und haben sich sogar die Hand geschüttelt. Und das bringt mich zu der Frage ...« Er verstummte plötzlich nachdenklich.

»Zu welcher Frage?«

»Warum sie dich überfallen haben.«

Darüber hatte ich auch schon nachgegrübelt. »Ich kann mir nicht vorstellen, dass sie mir den ganzen Weg bis nach Tavistock und zurück gefolgt sind. Vermutlich hatte ich einfach nur Pech. Keinen Dunst, was sie auf dieser Straße wollten, aber sie haben anscheinend mein Auto erkannt. Es ist ja nur schwer zu übersehen. Vlad war gar nicht erfreut, als ich ihn fotografiert habe. Bestimmt wollte er die Gelegenheit nutzen, das Foto zu löschen.«

»Und dich so einzuschüchtern, dass du nicht zur Polizei gehst«, ergänzte Paul.

»Oder eine Zeugin zu beseitigen.« Ich war weiterhin überzeugt davon, dass er und Igor mich umgebracht hätten, wäre Duke mir nicht zu Hilfe gekommen.

»Dass sie bei dem, was sie im Schilde führen, keine Zeugen gebrauchen können, ist klar. Aber ich glaube nicht, dass sie sich wieder blicken lassen«, meinte er, stellte sein leeres Bierglas auf die Theke und stibitzte mir einen Chip. »Ich bezweifle, dass sie noch einmal etwas mit Nick zu tun haben wollen.« Plötzlich grinste er, und seine dunklen Augen leuchteten auf. »Die haben ihre Rechnung ohne Königin Boudicca und den Hund von Baskerville gemacht.«

»Und wissen wir, was sie im Schilde führen?«, hakte ich nach, ohne auf seinen wenig schmeichelhaften Vergleich einzugehen. »Was wollte Nick für sie verkaufen?«

Paul schüttelte den Kopf. »Darüber schweigt er sich aus.« Einen Moment lang musterte er wortlos unsere Gesichter im Spiegel hinter dem Tresen. Auch ich schaute hin, und unsere Blicke trafen sich im Spiegelbild. Kurz starrten wir einander an. Dann brach Paul das Schweigen.

»Kurz bevor sie gingen, hat Vlad mit mir geredet. Ziemlich dumm von mir, doch eigentlich war ich sicher, dass er kein Englisch spricht.«

»Mich hat es auch ein wenig erschreckt«, gab ich zu. »Was hat er denn gesagt?«

»Er kam ganz dicht an mich ran, sah mir in die Augen und meinte: ›Du Leibwächter?‹ Dann hat er so gegrinst, dass ich ihm am liebsten an die Gurgel gesprungen wäre. Irgendwie abfällig. ›Du harter Bursche, was?‹, hat er gewitzelt. Dann hat er gelacht, der andere Typ auch, und die zwei sind gegangen.«

»Hast du etwas geantwortet?«

»Ich zog es vor, würdevoll zu schweigen.«

»Aber mit Nick war alles in Ordnung? Er war guter Dinge, als sie gingen?«

»Er wirkte ziemlich erleichtert.« Paul lächelte. »Doch was dich betrifft, hatte er recht.«

»Was soll das heißen?«, bohrte ich nach und wünschte, sein Lächeln wäre weniger anziehend.

»Du bist wirklich ein toller Anblick, wenn du wütend wirst. Eine echte Göttin mit flammend rotem Haar.«

In jener Nacht liebten wir uns, eher um zu feiern, dass ich noch am Leben und unversehrt war, als aus reiner Lust. Außerdem war ich mehr als nur ein wenig betrunken. Das heißt nicht, dass die Leidenschaft fehlte. Wir ließen den kleinen Wohnwagen auf seiner Federung erbeben.

Am nächsten Morgen jedoch wussten wir beide, dass es keine gute Idee gewesen war.

Als ich aufwachte, saß Paul auf der Bettkante und betrachtete ein Foto in seinem Telefon. Da er nicht bemerkt hatte, dass ich nicht mehr schlief, hatte ich Gelegenheit, die muskulösen Konturen seines Rückens und seiner Schultern, seine von der frühen Morgensonne in einen goldenen Schein getauchte glatte Haut und seinen traurigen, verlorenen Gesichtsausdruck auf mich wirken zu lassen. Ich setzte mich auf und stützte das Kinn auf seine Schulter, um einen Blick auf das Foto zu erhaschen. Eine hübsche Frau mit braunem Haar zeigte auf die Kamera. Sie kauerte neben einem dunkelhaarigen kleinen Jungen, der seinem Vater wie aus dem Gesicht geschnitten war. »Seit wann hast du sie nicht mehr gesehen?«

»Seit ein paar Wochen.« In seiner Stimme schwang tiefe Sehnsucht mit.

»Dann fahr jetzt zu ihnen. Heute. Nimm dir ein bisschen frei.«

Als er sich zu mir umwandte, war sein Blick voller Schuldbewusstsein. »Juno, ich möchte nicht, dass du dich benutzt fühlst.«

Ich brachte ihn zum Verstummen, indem ich ihm den Finger auf die Lippen legte. »Pass auf. Die letzte Nacht war wunderschön, aber ich bin nicht auf den Kopf gefallen.« Lächelnd umfasste ich sein Kinn mit beiden Händen. »Fahr zu deiner Frau und deinem Kind.«

Er verzog das Gesicht. »Kommst du allein klar? Ich glaube, vor den beiden Russen brauchst du keine Angst mehr zu haben. Die kreuzen bestimmt nicht wieder auf.«

»Alles bestens.«

Lächelnd streichelte er meine Wange. »Du bist klasse, Juno.«

»Schon gut, ich bin eine echte Göttin.« Erschaudernd zog ich mir die Bettdecke über die nackten Schultern. »Und jetzt koch Tee, du Frauenschänder. Ich muss gleich los und Hunde ausführen.«

15

Um ehrlich zu sein, dauerte es eine ganze Weile, bis ich mich nicht mehr ständig nach russischen Schlägertypen umsah. Um Nick machte ich einen Bogen. Er rief mich dauernd an und wollte mich überreden, ihn zu besuchen, doch ich reagierte nicht auf seine Nachrichten. Ich versuchte, ihn zu vergessen.

Nur dass sich im Flur zwölf Kartons mit seinen Waren türmten, die mich auf dem Weg zur Haustür jedes Mal an ihn erinnerten. Ich musste etwas unternehmen. Schließlich sortierte ich einige hübsche Dinge aus und brachte sie zu Pat, damit sie die Sachen am Stand der Honeysuckle Farm verkaufte. Die Ohrringe liefen recht gut. Ich erklärte ihr, ich wolle fünfzig Prozent Anteil, wenn sie etwas von Nicks Sachen verkaufte. Diese fünfzig Prozent würde ich ihm irgendwann zurückgeben. Das hieß, dass ich von diesem Arrangement nichts hatte, aber das war mir inzwischen egal.

Außerdem gab es noch einen Grund, Nick auf Abstand zu halten. Als ich an jenem Morgen von Pauls Wohnwagen zurückkehrte, fand ich eine Nachricht von Verbena Clarke vor, in der sie mir mitteilte, dass sie meine Dienste nicht mehr benötigte. Ich bräuchte nicht wieder anzurufen.

Ich kochte vor Wut. Bis jetzt hatte ich der Versuchung widerstanden, sie wegen des Polizeiaufgebots zu kontaktieren, und mich auf eine offene Debatte bei unserer nächsten Begegnung gefreut. Also am nächsten Morgen, wenn ich zur

Arbeit bei ihr erschien. Dass sie mir so aus heiterem Himmel kündigte, war, als habe sie mir die Tat auf den Kopf zugesagt.

Ich versuchte, sie anzurufen, aber sie ging nicht ans Telefon und hatte den Anrufbeantworter abgeschaltet. Ich überlegte schon, ob ich ihr Haus stürmen sollte, doch nachdem ich fünf Minuten lang kochend vor Wut darüber nachgedacht hatte, kam ich zu dem Schluss, dass ich froh sein konnte, sie los zu sein. Und falls Ricky und Morris mit ihrer Theorie recht hatten, man habe mich wegen meiner Verbindung zu Nick schuldig gesprochen, brauchte ich auch ihm keine Träne nachzuweinen.

Mein Zeitrhythmus aus der Ära vor Nick pendelte sich wieder ein, und ich kümmerte mich um meine Kundschaft. Chloe Berkley-Smythe war von ihrer Kreuzfahrt zurück, und ich machte am üblichen Tag bei ihr sauber. Offengestanden kam ich bei Chloe kaum zum Arbeiten. Am liebsten hätte sie mich dafür bezahlt, dass ich mit ihr plauderte, Broschüren von Kreuzfahrtanbietern wälzte und ihre nächste Tour durch die Karibik mit ihr plante. Es kostete mich viel Selbstdisziplin, gnadenlos weiterzuputzen, während ihre Nebelhornstimme den Staubsauger übertönte und mir zurief, dass es jetzt sicher Zeit für eine Pause und ein Likörchen sei. Außerdem widmete ich Rick und Morris mehr Zeit. Netterweise ritten sie nicht darauf herum, dass sie mich ja gleich vor Nick gewarnt hätten.

In den folgenden Wochen verirrte ich mich nur einmal in die Shadow Lane. Ich musste abbremsen und auf den Gehweg ausweichen, um einem entgegenkommenden Auto Platz zu machen. Unsere Außenspiegel streiften sich beinahe, während der Fahrer seinen Wagen durch die enge Straße manövrierte. Als ich deshalb kurz gegenüber von Nicks Laden halten musste, fiel mir ein hochgewachsener, magerer Mann auf.

Er kam aus der Gasse, die zu Nicks Vordertür führte. Verstohlen sah er sich um, und sein Blick aus wässrigen Augen huschte in beide Richtungen, bevor er aus der Gasse trat. Offenbar wollte er sich vergewissern, dass die Luft rein war. Für einen Moment trafen sich unsere Blicke, und er lächelte. Es war kein freundliches Lächeln, sondern eher ein nervöses Zucken, hervorgerufen durch die Erkenntnis, dass er beobachtet wurde. Plötzlich erkannte ich ihn. Ich erinnerte mich an sein lautes Lachen, die großen gelblichen Klaviertasten-Zähne und seinen gallertartigen Händedruck. Ich war ihm auf dem Antiquitätenmarkt begegnet. Albert, so hatte Paul ihn genannt. Inzwischen gehörte er offenbar zu Nicks Kundschaft an der Hintertür. Er hatte einen sperrigen Gegenstand bei sich, den er unter seinem Mantel zu verbergen versuchte. Schon wieder krumme Geschäfte, dachte ich abfällig und fuhr weiter.

Einige Tage später lief ich zu Fuß durch Ashburton, um für Chloe Berkley-Smythe einzukaufen. Sie hatte vergessen, dass sie eine Freundin zum Mittagessen eingeladen hatte, und mich gebeten, im Feinkostladen in der North Street Notproviant zu besorgen. Als ich aus dem Laden kam, war ich mit verschiedenen heimischen Käsesorten, dünn geschnittenem Rindfleisch, Oliven, hausgemachter Paté, ebensolchen Pralinen und weiteren Köstlichkeiten bepackt, die ich mir selbst niemals hätte leisten können.

Plötzlich fing es an zu regnen, dicke Tropfen, die dafür sorgten, dass alle hastig in Hauseingängen oder unter Markisen Schutz suchten. Da der Transporter einige Straßen entfernt parkte, beschloss ich, die Abkürzung durch die Gasse zu nehmen, die, vorbei an Nicks Vordertür, die Sun Street und Shadow Lane miteinander verband.

Ich schlängelte mich durch die schmale Lücke zwischen den Müllcontainern, wobei ich darauf achtete, mit den Einkaufstüten nirgendwo anzustoßen. Die Schultern wegen des immer stärker werdenden Regens gebeugt, schaute ich nicht, wohin ich ging. Erst das Klappern hoher Absätze ließ mich aufblicken. Noch jemand benutzte die Gasse als Abkürzung und kam aus der entgegengesetzten Richtung direkt auf mich zu.

Verbena Clarke blieb wie angewurzelt stehen. Erst wurde sie bleich, dann lief sie feuerrot an. Sie zögerte, starrte mich an und strich sich mit einer behandschuhten Hand das aufgebauschte blonde Haar aus dem Gesicht.

»Hallo«, sagte ich. »Ich möchte mit Ihnen reden.«

Sie gab mir keine Gelegenheit dazu, sondern machte auf dem Absatz kehrt und floh in die Richtung, aus der sie gekommen war. Ich lief ihr nach und kam dabei an Nicks Tür vorbei.

Am Ende der Gasse musste ich so abrupt stehen bleiben, dass ich ins Wanken geriet, denn eine Mutter schob ihr Baby in einem Buggy über den Gehweg und fuhr mir dabei beinahe über die Zehen. Das gab Verbena genug Zeit, die Tür ihres parkenden Porsches aufzureißen, einzusteigen und vor sich hin murmelnd die Tür hinter sich zuzuknallen. Als ich die Straße überquert hatte und ihr Auto erreichte, hatte sie sich bereits eingeriegelt. Ich klopfte ans Seitenfenster, doch sie achtete nicht auf mich, ließ drohend den Motor aufheulen und fuhr los. Ich blieb mit meiner ohnmächtigen Wut auf dem Gehweg zurück und blickte ihr nach, als sie mit überhöhter Geschwindigkeit die Straße entlangraste. Das Auto verschwand um die Ecke, und ich hörte Bremsen quietschen. Allerdings blieb das befriedigende Knirschen von Metall auf

Metall aus. Offenbar war sie knapp an einem Unfall vorbeigeschrammt.

Andererseits war es vielleicht ein Glück, dass sie mir entwischt war. Eine Schlägerei am Straßenrand wäre sicher unklug gewesen. Sie brauchte jedoch nicht zu glauben, dass sie mich endgültig los war. Eines Tages, wenn Mrs. Clarke den Zwischenfall längst vergessen hatte, würde ich ihr einen Besuch abstatten. Es heißt ja, dass man die Rache am besten kalt genießt. Und ich beabsichtigte, sie mir Bissen für Bissen auf der Zunge zergehen zu lassen.

16

Pat war nicht begeistert von meinem Versuch, aus zwei Holzwäscheklammern und dem Glaskasten des ausgestopften Wiesels ein viktorianisches Diorama zu basteln, und das, obwohl ich die Wäscheklammerpüppchen liebevoll eingekleidet und ihnen kleine Gesichter aufgemalt hatte.

»Die da schielt«, nörgelte sie und spähte durch die Glasscheibe. »Und die andere sieht geistig beschränkt aus.«

Ich ließ mich von ihrer vernichtenden Kritik an meinem Kunstwerk nicht beirren. »Du würdest es bestimmt besser hinkriegen.«

»Der Glaskasten ist ein bisschen angegammelt.«

»Etwas anderes hatte ich nicht. Schau, es geht doch nur um die Idee, die ich dir zeigen wollte, Pat«, erklärte ich ihr. »Ich dachte, du könntest vielleicht etwas damit anfangen.«

»Bei unserem Ken wäre der Glaskasten schöner.«

»Spitze!« Allmählich machte mich Pats Bockigkeit ungeduldig. Eigentlich war ich am Morgen ziemlich guter Stimmung gewesen, aber die war mir von einem Autofahrer in einer protzigen Kiste vermiest worden, der mit überhöhter Geschwindigkeit um die scharfe Kurve kurz vor der Stadt geschossen war und mich mit meinem Transporter beinahe von der Straße gedrängt hätte. Obwohl er sich vermutlich an das offizielle Tempolimit gehalten hatte, wäre nur ein Lebensmüder so schnell um diese Kurve gerast. Einem Frontalzusammenstoß entgingen wir nur, weil ich den Transporter in die Hecke lenkte. Der Bremsvorgang wurde vom ohrenbetäubenden Gekläffe und dem Gepolter umhergeschleuderter Hunde begleitet.

Ich sprang aus dem Wagen, um nach dem Rechten zu sehen. Die Hunde winselten verängstigt. Anscheinend hatte sich keiner etwas gebrochen, aber offenbar hatte nur das Schutzgitter verhindert, dass Schnitzel, der Dackel, sich zu mir auf den Vordersitz gesellte. Doch am meisten ärgerte mich, dass der Fahrer sich nicht einmal die Mühe machte auszusteigen. Er kurbelte nur lachend das Fenster herunter.

»Nichts passiert?«, rief er vergnügt.

Nein, abgesehen davon, dass ein Stück der alten Hecke zerrupft aussah und ich und die Hunde unter Schock standen, war alles bestens. »Was wir aber nicht Ihnen zu verdanken haben«, entgegnete ich brodelnd vor Zorn. »Vielleicht überlegen Sie sich mal, ob Sie hier in Zukunft langsamer fahren sollten.« Ich wies mit dem Kopf in die Richtung, aus der ich gekommen war. »Da hinten sind Reiter. Wenn Sie mit einem von denen aneinandergeraten, könnte Ihr Auto ernsthaft Schaden nehmen.«

»Danke für den Tipp«, erwiderte er lässig, fuhr davon und ließ mich, kochend vor Wut, am Straßenrand stehen, wo ich abgeknickte Dornenranken und zerquetschte Brombeeren von meiner Windschutzscheibe entfernte.

»Ich lasse es mal hier, Pat«, sagte ich und sammelte meine Sachen ein.

Gedankenversunken musterte sie das Diorama. »Ja, danke, Juno«, antwortete sie, ohne aufzublicken.

»Gern geschehen«, meinte ich und schickte mich zum Gehen an. »Wie laufen denn die Ohrringe?«

Endlich hob Pat den Kopf. »Oh, die haben sich großartig verkauft! Ich habe mehr Perlen bestellt, und Ken zimmert mir eine größere Auslage.«

»Prima«, murmelte ich und marschierte davon, während Pat weiter träumerisch das gemalte Innere des Dioramas betrachtete.

Mein nächster Besuch galt Maisie in der Brook Lane. Als ich das quietschende Gartentor öffnete, sah ich, dass sie auf der Veranda ihres Häuschens stand, mit einem Staubwedel zwischen den Regalen herumfuhrwerkte und die stachelige Armee aus eingetopften Kakteen säuberte, die ihre Haustür bewachten. Unterdessen schlief Jacko an seinem Lieblingsplatz auf dem Fensterbrett. Bei meinem Anblick verzog Maisie finster das Gesicht und trottete ins Haus. Sie war beleidigt, weil ich am Vortag darauf bestanden hatte, ihren muffigen alten Morgenmantel in die Waschmaschine zu stecken.

»Ihr Freund ist im Krankenhaus«, verkündete sie, sobald ich drinnen war. Ich bemerkte einen spitzen Unterton. »Haben Sie das nicht gehört?«

»Welcher Freund?«

»Sie wissen schon.« Maisie setzte sich. »Der Trödler.«

Argwöhnisch musterte ich Maisies rosige Wangen und ihre leuchtenden Augen und legte ihr die Hand erst auf die Wange und danach auf die Stirn. »Sie haben doch nicht etwa Fieber, oder? Trinken Sie auch genug? Wir wollen nicht, dass Sie wieder dehydrieren. Erinnern Sie sich, was beim letzten Mal passiert ist.« Ich holte eine Flasche Fruchtsaft aus dem Kühlschrank und schenkte ihr ein volles Glas ein. »Trinken Sie.« Ich hielt es ihr hin. »Alles.«

Wer der Ansicht ist, dass alte Damen schwache Geschöpfe

seien, sollte sich einmal mit einer anlegen, die an Dehydrierung leidet. Diese führt zu Symptomen, die gerne mit Demenz verwechselt werden. Beim letzten Mal hatte ich einen Krankenwagen gerufen. Als man Maisie ins Krankenhaus brachte, war sie bereits in kampflustiger Stimmung. Ich hatte eine Tasche für sie gepackt, war dem Krankenwagen gefolgt, und bis ich im Krankenhaus eintraf, war sie bereits gewalttätig geworden und boxte mit einem der Pfleger über drei Runden.

»Hören Sie auf, mich herumzukommandieren!«, schimpfte sie gereizt und ohne auf das angebotene Glas mit Saft zu achten. »Rumbefehlerin«, maulte sie leise nach.

»Gut.« Ich stellte das Glas auf den Tisch. »Soll ich Janet anrufen?« Janet ist Maisies Tochter. Sie wohnt im Norden in einer Stadt, die nach Arsch der Welt klingt. Wenn Maisie sich danebenbenimmt, ist sie das ultimative Druckmittel.

Hastig griff sie nach dem Glas. »Nein, nein, das war nur ein Scherz.« Sie nippte daran, als befürchte sie, es könnte vergiftet sein.

»Welchen Freund haben Sie denn gemeint?«, fragte ich. »Wer ist im Krankenhaus?«

»Sie wissen schon, der mit dem Lumpensammlerladen.«

»Sprechen Sie von Nick?«

»Genau. Schlaganfall. Vor drei Wochen.«

Ich starrte sie an. »Woher haben Sie das?«

Maisie hatte es beim morgendlichen Kaffeekränzchen in der Pfarrgemeinde von einer Freundin gehört, und die wiederum hatte es von Mr. Singh. Offenbar hatte Nick ihn angerufen und ihn gebeten, ihm Lebensmittel zu bringen. Doch als er eintraf, machte niemand auf. Deshalb verständigte er die Polizei, die die Tür aufbrechen musste und Nick auf dem Fußboden liegend vorfand.

»Er ist seit drei Wochen im Krankenhaus?« Ich war entsetzt. »Wo liegt er? In Exeter?«

»Paignton. In der Rehaklinik«, erwiderte Maisie, offenbar stolz, ihr Wissen zum Besten geben zu können. »Mr. Singh hat ihn besucht. Er sagt, sie entlassen ihn nicht, weil er allein wohnt und niemand für ihn sorgt.«

Das ist nicht mein Problem, hielt ich mir streng vor Augen, während ich Maisie beim Trinken zusah. Allerdings beschloss ich, trotzdem bei Mr. Singh im Laden vorbeizuschauen, um mehr in Erfahrung zu bringen.

17

Den Mitarbeitern im Krankenhaus schwindelte ich vor, ich sei Nicks Nichte.

Maisie war nur zum Teil richtig informiert. Wie sich herausstellte, hatte Nick keinen richtigen Schlaganfall erlitten, sondern nur eine TIA, also einen sogenannten Mini-Schlaganfall. Laut Mr. Singh war er nach einem oder zwei Tagen wieder ganz der Alte gewesen. Außerdem hatte die Reha nur zehn Tage und keine drei Wochen gedauert. Allerdings wollten die Behörden ihn tatsächlich nur nach Hause lassen, wenn es dort jemanden gab, der sich um ihn kümmerte. Wieder log ich. Ich behauptete, ich würde ihn nach Hause bringen und ihn versorgen.

Bei seinem Anblick hätte ich am liebsten kehrtgemacht und ihn der Gnade der Sozialarbeiter überlassen. Es war weniger das »Juno, ich wusste, dass du kommen würdest«, mit dem er mich begrüßte, als das hinterlistige, spitzbübische Grinsen, das diesen Satz begleitete und das mich unglaublich sauer machte. Trotzdem entschuldigte ich mich sogar dafür, dass ich nicht früher gekommen sei, sagte, ich hätte von dem Vorfall nichts gewusst.

»Lass mich nicht hier zurück, Juno«, flehte er im Flüsterton. »Ich werde verrückt.«

Ich sah mich im Aufenthaltsraum um. Er war leer bis auf zwei alte Damen, die in ihren Sesseln dösten, ohne sich von dem plärrenden Fernseher in der Ecke stören zu lassen, und einen alten Mann, der nickend Selbstgespräche führte, während er sich mit einem Puzzle abmühte.

»Schrecklich hier«, gestand Nick. »Nur alte Frauen, die stinken. Und keiner spielt Schach.«

Sein verzweifelter Tonfall erweichte mich endgültig. »Keine Angst. Wenn wir an den Wachen am Tor nicht vorbeikommen, graben wir einen Fluchttunnel.« Ich hielt Ausschau nach einer Schwester. »Überlass das nur mir.«

Eine Dreiviertelstunde später schleppte ich eine Tasche mit Pyjama und Pantoffeln (in weiser Voraussicht mitgebracht von Mr. Singh) und eine Gehhilfe zum Transporter. Nick lehnte besagte Gehhilfe zwar strikt ab, doch ich zwängte sie trotzdem hinten in den Wagen, um mich nicht mit der Oberschwester herumstreiten zu müssen. Dann verfrachtete ich Nick, ausgestattet mit seinen neuen Medikamenten, auf den Beifahrersitz.

Sobald der Transporter durch das Krankenhaustor rollte, lebte er sichtlich auf. Ich bemerkte, dass er unruhig wurde. Er war aufgeregt und wollte mir unbedingt etwas erzählen.

»Juno, ich habe prima Idee«, begann er schließlich.

»Ach ja?« Ich konzentrierte mich auf die Straße.

»Wir eröffnen Laden.«

»Wie bitte?«

»Wir werfen Krempel und Schrott raus, richten alles her, machen neu auf …«

Ich unterbrach ihn. »Moment mal … du hast doch gesagt, du hättest den Laden geschlossen, weil er dir zu viel geworden sei. Du seist zu alt, du seist zu krank, du würdest das nicht mehr schaffen. Und jetzt willst du zusätzlich dazu, dass du gerade einen Schlaganfall hattest, neu eröffnen?« Allerdings war das nicht meine eigentliche Sorge. Es war das Wörtchen »wir«, das in mir ein mulmiges Gefühl hervorrief.

Er nickte begeistert. »Ja, ja! Leben zu kurz, Juno. Ich will noch nicht zu den stinkenden, alten Verrückten. Babybrei essen. Gehhilfe. Wir putzen Laden. Machen alles schön.« Und dann fügte er hinzu: »Ich will noch nicht werden Geist.«

Ich achtete nicht auf seine letzte Bemerkung. »Putzen allein genügt nicht. Man müsste ihn von innen und außen auf Vordermann bringen ... Allerdings ...«, räumte ich ein, »... wenn du die Fenster putzt und die Wände sauber machst ...« Als Nick wieder eifrig nickte, wurde mir klar, dass es jetzt ratsam war, den Mund zu halten. Wenn ich nicht aufpasste, würde ich unweigerlich mit von der Partie sein. »Und wer soll den Laden führen, wenn er eröffnet ist?«

»Du und ich!«, rief er, als sei es das Selbstverständlichste auf der Welt.

Ich seufzte. »Ich habe bereits Arbeit und mein eigenes Geschäft. Warum kriegst du das nicht in deinen Dickschädel?«

Er schnaubte verächtlich. »Auf alte Damen aufpassen und Hunde ausführen ist kein Geschäft! Es ist nichts!« Er warf mir einen kecken Seitenblick zu. »Keine Arbeit für eine Göttin.«

»Wenn du nicht still bist, schmeiße ich dich aus dem Auto«, drohte ich.

Er lachte in sich hinein, schwieg jedoch während der restlichen Fahrt nach Ashburton gehorsam.

Das Ganze war nur meine Schuld. Vor einigen Monaten hatte ich ihn überreden wollen, den Laden aufzumachen. »Du hast so viele Sachen, die einfach nur rumstehen«, hatte ich zu ihm gesagt. »Wenn du dem Laden einen neuen Anstrich verpasst und ihn geschickt ausleuchtest, könnte er ziemlich gut wirken.« Und als er mich auf die ungünstige Lage hinwies, hatte ich dummerweise vorgeschlagen, an der Ecke North Street ein Sandwichbrett aufzustellen, das Touristen den Weg in die Shadow Lane wies. Ja, ich hatte mir alles ganz allein selbst zuzuschreiben.

Zum Glück mussten wir uns bei der Ankunft in Nicks Haus mit dringenderen Angelegenheiten befassen, zum Beispiel damit, ob er kräftig genug zum Treppensteigen war. Es dauerte ein wenig länger als gewöhnlich, doch irgendwann war er zwar außer Atem, aber oben. Nachdem ich ihn in seinen Sessel bugsiert hatte, nahm ich ihm den Schlüssel ab, damit ich wieder hineinkonnte, und ging zu Mr. Singh, um die wichtigsten Einkäufe zu erledigen und ihn, was den Patienten betraf, auf den neuesten Stand zu bringen. Als ich zurückkam, war Nick bereits aus dem Sessel aufgestanden und hatte sich einen Whiskey eingeschenkt.

Ich runzelte die Stirn. »Verträgt sich das mit deinen Medikamenten?« Da er nur mit der Hand wedelte, als sei ich eine lästige Fliege, beschloss ich, nicht weiter nachzuhaken.

»Mr. Singh kommt gleich morgen früh«, teilte ich ihm mit, »um nach dir zu schauen.«

»Warum kommst du nicht?«, fragte er.

»Weil ich nicht deine Sklavin bin und weil ich Hunde ausführen und auch noch für andere Leute arbeiten muss. Ich besuche dich später. Ich bin dir sowieso noch Geld schuldig.«

Er zog zweifelnd die Augenbrauen hoch. »Wofür bist du mir Geld schuldig?«

Ich erzählte ihm von den Sachen, die ich für ihn von Pat auf dem Basar verkaufen ließ. Er lächelte strahlend. »Siehst du, Juno, du magst Antiquitäten.«

Ich ging nicht darauf ein und wandte mich entschlossen

praktischeren Dingen zu. »Meinst du, du schaffst es morgen die Treppe runter, um Mr. Singh reinzulassen, oder soll ich ihm den Schlüssel bringen, damit er selbst aufschließen kann?«

»Was glaubst du denn? Ich bin kein Krüppel. Ich nehme Schlüssel.« Er streckte die Hand danach aus. »Ich kann das.«

Ich legte ihm den Schlüssel in die wartende Hand. »Soll ich dir ein Sandwich machen, bevor ich wegmuss?«

»Nein.«

Ein Danke wäre nett gewesen. »Dann verschwinde ich. Ruf mich an, wenn du etwas brauchst.« Mit diesen Worten überließ ich den undankbaren alten Mistkerl seinem Schicksal.

Als ich die Treppe zu meiner Wohnung hinaufstieg, hörte ich das Telefon läuten. Also warf ich meine Sachen hin, kramte den Schlüsselbund hervor und machte einen Riesensatz durchs Wohnzimmer, um den Apparat zu erreichen, bevor er zu klingeln aufhörte.

»Du hast gesagt, ich soll anrufen, wenn ich was brauche.«

Ich seufzte auf. »Was ist, Nick?«

»Ich will Laden eröffnen.«

»Gute Nacht«, entgegnete ich mit Nachdruck und hörte ihn noch kichern, als ich auflegte.

Laut den grünen Leuchtziffern meines Nachttischweckers war es zwei Uhr siebenundvierzig, als ich es aufgab, einschlafen zu wollen, und aufstand, um mir einen Tee zu kochen. Bill, der sich wie ein warmes Fellkissen neben mir eingerollt hatte, folgte mir in die Küche. Wenn ich in der Lage gewesen wäre aufzuhören, in Gedanken Nicks Laden umzugestalten, wäre mir die Reise ins Traumland vielleicht gelungen. Den Innenraum würde ich mattweiß streichen und Tischleuchten mit Lampenschirm aufstellen, um ein warmes Licht zu verbreiten. Die ausgestopften Tiere würde ich beseitigen und die schweren Möbelstücke ins Lager schaffen. Wenn Holz und Messingbeschläge poliert und einige hübsche Stücke aus Porzellan überall verteilt waren, würde das Ergebnis bestimmt freundlich wirken. Natürlich musste man zuvor das Schild über der Tür ordentlich restaurieren und den scheußlichen Maschendraht vor den Fenstern entfernen.

Außerdem hatte ich Nick eine Menge verschwiegen. Er ahnte nicht, dass ich angefangen hatte, auf Flohmärkten Ware zu suchen. Ich machte auch meine Hausaufgaben, indem ich mir Antiquitätensendungen im Fernsehen ansah und den *Millers Antiques Price Guide* studierte. Ein dünnes Buch über Stempel auf Silber hatte ich ebenfalls gekauft. Offenbar hatte es mich voll erwischt.

Ich hatte sogar selbst zu sammeln angefangen. Eigentlich idiotisch von mir – abgesehen von einer braunen Wollmütze besaß ich gar keine Kopfbedeckungen –, doch ich hatte eine Schwäche für Hutnadeln entwickelt. Bis jetzt war meine Sammlung noch klein: eine Hutnadel mit Perlenknauf, eine zarte aus Silber, gekrönt von einer Schwalbe, und eine lange, gefährlich aussehende mit einer großen roten Glaskugel darauf. Ich hatte ein Nadelkissen aus Samt genäht, um sie daran festzustecken, und wollte nicht ruhen, bis dieses so stachelig war wie ein Igel. Auch Klöppelspitze hatte etwas für sich, doch ich beschloss, dass eine Leidenschaft pro Frau genügte.

Ich saß in meinem Sessel, trank Tee und überlegte. Im

Moment hatte ich vier Plätze frei. Chloe Berkley-Smythe war wieder auf hoher See und würde erst in einigen Wochen zurückkehren. Eine Stelle als Gärtnerin hatte ich verloren, weil die Kundschaft weggezogen war, und für Verbena Clarke hatte ich noch keinen Ersatz. Maisie hatte ihre Tochter Janet zu Besuch, weshalb sie mich derzeit nicht benötigte. Diese vier halben Tage konnte ich mich mit Nick befassen.

Am nächsten Morgen rief ich ihn ziemlich unausgeschlafen an. »Ich helfe dir, den Laden für die Eröffnung vorzubereiten«, teilte ich ihm mit.

Ich hörte ihn ins Telefon kichern. »Das wusste ich.«

Bei diesen Worten hätte ich am liebsten den Hörer hingeknallt, aber ich beherrschte mich. »Es gibt Bedingungen«, warnte ich ihn. »Erstens kein Wiederverkauf im Auftrag von Russen … oder sonst irgendwelchen Landsleuten.«

»Ich schwöre«, antwortete er gehorsam.

»Keine zwielichtigen Kunden an der Hintertür«, fügte ich hinzu, als mir der Klavierzahn einfiel.

»Nein, nein, nein«, beteuerte er.

»Zweitens bezahlst du mich für meine Zeit.«

»Natürlich, Juno.« Er bemühte sich um einen empörten Ton. »Was glaubst du denn?«

»Und wenn offen ist, gebe ich nicht meinen Job auf, um den ganzen Tag in deinem Laden zu sitzen und auf Kundschaft zu warten. Das ist deine Aufgabe.«

Als er zu einer Antwort ansetzte, befahl ich ihm, den Mund zu halten, was er klugerweise auch tat.

»Ich übernehme das Dekorieren«, fuhr ich fort. »Aber nur, wenn du einen professionellen Maler mit der Außenfassade beauftragst und das Ladenschild fachmännisch restaurieren lässt.«

Eine Pause entstand. »Gut«, stimmte er zu.

»Außerdem brauchen wir jemanden, der die schweren Sachen rausschleppt, damit ich anfangen kann, die Wände zu streichen.«

»Paul«, rief Nick wie aus der Pistole geschossen. »Er kann machen.«

Nun war ich es, die kurz verstummte. »Paul könnte nicht da sein. Seit sein Baby auf der Welt ist, ist er oft in Nottingham.«

»Ich frage ihn.«

»Okay«, erwiderte ich.

»Okay«, sagte er.

Als ich den Hörer auflegte, erkannte ich, dass ich einen schrecklichen Fehler gemacht hatte.

Ich behielt recht. Nick hatte zwei Jungs aus der Nachbarschaft engagiert, die den Laden ausräumten, denn Paul war wie erwartet nicht da gewesen, und erst als Nicks Laden frei von Möbeln und Trödelkram war, wurde mir klar, um was für einen riesigen Raum es sich handelte. Ich schwang zwar den Pinsel, sooft ich konnte, aber es gab eine Menge anzustreichen und zu lackieren. Die Tür und die großen Fenster zu beiden Seiten würden mit Abschleifen, Grundierung und Lack sicher einige Tage in Anspruch nehmen. Und dann waren da auch noch die Wände.

Die Malerei wurde zur Sisyphosarbeit, denn ich kam nur im Schneckentempo voran. Von dem Geruch wurde mir übel, und der Laden und die schmale, kopfsteingepflasterte Gasse lösten Beklemmungen in mir aus. Ich sehnte mich danach, mich einen Tag lang ins Moor zu flüchten, in Wanderstiefeln durch die Landschaft zu stapfen, frische Luft zu atmen und zuzuschauen, wie Wolken über den weiten Himmel trieben. Doch ich wusste, dass das ein Wunschtraum war. Die Tage waren wieder merklich kürzer, und die Blätter verfärbten sich. Nick drohte, sein Versprechen zurückzunehmen, einen professionellen Schildermaler mit dem Ladenschild zu beauftragen, da ich das ebenso gut, nur viel billiger, hinkriegen würde. Das kam für mich nicht überraschend, und ich warf ihm vor, er sei ein Geizkragen.

Jeden Tag die Meute auszuführen, in aller Früh das Haus zu verlassen und die kühle Morgenluft zu schnuppern waren die einzigen Dinge, die verhinderten, dass ich den Verstand verlor. Eines Morgens bemerkte ich Pauls Transporter auf der Straße vor seinem Feld. Er war schon seit Wochen nicht mehr hier gewesen. Ich nahm die Hunde an die Leine, denn ich wollte nicht, dass sie vorausliefen und seine Werkstatt verwüsteten, doch deren Tür war fest geschlossen. Die Tür des Wohnwagens jedoch stand offen, und so spazierte ich hin und rief seinen Namen.

Als ich näher kam, wurde plötzlich ein großes grünes, rechteckiges Objekt durch die offene Tür geschleudert und landete mit einem dumpfen Rums draußen auf dem Boden. Ich erkannte die Matratze des Sofabetts, auf der er und ich uns verlustiert hatten. Was mochte wohl als Nächstes geflogen kommen?

Von innen wehte Pauls Stimme heraus. »Juno? Hallo!« Grinsend sprang er aus dem Wohnwagen und begrüßte mich mit einem brüderlichen Kuss. Dann tätschelte er die Köpfe der Hundemenagerie, die ihn schwanzwedelnd umkreiste und seine Aufmerksamkeit forderte.

»Ich wusste gar nicht, dass du zurück bist.«

»Ich bin nur für ein paar Tage hier, um mir etwas zum Arbeiten zu holen. Hoffentlich hast du nicht vor, diese Rasselbande mit reinzunehmen«, fügte er hinzu und schob eine neugierige Hundeschnauze beiseite. »Es ist sowieso schon chaotisch genug.«

»Frühjahrsputz?« Ich riskierte einen Blick ins Innere des Wohnwagens, wo es aussah, als hätte eine Bombe eingeschlagen. Offenbar hatte er alles durcheinandergeworfen. Kissen, Bettzeug und Kleidung lagen auf dem Boden herum. Auf dem Klapptisch türmten sich Kartons. Krimskrams, wohin das Auge blickte.

»Nicht unbedingt«, erwiderte er. »Ich habe etwas verlegt.«

»Etwas Wichtiges?«

»Nur eins meiner Netsuken. Ich habe sie weggepackt, und offenbar ist mir dabei eins runtergefallen.«

»Weit kann es ja nicht sein. Soll ich dir suchen helfen?«

»Nein danke, so schlimm ist es nicht. Wie du schon sagtest, kann es nicht weit sein. Bestimmt ist es irgendwo hier drin. Was soll's?« Er schloss die Tür zwischen uns und dem Tohuwabohu. »Wie läuft es denn so?«

Den Hunden wurde das Herumstehen zu langweilig, und sie zerrten winselnd an den Leinen. Wir ließen sie frei, damit sie auf dem Feld herumtollen und das unbekannte Terrain erkunden konnten, und folgten ihnen in gemächlicherem Tempo. Ich berichtete Paul von Nicks Schlaganfall und meinen Arbeiten im Laden und erzählte ihm, Verbena Clarke habe mich gefeuert, weil sie mich verdächtigte, ihre Ohrringe gestohlen zu haben.

Er war entsetzt. »Das kann sie doch nicht ernsthaft glauben!«

»Nun, die verdammten Dinger sind weg«, meinte ich, »und anscheinend war ich als Letzte in Verbenas Schlafzimmer.«

»Aber sie hat es dir nicht auf den Kopf zugesagt?«

»Nein, sie hat mir nur die Polizei ins Haus geschickt, um mich zu verhören. Allerdings vermuten Ricky und Morris, dass sie nicht so weit gegangen wäre, wenn ich keinen Umgang mit verurteilten Verbrechern hätte.«

Paul lachte auf. »Was, etwa mit Nick?«

»Tja, andere kenne ich nicht. Abgesehen von dir natürlich. Und schließlich hat er schon mal wegen Hehlerei gesessen, richtig?«

»Mehr als einmal. Aber er hat wahrscheinlich das Gleiche gemacht wie die meisten anderen Leute auch, und das alles ist schon sehr lange her.«

Ich runzelte dir Stirn. »Hat Nick dir gegenüber je seine Familie erwähnt?«

Er zuckte die Achseln. »Ich wusste gar nicht, dass er eine hat.«

»Offenbar einen Sohn und eine Tochter …« Ich hielt inne, um mit Schnitzel zu schimpfen, der gerade etwas sicherlich Ekelhaftes im langen Gras verspeiste.

»Mit mir hat er nie über sie geredet«, antwortete Paul. »Warum?«

»Ich finde es nur so traurig. Er ist alt, allein und gebrechlich. Er könnte die Unterstützung seiner Familie gebrauchen.«

»Er ist nicht allein.« Grinsend tätschelte Paul mir die Schulter. »Er hat dich.«

Mittags trafen wir uns auf einen Drink, und Paul zeigte mir Fotos von Molly, dem neuen Baby. Er plante, einige Monate lang oben in Nottingham zu verbringen und hin und wieder ein neues Projekt hier abzuholen. Immer noch versuchte er, Carrie zu überreden, mit ihm nach Hause zu kommen. Und immer noch stritt er sich mit ihren Eltern, die nach Kräften Druck auf sie ausübten, damit sie blieb, wo sie war.

Ich gab wegen des Babys die von mir erwarteten bewundernden Geräusche von mir. Allerdings war ich erleichtert, dass Paul wieder gehen würde. Ihn zu sehen war, als bohre jemand einen spitzen Stab in mich hinein, und es weckte Gefühle, derer ich mir meistens nicht bewusst war, ließ mich Sehnsüchte und Einsamkeit spüren. Er erzählte mir, er werde noch am Abend nach Nottingham fahren. Es ist wohl das Beste so, dachte ich.

18

Früh am nächsten Morgen stand ich wieder vor Nicks Tür. Angesichts der mir bevorstehenden kräftezehrenden Anstreichorgie hatte ich meine gesamte Begeisterungsfähigkeit mobilisiert und drückte nun auf seinen Klingelknopf. Nur dass die Tür gar nicht abgeschlossen war und aufschwang, als ich sie berührte. Nick schloss seine Tür immer ab und hätte sie niemals einfach offen gelassen. Nach kurzem Zögern rief ich seinen Namen und stieg die Treppe hinauf.

»Hallo, Nick! Bist du da?« Auf dem Treppenabsatz blieb ich stehen und klopfte an die Badezimmertür. Hinter der Milchglasscheibe waren weder Bewegungen noch plätscherndes Wasser zu hören, und niemand antwortete. Allmählich löste die Totenstille ein mulmiges Gefühl in mir aus. Ich sah, dass im Wohnzimmer Licht brannte, und rannte die letzten Stufen nach oben bis zur Tür.

Der Anblick hat sich für immer in mein Gedächtnis eingebrannt: der verschobene Teppich, das fehlende Stück Gummi an der Sohle von Nicks Pantoffel, das blau-weiß gestreifte Bein seines Pyjamas, sein brauner Morgenmantel mit dem verzwirbelten Gürtel. Sein Schädel, eingedrückt wie die harte Oberfläche eines Baisers. Blut quoll über den Kragen seines Morgenmantels und war auf das Kamingitter und die grün glasierten Kacheln ringsherum gespritzt. Auch der Teppich war voller Blut, das eine Lache hinter seinem Kopf bildete, rostbraun angetrocknet und tief in den Flor eingesickert. Dazu ein scharfer, metallischer Geruch.

Mir gaben die Knie nach. Ich klammerte mich an den Türrahmen und hielt mich fest, während das Zimmer scheußlich schwankte und Schwindel wie eine Welle aus meinen Fußsohlen aufstieg. Ich konnte meinen Blick nicht von ihm lösen und lauschte dem Ticken der Uhr in der Ecke. Es wurde langsamer, die Pausen zwischen jedem Ausschwingen des Pendels wie ein Herzschlag. Für Nick war die Zeit endgültig stehen geblieben. Seine bleichen Finger waren zu eiskalten Klauen verkrümmt, die sich in den Teppich gruben. Sein Gesicht war mir ein Stück zugewandt. Ein blaues Auge, für immer erstarrt, sah mich an wie das eines der ausgestopften Geschöpfe in ihren Glaskästen.

Erschaudernd schluckte ich die aufsteigende Galle und ergriff die Flucht. Ich taumelte die Treppe hinunter und riss die Tür auf, denn ich wollte nur noch raus. Ich stolperte auf die Gasse hinaus, wo ich mich, torkelnd wie eine Betrunkene, haltsuchend an die Mauer lehnte. Als ich mich vorbeugte, um mühsam Luft in meine Lunge zu zwingen, fiel mir das Haar ins Gesicht. Irgendwann stürmte ich zur North Street und zum nächstbesten Laden.

Ein adrett gekleideter junger Mann erhob sich hinter seinem Schreibtisch, als ich hereintaumelte. Hinter ihm hingen Bretter mit Fotos von Häusern daran. Ich schaute mich benommen um, bis mir klar wurde, dass ich in ein Maklerbüro geraten war. Der Mann musterte mich, und sein erwartungsvolles Lächeln verflog. Er war noch nicht sehr alt, vermutlich war es sein erster Job. In seinem grauen Anzug mit Krawatte sah er aus wie ein Vertrauensschüler im Internat. Ich brachte keinen Ton heraus, denn der Kloß in meiner Kehle raubte mir den Atem, und ich konnte nicht aufhören zu zittern. »Fehlt Ihnen etwas?«, erkundigte er sich besorgt.

»Nick …« Als ich in Richtung von Nicks Laden zu deuten versuchte, konnte ich den Arm nicht ruhig halten. »Er ist tot.«

Die Empfangssekretärin, eine würdige Dame, stand auf und lotste mich rasch zu einem Stuhl. »Wer ist tot, meine Liebe?«, hakte sie freundlich nach. »Meinen Sie Mr. Nickolai, der um die Ecke wohnt? Am besten gehen Sie nachsehen, Darren«, wies sie ihren jungen Kollegen mit Nachdruck an, »und stellen fest, was da los ist.«

Darren wirkte zwar nicht begeistert, straffte jedoch heldenhaft die Schultern und marschierte hinaus.

»Polizei …«, stammelte ich. »Wir müssen die Polizei rufen …«

»Das werden wir, meine Liebe«, erwiderte die Empfangssekretärin beschwichtigend, als habe sie es mit einem Kleinkind zu tun. »Sobald Darren sich vergewissert hat.« Sie wirkte wie eine mehrfache Großmutter, hatte ihre Mütterlichkeit jedoch mit dickem Make-up übertüncht, das ihr nicht stand. Ihre mollige Figur hatte sie in eine Bürouniform, bestehend aus einer gestärkten weißen Bluse, deren Knöpfe am Busen spannten, und einem schmal geschnittenen schwarzen Rock, gezwängt.

»Er ist tot«, wiederholte ich, damit sie endlich begriff.

»Ja, meine Liebe. Sie haben einen ziemlichen Schock.«

Darren ebenfalls, denn als er in den Laden zurückkehrte, war er weiß wie ein Leintuch. »Ich glaube«, begann er mit belegter Stimme, ließ sich auf der Kante seines Schreibtischs nieder und lockerte die Krawatte, »dass wir besser die Polizei verständigen sollten. Es hat ein Mord stattgefunden.«

Einige Stunden später betrat ich die Wohnung gezwungenermaßen zum zweiten Mal. Inzwischen hatte ich meine Entdeckung wieder und wieder geschildert. Zuerst einem uniformierten Polizisten, der den Zugang zur Gasse mit einem blau-weißen Flatterband abgesperrt und einen Kollegen vor Nicks Haustür postiert hatte. Und anschließend Detective Inspector Ford, der anteilnehmend zuhörte, während ich, unterbrochen von Schlucken heißen, süßen Tees, stotternd meine Geschichte erzählte. Er lauschte geduldig und nickte ab und zu, als müsste er die möglicherweise verwertbaren Informationen vom Rest trennen wie Spreu vom Weizen. »Würden Sie sich als Geschäftspartnerin von Mr. Nickolai bezeichnen?«, fragte er schließlich.

»Nicht wirklich.« Ich schmunzelte wider Willen. »Eher als Mädchen für alles.«

»Aber Sie haben ihn recht gut kennengelernt? Möglicherweise wissen Sie, wer seine Freunde sind … abgesehen von den ausländischen Gentlemen, die Sie gerade beschrieben haben.«

»Ja … wahrscheinlich schon.«

»Wissen Sie, Juno, ich will darauf hinaus, dass nichts auf ein gewaltsames Eindringen hinweist, was wiederum heißen könnte, dass Mr. Nickolai seinem Mörder die Tür geöffnet hat. Es wäre hilfreich, seine regelmäßigen Besucher zu kennen, damit wir sie von unseren Ermittlungen ausschließen können.«

»Ja, ich verstehe«, erwiderte ich ausweichend, obwohl mir außer Paul und dem guten alten Mr. Singh niemand einfiel, der ihn öfter besucht hatte.

»Später werden wir Sie bitten, sich einige Fotos verurteilter Straftäter anzusehen. Vielleicht können Sie diese Russen ja identifizieren.«

Ich nickte bedrückt. Wenn Vlad nur das Foto nicht gelöscht hätte!

»Ist Ihnen klar«, mischte sich die Polizistin ein, die neben ihm saß, »dass Sie diese Männer nur gegenüber unseren Kollegen hätten erwähnen müssen, als Sie ihnen im Moor begegnet sind? Dann wären sie verhaftet worden, und das alles wäre möglicherweise nie geschehen.« Sie betrachtete mich mit ihren seltsam gefärbten Augen und verzog den kleinen Mund. »Mr. Nickolai könnte noch leben.«

Ich schnappte nach Luft, als hätte sie mir einen Magenschwinger verpasst.

»Das genügt, Constable!«, fuhr der Inspector sie an. »Gehen Sie nachschauen, wie weit die Spurensicherung ist.« Ihr Mündchen klappte zu wie eine Bügelfalle, doch als sie sich vom Tisch erhob, warf sie mir einen triumphierenden Blick zu.

»Ich möchte, dass Sie nicht auf die Bemerkung meiner Kollegin achten«, merkte der Inspector an, nachdem sie fort war.

»Selbst wenn es stimmt?«, fragte ich mit zitternder Stimme.

»Es ist zu früh, um das festzustellen. Wir tappen im Dunkeln.« Er beugte sich vor. »Allerdings könnten Sie uns eine große Hilfe sein, Juno. Im Moment macht es nicht den Eindruck, dass Raub das Motiv war, aber da Sie häufig in der Wohnung waren, können Sie uns bestimmt sagen, ob etwas nicht an seinem Platz ist oder fehlt.«

»Soll ich etwa reingehen und nachschauen?«

»Die Leute von der Spurensicherung sind noch an der Arbeit, doch Mr. Nickolais Leiche wurde weggebracht«, versicherte er, stand auf und hielt mir die Hand hin.

»Jetzt gleich?« Panik schnürte mir die Eingeweide zusammen.

»Bitte.« Höflich, dennoch eindeutig ein Befehl.

Die Hand stützend, aber nachdrücklich an meinem Ellbogen, führte er mich zur Hintertür des Maklerbüros hinaus. Auf dem Gehweg hatte sich eine kleine Menschenmenge versammelt, angelockt von den blinkenden Blaulichtern wie Insekten. Als die Polizei die Leute aufforderte weiterzugehen, zogen sie sich gerade mal bis zur nächsten Ecke zurück. Zwischen ihnen ragte die hochgewachsene Gestalt von Mr. Singh mit Turban auf. Er wirkte besorgt und durcheinander. Bei meinem Anblick hob er die Hand, um mir zuzuwinken, doch ich konnte ihn nur hilflos ansehen, während der Inspektor mich ohne viel Federlesen zu dem blau-weißen Flatterband mit der Aufschrift »Polizei. Kein Zutritt« schob. Wir duckten uns darunter hindurch.

An der Tür bestäubte ein Mann im weißen Overall, mit einem weißen Pinsel bewaffnet, die Türklingel mit Pulver. Wir blieben stehen und mussten uns weiße Tüten mit Gummizug über die Schuhe streifen, um den Tatort nicht zu verunreinigen. Man wies mich an, nichts zu berühren. Als wir die Treppe hinaufstiegen, wollte ich mich am Geländer festhalten. Doch es fiel mir gerade noch rechtzeitig ein, und ich zog die Hand weg.

Inspector Ford hielt inne. »Alles in Ordnung?«, fragte er, worauf ich nickte und tief durchatmete.

An der Wohnzimmertür bat er mich zu warten, während er leise mit der Polizistin und einem anderen Mitarbeiter der Spurensicherung konferierte. Ich konnte ins Zimmer spähen. Einige Teppiche waren entfernt worden, sodass auf dem alten Teppichboden darunter helle Rechtecke zu sehen waren. Das meiste Blut war mit ihnen verschwunden. Nur am Kamin waren Spritzer, jeder mit einem weißen Kreidekreis umrandet, zurückgeblieben.

Der Inspector bugsierte mich ins Zimmer, stellte mich vor eines der hellen Rechtecke und ermahnte mich noch einmal, nichts anzufassen. »Sie sollen nur hier stehen und sich umschauen. Lassen Sie sich Zeit. Sollte Ihnen etwas auffallen … entschuldigen Sie mich.« Eine weitere Gestalt im weißen Overall, die Blutflecken fotografiert hatte, winkte ihn zu sich, worauf er den Kamin betrachtete. Ich verharrte auf der mir zugewiesenen Stelle, schaute und überlegte, was er wohl suchen mochte.

Nick hatte den Messingbeschlag eines hölzernen Teekistchens poliert, der nun inmitten von Putzmitteln auf dem Tisch lag. Auch seine Brille war da, nicht ordentlich zusammengeklappt, sondern achtlos weggelegt, als habe er sie – was vermutlich zutraf – abgenommen, um seinem Mörder die Tür zu öffnen. Tränen brannten mir in den Augen. Ich wandte mich ab.

»Sein Computer ist weg«, verkündete ich.

»Oh, den hat die Spurensicherung mitgenommen.« Inspector Ford kehrte zu mir zurück. Er hatte den Anflug eines Lächelns auf den Lippen. »Vielleicht können Sie uns hier weiterhelfen. Auf dem Kaminsims erkennt man im Staub eine deutliche Spur, als habe dort etwas gestanden, das nun verschwunden ist.«

»Ich erinnere mich nicht«, antwortete ich hilflos.

»Ein Gegenstand mit einem quadratischen Sockel«, fuhr er fort.

Mir dämmerte, worauf er hinauswollte. »Soll das heißen, es könnte die Mordwaffe sein?«

Er bestätigte das nicht. »Wissen Sie noch, was da stand?«, beharrte er und fixierte mich mit seinem Blick.

Ich hatte Nicks zertrümmerten Schädel vor Augen. Der

fragliche Gegenstand musste also schwer sein. Ich starrte auf den Kamin und zermarterte mir das Hirn nach den vielen Gelegenheiten, zu denen ich diesen Gegenstand sicher dort gesehen hatte. Zum Beispiel beim Durchwühlen des Krimskrams auf dem Kaminsims nach Nicks Tabletten. Da war ganz bestimmt etwas gewesen. Aber ich konnte nicht mehr klar denken. Ich fühlte mich wie betäubt und nicht mehr wie ein vernunftbegabtes Wesen. »Tut mir leid.«

»Schon gut. Vielleicht meldet sich Ihr Gedächtnis ja noch.« Der Inspector überreichte mir seine Visitenkarte, damit ich ihn im Fall des Falles anrief. Dann durfte ich nach Hause. Er bat einen uniformierten Polizisten, mich zu fahren.

Die Nachricht, dass Nick ermordet worden war, war mir vorausgeeilt. Es war bereits später Nachmittag. Irgendwie war mir jegliches Zeitgefühl abhandengekommen, denn offenbar hatte ich einige Stunden mit der Polizei verbracht. Kate und Adam erwarteten mich. Sie öffneten die Tür, sobald ich aus dem Streifenwagen stieg, brachten mich in ihr Wohnzimmer, wo ich dann bitterlich weinend saß, flößten mir Alkohol ein und überschütteten mich mit Sorge und Anteilnahme. Kate wollte mir etwas zu essen machen, doch ich hatte zum wohl ersten Mal im Leben keinen Appetit. Morris und Ricky riefen an, da sie vergeblich versucht hatten, mich in meiner Wohnung zu erreichen. Aber ich bat Adam, ihnen auszurichten, dass ich mich morgen melden würde.

Nachdem es mir endlich gelungen war, Adam und Kate davon zu überzeugen, dass ich wirklich allein sein wollte, ging ich nach oben, nahm ein ausgedehntes heißes Bad und starrte stumpf die funkelnden Schaumblasen an, bis das Wasser kalt wurde. Gerade wollte ich mich ins Bett schleppen, als das

Telefon läutete. Eigentlich hatte ich keine Lust ranzugehen, rannte allerdings trotzdem hin, denn ich hörte Pauls Stimme auf dem Anrufbeantworter.

»Juno, wie fühlst du dich?«, fragte er, sobald ich abhob. »Ich habe mir schreckliche Sorgen um dich gemacht.« Seine Stimme bebte.

»Oh, du weißt es schon?«

»Ja. Mein Gott, Juno, wie entsetzlich! Der arme Nick. Ich … ich hätte dich schon früher angerufen, aber ich bin eben erst nach Hause gekommen. Ich habe den ganzen Abend mit der Polizei von Nottingham geredet. Sie haben Beamte geschickt, um mir die Nachricht zu überbringen und meine Aussage aufzunehmen. Nicht, dass ich viel hätte erzählen können.«

»Haben sie sich nach den Russen erkundigt?«

»Ja. Ich habe alles gesagt, was ich wusste, auch wenn das ziemlich wenig ist.« Er zögerte einen Moment. »Sie haben meine Fingerabdrücke genommen.«

»Nur um dich auszuschließen«, erklärte ich rasch. »Meine wollten sie auch. Ich musste ihnen alle Leute aufzählen, die in letzter Zeit in der Wohnung gewesen sind.«

»Von mir haben sie verlangt, dass ich beweise, wo ich gestern Abend war.«

Ich schnappte nach Luft. »Aber … aber die können dich doch nicht verdächtigen! Du warst in Nottingham!«

»Nun, unterwegs dorthin. Zum Glück habe ich bei Gordano Services getankt und konnte einen Kassenbon mit Uhrzeit vorzeigen. Außerdem können sie, wenn sie Lust haben, die Überwachungsbänder der Tankstelle sichten. Hinzu kommt, dass es auf der Schnellstraße einen Unfall gab. Ich stand im Stau und war erst frühmorgens zu Hause.«

»Oh, Paul, es tut mir so leid!«

»Wenn sie nicht gefragt hätten, hätten sie in ihrem Job geschlampt. Du bist es, um die ich mir Sorgen mache. Es tut mir leid, dass du das alles aushalten musstest. Sicher war es schlimm.«

»Es geht mir ganz und gar nicht gut.« Ich hörte, dass mir die Stimme wegkippte. Nein, es ging mir nicht gut, ich hatte Mühe, nicht ins Telefon zu heulen. »Der arme Nick«, stieß ich schließlich hervor. »Glaubst du, er …?«

»Ich finde, du solltest jetzt ein bisschen schlafen«, unterbrach Paul mich liebevoll. »Wir reden morgen weiter. Ich rufe dich an.«

Wie gerne hätte ich ihn gefragt, wann er wieder hier sein würde, denn ich hatte plötzlich ein unbändiges Bedürfnis, ihn zu sehen. Doch ich verkniff es mir. Er rief aus dem Haus von Carries Familie an. Es wäre nicht richtig gewesen. Wir verabschiedeten uns und legten auf.

Erstaunlicherweise konnte ich schlafen. Ich wachte früh auf und betrachtete die Sonnenstrahlen, die schräg durch die Vorhänge auf den kleinen eisernen Schlafzimmerkamin fielen. Der Kaminsims war kaum breit genug, dass man etwas daraufstellen konnte, doch ich hatte auf einem Flohmarkt einen schmalen Kerzenleuchter aus Porzellan entdeckt, der genau passte. Plötzlich bemerkte ich, dass die Sonne seinen Schatten an die Wand daneben malte. Ich stand auf, rief im Polizeirevier an und hinterließ Inspector Ford eine Nachricht.

»Ein Kerzenleuchter«, erklärte ich, als er sich später meldete. »Auf Nicks Kaminsims fehlt ein Kerzenleuchter.«

Er forderte mich auf, ihn zu beschreiben.

»Silber. William IV.«

»Schwer?«

»Oh ja.« Ich malte mir den massiven, quadratischen Sockel und die Kanten aus und zuckte zusammen, als ich an Nicks zerschmetterten Schädel dachte. »Schwer genug.«

19

Alle beteuerten, dass ich Zeit brauchte, um den Schock zu verkraften, und so nahm ich mir ein paar Tage frei. Doch weil ich ständig nur Nicks Leiche vor Augen hatte, arbeitete ich bald weiter, um mich abzulenken. Leider war ausgerechnet der Mord das, worüber alle, insbesondere Ricky und Morris, mit mir reden wollten. Aber nachdem wir stundenlang Zimmer voller Ballkleider nach den Kostümen für *Die lustige Witwe* durchsucht hatten, war es eine Wohltat, eine Pause machen und sich unterhalten zu können. Ich saß in dem einladenden Frühstückszimmer der beiden, wo durch die bodentiefen Fenster frische Luft aus dem Garten hereinwehte. Sonnenlicht durchflutete den Raum. »Geht die Polizei noch immer von einem vorsätzlichen Mord aus?«, fragte Morris und schenkte Tee ein.

»Keine Ahnung, wovon sie ausgeht.« Schließlich schüttete die Polizei mir nicht ihr Herz aus. »Allerdings wies nichts auf einen Einbruch hin. Ganz gleich, wer der Täter auch war, Nick hat ihn reingelassen.« Nachdenklich schaute ich in meine Teetasse. »Außerdem wissen wir, dass er spätabends umgebracht wurde. Er trug Pyjama und Morgenmantel, vermutlich wollte er ins Bett. Also …«

»… muss es jemand gewesen sein, den er kennt, oder?« Ricky kniff die Augen zusammen und zündete sich eine Zigarette an. »Jemand, dem er vertraut hat?«

»Tja, einen wildfremden Menschen würde man nachts wohl kaum hereinbitten«, merkte Morris an.

Ich seufzte auf. Das war eine der Fragen, die mir in den frühen Morgenstunden pausenlos im Kopf herumgegeistert waren. »Hinzu kommt, dass es keine Kampfspuren gibt. Es hat kein Raubüberfall stattgefunden – und auch kein Versuch, es wie einen aussehen zu lassen. Die Mordwaffe ist das Einzige, was fehlt. Offenbar hat Nick sich nicht verteidigt ...« Als ich spürte, dass mir Tränen in die Augen stiegen, starrte ich auf die in die Tischdecke eingestickten Blumen. Morris tätschelte mir tröstend den Arm. Ich riss mich zusammen und sprach weiter. »Er wurde einfach niedergeschlagen. Von hinten ...«

»Denkst du, er hätte diesen Russen vertraut?«, fragte Ricky. »Nach allem, was passiert ist?«

Ich zuckte die Achseln. »Nick hat beteuert, sie hätten sich in aller Freundschaft voneinander verabschiedet. Er hat sich geweigert, mir zu glauben, dass sie es letztens im Moor auf mich abgesehen hatten.«

Wir schwiegen eine Weile und tranken unseren Tee, bis Morris wieder das Wort ergriff. »Was, wenn sich der Mörder heimlich ins Haus geschlichen hat?«, meinte er und spähte über den Rand seiner Brille. »Was, wenn er annahm, dass niemand zu Hause war?«

Ricky spähte zweifelnd durch eine dünne Rauchfahne. »Wenn sich der Mörder irgendwann tagsüber im Haus versteckt hat, zum Beispiel während Nick unterwegs war, hätte der nachts alles abgeschlossen, ohne zu wissen, dass der Täter schon drinnen war.«

Ich schüttelte den Kopf. »Nick ist nur selten rausgegangen, und er hat das Haus nie, nicht einmal für ein paar Minuten, verlassen, ohne die Tür zweimal abzuschließen. Habt ihr schon gehört, dass die Polizei überall in der Wohnung Geld entdeckt hat? Hunderte kleiner, mit Gummiband zusammengehaltener Päckchen, offenbar insgesamt Tausende von Pfund. Er hatte es unter den Teppichen gebunkert. Kein Wunder, dass ich nie den Staubsauger schwingen durfte!« Ich nahm einen Schluck Tee. »Aber es sah so professionell aus ... der Mord, meine ich.«

Ich hatte keine blutigen Fußabdrücke bemerkt, nur ein paar Blutstropfen auf der Treppe, vermutlich entstanden beim Wegschaffen der Mordwaffe. Inspector Ford war offenbar zufrieden mit der Erklärung, dass es sich dabei um den fehlenden Kerzenleuchter handelte und dass dieser eine Verletzung verursachen konnte, die Nick mit einem einzigen Schlag getötet hatte. Der Mörder hatte weder die Küche noch Nicks Schlafzimmer oder den Laden betreten. Er war einfach aufgetaucht, hatte Nick umgebracht und war mit dem Kerzenleuchter wieder verschwunden. Für mich sah das nach einer Hinrichtung aus.

Ich war überzeugt, dass Vlad der Henker war. Er war kaltblütig und zu vorsichtig, um verräterische Spuren zu hinterlassen, sicher hatte er seine schwarzen Handschuhe getragen. Allerdings hatte die Polizei nur wenige Hinweise. Die Durchsuchung von Nicks Wohnung und der Mülltonne draußen war ohne Ergebnis geblieben. Die Befragung anderer Antiquitätenhändler und Pfandleiher und die Medienaufrufe an die Öffentlichkeit hatten nichts Hilfreiches erbracht. Selbst Nicks Computer gab keine Aufschlüsse. Er hatte ihn fast ausschließlich dazu benutzt, Online-Auktionen zu verfolgen, sich nicht in den sozialen Medien bewegt und keine E-Mails verschickt.

Auch ich konnte der Polizei nicht viel sagen. Inspector Ford hatte mich angerufen, um sich zu erkundigen, ob Nick einen Hund gehabt habe. Die Spurensicherungsexperten hatten nämlich in den Teppichen Hundehaare von unterschiedlichen Rassen entdeckt und sichergestellt.

»Daran bin sicher ich schuld«, hatte ich verlegen zugegeben. Ich berichtete ihm alles über die Meute, und wir waren uns einig, dass ich am Hosensaum oder an den Schuhsohlen Hundehaare ins Haus gebracht haben könnte. Ich fragte mich, ob ich wohl auf Schritt und Tritt eine Spur von Hundehaaren hinter mir herzog und die Häuser, wo ich fürs Putzen bezahlt wurde, dadurch noch schmutziger machte.

Morris betrachtete mich mit besorgter Miene. »Du siehst ziemlich müde aus, Juno.«

»Ich schlafe nicht gut«, beichtete ich. Und wenn ich doch schlief, träumte ich davon, wie der arme Nick auf dem Teppich lag. Es war mir egal, was er auf dem Kerbholz haben mochte. Ich vermisste ihn.

»Vielleicht solltest du zum Arzt gehen.«

Ich schüttelte den Kopf. »Der wird mir nur Schlaftabletten verschreiben wollen.«

»Ich weiß, es ist schwierig, aber du musst versuchen, die Sache zu vergessen und hinter dir zu lassen.«

»Das wird schon wieder«, versicherte ich ihm. »Ich muss mich nur beschäftigen.«

Ricky drückte seine Zigarette aus, pustete eine letzte Rauchwolke in die Luft und stand auf. »Dann los, an die Arbeit. Die verdammten Kleider packen sich nicht von allein ein.«

Später in jener Nacht stand ich in der Shadow Lane. Es war kurz vor Mitternacht, und kein Mensch war auf der Straße. Ein leichter, aber steter Regen fiel. Das feuchte Kopfsteinpflaster schimmerte silbrig im Schein einer einsamen Straßenlaterne. Ich versteckte mich im Schatten eines Hauseingangs gegenüber von Nicks Laden und beobachtete die Umgebung. Keine Ahnung, warum ich eigentlich hier war. Ich wusste, dass ich mich lächerlich machte. Doch irgendetwas zog mich magisch an. Das leere Haus wirkte traurig. Die Fenster waren dunkel, und kein Nick saß in seiner gemütlichen kleinen Wohnung und hörte Radio. Armer Nick. Das Flatterband der Polizei, das die Tür zur Seitengasse versperrte, hatte sich an einem Ende gelöst. Das helle Band schwankte hin und her und wehte in der Brise. Ich fragte mich, wie lange es wohl noch dort hängen würde. Wie lange dauerte es, bis die Polizei ihre Ermittlungen einstellte? Ich hatte das Gefühl, meinen Teil zum Erfolg beitragen zu müssen, wusste jedoch nicht, wie.

Mehr als einmal spielte ich mit dem Gedanken einzubrechen. Im Lagerraum gab es ein Fenster hoch oben in der Wand. Aber die Vorstellung, die Scheibe einzuschlagen, mich durch den engen Fensterrahmen zu zwängen, auf der anderen Seite in die Dunkelheit zu springen, gegen irgendwelche dort gestapelten Möbel zu stoßen, einen Höllenlärm zu veranstalten und eine Verletzung zu riskieren, behagte mir nicht. Offengestanden galt das auch für das unvermeidliche Polizeiverhör, falls ich erwischt werden sollte. Der bloße Gedanke, meine Beweggründe Inspector Ford oder, noch schlimmer, seiner unsympathischen Kollegin erklären zu müssen, ließ mich erschaudern.

Gerade wollte ich das Vernünftigste tun, nämlich nicht länger im Regen herumlungern und nach Hause fahren, als am Ende der Gasse ein Mann erschien, mit einer Hand das zerrissene Flatterband wegschob und sich dabei verstohlen umschaute. Automatisch duckte ich mich tiefer in die Dunkelheit und hielt die Luft an.

In der Finsternis konnte ich nur eine hochgewachsene, hagere Gestalt erkennen. Der Mann hatte den Mantelkragen bis über die Ohren hochgeschlagen, und eine dunkle Mütze verbarg sein Gesicht. Doch dann, als er den Kopf wandte, erhaschte ich im Licht der Laterne einen kurzen Blick auf seine Gesichtszüge. Ich hatte genug gesehen. Der Klavierzahn. Nachdem er sich noch einmal ängstlich umgeschaut hatte, trat er aus der Gasse, befestigte das Band wieder und drückte es mit knochigen Fingern fest. Dann steckte er die Hände in die Taschen und schlenderte mit aufgesetzter Unschuldsmiene beschwingt in Richtung North Street.

Ich hastete ihm hinterher und spähte um die Ecke, denn ich war neugierig, wohin er ging. Doch noch mehr interessierte mich, was er gerade getrieben hatte. Ich beobachtete ihn, bis er aus meinem Blickfeld verschwand, und huschte zurück in die dunkle Mündung der Gasse.

Ich entfernte das Flatterband, kramte meine Taschenlampe aus der Handtasche und leuchtete damit die Gasse entlang, sodass Licht vor mir auf den Boden fiel. Vorsichtig tastete ich mich weiter und achtete darauf, nicht in eine Pfütze zu treten. Wasser tropfte aus einer undichten Regenrinne und prasselte auf die Plastikdeckel der Müllbehälter. Ich schlängelte mich durch bis zu Nicks Vordertür und ließ den Lichtstrahl der Taschenlampe darüberwandern. Das Flatterband befand sich an seinem Platz, die Tür war geschlossen. Ich versetzte ihr zur Probe einen Schubs. Nichts schien verändert. Ich ging ein Stück weiter bis zu dem Fenster des Lagerraums oben in der Wand und leuchtete mit der Taschenlampe hinein.

So konzentriert starrte ich nach oben, dass ich die verdammte Bierkiste erst bemerkte, als ich beinahe darüber gestolpert wäre. Jemand hatte die Flaschen herausgenommen, sie ordentlich an der Mauer aufgereiht, die Kiste umgedreht, sodass man sich daraufstellen konnte, sie direkt unter dem Fenster platziert und als Kletterhilfe benutzt. Warum sollte ein Mensch so etwas tun? fragte ich mich, als ich den ersten Fuß auf die Kiste setzte. Ich wippte, um ihre Stabilität zu testen. Die Kiste bestand zwar aus Plastik, schien aber recht solide zu sein.

Nun befand sich der Fensterrahmen auf Höhe meiner Nasenspitze. Ich richtete die Taschenlampe in den Raum. Es gab hier zwar jede Menge schmutzige Spinnweben, allerdings weder zerbrochenes Glas noch Holzsplitter. Falls der Klavierzahn sich mit Einbruchsplänen getragen haben sollte, hatte er es sich offenbar anders überlegt. Als ich den Rahmen einer gründlichen Musterung unterzog, stellte ich fest, dass das Fenster von innen zugeschraubt war. Ohne Werkzeug konnte man es unmöglich öffnen, und vielleicht hatte er ja seine Einbrecherutensilien nicht dabeigehabt. Er konnte natürlich auch genauso ein Feigling sein wie ich und nicht den Mut haben einzubrechen.

Als ich Stimmen hörte, schaltete ich rasch die Taschenlampe aus. Ein paar Nachtschwärmer spazierten die Sun Street entlang und passierten das Ende der Gasse. Ein Betrunkener lallte, das Absperrband sei doch egal, und schlug vor, eine Abkürzung zu nehmen. Höchste Zeit, mich aus dem Staub zu machen. Als ich von der Kiste sprang, stieß ich die Bierflaschen um, sodass sie lautstark klirrend über das Kopfsteinpflaster rollten. »Scheiße!«, schimpfte ich leise.

»Da ist jemand«, dröhnte der Betrunkene.

»Bestimmt eine Katze«, meinte ein anderer.

Ohne das Ende der Unterhaltung abzuwarten, hastete ich die Gasse hinunter in die Richtung, aus der ich gekommen war. Ich hielt nicht inne, um das Flatterband wieder festzumachen, sondern rannte die Shadow Lane entlang. Als ich an die Ecke kam, wurde ich langsamer und ging, die Schultern gebeugt wegen der fallenden Regentropfen, nach Hause.

Worauf mochte es der Klavierzahn so dringend abgesehen haben, dass er sogar bereit war, sich deshalb Zutritt zu einem Tatort zu verschaffen? Wollte er seine eigenen Spuren im Haus verwischen? Dazu war es ein wenig zu spät. Die Polizei wusste, dass er hier gewesen war, weil ich erzählt hatte, ich hätte ihn gesehen. Seinen richtigen Namen kannte ich nicht, im Gegensatz zu Paul: Albert irgendwas. Wenn es der Polizei gelungen war, ihn aufzuspüren, hatte sie ihn sicher schon vernommen. Natürlich wäre es das Sinnvollste gewesen, sofort bei meiner Rückkehr dort anzurufen und meine Beobachtung zu melden. Aber würde die Polizei das nicht als nebensächlich abtun? Schließlich hatte ich ihn ja nicht auf frischer Tat ertappt, und für den Einbruchsversuch gab es keine Beweise. Eine umgedrehte Bierkiste zählte nicht. Ich konnte mir die Reaktion der Polizei bildlich vorstellen. Es sei dunkel gewesen. Wie könne ich sicher sein, diesen Mann wirklich gesehen zu haben? Und was hätte ich überhaupt dort zu suchen gehabt? Nein, wenn ich in Erfahrung bringen wollte, was der Klavierzahn im Schilde führte, musste ich ihn selbst fragen.

20

»Natürlich weiß ich noch, wer Sie sind, Juno!« Tom Smithson schüttelte mir freundlich die Hand. »Sie waren mit Paul und dem armen alten Nick bei der Besichtigung vor der Auktion.« Traurig schüttelte er den Kopf. »Eine schreckliche Geschichte!«

»Hat die Polizei Sie also kontaktiert?«, erkundigte ich mich.

»Ja. Bitte setzen Sie sich. Setzen Sie sich.«

Dartmoor Antiques war in einem alten Lagerhaus am Rand von Exeter untergebracht, ein Arrangement ähnlich wie der *Ashburton Arts and Antiques Bazaar*, allerdings größer und stilvoller. Tom Smithson war der Inhaber. Ich hatte ihn über das Internet aufgestöbert. Sein Warenbestand nahm den Großteil des Erdgeschosses ein.

»Dunkelbraune Möbel.« Mit einer ausladenden Armbewegung wies er auf die Ansammlung von Schränken, Schreibtischen, diversen Bücherregalen, Tischen, Stühlen und Kommoden. »Momentan natürlich unmodern«, fügte er trocken hinzu, als wir uns an einen Tisch aus Mahagoni setzten. Lächelnd sah er mich an. »Und was kann ich für Sie tun?«

Die Situation war mir ein wenig peinlich. »Wahrscheinlich frage ich Sie jetzt dasselbe wie die Polizei«, begann ich. »Aber es vergeht immer mehr Zeit, und die Ermittlungen treten offenbar auf der Stelle. Mich würde interessieren, ob Sie vielleicht Nicks russische Kunden kennengelernt haben.«

»Ja, richtig, das wollte die Polizei von mir wissen, doch ich fürchte, ich konnte ihnen nicht weiterhelfen. Ich hatte nicht viel mit Nick zu tun und ihn seit der Auktion nicht mehr gesehen.« Er verzog das Gesicht. »Sind Sie sicher, diese Russen könnten die Finger im Spiel haben?«

Ich seufzte tief. »So ziemlich.« Ich schilderte meine beiden Begegnungen in Nicks Wohnung und im Moor.

Als Tom Smithson lauschte, wurde seine freundliche Miene zunehmend besorgter. »Das scheinen ja zwei reizende Früchtchen zu sein. Aber ich habe sie nie getroffen und keine Ahnung, in welchem Verhältnis Nick zu ihnen stand.«

»Am Tag der Auktion waren Sie und Nick mit noch einem anderen Händler zusammen«, tastete ich mich zum eigentlichen Grund meines Besuchs vor. »Groß, mager, mit … äh … riesigen Zähnen. Ich glaube, er heißt Albert. Ich habe ihn letztens gesehen, wie er aus Nicks Hintertür kam.«

»Sie meinen Bert Evans.« Kurz schwieg er, und seine Schultern erbebten vor Lachen. »Der arme alte Bert! Er war früher in Geschäfte verwickelt, die man als zwielichtig bezeichnen könnte, doch falls Sie ihn als Mordverdächtigen in Erwägung ziehen, würde ich mir das noch mal überlegen, Juno. Er hat ein ausgezeichnetes Alibi.«

»Was für eines?«, hakte ich nach.

»An dem Abend, als Nick ermordet wurde, hat er bei uns gegessen. Wir waren mehrere und saßen bis in die frühen Morgenstunden zusammen. Übrigens«, fügte er schmunzelnd hinzu, »wurde an diesem Abend auch über Sie geredet.«

»Über mich?«

»Bert war recht beeindruckt von Ihnen. Er hat sich erkundigt, ob die anderen etwas über Sie wüssten. Eine traurige Gestalt, zweimal verwitwet. Ständig ist er auf der Suche nach der nächsten Mrs. Evans.«

Offenbar stand mir das Grauen ins Gesicht geschrieben, denn Tom lachte auf. »Mal im Ernst«, fuhr er fort, »ich denke, als Verdächtigen können Sie ihn vergessen. Er hat ein sehr schwaches Herz und wartet auf eine Bypass-Operation. Beim leisesten Anzeichen von Gewalt würde er die Beine in die Hand nehmen, und er muss Stress unter allen Umständen meiden.«

Was, so fragte ich mich, hatte er dann am Tatort eines Verbrechens gesucht?

»Er hat hier sogar einen Stand«, fügte Tom belustigt hinzu, »auch wenn er sich nur selten blicken lässt.« Eine Dame schlenderte auf uns zu. Sie trug ihr silbergraues Haar als schimmernden Pagenkopf, und ihr langer violetter Rock schwang beim Gehen. Unter einen Arm hatte sie einen niedergeschlagen wirkenden Teddy geklemmt, eine kleine Brille mit Goldrand thronte auf ihrer Nasenspitze.

»Vicky, mein Liebling, ich möchte dir Juno vorstellen.« Tom Smithson streckte die Hand aus. »Juno, das ist meine Frau Vicky.«

»Ich versuche gerade, die verdammte Nadel einzufädeln«, teilte sie uns mit, hielt die Nadel auf Armeslänge von sich und musterte sie, »damit ich den armen Bruin hier reparieren kann.«

»Du brauchst eine stärkere Brille, mein Kind«, befand er.

»Nein, ich brauche längere Arme.«

Ich erbot mich, die Nadel des Anstoßes einzufädeln, während Vicky ging, um Tee für uns zu kochen. Trotz der Herbstsonne war die Luft kühl, und da die Tür des Lagerhauses weit offen stand, um Kundschaft anzulocken, war es kalt im Raum. Ich bemerkte einige Kaufinteressenten, die draußen alte Gartengeräte und Steinfiguren besichtigten.

Etwa eine halbe Stunde lang saß ich mit Tom und Vicky zusammen, trank Tee und plauderte. Sie waren ausgesprochen sympathisch, sodass mir die Vorstellung, Tom könnte womöglich mit dem Mord an Nick zu tun haben, lächerlich erschien.

»Falls Sie mit Bert reden möchten, können wir Ihnen natürlich seine Nummer geben.« Tom kicherte. »Bestimmt würde er sich freuen, Sie zu sehen. Er hält sich nämlich für eine Art Don Juan.«

»Wie kommt er denn auf diese Idee?«, wunderte ich mich.

»Oh, Sie würden erstaunt sein.«

Ja, das würde ich. Ich beschloss, das Thema zu wechseln. »Haben Sie in letzter Zeit Verbena Clarke getroffen?«, fragte ich, während Tom Berts Nummer auf einen Zettel kritzelte.

Ich erklärte, unsere Wege hätten sich getrennt, ohne das weiter auszuführen. Tom nickte weise. »Kein einfacher Mensch, unsere Verbena.«

»Kennen Sie sie gut?«, wollte ich wissen.

»Nein, nein, nur beruflich.«

Ich hätte mich gern weiter unterhalten, doch allmählich tauchten die ersten Kunden auf, und ich hatte den Eindruck, dass ich Toms Zeit schon genug in Anspruch genommen hatte. Doch als Vicky sich erbot, mir alles zu zeigen, konnte ich der Versuchung, ein wenig herumzubummeln, nicht widerstehen. Neben Stapeln aus braunen Möbeln, Sammlerobjekten und Krimskrams, den man guten Gewissens als Krempel bezeichnen konnte, gab es Stände mit wertvollerer Ware, das meiste davon diebstahlsicher in Glasvitrinen weggesperrt.

Der Großteil dieser Vitrinen war mit einer Innenbeleuchtung und verspiegelten Zwischenböden ausgestattet, damit der Inhalt auch gut zur Geltung kam. Ich spähte hinein und betrachtete lüstern Silberschmuck, Schnupftabakdosen, Menagen und eine lange, von einem durchsichtig schimmernden Stück Bernstein gekrönte Hutnadel. Nachdem ich das Preisschild gelesen und wehmütig aufgeseufzt hatte, wanderte mein Blick zu dem Zwischenboden darüber. Und zu dem Kerzenleuchter, der dort stand: quadratischer Sockel, schwer, aus Silber, William IV.

»Fehlt Ihnen etwas, Juno?«, fragte Vicky. »Sie sind ja kreidebleich.«

»Ob ich mir den da wohl näher anschauen könnte?«

Sie zog eine Augenbraue hoch. »Er ist ziemlich teuer.«

»Ein Onkel von mir feiert bald einen runden Geburtstag.« Die Lüge kam mir mühelos über die Lippen. »So etwas würde ihm sicher gefallen.«

»Natürlich ...« Vicky suchte an ihrem dicken Schlüsselbund nach dem passenden Schlüssel für die Vitrine, schloss sie auf und öffnete die Schiebetür.

»Das ist nicht zufällig der Stand von Bert Evans, oder?«, fragte ich, ohne den Kerzenleuchter aus den Augen zu lassen.

»Nein, nein«, versicherte sie mir und griff nach dem Leuchter. »Diese Vitrine gehört Olivia. Sie ist heute nicht da.« Sie warf einen Blick auf das Preisschild. »Aber ich bin sicher, sie lässt mit sich handeln.«

Als sie mir den Kerzenleuchter hinstreckte, wurde mir klar, dass ich den Atem angehalten hatte. Ich nahm ihn und drehte ihn hin und her. Er war identisch mit der Mordwaffe, nur dass man ihn ordentlich poliert hatte, sodass sich das Licht der Deckenscheinwerfer in der schimmernden Oberfläche spiegelte. Ich drehte den Leuchter um und musterte die Unterseite. Das daran klebende Rechteck aus grünem Filz war makellos sauber.

»Ich glaube, der Filz ist nicht original«, merkte Vicky an. »Vermutlich wurde er ersetzt.« Sie lächelte. »Sie halten das Ding ja wie eine scharfe Bombe.«

Auch ich lächelte, allerdings zittrig.

»Soll ich Olivia anrufen?«, erkundigte sie sich. »Und sie nach ihrem besten Angebot fragen? Ich bin sicher, dass sie den Leuchter loswerden will. Er steht schon seit mindestens einem Jahr hier.«

Erleichtert seufzte ich auf. Meine nächste Frage, nämlich woher Olivia den Kerzenleuchter hatte, erübrigte sich hiermit. Wenn er sich schon so lange in der Vitrine befand, konnte er nicht die Mordwaffe sein. Ich studierte das Preisschild. »Ich fürchte, ich kann ihn mir so oder so nicht leisten.«

Ich reichte Vicky den Leuchter. Nachdem sie ihn zurück in die Vitrine gestellt hatte, kehrten wir zum Eingang des Lagerhauses zurück. »Wenn Sie denken, dass das etwas für Ihren Onkel wäre, könnte ich mich nach einem anderen umsehen«, schlug sie vor. »Einem, der ein bisschen billiger ist. Man weiß ja nie, was alles reinkommt. Ich könnte mich bei Ihnen melden. Soll ich das tun?«

Lächelnd drehte ich mich zu ihr um. »Ja, danke.«

»Moment«, rief sie, als ich mich zum Gehen anschickte. »Wollten Sie nicht mit Bert reden?«

Ich schwenkte meinen Zettel. »Tom hat mir seine Nummer gegeben.«

»Da haben wir mehr zu bieten.« Sie kramte in einer Schublade unter der Theke. »Hier.« Sie hielt mir eine Visitenkarte hin. »Wir haben welche von all unseren Händlern.«

Ich nahm die Karte entgegen. *Bert Evans, Antique's and Objet's d'Art* lautete die Aufschrift in elegant verschnörkelten Buchstaben. Entweder stand der Mann mit Apostrophen auf Kriegsfuß, oder er musste dringend die Druckerei wechseln. Aber zumindest waren Telefonnummer und Adresse auf der Karte vermerkt.

21

Mein Plan, Bert Evans am nächsten Vormittag einen Besuch abzustatten, wurde von Maisie und ihrer Waschmaschine durchkreuzt.

»Sie hat es schon wieder getan!«, klagte sie am Telefon. »Sie geht nicht auf und rückt meine Wäsche nicht raus!«

»Versuchen Sie bloß nicht, die Tür mit Gewalt zu öffnen, Maisie. Das hatten wir schon mal. Wir wollen doch keine Überschwemmung. Warten Sie einfach auf mich, okay?«

Vor sich hin murmelnd legte Maisie den Hörer auf. Sie war überzeugt, ihre Waschmaschine sei von einem bösen Geist besessen, was vermutlich nicht zutraf. Maisie hatte nur wieder einmal auf den falschen Knopf gedrückt. Allerdings wird es mir ein ewig währendes Rätsel bleiben, warum die Hersteller von Waschmaschinen nicht begreifen wollen, dass ältere Menschen winzige weiße Knöpfe auf weißem Hintergrund nicht sehen können. Bis ich zu ihr gefahren war und die Wäsche gespült, das richtige Programm eingestellt, die Maschine noch einmal in Gang gesetzt und Maisies Sachen zu guter Letzt auf die Leine gehängt hatte, war es Mittagszeit.

Den Nachmittag hatte ich für Ricky und Morris reserviert, doch ich rief sie an, sagte ab und versprach, stattdessen am nächsten Tag zu arbeiten. So hatte ich Zeit, unangemeldet bei Mr. Evans hereinzuschneien. Er wohnte ein Stück entfernt in Lustleigh, einem hübschen Dorf, wo es viele freistehende

Häuser mit Reetdach gab, die ein kleines Vermögen wert waren.

Ich kurvte einige Male im Kreis herum, bis ich auf die Privatstraße zu seinem Haus stieß. Auf einem Schild waren die Namen dreier Anwesen verzeichnet, von denen eines *Teniriffe* war. Anscheinend hatte Bert auch keine Ahnung von Rechtschreibung. Doch ganz gleich, was Tom Smithson mit zwielichtigen Geschäften gemeint haben mochte, lebte er offenbar recht gut davon. Seine Kiesauffahrt führte zu einem beeindruckenden Haus mit Sprossenfenstern, einem hübschen Vorgarten, altem Baumbestand und einer Doppelgarage, vor der zwei Autos und ein großes Wohnmobil parkten.

Ich stellte meinen Transporter hinter dem Fahrzeug ab, läutete und wartete. Drinnen waren weder Schritte noch sonst etwas zu hören. Nach etwa einer Minute spähte ich neugierig durch eines der Fenster und wölbte die Hand um die Augen, damit die Scheibe nicht so spiegelte. Doch durch die Lücke zwischen den Vorhängen sah ich nichts als einen Konzertflügel mit aufgeklapptem Deckel.

Also folgte ich einem Pfad seitlich des Hauses bis zu einem schmiedeeisernen Tor, wo ich ein paarmal laut rief. Aber außer einer Waldtaube, die erschrocken vom Ast einer Kiefer aufflog, gab es keinerlei Lebenszeichen.

Berts Garten war gewaltig. Kurz verharrte ich voller Neid, schaute mich um und malte mir aus, was ich mit dem vielen Platz anfangen würde, würde er mir gehören. Der Großteil bestand aus einer akribisch gepflegten Rasenfläche. Mitten auf dem Rasen auf einem kurz geschorenen grünen Streifen stand ein einsamer Rasenmäher. Offenbar war also doch jemand da. Entweder Bert oder ein Gärtner, vielleicht vom Klingeln des

Telefons oder von einem dringenden menschlichen Bedürfnis bei der Arbeit gestört.

Noch einmal versuchte ich mein Glück mit einigen kräftigen »Hallos« und stieg dann ein paar Steinstufen hinunter in einen anderen Bereich des Gartens, der von einem riesigen Wasserbecken beherrscht wurde. Als ich das dunkle Wasser betrachtete, blitzte kurz ein goldener Koi von der Größe eines Torpedos unter der Oberfläche auf. Und da war noch etwas. Am Rand des Beckens lag ein Paar Sandalen. Abgrundtief schauderhafte malvenfarbene Socken endeten an sogar noch schauderhafteren bleichen, von knotigen Krampfadern durchsetzten Beinen und einem Hintern in Kakishorts. Die Restgestalt war unter Wasser nur verschwommen auszumachen.

Ich hastete die Stufen hinunter, fiel auf die Knie und zerrte heftig am Taillenbund der Shorts. »Mr. Evans!«, schrie ich, während ich an ihm zog. »Bert!« Daran, wie seine Arme auf dem Wasser trieben, erkannte ich, dass er tot war. Sicher hatte der arme alte Teufel einen Herzinfarkt erlitten, war vornübergekippt und auf dem Bauch gelandet. Ich griff ins kalte Wasser, schlang ihm von unten einen Arm um die Taille und packte ihn mit der anderen Hand am Kragen. Während ich mich verzweifelt abmühte, schoss ein winziger Goldfisch durch sein wie Seetang im Wasser schwebendes Haar. Es gelang mir, Bert wenn auch nur um einige Zentimeter nach hinten zu manövrieren. Doch es genügte, um seinen Kopf an den Haaren aus dem Wasser zu heben. Sein Gesicht war bläulich weiß. Der Kiefer war schlaff, und seine hellen Augen glotzten wie bei einem toten Fisch. Ich ließ seinen Kopf sinken, nahm ihn an den Beinen und schleppte ihn nicht sehr pietätvoll weiter, bis die Leiche auf festem Untergrund lag. Das Gesicht war zur Seite gedreht, die Wange ruhte am Randstein des Beckens. Aus seinem offenen Mund rannen Tropfen wie aus einem Wasserspeier. Es war nicht das Gesicht eines Mannes, der friedlich gestorben war. Wieder kniete ich mich hin und tastete nach dem Puls an seinem Hals, konnte jedoch auch nicht das leichteste Zucken feststellen.

Ich stürmte zurück zum Haus. Die Küchentür stand offen. Ich hatte den Raum schon fast durchquert, wobei ich die glänzenden Fliesen unter Wasser setzte, und steuerte auf das Telefon an der Wand zu, als ich schlagartig stehen blieb und mich umblickte. Der Tisch war umgekippt, die Stühle lagen herum, und die Scherben einer zerbrochenen Vase auf dem Boden funkelten wie Diamanten. Durch die doppelflügelige Glastür erkannte ich ein Wohnzimmer, in dem es ebenfalls aussah, als hätte eine Bombe eingeschlagen: zerfetzte Sofakissen, umhergeworfen und zertrampelt, Bücher und Dekorationsgegenstände, aus den Regalen auf den Teppich gefegt, ein zerschmetterter Bilderrahmen, eine kaputte Lampe.

Ich stand da wie angewurzelt. War der Mensch, der diese Verheerung angerichtet hatte, etwa noch im Haus? Aber sosehr ich auch die Ohren spitzte, ich hörte nur das Ticken der Küchenuhr. Nach ungefähr einer Minute wagte ich, mich zu bewegen. Ich rief die Polizei an, richtete einen Küchenstuhl auf, nahm nass und zitternd darauf Platz und wartete.

Es schien eine Ewigkeit zu dauern, bis die Polizei endlich aufkreuzte, obwohl sie in Wahrheit vermutlich gar nicht so lange gebraucht hatte. Zuerst erschienen zwei Beamte in Uniform. Der eine blieb bei mir und stellte Fragen, während der andere losging, um das Wasserbecken in Augenschein zu nehmen.

Recht zackig kehrte er zurück und setzte einen Funkspruch ab.

Kurz darauf traf die Verstärkung ein, dicht gefolgt von einem Krankenwagen und einer neugierigen Nachbarin, die ihre Nase in die Küche steckte und sich besorgt erkundigte, was geschehen sei. Ein Sanitäter wickelte mich in eine Decke, fühlte mir den Puls und untersuchte mich, nur für den Fall, dass ich in einen Schockzustand geraten könnte. Als er sich vergewissert hatte, dass ich nur durchgefroren war, wimmelte es im Garten bereits von Polizisten. Die nette Nachbarin, die von einem Uniformierten ziemlich rüde verjagt worden war, kehrte mit entschlossener Leidensmiene zurück und brachte ein Tablett mit Tassen und einer Teekanne.

Die Hände dankbar um die Tasse geschlossen, saß ich einfach nur da und wartete. Wie man mir mitteilte, würde bald ein Detective erscheinen und mir einige Fragen stellen wollen. Ich nickte bloß. Ich wollte nicht erwähnen, dass ich wusste, wie es lief, weil ich schon einmal eine Leiche gefunden hatte. Und so rückte das Unvermeidliche näher und stand kurz darauf in Gestalt von Detective Inspector Ford vor mir.

Er wurde von seiner zickigen Untergebenen begleitet, der Brünetten mit dem bleichen Gesicht und dem hämisch grinsenden Mund, die schon bei der ersten Befragung neben ihm gesessen hatte. Wie sich herausstellte, lautete ihr Name DeVille.

Als sie mich zitternd in der Küche sitzen sah, schossen ihre Augenbrauen nach oben, und sie warf ihrem Chef einen bedeutungsvollen Blick zu. Dieser musterte mich mit eigenartiger Miene, als überlege er, was er mit mir anfangen sollte. »Miss Browne?«, wandte er sich mit zweifelnder Miene an mich.

Ich nickte. »Juno«, erinnerte ich ihn.

Er drehte sich zu seiner Untergebenen um. »Wären Sie so gut, nach nebenan zu gehen und mit der Dame zu sprechen, die so dringend mit jemandem reden wollte?«

Sie verzog zwar ihren kleinen Mund, war aber gezwungen, zu nicken und der Anweisung Folge zu leisten.

Der Inspector griff nach einem umgeworfenen Stuhl, stellte ihn gerade hin, setzte sich mir gegenüber und förderte ein Notizbuch zutage. »Also *Sie* haben Mr. Evans gefunden?«, begann er schließlich. »Hoffentlich wird das bei Ihnen nicht zur Gewohnheit.«

Ich lachte auf, gleichzeitig lief mir ein Schauer über den Rücken. »Das hoffe ich auch.«

»Was wollten Sie hier, Juno? Sind Sie mit ihm befreundet?«

»Eigentlich nicht«, gab ich zu. »Ich habe ihn kennengelernt, als ich mit Nick auf einer Auktion war. Genau genommen wollte ich nur mit ihm sprechen ...« Der argwöhnische Blick des Inspectors ließ es mir ratsam erscheinen, ihm alles zu beichten. »Ich habe beobachtet, wie er sich vor einigen Nächten draußen vor Nicks Laden herumgedrückt hat. Ich dachte, er wollte einbrechen, und war neugierig, was er im Schilde führt.«

»Die korrekte Vorgehensweise wäre gewesen, sofort die Polizei zu verständigen«, tadelte er mich.

»Ich weiß«, erwiderte ich nickend. »Tut mir leid.«

»Also schildern Sie mir, was Sie entdeckt haben«, fügte er nun ein wenig sanfter hinzu.

Ich berichtete, was geschehen war. Er ließ mich zwar reden und unterbrach mich nicht mit Fragen, aber ich musste einige Male genau beschreiben, wie ich die Leiche vorgefunden hatte.

»Ich hätte ihn nicht bewegen dürfen, richtig? Ich konnte ja sehen, dass er tot war. Doch ich habe geglaubt, es besteht vielleicht noch eine Möglichkeit ... Ich musste es einfach versuchen«, endete ich stockend.

Der Inspector lächelte. »Natürlich mussten Sie das.«

»Er wurde ermordet, richtig? Er ist nicht von allein ohnmächtig geworden. Der Täter ...« Ich wies zitternd in den verwüsteten Raum hinein.

»Nun, wie er genau gestorben ist, wissen wir erst nach der Autopsie. Allerdings gibt es Hinweise darauf, dass er nicht freiwillig ins Wasser gegangen ist.«

»Jemand hat ihm den Kopf nach unten gedrückt.« Erschaudernd erinnerte ich mich an sein Gesicht.

Offenbar wollte der Inspector mir nicht zu viel verraten, aber das war auch überflüssig.

In diesem Moment kehrte seine Kollegin zurück. Sie winkte ihn zu sich an die Tür. Er entschuldigte sich und ging zu ihr. Obwohl sie die Stimme gesenkt hatte, konnte ich sie ausgezeichnet verstehen. »Die Nachbarin meldet, als sie heute Morgen zum Einkaufen wollte, habe ein Auto auf der Privatstraße geparkt. Als sie nach Hause kam, ist ihr aufgefallen, dass es noch da war – ein dunkelblauer BMW.«

»Das Kennzeichen hat sie sich wahrscheinlich nicht gemerkt.«

»Ich fürchte nicht, Sir. Es war ihr nicht klar, dass es wichtig sein könnte.«

»Ja, so ist das bei den meisten Leuten«, seufzte er. »Gut, danke, Constable.« Die Polizistin verschwand.

»Ein dunkelblauer BMW?«, wiederholte ich. »Das war das Auto, in dem Vlad ...«

Der Inspector fiel mir ins Wort. »Miss Browne, ich schicke

später einen Kollegen zu Ihnen, der Ihre Aussage zu Protokoll nimmt. Bis dahin fahren Sie am besten nach Hause.« Als ich protestieren wollte, brachte er mich mit einer Handbewegung zum Schweigen. »Ich halte es nicht für ratsam, dass Sie sich jetzt ans Steuer setzen. Sie haben einen Schock. Ich kann meine Kollegin bitten, Sie zu fahren. Oder Sie rufen einen Freund an, falls Ihnen das lieber ist.«

»Es ist mir lieber«, entgegnete ich prompt und wählte die Nummer von Ricky und Morris.

Die beiden waren mehr als begeistert davon, kommen, die Streifenwagen begaffen und den weiß verhüllten Außerirdischen bei der Arbeit zuschauen zu können. Ich fuhr mit Morris in dem bequemen alten Saab, dessen Heizung auf Hochtouren lief, während Ricky sich grummelnd mit meinem Transporter begnügen musste. »Der Schrotthaufen schafft es niemals durch die nächste amtliche Inspektion«, ließ er mich wissen, als wir am Ziel ausstiegen, und knallte die Tür zu.

Wir waren bei ihnen, nicht bei mir. Ich streckte die Hand nach meinem Schlüsselbund aus, aber Ricky schüttelte den Kopf und steckte ihn ein. »Vergiss es, mein Kind! Ich lasse dich erst nach Hause, nachdem du dir einen ordentlichen Drink genehmigt und mir die pikanten Details geschildert hast, die ich verpasst habe, während du von Morris im Saab chauffiert wurdest.«

»Oder möchtest du lieber eine Tasse Tee, Juno?«, erkundigte sich Morris und schloss die Haustür auf.

»Nein, ein ordentlicher Drink wäre toll.«

»Kümmere du dich darum«, wies er Ricky an. »Ich lasse ihr unterdessen ein Bad ein.« Er betrachtete mich prüfend. »Wir müssen dir dringend trockene Sachen anziehen.«

Morris' Gegenwart wirkte wie immer tröstend, und außerdem war ich im Auto ein wenig zur Ruhe gekommen. Allerdings legten sich körperliche und geistige Erschöpfung erst, als ich mich, das zweite Glas Brandy am Wannenrand, in exotisch duftenden Seifenblasen aalte. Allmählich war ich wieder fast die Alte.

Es klopfte laut an der Badezimmertür. Dann öffnete sich diese einen Spalt weit, und eine Hand erschien, die einen Kleiderbügel mit einem pfirsichfarbenen Morgenmantel aus Seide hielt. »Wir haben den da«, verkündete Rickys Stimme hinter dem hölzernen Türblatt. »Ein Original von Dior. Di Davies hat ihn in *Nimms mit einem Lachen* getragen. Oder …« Der Morgenmantel verschwand und wurde von einem grünen aus dickerem Stoff abgelöst. »… den hier, falls du es lieber bequem als glamourös hast. Er ist ein bisschen mehr à la Celia Johnson.«

»Wer ist Celia Johnson?«, fragte ich, worauf er tadelnd mit der Zunge schnalzte. »Ich nehme den grünen«, rief ich rasch. Einem Original von Dior fühlte ich mich nicht gewachsen.

Als ich nach dem Baden in Celia Johnson gehüllt nach unten kam, stieg mir ein köstlicher Duft aus der Küche in die Nase. Morris deckte im Frühstückszimmer den Tisch. »Ich dachte, jetzt ist etwas Leckeres wie bei Muttern angebracht«, meinte er und nahm mir das leere Brandyglas ab. »Deshalb habe ich Hackfleischauflauf gemacht. Deine Kleider sind im Trockner«, fügte er hinzu. »Bis wir gegessen haben, sind sie fertig.«

Beinahe wäre ich in Tränen ausgebrochen. »Du bist wundervoll.« Ich umarmte ihn fest.

Ricky erschien mit drei ziemlich großen Weingläsern. »Merlot oder Shiraz?«, fragte er, als er sie abstellte. »Wir hätten auch noch einen guten Rioja.«

»Dann kann ich nicht mehr nach Hause fahren«, wandte ich ein.

»Das wirst du auch nicht. Du bleibst nämlich über Nacht hier«, teilte er mir streng mit.

»Das geht nicht. Die Polizei wollte meine Aussage aufnehmen.«

»Mach es nicht komplizierter, als es ist. Ich habe Adam angerufen und ihm gesagt, wo du bist. Falls die Polizei solche Sehnsucht nach dir hat, kann sie ja herkommen.«

Eigentlich hätte ich widersprechen sollen, doch der Gedanke, in meine leere Wohnung zurückzukehren, erschien mir plötzlich zutiefst deprimierend. Also setzte ich mich, aß zu viel Hackfleischauflauf und trank zu viel Rotwein. Wir sprachen über den armen Albert Evans, sein kühles Sterbebett und die Bedeutung eines gewissen dunkelblauen BMWs. Außerdem darüber, warum Bert um Nicks Haus herumgeschlichen sein mochte und ob Vlad und Igor, denn der BMW gehörte zweifelsfrei ihnen, etwas in Berts Haus gesucht hatten. Hatten sie alles verwüstet, damit es nach einem fehlgeschlagenen Einbruch aussah? Und falls ja: Warum hatten sie ihn dann umgebracht?

Wie sich herausstellte, sollte die Polizei sich erst am nächsten Morgen blicken lassen. Ziemlich angeheitert legte ich mich in Rickys und Morris' Gästezimmer ins Bett, überzeugt, dass ich schlummern würde wie ein Baby. Doch der Schlaf wollte sich nicht einstellen. Während die kleine Uhr auf dem Nachttisch tickend die frühen Morgenstunden anzeigte, ging mir alles, was wir am Abend erörtert hatten, im Kopf herum, bis ich nicht mehr wusste, was ich denken sollte. Nur eines stand für mich fest: Wenn ich erfahren wollte, worauf Bert es abgesehen hatte, musste ich in Nicks Haus einbrechen.

22

Dieser Schritt entpuppte sich als überflüssig. Ich meine damit den Einbruch. Zum Glück ließ ich mir einige Tage Zeit, um über die Weisheit dieses Plans nachzudenken. Schließlich hatte ich keine Ahnung, wonach Bert gesucht hatte. Vielleicht hatte er ja von dem Geld gewusst, das Nick in der Wohnung versteckt hatte. Möglicherweise hatte er gar nicht einbrechen wollen, sondern war nur neugierig gewesen. Allerdings glaubte ich das nicht ernsthaft. Er hatte eine bestimmte Absicht verfolgt. War er deshalb ermordet worden? Und hatte Vlad dasselbe gewollt, als er Nick umgebracht hatte?

Während ich mir noch den Kopf darüber zerbrach, erhielt ich den Anruf eines Mr. Young von der Anwaltskanzlei Young, Young, Grantham und Young mit Sitz in Exeter. Ich fragte mich, ob Mr. Grantham sich wohl zahlenmäßig unterlegen fühlte, verkniff mir aber die Bemerkung.

»Es ist eine recht heikle Angelegenheit.« Mr. Young klang verlegen. »Soweit ich informiert bin, waren Sie die Raumpflegerin des verstorbenen Mr. Nickolai?«

»Ja, ich habe bei ihm gearbeitet.«

»Tja, da Mr. Nickolais Leiche nun zur Beerdigung freigegeben wurde …«

»Wirklich? Aber … die Ermittlungen sind doch noch sicher nicht abgeschlossen?«

»Nun, ich würde einen Mordfall nicht als abgeschlossen bezeichnen, solange der Täter nicht dingfest gemacht wurde«, entgegnete Mr. Young in belehrendem Ton. »Doch die Polizei ist der Ansicht, dass sämtliche ... äh ... nötigen forensischen Beweise gesichert wurden und dass sich am Tatort nichts mehr finden lässt. Deshalb besteht kein Grund, warum man den armen Mr. Nickolai nicht zur letzten Ruhe betten könnte.«

»Ich verstehe.« Mir erschien das ziemlich seltsam, denn seine Mörder waren nicht nur noch immer auf freiem Fuß, sondern mordeten zudem auch fröhlich weiter. Aber wahrscheinlich würde die Leiche des armen Nick der Polizei keine neuen Erkenntnisse mehr liefern.

»Die Beisetzung findet am nächsten Donnerstag statt«, fuhr Mr. Young fort. »Seine Familie reist kurz zuvor an ...«

»Seine Familie?«, wiederholte ich. »Meinen Sie seine Kinder?«

»Genau. Seine Tochter Mrs. Helena Burgoyne mit Mann und sein Sohn Mr. Richard ...«

»Wie nett von ihnen, zur Beerdigung zu kommen«, platzte ich heraus. »Ein Jammer, dass sie es nicht geschafft haben, ihn zu Lebzeiten zu besuchen.«

Am anderen Ende der Leitung räusperte Mr. Young sich pikiert. »Ich ... äh ... meiner Ansicht nach waren die familiären Verhältnisse angespannt.«

»Wie ich es sehe, gab es keine.« Sie hatten sogar bei der Leichenschau durch Abwesenheit geglänzt. Ihr Vater war ermordet worden, und sein Schicksal war ihnen gleichgültig? Waren sie nicht einmal neugierig?

»In der Tat. Jedenfalls«, fuhr er hastig fort, »steht es uns nicht zu, das zu beurteilen.«

Ich war zwar nicht dieser Ansicht, aber ich schwieg.

Mr. Young hüstelte beklommen. »Soweit ich informiert bin, werden sie in der *Dartmouth Lodge* absteigen, aber natürlich möchten sie Mr. Nickolais Zuhause sehen. Da sein Tod unter äußerst unglücklichen Umständen eingetreten ist, denkt Mr. Young, das heißt, Mr. Young senior, dass es weniger belastend für die Familie wäre, wenn man die Wohnung zuvor … äh … sauber machen könnte.«

»Sauber machen?«, wiederholte ich.

»Wir sind im Besitz des Schlüssels und haben uns gefragt, ob man Sie damit beauftragen könnte, die Putzarbeiten … äh … für ein Honorar selbstverständlich.«

»Ich soll den Tatort reinigen?«

»Um der Familie Leid zu ersparen.«

»Aber die Polizei wird doch …?«

»Nein, nein, offenbar ein häufiges Missverständnis. Nachdem die Polizei alle ermittlungstechnisch relevanten Beweismittel gesichert hat, obliegt die … äh … Beseitigung der restlichen Spuren … die Reinigung … der Familie des Opfers, einem Nachbarn oder jemandem wie Ihnen.«

»Ist Ihnen oder Mr. Young senior bewusst, dass ich Mr. Nickolais Leiche gefunden habe?« Aus der entsetzten Stille in der Leitung schloss ich, dass das nicht der Fall war. »Was hielten Sie davon, mir auch etwas Leid zu ersparen?«, schlug ich vor.

»Miss Browne …« Als er die Sprache wiederfand, hörte er sich ziemlich bestürzt an. »Ich bedaure zutiefst. Natürlich werde ich jemand anderen mit dieser Aufgabe betrauen. Ich kann mich gar nicht oft genug entschuldigen.«

»Moment mal«, unterbrach ich, bevor er auflegen konnte. Trotz meiner Empörung hatte ich nicht vor, mir die Gelegenheit, Nicks Wohnung zu betreten, entgehen zu lassen. »Ich erledige das.«

»Es wäre mir wirklich sehr unangenehm …«, begann Mr. Young.

»Nein, schon gut«, versicherte ich, so ruhig ich konnte. »Es ist in Ordnung.«

»Nun, ich weiß nicht so recht …«, erwiderte er zweifelnd.

»Ich kannte Mr. Nickolai, und mir gefällt die Vorstellung nicht, dass eine Fremde das übernimmt.« Das stimmte, die Vorstellung gefiel mir ganz und gar nicht. »Es wäre wie eine Verletzung seiner Privatsphäre.«

Ich brauchte noch fünf Minuten, um ihn davon zu überzeugen, dass ich es ernst meinte. Doch schließlich überwand Mr. Young seine Vorbehalte. Er sei mir sehr dankbar, sofern ich es mir tatsächlich zutraute. Ich verabredete mich für den nächsten Morgen um zehn mit ihm vor Nicks Haus.

Am Abend rief Paul an. Er schien guter Dinge zu sein. Anscheinend gab es in Nottingham und Umgebung für einen Möbelrestaurator mehr zu tun als hier. Außerdem wolle er ein Grundstück in einem nahe gelegenen Dorf kaufen, wo eine Baugenehmigung leichter zu bekommen war. Sollten sie beschließen, doch noch selbst ein Haus zu bauen, konnten Carrie und die Kinder bis zur Fertigstellung bei ihrer Familie wohnen. Und wie war es mir ergangen?

Ich berichtete ihm, ich hätte Bert Evans bei den Fischen gefunden. »Tom Smithson hat mir erzählt, er habe gern in trüben Gewässern gefischt«, versuchte ich es mit Galgenhumor. Paul lauschte schweigend, als ich das verwüstete Haus schilderte.

»Mein Gott, Juno. Welcher Teufel hat dich geritten, zu ihm zu fahren?«, schrie er so laut, dass ich den Hörer vom Ohr nehmen musste. »Was, wenn die Mörder bei deiner Ankunft noch im Haus gewesen wären?«

Dieser Gedanke war mir auch schon gekommen. Ich konnte nur dankbar dafür sein, dass Maisies Waschmaschine mich aufgehalten hatte. »Die Nachbarin hat gesagt, sie habe auf der Straße vor dem Haus einen dunkelblauen BMW stehen gesehen.«

Er stieß einen leisen Pfiff aus. »Meinst du, dass es Vlad und Igor waren?«

»Tja, mir ist klar, dass es auf der Welt nicht nur einen dunkelblauen BMW gibt, aber …«

»Juno«, fiel er mir ins Wort. »Umso mehr Grund, dich von dort fernzuhalten. Ich weiß, dass dir Nicks Tod noch zu schaffen macht, doch du musst die Sache der Polizei überlassen. Du bist keine Amateurdetektivin«, ermahnte er mich. »Die beiden Typen sind gefährlich.«

Allmählich klang er wie Inspector Ford. Ich versprach ihm, brav zu sein, und beschloss, ihm nicht zu verraten, dass man mich mit der Reinigung von Nicks Wohnung beauftragt hatte. Er hätte nämlich sofort gewusst, dass ich dort nach Hinweisen suchen würde. Doch ich erzählte ihm, wann Nicks Beerdigung stattfand.

»Vermutlich kannst du nicht dabei sein«, fügte ich hinzu.

Kurz entstand Schweigen. »Eher nicht«, antwortete er.

»Okay.« Ich versuchte, mir die Enttäuschung nicht anmerken zu lassen.

»Allerdings«, sprach er rasch weiter, »bin ich schrecklich neugierig auf seine Kinder.«

»Ich kann es auch kaum erwarten.«

Paul verstummte für einen Moment. »Schau, es ist verführerisch, ihnen die Schuld zu geben, weil sie nach seiner Entlassung aus dem Gefängnis nichts mehr mit ihm zu tun haben wollten. Aber sie waren damals noch Kinder. Außerdem hat Nick sie nie erwähnt. Auf mich hat er nicht einsam oder unglücklich gewirkt. Offengestanden hat es ihm meiner Ansicht nach nicht viel ausgemacht.«

Ich seufzte auf. In meinen Jahren als Pflegekraft war ich vielen Familien begegnet, denen es nicht viel auszumachen schien. Doch wie Mr. Young junior schon gesagt hatte, stand es mir nicht zu, ein Urteil zu fällen. Nicht, dass mich das, wie ich zugeben musste, daran gehindert hätte, es trotzdem zu tun.

23

Die Uhr in Nicks Wohnzimmer war endlich stehen geblieben. Mr. Young junior und ich standen zusammen auf den hellen Rechtecken, wo die blutigen Teppiche gelegen hatten, und blickten uns um. Die Vorhänge waren geschlossen. Das gelbliche Dämmerlicht verstärkte die beklemmende Stimmung noch.

»Ist alles in Ordnung, Miss Browne?«, erkundigte sich Mr. Young junior besorgt. Er war ein hageres Hutzelmännchen und etwa Mitte fünfzig. Ich wagte nicht, mir auszumalen, wie wohl Mr. Young senior aussah.

»Alles bestens«, versicherte ich ihm, obwohl die Atmosphäre im Raum mir zunehmend zu schaffen machte. Inzwischen war es eine Weile her, dass die Wohnung betreten worden war, und es herrschte ein Geruch, den ich nur schwer beschreiben konnte. Nicht der scharfe und metallische von frischem Blut, sondern eher ein ekelhaft süßlicher, als sei etwas verdorben. Mir wurde ein wenig übel. »Wir machen ein paar Fenster auf, einverstanden?«, fragte ich bemüht resolut. Ich durchquerte das Wohnzimmer, fegte die Vorhänge beiseite und schob die Scheibe hoch.

Mr. Young eilte in die Küche und folgte meinem Beispiel. »Schon besser«, keuchte er. »Hier muss mal ordentlich gelüftet werden.« Er wandte sich zu mir um. »Und Sie werden sich ganz bestimmt nicht fürchten, Miss Browne?«

»Ganz bestimmt nicht.«

»In diesem Fall … Könnten Sie mich bitte entschuldigen, ich muss in meiner Kanzlei anrufen …«

»Hier haben Sie keinen Mobilfunkempfang«, warnte ich ihn.

»Nein, nein, das ist mir bewusst. Ein alter Kollege von mir ist in der Kanzlei in der Lawrence Lane beschäftigt. Ich dachte, ich telefoniere von dort aus … sofern es in Ordnung ist, dass ich Sie allein lasse. Ich komme zurück und schließe ab. Sagen wir, in einer Stunde?«

»In einer Stunde?«, wiederholte ich entsetzt. Ich würde ordentlich auf die Tube drücken müssen. Sobald wir die Haustür aufgeschlossen hatten, war mir klar geworden, dass es mehr Arbeit war als erwartet. Ich hatte das Treiben der Spurensicherungsleute ganz vergessen, die alles mit dem Alupulver eingepinselt hatten, um Fingerabdrücke zu sichern. Nun prangten abscheuliche graue Schmierer auf Holzteilen, den Türen und Fensterbrettern und auf den Wänden im Flur. Außerdem waren sämtliche dunklen Flächen wie das Treppengeländer, der Kaminsims und die Stuhllehnen mit silbrigen Spuren bestäubt. An dem Tohuwabohu auf dem Tisch hatte sich nichts verändert. Flaschen und Behälter mit Putzmitteln standen noch da, waren jedoch ebenso mit einer dünnen Schicht Pulver überzogen wie mit hauchfeinen Schneeflocken.

»Wird eine Stunde nicht genügen?«, erkundigte sich Mr. Young. Als er die Augenbrauen hochzog, schlug seine glatte Stirn wellblechartige Falten. Er blickte auf die Uhr. »Nun, ich bin gegen elf zurück und schaue, wie weit Sie dann sind.«

Ich wünschte mir nichts sehnlicher, als dass dieser Erbsenzähler endlich verschwand. Zu meiner Erleichterung ging er schließlich nach unten, und ich hörte die Tür mit einem Klicken hinter ihm zufallen. Aufatmend musterte ich die Kacheln am Kamin, wo verspritzte Blutstropfen rostrot eingetrocknet waren. Kurz schloss ich die Augen und versuchte, das Bild loszuwerden, wie Nick tot auf dem Boden lag. Wenn ich mir gestattete, an ihn zu denken, würde ich die Arbeit sicher nicht schaffen. Also zwang ich mich, die Sache als gewöhnlichen Putzauftrag wie jeden anderen zu betrachten. Herumgetrödel würde meine Entschlossenheit nur ins Wanken bringen.

Da ich Gummihandschuhe und eine Tüte mit Putzmitteln mitgebracht hatte, brauchte ich nur noch einen Eimer. Ich wusste, dass Nick einen im Unterschrank der Küchenspüle aufbewahrte. Auf dem Weg in die Küche hielt ich mir Inspector Fords Worte vor Augen. Er hatte gesagt, in der Küche gebe es nirgendwo Blutspuren. Nichts wiese darauf hin, dass der Mörder noch andere Räume betreten hatte.

Nick hatte mich vor den gefährlichen Substanzen unter der Spüle gewarnt, und das zu Recht. Ich musste eine uralte Ätherflasche und eine Dose Rohbenzin beiseiteräumen, um den Eimer zu befreien. Ich füllte ihn mit kaltem Wasser, goss Bleiche hinein, zog die Handschuhe an, wählte einen abgewetzten Putzlappen aus und schleppte den Eimer zurück ins Wohnzimmer.

Als ich vor dem Kamin kniete, beschlich mich das Gefühl, ein Gebet sprechen zu müssen. Dieser Auftrag hatte es verdient, pietätvoll ausgeführt zu werden. Schließlich entfernte ich die letzten Hinterlassenschaften eines Freundes. Nach kurzem Zögern wischte ich rasch das Blut von Kamingitter und Kacheln. Ohne innezuhalten und ohne mir Zeit zum Grübeln zu geben.

Als Nächstes nahm ich mir den Teppichboden vor. Ein verräterischer dunkler Umriss zeigte, wo einer der Teppiche weggenommen worden war. Außerdem war Blut über die Teppichkante auf den Teppichboden darunter geflossen. Ich sprühte das Ganze großzügig mit Teppichschaum ein, schrubbte kräftig und ließ den Schaum seine Wunder wirken, während ich mich mit der Wand befasste. Die Spritzer hier stellten mich vor ein größeres Problem. Sie waren beim Trocknen in die dicke, altmodische Tapete eingezogen. Als ich es mit dem Putztuch versuchte, verteilte ich sie nur, sodass ein hellerer, allerdings auch größerer und besser sichtbarer Fleck entstand.

Nach einer Eingebung suchend, blickte ich mich um. Auf Nicks Tisch lag ein Skalpell. Ich nahm es und kratzte ganz vorsichtig damit an dem Blutfleck herum, bis es mir tatsächlich gelang, die verunreinigte Stelle bis hinunter auf die saubere Tapetenschicht abzuschaben. Das wiederholte ich einige Male, beseitigte sorgfältig jedes Blutströpfchen und ärgerte mich, weil das einige Zeit dauerte. Als ich fertig war, wirkte die Tapete zerschrammt, so als sei jemand mit einem Möbelstück dagegengestoßen. Doch niemand, der es nicht besser wusste, hätte bei diesem Anblick an Mord gedacht.

Ich wandte mich wieder dem Teppich zu. Der Schaum hatte sich abstoßend rosig verfärbt. Ich beschloss, ihn noch ein wenig einwirken zu lassen und erst einmal Staub zu wischen. Das Alupulver ließ sich leicht von den Oberflächen entfernen. Kurz verharrte ich am Kaminsims. Das Rechteck, wo der Kerzenleuchter gestanden hatte, war zu sehen. Ich staubte ab, klemmte mir den Staubwedel unter den Arm und sichtete die hinter der Uhr lehnende Post. Die meisten Kuverts waren ungeöffnet, und es schienen alles Rechnungen zu sein. Ein aufgerissener Umschlag enthielt eine zwei Jahre alte Quittung eines Restaurators für einen eingegangenen Betrag. Vermutlich nicht weiter wichtig.

Ich rollte die Manschette meines Gummihandschuhs ein Stück zurück, um auf die Uhr schauen zu können, und eilte zur Treppe, wo ich hastig die Wandvertäfelung abstaubte. Die Schmierer an der Wand waren eine echte Herausforderung, und ich scheuerte mit festen, kreisförmigen Bewegungen und einem feuchten Tuch daran herum. Als ich mein Werk begutachtete, konnte ich es nur als Schlamperei bezeichnen. Wenn ich meine Arbeitgeberin gewesen wäre, hätte ich mich rausgeworfen. Aber ich musste mit dem Wohnzimmer fertig werden, und die Zeit war gegen mich.

Der Teppichschaum hatte den Großteil des Flecks aufgesaugt und eine leichte rosige Spur hinterlassen. Nur dass diese nun besser zu sehen war, weil die Umgebung des Flecks sauberer und heller war als der Rest. Um den gesamten Teppichboden zu schrubben, reichte die Zeit nicht, und das war auch gar nicht meine Absicht gewesen. Das Ding konnte man bloß noch herausreißen und verbrennen, und diese Entscheidung lag nicht bei mir. Deshalb gab es im Moment nur eine Lösung: Ich huschte in Nicks Schlafzimmer, schleppte den Bettvorleger ins Wohnzimmer und breitete ihn über den Fleck, um mein Scheitern zu tarnen.

Zu guter Letzt schloss ich die Fenster und versprühte Unmengen von Lufterfrischer. Damit war das Thema für mich erledigt. Falls Nicks Kinder eine gründlichere Reinigung wünschten, sollten sie sich, verdammt noch mal, selbst darum kümmern.

Ich konsultierte meine Uhr. Kaum noch genug Zeit, Detektivin zu spielen. Ich staubte Nicks Sekretär ab, drehte den

Schlüssel um und klappte den Deckel hinunter, sodass die kleinen Holzfächer dahinter in Sicht kamen. Sie waren so mit Papieren vollgestopft, dass sie buchstäblich überquollen. Es hätte Stunden gedauert, sie alle zu durchsuchen. Außerdem war es höchst unwahrscheinlich, dass über eine Verbindung zu Vlad oder Bert Aufzeichnungen existierten. Ich bezweifelte, dass Nick seine illegalen Machenschaften irgendwo schriftlich dokumentiert hatte. Allerdings fragte ich mich, wo seine Geschäftsbücher sein mochten. Vielleicht hatte die Polizei sie ja mitgenommen.

Ich schloss den Deckel des Sekretärs, zog die Schubladen heraus und stocherte mit einem in gelben Gummi gehüllten Zeigefinger darin herum. Doch ich stieß nur auf alte Bleistiftstummel, diverse Batterien, ein paar Malzbonbons und einige Federn und Metallteile, die vermutlich aus dem Werk einer Taschenuhr stammten. Frustriert seufzte ich auf. Ich benahm mich idiotisch. Bestimmt hatte die Polizei sich bereits gründlich umgesehen.

Die Glocke der Kirche St. Andrew's erklang und schlug die volle Stunde. Mr. Young würde jeden Moment zurück sein. So gern ich auch im Schlafzimmer herumgekramt hätte, wollte ich nicht dabei ertappt werden, wie ich Nicks Schubladen durchwühlte, und ich musste auch noch meine Putzsachen zusammenpacken.

Als ich den Eimer in die Spüle ausleerte und zuschaute, wie das abscheulich rosige Wasser in einem Strudel im Abfluss verschwand, beglückwünschte ich mich dazu, wie gelassen ich mit dieser emotional aufgeladenen Situation umgegangen war. Ich spülte den Eimer, räumte ihn weg, zog die Gummihandschuhe aus, sammelte im Wohnzimmer meine restlichen Utensilien ein und ließ die Früchte meiner Arbeit auf mich wirken. Plötzlich sah ich Nick vor mir, wie er in seinen Hauspantoffeln herumschlurfte. *Ich noch nicht bereit, zu sein Geist.* Als seine Worte mir in den Sinn kamen, gaben meine Beine nach, sodass ich weinend vor dem Kamin kniete.

Im nächsten Moment stürzte ich ins Bad, wo ich es mit knapper Not zur Toilette schaffte und mich heftig erbrach. Nachdem ich abgezogen hatte, richtete ich mich rasch vorzeigbar her, wusch mir das Gesicht, putzte mir die Nase und huschte wie eine verängstigte Spinne die Treppe hinunter. Eine tolle Detektivin war ich! Ich beschloss, draußen auf Mr. Young zu warten.

24

In dem Nebenraum der *Dartmoor Lodge* herrschte, einmal vorsichtig ausgedrückt, eine angespannte Stimmung. Ich saß auf einem der vier Stühle vor dem Tisch, hinter dem Mr. Young junior die Versammlung leitete. Anwesend waren nur ich und drei weitere Personen, die sich fragten, wer ich wohl war und welches Recht ich hatte, hier zu sein.

Ich selbst konnte nicht anders, als mir dieselbe Frage zu stellen. Mr. Young senior hatte mich angerufen und mir im Namen der Kinder für meine Bemühungen in der Wohnung ihres Vaters gedankt. Offenbar hatten sie diese besichtigt. Außerdem teilte er mir mit, ich solle zur Verlesung des Testaments erscheinen, da ich zu den Erben gehörte. Ich konnte mir nicht vorstellen, was Nick mir hinterlassen haben mochte, und auch nicht, aus welchem Grund. Deshalb merkte ich an, dass es sich um ein Testament aus jüngerer Zeit handeln müsse, was Mr. Young bejahte. Es sei erst in den vergangenen ein oder zwei Tagen aufgetaucht, als die Kinder etwas in der Wohnung gesucht hätten. Zum Glück, fügte er hinzu, hätten sie die Bedeutung der Worte erst später wirklich verstanden. Mr. Young junior sei dabei gewesen.

Bei der Beerdigung hatte ich keine Gelegenheit gehabt, mir die Familie anzusehen. Die drei hatten in der Kirche in der ersten Bankreihe gesessen, während ich ganz hinten bei den wenigen Trauergästen geblieben war. Nur Tom und

Vicky Smithson, Mr. Singh, Ricky und Morris und ich waren gekommen.

Offenbar hatten Nicks Kinder nicht mit weiteren Personen gerechnet. Nach der Zeremonie gab es keine Erfrischungen für die Trauernden, und sie warteten nicht einmal an der Tür, um unsere Beileidsbekundungen entgegenzunehmen. Sie rauschten einfach davon. Mr. Singh musste zurück in seinen Laden, doch wir anderen hielten eine kleine Feier ab und stießen in der Bar des *Exeter Inn* auf Nicks Andenken an.

Nun jedoch saß ich ganz in ihrer Nähe und konnte sie eingehend mustern. Helena Burgoyne war Mitte fünfzig. Sie trug ein teures, auf Figur geschnittenes schwarzes Kostüm und hohe Hacken. Doch obwohl man sie keinesfalls als übergewichtig bezeichnen konnte, waren ihre Taille und die Waden doch zu dick, um elegant zu wirken. Allerdings war sie topgepflegt. Ihre roten Nägel glänzten, und ihr blonder, schimmernder Pagenkopf war von karamellfarbenen Strähnchen durchzogen, wie sie in der Natur nicht vorkommen. Sie saß da, als hätte sie einen Stock verschluckt, starrte geradeaus und strafte mich mit Nichtachtung. Ihr Mann hingegen zappelte ständig herum, als könne er keine bequeme Sitzposition finden. Er war offenbar ein aufbrausender Mensch, der Unruhe und Gereiztheit ausstrahlte. Sogar sein Atmen klang hektisch und ungeduldig. Ich hatte den Eindruck, dass er sich ganz weit wegwünschte und diese Vergeudung seiner Zeit strikt ablehnte. Anscheinend gehörte er zu den Leuten, die ihre Zeit für fraglos wertvoller halten als die der Mitmenschen.

Zwischen Mr. Burgoyne und mir hatte Nicks Sohn Richard Platz genommen. Er war gute zehn Jahre jünger als seine Schwester, und nichts an seiner Kleidung oder seinem Verhalten wies darauf hin, dass wir es mit einem Trauerfall zu tun hatten. Er trug dieselbe schwarze Jeans und Turnschuhe wie beim Begräbnisgottesdienst und dazu einen blauen Pulli mit Rundausschnitt und ein lässiges cremefarbenes Sakko, dessen Ärmel er über die sonnengebräunten Unterarme geschoben hatte. Mit ausgestreckten Beinen, überkreuzten Knöcheln und den Händen tief in den Hosentaschen lümmelte er auf seinem Stuhl. Sein gewelltes braunes Haar und der Bart ließen mich an einen College-Dozenten denken. Einen von denen, für die alle Erstsemester schwärmen. Mir kam er irgendwie bekannt vor, was sicher daran lag, dass er die spitzbübisch funkelnden blauen Augen seines Vaters geerbt hatte. Als ich mich setzte, tat er erstaunt, grinste und zwinkerte mir zu meiner Überraschung zu.

Ich war froh, dass ich Rickys und Morris' Drängen nachgegeben und nicht denselben schwarzen Pulli und Rock und die leicht abgeschabten Wildlederstiefel angezogen hatte wie zur Beerdigung. Bei der Verlesung des Testaments dürfe ich nicht aussehen wie eine arme Verwandte, hatten sie erklärt und darauf bestanden, mich auszustaffieren. Das klassische Wollkleid stammte – ebenso wie der königsblaue knopflose Blazer darüber – aus einer Inszenierung von *Zeugin der Anklage*. Den winzigen schwarzen Samthut hatte ich trotz ihrer Beteuerungen, wie fantastisch er auf meinem roten Haar aussah, verweigert, weil ich ihn für ein wenig übertrieben hielt. Der locker um meine Schultern geschlungene orangebraune Seidenschal war in *Französisch ohne Tränen* getragen worden, was auch für die Schuhe galt. Die Bernsteinohrringe waren die von Cordelia. Ich war erleichtert, dass ich mich bereit erklärt hatte, die traumhafte kleine königsblaue Clutch mitzunehmen, die zu der Jacke passte. Es war beruhigend, etwas zum Festklammern zu haben.

Mr. Young junior räusperte sich einige Male. Offenbar schlug ihm die angespannte Atmosphäre aufs Gemüt. »Wollen wir anfangen?«, meinte er mit einem nervösen Lächeln.

Die Verlesung des Testaments dauerte viel länger, als ich erwartet hatte. Offenbar hatte Nick nicht nur kleine Geldbündel überall in der Wohnung versteckt, sondern auch in Aktien und Wertpapiere investiert, und zwar ziemlich geschickt. Ich verlor den Überblick über den Gesamtbetrag, zu dem sich die verschiedenen Geldanlagen summierten. Jedenfalls erbte Helena Burgoyne alles. Als ich einen Blick in ihre Richtung riskierte, regte sie keine Miene. Seinem Sohn Richard hatte Nick eine um einiges geringere Summe und den Riley-Wagen vermacht, was ihm ein leises, freudiges Auflachen entlockte. Mr. Young sah ihn über den Rand seiner Gleitsichtbrille hinweg tadelnd an.

Nicks Wohnung und der Laden sowie Möbel und Warenbestand gingen an Juno Browne.

Nicht nur die Burgoynes schnappten erschrocken nach Luft – sondern auch ich. Richard schien es nicht zu berühren. Er betrachtete mich nur ziemlich fragend. Das Testament enthalte eine Klausel, fuhr Mr. Young hastig fort, bevor jemand Gelegenheit hatte, Einwände zu erheben, in der es heiße, dass jeder, der es gerichtlich anfocht, sein Erbe verlieren würde. Dieses würde dann an die übrigen Erben verteilt.

Richard lachte laut auf. »Der alte Halunke!«, rief er amüsiert aus.

»Es ist eine Schande!« Helenas Mann schnaubte verächtlich. »Eine gottverdammte Unverschämtheit ist das.«

»Ach, reg dich ab, Harry«, meinte Richard schmunzelnd. »Du hast doch wohl nicht erwartet, dass der alte Knabe dir etwas hinterlässt. Du bist ihm schließlich noch nie begegnet.«

»Natürlich nicht!« Harry errötete leicht. »Aber Helena hat Rechte.«

»Und ich würde sagen«, entgegnete Richard gelassen, »dass diesen Rechten mit Geldanlagen im Wert von fast zweihunderttausend Pfund mehr als angemessen Genüge getan wurden.«

Helena schwieg. Sie hatte den Blick gesenkt, kaute an ihrer Unterlippe und schien um einiges bestürzter zu sein als in der Kirche.

»Was ist mit der Immobilie?«, herrschte Harry ihn an.

»Helena hat doch kein Interesse an einer schmuddeligen Altbauwohnung und einem Laden voller Krempel.«

»Wir sprechen hier immerhin von Grund und Boden.« Angriffslustig drohte Harry mit dem Finger. »Der Laden und die Wohnung sind Geld wert. Der Bauunternehmer am Ende der Straße hat schon ein Angebot ...«

»Ach ja?«, unterbrach Richard ärgerlich. »Und wann hat dieses Gespräch stattgefunden?«

Anstelle einer Antwort pustete Harry nur verlegen Luft aus und errötete noch heftiger.

»Wir sollten uns glücklich schätzen, dass der alte Knabe uns überhaupt etwas vermacht hat«, teilte Richard ihm unumwunden mit. »Wir haben ihn seit Jahren nicht gesehen. Deshalb könnten wir es ihm nicht verübeln, wenn er alles an ein Heim für Katzen vererbt hätte.«

»Aber das hat er nicht, richtig?« Zum ersten Mal ergriff Helena das Wort. Ihre Stimme bebte vor Empörung und Zorn. »Sondern der da!«

Als alle mich anstarrten, erhob ich mich. »Bitte streiten Sie nicht«, sagte ich nach einer Weile. »Ich bin genauso erstaunt wie Sie. Ich kannte Nick nur einige Monate lang und ...«

»Dann müssen Sie ja bemerkenswert schnell zugeschlagen haben, junge Frau!«, höhnte Helena. Zum ersten Mal sah sie mich an. Außer ihrer kräftigen Figur hatte sie nichts von ihrem Vater.

»Eine Putzfrau!«, rief Harry verächtlich aus. »Schaut sie euch an. Aufgetakelt wie ein … Filmstar!«

Mir war gar nicht klar gewesen, dass ich so gut aussah.

»Ein Flittchen«, fügte er vernichtend hinzu.

Oder so schauderhaft.

»Mr. Burgoyne!«, protestierte Mr. Young. »Ich muss schon bitten. Diese Ausdrucksweise ist wirklich unangebracht.«

»Ich verstehe Ihren Zorn«, wandte ich mich an Helena. »Aber … wie ich schon sagte … ich kannte Nick noch nicht lange. Ich habe nicht mit einer Erbschaft gerechnet … Ich habe ein schlechtes Gewissen.« Ich wollte schon fortfahren, ich würde auf sämtliche Ansprüche aus Nicks Testament verzichten. Sollten sie doch alles haben. Doch ich erhielt keine Gelegenheit dazu.

»Oh, ich nehme an, dass Sie es sich erarbeitet haben.« Helenas giftiger Blick hätte töten können. »Breitbeinig.«

Ich lachte auf. »Machen Sie Witze? Nick war alt genug, um mein Großvater zu sein!«

»Soweit wir informiert sind«, mischte sich ihr Mann ein – inzwischen drohte er mir mit dem Finger –, »könnte sie auch mit den Russen oder ähnlichem Gesindel unter einer Decke stecken. Sie hat unseren Vater auf hinterlistige Weise um den Finger gewickelt und ihn dazu gebracht, ein Testament zu ihren Gunsten zu unterzeichnen. Falls die Unterschrift überhaupt echt ist.«

»Mr. Burgoyne!« Mr. Young sprang auf. »Ich muss darauf bestehen, dass Sie diese Unterstellung zurücknehmen.« Er schwenkte das Blatt Papier in seiner Hand. »Ich kann Ihnen versichern, dass es sich um ein echtes Dokument handelt. Die Ausfertigung wurde bezeugt, datiert und …«

Als Harry sich weiter in die Brust werfen wollte, ließ ich ihn nicht zu Wort kommen. »Sind Sie je auf den Gedanken gekommen«, begann ich, bemüht um einen ruhigen Tonfall, »dass ich nie die Chance gehabt hätte, Ihren Vater auf hinterlistige Weise um den Finger zu wickeln, wie Sie es nennen, wenn Sie hin und wieder zu Besuch gekommen wären?«

Plötzlich fuhr Helena hoch. Im ersten Moment glaubte ich schon, sie wolle mich ohrfeigen, doch sie packte mich an den Handgelenken, drehte mir die Hände um und begutachtete meine Finger. »Wo sind die Ringe meiner Großmutter?«

Erschrocken ob ihrer unerwarteten Körperkraft, entriss ich ihr meine Hände. »Was für Ringe? Ich habe keine Ahnung, wovon Sie reden.«

»Wir haben die Wohnung abgesucht. Sie sind nicht da. Was haben Sie damit gemacht? Sie haben der Mutter meiner Mutter gehört und stehen mir zu!«

»Ach herrje, Helena!«, seufzte Richard auf. »Es wäre ein Glücksfall, wenn unser Vater sie nicht schon vor Jahren verkauft hat.«

»Ich weiß nichts von den Ringen Ihrer Großmutter«, beteuerte ich und zog die Hände weg.

Helena förderte ein Taschentuch zutage und brach in Tränen aus. »Nun, *sie* darf sie nicht bekommen.«

»Sei doch vernünftig, Schwesterherz«, versuchte Richard sie zu beschwichtigen. »Wir mochten den alten Knaben nie und er uns auch nicht. Dass er Miss Browne den Laden hinterlassen hat, ist sein Weg, uns den Stinkefinger zu zeigen, und dafür kann sie nichts. Außerdem«, fügte er lächelnd hinzu, »haben wir es vermutlich verdient.«

Ich schwieg. Richard hatte eindeutig recht, und bei diesem Gedanken wurde mir übel. Nick hatte mich als Waffe benutzt, um sich an seinen engsten Angehörigen zu rächen, und ich war deshalb unbeschreiblich sauer auf ihn. Ich wollte seinen Laden nicht. Ich wollte nicht Teil des Plans sein, den er gegen seine Familie ausgeheckt hatte. Er hatte mich zum Narren gemacht. Nie hätte ich damit gerechnet, dass ich von seinem Tod profitieren würde, und nun unterstellten mir alle unlautere Absichten. Ich stand ebenfalls kurz davor, in Tränen auszubrechen.

Richard legte den Arm um seine Schwester. »Aber, aber, Helena. Schließlich hat er dich nicht mittellos zurückgelassen, oder? Außerdem erstickt der gute alte Harry sowieso im Geld.«

»Ich will die Ringe meiner Großmutter«, beharrte sie unter Tränen. »Die Schlampe darf sie nicht kriegen.«

»Ich weiß nichts von irgendwelchen Ringen«, beteuerte ich. Mein Gott, reichte es denn nicht, dass Verbena Clarke mir vorwarf, ich hätte ihre Ohrringe gestohlen? Nun behauptete schon wieder eine Frau, dass ich mich an ihren Klunkern bedient hätte. Ich wandte mich an Mr. Young. »Gibt es noch etwas zu besprechen, oder kann ich jetzt gehen?« Ich wollte nichts wie raus aus diesem Zimmer und möglichst weit weg von der schluchzenden Helena und dem Rest der Sippe.

»Ja, ja. Selbstverständlich wären da noch einige juristische Formalitäten, Miss Browne, doch damit müssen Sie sich nicht heute befassen.«

»Dann verabschiede ich mich«, verkündete ich so würdevoll wie möglich.

Mr. Young erhob sich von seinem Stuhl. »Ich begleite Sie hinaus.«

»Danke, dass Sie da drinnen so viel Zurückhaltung an den Tag gelegt haben«, begann er, sobald er die Tür hinter uns geschlossen hatte.

Ich fühlte mich wie ein Ballon, dem die Luft entweicht. »Ich will das alles nicht.«

»Ich würde das Erbe nicht vorschnell ausschlagen, Miss Browne. Es ist ein beträchtliches Vermögen. Außerdem«, fügte er anteilnehmend hinzu, »hat Mr. Nickolai es Ihnen sicher hinterlassen, weil Sie ihm ans Herz gewachsen sind. Damit meine ich nur, dass Sie nicht überstürzt handeln sollten. Nehmen Sie sich Bedenkzeit. Falls Sie das Haus nicht behalten wollen, könnten Sie es später immer noch abstoßen.«

Ich nickte niedergeschlagen. Durch die Tür hörte ich laute Stimmen. Richard und die Burgoynes fielen wieder übereinander her. Ich sehnte mich nach einem ruhigen Ort, um mir alles gründlich zu überlegen.

»Harry Burgoyne ist ein sehr wohlhabender Mann«, fuhr Mr. Young fort. »Er und seine Frau haben das Geld ganz sicher nicht nötig. Ich glaube auch nicht, dass sie das Testament anfechten werden. Sie werden ihre Erbschaft nicht riskieren. Und sie haben nicht wirklich etwas in der Hand.«

»Aber sie sind seine Kinder.«

»Wenn Mr. Nickolai sie vollständig enterbt und alles Ihnen vermacht hätte, hätten sie als seine Kinder ganz klar die Möglichkeit, Ansprüche zu erheben. Doch finanziell betrachtet ist der Großteil des Vermögens ihnen zugefallen.« Er lächelte spöttisch. »Harry Burgoyne ist nicht der Mann, der sich von seiner Frau vor Gericht vorführen lässt.«

Ich nickte nur. Ich wollte nicht mehr über dieses Thema reden. Mr. Young schüttelte mir die Hand und sagte noch, wir könnten die Einzelheiten ein andermal erörtern, wenn ich mich dazu in der Lage fühlte. Bedrückt schlich ich nach Hause. Ich kam mir ganz und gar nicht vor wie eine Frau, die gerade eine beträchtliche Erbschaft gemacht hatte.

Zu Hause angekommen, rief ich Paul an. Ich brauchte einfach jemanden zum Reden. Da er nicht ans Smartphone ging, versuchte ich es auf dem Festnetz. Carrie meldete sich. Natürlich wusste sie von meiner Existenz, ahnte jedoch nicht, was zwischen ihrem Mann und mir in ihrem Wohnwagen vorgefallen war. Allerdings schien sie nicht erfreut, meine Stimme zu hören. Im Hintergrund weinte das Baby. Der Zeitpunkt sei ungünstig. Paul sei nicht da. Was ich denn wolle? Ich erfand etwas von einem Restaurierungsauftrag. Nicht dringend. Er könne mich jederzeit zurückrufen. Carrie erwiderte, sie werde es ausrichten, und legte auf.

Ich stieß einen Seufzer aus. Es war nicht fair von mir gewesen, Paul zu behelligen. Er versuchte, an einem anderen Ort ein neues Leben anzufangen. Deshalb durfte ich ihn nicht immer wieder zurück in sein altes ziehen.

Ich ließ mich in meinen Sessel sinken, streifte die hohen Hacken ab, massierte meine gemarterten Füße und legte sie auf den Couchtisch. Als ich darüber nachdachte, wie ich weiter vorgehen sollte, fühlte ich mich so voller Elan wie eine betäubte Nacktschnecke. Ich hatte mich dem Albtraum ausgesetzt, Nicks Blut wegzuputzen, um die Gefühle seiner Kinder zu schonen. Das war so absurd, dass ich am liebsten laut gelacht hätte. Sie waren nicht gerade wie gelähmt vor Trauer. Helena interessierte sich offenbar nur für die Ringe ihrer Großmutter.

Es klopfte an der Wohnzimmertür. Als ich aufmachte, stand Kate vor mir. Sie bedachte mich mit einem merkwürdigen Blick und meldete, unten sei jemand, der mich sprechen wolle.

Da ich die Folterpumps nicht mehr anziehen wollte, trottete ich auf Strümpfen die Treppe hinab. Auf der Schwelle stand Richard Nickolai, die Hände in den Taschen. Bei meinem Anblick lächelte er. »Hallo!«

Meine Reaktion fiel weniger freundlich aus. »Woher wissen Sie, wo ich wohne?« Ich konnte nicht glauben, dass Mr. Young ihm meine Adresse gegeben hatte. Nicht nach der Szene, deren Zeuge er vorhin geworden war.

»Nun, da war schon ein bisschen Detektivarbeit nötig«, räumte er ein. »Der Zufall hat mich in den Gemischtwarenladen verschlagen, wo ich Zigaretten kaufen wollte. Dort habe ich den Typen hinter der Theke an seinem Turban erkannt. Er war bei der Beerdigung. Ich habe mich bei ihm bedankt. So sind wir ins Gespräch gekommen, und ich habe mich nach Ihnen erkundigt. Daraufhin hat er mir Ihre Visitenkarte gezeigt. Die, die bei ihm im Fenster hängt. Ihre Telefonnummer steht drauf, und die Adresse habe ich im Telefonbuch nachgeschaut. Ich möchte mich für heute Nachmittag entschuldigen. Dafür, wie man mit Ihnen umgesprungen ist.«

»Sie brauchen sich nicht zu entschuldigen«, antwortete ich. Er war als Einziger nett zu mir gewesen.

»Sie müssen Nachsicht mit Helena haben. Normalerweise ist sie nicht so emotional.«

»Das glaube ich Ihnen gern.«

»Für Harry gibt es keine Entschuldigung«, fuhr er gut gelaunt fort. »Er war schon immer ein habgieriger Dreckskerl.«

»Es tut mir leid, dass ich der Anlass für Unstimmigkeiten war.« Etwas Besseres fiel mir nicht ein.

»Jedenfalls wollte ich Sie wegen des Benehmens meiner Familie um Verzeihung bitten«, fuhr er fort. »Außerdem habe ich mich gefragt, ob Sie es mir wohl gestatten würden, Sie heute Abend zum Essen einzuladen.«

Das hatte ich nicht erwartet.

»Es ist doch das Mindeste, was ich tun kann«, fügte er hinzu.

Am liebsten hätte ich ihm eröffnet, wohin er sich sein Abendessen schieben sollte, doch ich brachte es nicht über mich. Immerhin hatte er mich gegen seine grässliche Schwester und ihren noch grässlicheren Mann in Schutz genommen. Nur dass er etwas an sich hatte, das mir nicht gefiel. Möglicherweise lag es an seinem lässigen, sorglosen Auftreten, das ziemlich aufgesetzt auf mich wirkte. Gerade zermarterte ich mir das Hirn nach einer Ausrede, als ich plötzlich innehielt. Ich betrachtete ihn, wie er so breit lächelnd und mit funkelnden Augen auf der Treppe stand, und hörte, wie ich »Ja, das wäre schön, danke« sagte.

»Spitze!«, meinte er. »Ich habe einen Tisch im *Gidleigh Park* reserviert. Wäre ein Jammer, ihn verfallen zu lassen. Ich hole Sie um sieben ab.«

Pfeifend lief er die Treppe hinunter. Normalerweise hätte ich mich über sein prahlerisches Selbstbewusstsein geärgert, wären meine Gedanken nicht um den Grund gekreist, weshalb ich die Einladung angenommen hatte. Es war mir an der Tür nämlich schlagartig eingefallen, wo ich ihm schon einmal begegnet war.

25

Rickys Anruf holte mich aus der Wanne. Er und Morris brannten darauf, alles über die Testamentseröffnung zu erfahren. Ich hatte versprochen, sie anzurufen, sobald ich zu Hause war, war aber zu sehr abgelenkt gewesen und hatte es schließlich schlichtweg vergessen. Sie schalteten mich auf Raumlautsprecher, damit sie beide zuhören konnten. Ich hatte keine Lust auf eine Ansprache vor Publikum und gab ihnen eine sehr gestraffte Zusammenfassung.

»Komm zu uns, Prinzessin!«, schlug Ricky vor. »Wir kochen etwas zum Abendessen, und dann erstattest du uns Bericht.«

Also war ich gezwungen, ihnen zu erklären, dass ich bereits zum Abendessen verabredet war und mit wem.

»Wo geht er mit dir hin?«, fragte Morris.

»Teuer!«, rief Ricky aus, als ich den Namen des Restaurants nannte.

»Wirklich?«, erwiderte ich.

»Es ist berühmt. Michelinstern, Promikoch. Äh … wie hieß er noch mal?« Kurz herrschte Stille. Dann ergriffen beide gleichzeitig das Wort: »Was ziehst du an?«

»Das cremefarbene Seidenkleid, dachte ich.«

»Doch nicht diesen alten Fetzen!«, schnaubte Ricky in einem Ton, der keinen Widerspruch duldete. »Um wie viel Uhr trefft ihr euch?«

»Er holt mich um sieben ab.«

»Los, föhn dir die Haare. Wir sind in einer halben Stunde bei dir.« Er legte auf, bevor ich noch etwas sagen konnte.

Ich musste zugeben, dass das schlichte, schräg zum Fadenverlauf geschnittene Kleid aus bronzefarbener Seide mit asymmetrischem Rock, das zuletzt von Amanda in *Die Hochzeitsreise* getragen worden war, wirklich sensationell aussah. Jedenfalls zog Richard Nickolai anerkennend die Augenbrauen hoch.

»Einfach hinreißend!«

Auch ich hob eine Braue. Das *Kleid* war hinreißend.

»Wieso der argwöhnische Blick?«, fragte er. »Sie sind sehr hübsch.«

»Ich bin nun mal ein argwöhnischer Mensch.« Das stimmte. Keine Sekunde lang glaubte ich ihm, dass er mich als Wiedergutmachung für diesen gruseligen Nachmittag zum Essen einlud. Er verfolgte Hintergedanken. Ich allerdings auch.

Er war attraktiv, das musste ich ihm lassen. Er hatte seine Sachen von vorhin gegen einen dunklen Anzug und ein weißes Hemd getauscht, die ihm ausgezeichnet standen und für die Beerdigung angemessener gewesen wären. Ich hatte den orangen Schal vom Nachmittag bei mir und schlang ihn mir auf dem Weg zum Auto um die Schultern. Sämtliche Schuldgefühle, die mich vielleicht bei dem Gedanken, ich könnte Richard seines Erbes berauben, gequält hatten, verflogen im Nu, als er mich zu seinem funkelnagelneuen cremefarbenen Mercedes geleitete. Er öffnete die Tür, bugsierte mich auf den Beifahrersitz, schloss die Tür wieder und umrundete mit den lockeren Schritten eines Mannes, der sich seiner Wirkung sicher ist, den Wagen.

Wer ein PS-starkes Auto hat, fährt es normalerweise vermutlich, nun ja, schnell. Allerdings sind die uneinsehbaren Kurven abends, wenn Scheinwerfer die Wand aus grünen Hecken beleuchten, weniger gefährlich. Man erkennt, ob einem jemand entgegenkommt. Deshalb zwang ich mich zur Ruhe und beobachtete Richard dabei, wie er die Gänge einlegte. Sonnengebräunte Hände, gepflegte Nägel, strahlend weiße Manschetten mit schimmernden Manschettenknöpfen aus Gold, Rolex. Von den Handgelenken abwärts das Sinnbild des Wohlstands, vom Hals aufwärts, wie ich annahm, gähnende Leere. Aber vermutlich war ich ungnädig.

»Sie scheinen sich hier gut auszukennen«, merkte ich beiläufig an, als wir in die Straße nach Chagford einbogen. »Für jemanden, der nicht in dieser Gegend wohnt.«

»Nicht wirklich.« Er lächelte. »Die Empfangsdame in der *Dartmoor Lodge* hat mir sehr hilfsbereit den Weg beschrieben. Und wenn alle Stricke reißen, haben wir ja noch das Navi.«

»Wollen Sie länger bleiben?«

»Nur noch ein paar Tage. Sie haben uns heute Nachmittag ziemlich überrascht. Wir wussten, dass der alte Knabe seiner Putzfrau etwas hinterlassen hat. Doch offengestanden habe ich eine alte Dame mit Kittelschürze und Pantoffeln erwartet.«

»Und mit Lockenwicklern unter dem Kopftuch?«, ergänzte ich.

»So ähnlich«, gestand er.

»Und was machen Sie so, Richard?«, fragte ich. »Beruflich, meine ich.«

»Ich handle mit Fahrzeugen«, antwortete er freundlich. »In London. Wir sind eine inhabergeführte Firma. Der

Kunde kontaktiert uns und teilt uns mit, was er sucht, und wir finden es für ihn. Selbstverständlich nur im Hochpreissegment.«

»Selbstverständlich.«

Offenbar bemerkte er meinen ironischen Unterton nicht, denn er plauderte einfach weiter. »Wir beschaffen die vom Kunden gewünschten Autos international. Ich habe gerade für einen unserer arabischen Kunden einen Lamborghini aus Mailand hierhergefahren.«

»Handeln Sie nur mit Neuwagen?«

»Nein, nein. Manchmal auch mit Oldtimern.«

Ich musste mir ein Grinsen verkneifen. Ein Gebrauchtwagenhändler. Das passte prima zu ihm.

Das *Gidleigh Park Hotel* befand sich am Ende einer langen, gewundenen Straße, die sich, wenn man schon überzeugt war, sich bereits viele Kilometer davor verfahren zu haben, plötzlich verbreiterte und den Blick auf einen gewaltigen Kasten im nachgeahmten Tudor-Stil inmitten eines Parks freigab.

Während wir uns an der Bar einen Drink genehmigten, debattierten wir, ob wir à la carte bestellen oder das Verkostungsmenü mit sieben Gängen nehmen sollten. Wir entschieden uns für à la carte und folgten dem Kellner in einen getäfelten Raum und an einen Tisch, auf dem eine Kerze brannte. Nachdem Richard sich mit dem Sommelier wegen der umfangreichen Weinkarte beraten hatte, saßen wir schweigend da und studierten unsere Speisekarten.

Ich überlegte, ob ich als Vorspeise Langusten-Ceviche oder in Kaffee marinierten Silberlachs nehmen sollte, und orderte schließlich die Langusten und danach Lamm. Richard bestellte Wildtatar aus Cornwall und Steinbutt aus Brixham.

»Ich habe mich noch gar nicht richtig dafür bedankt, dass Sie mir heute Nachmittag die Stange gehalten haben«, sagte ich, nachdem der Kellner alles notiert hatte.

»Sie dürfen nicht schlecht von Helena denken«, erwiderte er aufgeräumt. »So eine böse alte Hexe ist sie nun auch wieder nicht. Als wir jünger waren, hatte sie es ziemlich schwer.«

»Offenbar hat Sie das Testament nicht gewundert.«

»Eigentlich nicht. Es wäre Heuchelei, bei uns von inniger Liebe zu sprechen.« Er grinste reumütig. »Als Familie sind wir ein recht komischer Haufen.«

Der Kellner brachte unseren Wein, Richard kostete ihn und befand ihn für gut. Als die Gläser voll waren, stießen wir an und tranken.

»Auf Nick«, sagte ich.

Kurz starrte er mich an, doch falls er meinen Trinkspruch unpassend fand, ließ er sich das nicht anmerken. »Auf Sie«, erwiderte er. »Bei Kerzenschein sehen Sie hinreißend aus.«

Ich fing zu lachen an.

»Warum lachen Sie jetzt?« Er mimte den Gekränkten. »Sie dürfen die romantischen Komplimente eines Mannes nicht ins Lächerliche ziehen.«

»Was, wenn sie lächerlich sind?«

Er schmunzelte. »Offenbar bin ich nicht sehr gut in solchen Dingen.«

Seine plötzliche Offenheit war entwaffnender als der aalglatte Charme. Ich hielt mir vor Augen, dass ich vorsichtig sein musste. Zum Glück rettete mich die Languste vor weiteren Verlegenheiten.

»Wissen Sie, das heute Nachmittag war ein echter Schock für mich«, begann ich, nachdem ich ein oder zwei Minuten lang zufrieden vor mich hin gegessen hatte. »Ich verstehe nicht, warum Nick seinen Laden jemandem hinterlässt, der … nun ja, eine Freundin war, das stimmt … doch vermutlich interessiert mich viel mehr, weshalb es zu diesem tragischen Bruch in Ihrer Familie gekommen ist.«

Richard schwieg einen Moment. »Meine Mum sagte immer, er liebe Dinge mehr als Menschen.«

Ich erinnerte mich, wie Nick mit der Hand zärtlich über eine glatte Holzoberfläche gestrichen oder eine alte Tasse hochgehalten hatte, um mir das kunstvolle Dekor und das hauchzarte Porzellan zu zeigen. »Er hat Antiquitäten geliebt«, entgegnete ich beinahe rechtfertigend.

»Ach wirklich?« Richard lächelte höhnisch.

»Haben Sie alle über dem Laden gewohnt?«, erkundigte ich mich. Ich konnte mir nur schwer vorstellen, dass sich eine ganze Familie in diese enge Wohnung gezwängt haben sollte.

Richard schüttelte den Kopf. »Nein. Damals hatten wir ein Haus am Rand des Dorfes. Als er zum zweiten Mal ins Gefängnis musste, hat Mum beschlossen, dass es Zeit war zu verschwinden, solange die Gelegenheit günstig war. Ich glaube, sie hat sich ein wenig vor ihm gefürchtet. Das heißt nicht, dass er je gewalttätig geworden wäre. Aber ich weiß nicht, ob sie den Mut gehabt hätte, ihn zu verlassen, wenn er nicht ordentlich weggesperrt gewesen wäre. Sie konnte einige der zwielichtigen Gestalten nicht leiden, mit denen er sich umgab, und sie wollte nicht, dass wir unsere Kindheit damit verbrachten, ihn im Gefängnis zu besuchen. Deshalb sind wir ausgezogen und haben bei ihrer Schwester gewohnt.«

»Lebt Ihre Mum noch?«

Er schüttelte den Kopf.

»Und Nick hat nie versucht, wieder Kontakt zu seiner Familie aufzunehmen, als er aus dem Gefängnis kam?«

Richard zuckte die Achseln. »Er hat der Scheidung zugestimmt. Das Haus wurde verkauft, und er hat sich über dem Laden eingerichtet. Natürlich haben wir ihn in den ersten Jahren gesehen, doch der Kontakt ist mit der Zeit eingeschlafen. An Weihnachten hat er uns Geld geschickt. Ich hatte immer den Eindruck, dass er erleichtert war.« Nachdenklich hielt er inne. »Erleichtert, die Belastung durch Frau und zwei Kinder los zu sein. Froh, sich von dem emotionalen Gepäck befreit zu haben.« Er klang nicht bitter. Dann prostete er mir zu. »Schluss mit dem Trübsalblasen.«

»Das erklärt aber immer noch nicht, warum er mir den Laden hinterlassen hat«, bohrte ich weiter. »So viel habe ich doch gar nicht für ihn getan. Wenn jemand einen Lohn für seine Nächstenliebe verdient hat, ist es wohl Mr. Singh.«

Im ersten Moment antwortete Richard nicht. »Falls Sie glauben, mein Vater hätte Menschen für ihre Nächstenliebe belohnt, kannten Sie ihn wirklich nicht sehr gut«, sagte er schließlich mit leiser Stimme. »Für ihn zählten nur Stärke, Pragmatismus, Zähigkeit ... Skrupellosigkeit. Wenn er Sie belohnt hat, dann deshalb, weil er in Ihnen Eigenschaften erkannte, die er selbst hatte.« Die Maske trotteliger Gutmütigkeit war gefallen, und in dieser Sekunde erkannte ich, dass er mich genauso wenig mochte, wie Helena und Harry es taten. Anscheinend sah er mir an, dass ich erschrocken war, denn als er weitersprach, lächelte er breit, und sein Tonfall war wieder einfühlsam und leutselig. »Bestimmt hat Nick Ihnen den Laden vermacht, weil er Zutrauen zu Ihnen hatte und sicher war, dass Sie damit erfolgreich sein würden.«

»Sind Sie je einem Händler namens Bert Evans begegnet?«, fragte ich.

Er zuckte die Achseln. »Nein, aber ich habe den alten Knaben seit Jahren nicht gesehen. Keine Ahnung, mit wem er zu tun hatte.«

»Nun, dieser Mann kannte Ihren Vater und hatte geschäftliche Verbindungen zu ihm. Außerdem wurde er auch ermordet.«

Er zog eine Augenbraue hoch. »Hängen die beiden Morde Ihrer Ansicht nach zusammen?«

»Ich kann mir nicht vorstellen, dass es reiner Zufall ist.«

»Sofern nicht jemand willkürlich halbseidene Antiquitätenhändler umlegt.« Er hob sein Glas. »Viel Glück dabei, kann ich da nur sagen!«

Kurz verschlug es mir vor Zorn die Sprache.

»Also waren Sie jahrelang nicht in seiner Nähe?«, hakte ich nach, als ich meine Stimme wiederhatte.

»Schuldig im Sinne der Anklage«, gab er zu und senkte den Kopf.

»Tja, das ist wirklich seltsam«, erwiderte ich. Als er mich verdattert musterte, war ich mit dem Lächeln an der Reihe. Ich lehnte mich zurück. »Sie erinnern sich nicht mehr an unser erstes Treffen, richtig?«

Er verzog zweifelnd das Gesicht und neigte den Kopf zur Seite. »Kennen wir uns etwa von früher?«

»Oh ja, wir hatten beinahe einen Zusammenstoß – im wahrsten Sinne des Wortes. Ich musste meinen Transporter in die Hecke lenken, weil Sie so schnell um die Kurve gefahren sind. Nicht mit dem Auto, mit dem Sie heute da sind, sondern mit einem anderen großen, protzigen Schlitten. Ich habe Sie gewarnt, Sie müssten vom Gas gehen, weil auf der Straße Reiter seien.« Befriedigt stellte ich fest, dass die Begebenheit allmählich Gestalt vor seinem geistigen Auge annahm. »Das wissen Sie doch noch. Das war nur anderthalb Kilometer vor dem Dorf, in dem Ihr Vater gewohnt hat, und zwar wenige Wochen, bevor er ermordet wurde.«

Richard starrte mich eine gefühlte Ewigkeit an. Seine Finger spielten lässig mit dem Stiel seines Glases herum. »Also gut, Juno, Sie liegen richtig«, seufzte er schließlich. »Ich gestehe, dass ich ihn besucht habe, um ihn anzupumpen. Meine Firma hatte Liquiditätsprobleme und … nun, er hat mir nicht zum ersten Mal unter die Arme gegriffen.«

»Er hat Ihnen Geld gegeben?«

»Deshalb hätte ich ihn nicht umzubringen brauchen, falls Sie das andeuten wollen. Helena habe ich es verschwiegen, denn … sie und Nick haben sich nicht verstanden, nicht einmal, als sie ein Kind war. Sie hat ihn gehasst. Wenn ich ihr erzählt hätte, dass ich im Laufe der Jahre immer wieder bei unserem alten Herrn war, hätte sie das als Verrat an sich und Mum ausgelegt. Ihre Vorwürfe hätten mir gerade noch gefehlt. Und das gilt noch mehr für die von Harry.«

»Es wundert mich, dass Nick so … zugänglich gewesen sein soll.«

»Ich bin sein Sohn. Hinzu kommt, dass er stets geglaubt hat, man müsse sich Zuneigung erkaufen. Weshalb ihn also daran hindern?«

Seine Gefühllosigkeit ließ mir das Blut in den Adern gefrieren. Er war wirklich ein herzloser Mistkerl. »Darum haben Sie das Testament also ohne Protest hingenommen?«

»Natürlich. Ich hatte bereits den Großteil dessen erhalten, was mir zustand.« Er schlug die Dessertkarte auf, die der Kellner gerade gebracht hatte. »Worauf haben Sie Lust? Fondant aus dunkler Schokolade mit gesalzenem Karamell und Orangenkompott?«

Nun sprach ich einen Satz aus, von dem ich nie gedacht hätte, dass er mir einmal über die Lippen kommen würde: »Ich habe keinen rechten Appetit auf einen Nachtisch.«

»Ach Juno, lassen Sie mich nicht so im Regen stehen! Wir wollen uns überlegen, wer ihn umgebracht haben könnte. Sie können mir bei Piña colada und Kokosmousse alles über diese Russen erzählen.«

Also schilderte ich ihm Vlad und Igor und den Mord an Bert Evans, so gut ich konnte. Allerdings wurde mir rasch klar, dass diese Namen ihm nichts sagten. Er beschrieb mir die Ringe. Offenbar waren es drei: ein kleiner Diamantencluster, ein rechtwinklig geschliffener Smaragd und ein breiter Goldreif mit drei Rubinen. Sie waren zwar alle nicht sonderlich kostbar, doch sie hatten Helenas Großmutter gehört und deshalb einen ideellen Wert. Richards Mutter hatte die Ringe bei ihrer Flucht aus ihrem Zuhause vergessen, und als Nick aus dem Gefängnis entlassen worden war, hatte er ihr mitgeteilt, sie werde sie nur zurückbekommen, wenn sie sie persönlich abholte. Doch dazu hatte sie nie den Mut gefunden, weshalb anzunehmen war, dass Nick die Ringe all die Jahre behalten hatte. Helena hatte sie bei ihrem und Richards Besuch in der Wohnung gesucht, allerdings vergeblich.

Ich erkundigte mich, ob sie vielleicht irgendwo in einem Schließfach liegen könnten, doch Richard zuckte die Achseln. Es weise nichts auf die Existenz eines solchen Schließfachs hin, meinte er, eher vermute er, dass Nick den Schmuck schon vor langer Zeit verkauft hatte.

Als wir unseren Kaffee ausgetrunken hatten, war es schon spät. Richard hatte auf Likör bestanden, aber ich wollte inzwischen dringend nach Hause. Für ihn mochte es ja keine

Rolle spielen, aber ich musste am nächsten Morgen früh aufstehen, um die Hunde auszuführen. Nach einer Weile setzte ich mich durch, und er erbot sich unter Protest – die Nacht sei ja noch jung –, mich nach Hause zu fahren.

»Meine Kutsche steht Euch zur Verfügung, holde Maid.«

Ich kam nicht umhin zu bemerken, dass die Heimfahrt von *Gidleigh Park* um einiges gemächlicher und entspannter verlief als die Hinfahrt. Was vermutlich daran lag, dass Richard ziemlich viel Alkohol intus hatte und nicht die Aufmerksamkeit herumkurvender Streifenwagen erregen wollte. Ich konnte ihn nicht davon überzeugen, dass wir auf den Straßen zwischen Chagford und Ashburton mit an Sicherheit grenzender Wahrscheinlichkeit keinem Polizisten begegnen würden. Allmählich wuchs mein Verdacht, dass er sich absichtlich Zeit ließ.

Es war eine wunderschöne, klare Nacht, und die Sterne funkelten in all ihrer Pracht am Himmel.

»Wow!« Richard beugte sich über das Lenkrad, um besser sehen zu können. »In London kriegt man so was nie zu Gesicht. Zu viel Lichtverschmutzung. Lassen Sie uns einen Moment anhalten.«

Ehe ich widersprechen konnte, bremste er, stieg aus, stand da und bewunderte die Milchstraße über sich. Leise vor mich hin schimpfend, zog ich mir den Schal fest um die nackten Arme und Schultern. Schließlich folgte ich ihm hinaus. Der Himmel war tatsächlich ein traumhafter Anblick. Nur selten hatte ich die Sterne als so hell glitzernd wahrgenommen. Ihr greller Schein durchbohrte regelrecht das samtschwarze nächtliche Firmament. Richard fing an, mir die Sternbilder zu erklären, während er gleichzeitig beteuerte, keine Ahnung von Astronomie zu haben. Trotz meines Schals zitterte ich bald vor Kälte und erinnerte ihn daran, dass ich früh aufstehen müsse. Er entschuldigte sich und setzte sich wieder ins Auto. Dennoch wurde ich das Gefühl nicht los, dass er nur hatte Zeit schinden wollen.

Als wir vor meiner Wohnung ankamen, war ich ausgesprochen erleichtert. Doch ganz gleich, was ich für Richard oder er umgekehrt für mich empfand: Er hatte mich zu einem fantastischen und überdies kostspieligen Abendessen eingeladen. »Danke«, sagte ich und beugte mich vor, um ihm einen Kuss auf die bärtige Wange zu hauchen. Er drehte den Kopf, umfasste mit einer raschen Bewegung mein Kinn und küsste mich auf die Lippen. Es war alles andere als unangenehm, auch wenn ich mich von seinem schnellen und geschickten Manöver überrumpelt fühlte. »Und jetzt?«, stieß ich hervor.

Er küsste mich wieder, diesmal um einiges geruhsamer. Ich ließ ihn gewähren. Vermutlich lag es am Wein. Jedenfalls gefiel mir die Idee, ihn zu küssen, plötzlich ziemlich gut.

Er wich zurück und betrachtete mich. »Mein Gott, bist du schön!«

Das gab den Ausschlag. Die kurze romantische Illusion war dahin, zerschmettert von meinem lauten Auflachen. »Und einfach unmöglich«, fügte er hinzu und lehnte sich über mich, um die Autotür zu öffnen. Kichernd stieg ich aus. Dann drehte ich mich um und sah ihn, wieder ernst geworden, an. »Ich habe mich in Sachen Laden und Wohnung noch nicht entschieden …«

»Nimm es einfach an. Was spricht dagegen?« Richard zuckte die Achseln. »Der alte Knabe wollte es so.«

»Ich überlege es mir.«

»Ich verspreche dir, dass Helena und Harry keinen Ärger machen werden. Dafür sorge ich.«

Ich nickte, bedankte mich und versuchte, ein nilpferdartiges Gähnen zu unterdrücken.

Er lachte. »Geh ins Bett.«

Ich warf die Autotür zu und lief die Treppe hinauf. An der Türschwelle wandte ich mich um und winkte ihm zu. Er startete den Motor. Die Haustür war nicht abgeschlossen. Das war Kates Werk, für den Fall, dass ich meinen Schlüssel vergessen könnte. Das ist mir zwar, soweit ich mich erinnere, noch nie passiert, doch bei ihr ist es eine fixe Idee.

Drinnen war alles dunkel, wahrscheinlich lagen sie und Adam schon im Bett. Offenbar hatte sie am Abend Haferkekse gebacken, denn im Treppenhaus duftete es verlockend nach Äpfeln und Zimt. Möglichst lautlos schlich ich die Treppe hinauf. Ich brauchte kein Licht zu machen. Die einsame Straßenlaterne vor dem Haus verströmte einen orangen Schein, der durch das Treppenhausfenster hereinfiel, sodass ich genug sah, als ich meinen Schlüsselbund hervorkramte.

Wie sich zeigte, hatte ich meine Wohnungstür gar nicht abgeschlossen. Eigentlich versäumte ich das nie, aber heute hatte ich auch viel um die Ohren gehabt. Ich warf Handtasche und Schlüsselbund auf den nächstbesten Sessel, streifte die Schuhe ab und ging zum Bücherregal, um die kleine Lampe anzuknipsen, die dort stand.

Ich schaffte es nicht bis zum Schalter. Stattdessen erstarrte ich, und vor Angst krampfte sich mir der Magen zusammen, denn ich war plötzlich absolut sicher, dass ich nicht allein war. Jemand war hier bei mir in der Dunkelheit und atmete leise. Und zwar ganz in meiner Nähe.

»Wer ist da?« Meine Stimme klang schrill vor Furcht. Als ich nach der Lampe griff, ließ mich ein plötzlicher, heftiger Stoß vorwärts taumeln. Ich kippte gegen das Bücherregal.

Die Lampe fiel krachend zu Boden. Hastige Schritte durchquerten den Raum. Ich hörte, wie sich die Tür öffnete. Mühsam stemmte ich mich auf die Knie, gerade noch rechtzeitig, um im Licht der Laterne den Umriss einer Gestalt in der Tür zu erkennen.

»Hey!«, rief ich.

Als die Gestalt sich zu mir umdrehte, glitzerten Augen durch eine Skimaske. Ich rappelte mich auf und taumelte zur Tür. Erst zu spät bemerkte ich den Gegenstand in der Hand des Eindringlings: eine schwere, mit Gummi beschichtete Taschenlampe. Ich sah die runde Glasscheibe – ein blendend weißer Lichtkreis –, als die Gestalt den Arm hob. Ein verschwommener Schatten sauste auf mich herab, während ich das Gesicht abwandte. Der Hieb erwischte mich am Hinterkopf. Danach sah ich nichts mehr.

26

Drei schemenhafte Gesichter schwebten über mir. Als ich blinzelte, erkannte ich allmählich Adam, Kate und Richard.

»Alles in Ordnung, Juno«, meinte Kate beschwichtigend. »Das wird schon wieder.«

Ich fragte mich, wovon, zum Teufel, sie redete, warum sie einen Morgenmantel anhatte und wieso sie meine Hand hielt. »Der Krankenwagen ist unterwegs«, fügte sie fröhlich hinzu, als stelle sie mir eine Belohnung in Aussicht. Als sie sich vorbeugte, schwang ihr langer, dunkler Zopf nach vorne und streifte mein Gesicht.

Ungeduldig wischte ich ihn weg. »Was für ein Krankenwagen?« Ich spürte einen dumpfen, pochenden Schmerz im Hinterkopf. Es dauerte eine Weile, bis ich diesen Umstand und die Tatsache, dass ich offenbar unten auf dem Wohnzimmersofa lag, mit dem bevorstehenden Eintreffen des Fahrzeugs in Verbindung brachte. »Ich brauche keinen Krankenwagen«, protestierte ich und wollte mich auf die Ellbogen stützen.

»Oh, sei vorsichtig!«, kreischte Kate auf.

»Ich habe doch gleich gesagt, dass sie keinen Krankenwagen braucht.« Adam war eindeutig genervt. »Sie war ja nur ein paar Minuten weggetreten.«

»Sie war bewusstlos!«, rief Kate theatralisch aus.

»Ihr war schwummerig«, höhnte er.

»Wie geht es dir, Juno?« Richard half mir beim Aufsetzen und schob mir Sofakissen hinter den Rücken. Stöhnend betastete ich meinen Hinterkopf, entdeckte eine äußerst schmerzempfindliche Stelle und nahm die Hand wieder weg. »Immer mit der Ruhe«, riet er mir. »Ich an deiner Stelle würde stillhalten.«

»Was machst du denn hier?« Ich begriff noch immer nicht ganz, was los war.

»Ich hatte gerade gewendet«, erklärte er, »und war kaum die Hälfte der Straße hinunter, als ich in den Rückspiegel geschaut und gesehen habe, wie ein Maskierter aus deiner Tür gerannt kam.«

Ich ließ mir von Kate einen in ein Handtuch gewickelten Beutel Gefriererbsen zur Kühlung geben und hielt mir die Kompresse an den Hinterkopf. »Warum hast du den Mann nicht verfolgt?«, fragte ich und verzog vor Schmerz das Gesicht.

»Ich war eher in Sorge um dich, mein Mädchen. Ich hatte schon befürchtet, du könntest wieder Besuch von einem deiner russischen Freunde gekriegt haben. Doch bis ich hier war, hatten dich diese beiden netten Leute bereits gerettet.«

Ich hatte den Eindruck, dass Adam ihm einen ziemlich zweifelnden Blick zuwarf. »Ja, du hast einen Höllenlärm veranstaltet, Juno«, brummelte er trotzdem nur.

In diesem Moment ertönte schon wieder Höllenlärm, diesmal an der Haustür. »Das muss der Krankenwagen sein.« Kate sprang auf. »Und die Polizei.«

»Warum hast du nicht gleich auch noch die dämliche Feuerwehr alarmiert?«, schimpfte Adam.

»Die Polizei war nicht meine Idee«, zischte Kate ärgerlich. »Aber als ich gesagt habe, dass jemand Juno auf den Kopf geschlagen hat, meinte die Dame in der Zentrale, sie würde auf jeden Fall Polizei schicken.«

»Und warum hast du nicht behauptet, sie sei gestürzt?«, entgegnete er, ebenfalls im Flüsterton.

»Weil es nicht stimmt!«, beharrte Kate zornig, während das Klopfen an der Tür andauerte. »Hier wird die Polizei gebraucht. Richard hat recht, es hätte auch einer der Russen sein können!« Mit diesen Worten marschierte sie zur Tür.

Die Mädels in Grün und die Jungs in Blau trafen gemeinsam ein. Geduldig warteten die Polizisten, bis eine ausgesprochen gelassene Sanitäterin die Beule an meinem Kopf untersucht, mir mit einer winzigen Taschenlampe in die Augen geleuchtet und mir kluge und vernünftige Fragen gestellt hatte. Ich versicherte ihr, dass mir nicht übel war, dass ich kein Klingeln in den Ohren hatte und dass ich auch nicht doppelt sah. Sie erwiderte, ich hätte Glück gehabt, denn der Schlag habe mich offenbar nur gestreift. Wenn ich nicht wolle, müsse ich nicht in die Notaufnahme. Bis auf einen Bluterguss und Kopfschmerzen dürfte ich keine Probleme haben. Falls ich jedoch Sehstörungen oder Brechreiz entwickeln sollte, könnte das ein verzögertes Symptom einer Gehirnerschütterung … bla, bla, bla. Ich schaltete die Ohren auf Durchzug. Ich hatte genügend alte Leute, die sich den Kopf gestoßen hatten, vom Boden aufgesammelt und kannte diese Sprüche. Die Sanitäterin verabschiedete sich ziemlich bald.

Wie es das Pech so wollte, entpuppten sich die Jungs in Blau als dieselben, denen ich bereits oben im Moor begegnet war. Ich erinnerte mich noch sehr gut an sie, und leider war es umgekehrt genauso. Keine Ahnung, warum ich deshalb ein schlechtes Gewissen hatte und mich unbehaglich fühlte, aber es war eben so. Sie brauchten eine gefühlte Ewigkeit, um meine Aussage aufzunehmen. Obwohl ich ihnen alles schilderte, was ich beobachtet hatte, und Richard dasselbe tat, wurde ich den Eindruck nicht los, dass sie mir ebenso wenig glaubten wie bei der Befragung im Moor.

»Und keiner von Ihnen hat das Gesicht dieser Person gesehen?«, erkundigte sich der Polizist, der damals am Steuer gesessen hatte, noch einmal.

Nein, wiederholten wir, das hätten wir nicht. »Ich habe nur einen Mann in dunkler Kleidung – es war eindeutig ein Mann – dabei beobachtet, wie er eilig das Haus verlassen hat«, teilte Richard ihnen mit. »Sein Gesicht konnte ich nicht erkennen.«

Die Polizisten wandten sich Kate zu, die vor Mitteilungsbedürfnis beinahe platzte und von einem Fuß auf den anderen sprang wie ein aufgeregtes Zwergkänguru. »Nun, wir waren schon im Bett, wissen Sie«, begann sie mit einem dramatischen Augenrollen. »Da haben wir den Krach gehört. Ein schrecklicher Radau von oben. Wir schlafen im Zimmer direkt darunter. Dann hat Juno gerufen, und auf dem Treppenabsatz war ein Geräusch. Eine Art Gepolter. Jemand ist die Treppe runtergerannt und hat die Haustür geöffnet. Natürlich sind wir aufgestanden, um nach dem Rechten zu sehen. Die Haustür stand weit offen, und Juno lag auf dem Treppenabsatz. Als Adam zur Haustür gelaufen ist, hat er gesehen, wie sich eine Gestalt durch die Hecke verdrückt hat.«

Der Polizist musterte Adam. »Und Sie sind ihm nicht gefolgt, Sir?«

Adam betrachtete sein gestreiftes Nachthemd, seine nackten, behaarten Beine und seine unbeschuhten Füße. »Nein«, entgegnete er in schneidendem Ton.

»Und Sie haben dem nichts hinzuzufügen?«

»Nein.« Adam hatte nicht gern die Polizei im Haus. Wenn ich mir aus den Blättern einer Pflanze auf meinem Küchenfensterbrett Joints drehen würde, würde ich wohl genauso empfinden.

Unterdessen redete Kate weiter wie ein Wasserfall. »Die Sache ist … nun, die Sache ist … ich glaube, ich könnte ihn gehört haben … den Einbrecher, als er hereinkam. Ich dachte nur, dass es Juno sein muss, die da die Treppe hinaufschleicht, um uns nicht zu wecken.«

»Durch die Haustür? Sind Sie sicher?«

»Oh ja. Ich hatte nicht abgeschlossen.«

Der Polizist hielt inne und bedachte sie mit einem Blick, den ich nur als tadelnd bezeichnen kann.

»Beinah hätte ich ›gute Nacht‹ gerufen«, plapperte sie unbeirrt weiter. »Habe ich aber nicht.«

Der Polizist räusperte sich. »Und wann war das?«

»Nun, kurz darauf muss Juno nach Hause gekommen sein. Denn ich schwöre, ich war gerade erst eingenickt, als wir den Lärm hörten. Eine halbe Stunde zuvor vielleicht?«

Eine halbe Stunde? Der Mann hatte sich eine halbe Stunde lang in meiner Wohnung herumgedrückt? Was hatte er dort getrieben? Hatte er mich bestohlen oder nur auf mich gewartet? Wahrscheinlich war es das Beste, wenn ich mich in das Gespräch einschaltete. »Ich hatte noch keine Gelegenheit, mir den Zustand der Wohnung anzuschauen. Keine Ahnung, ob etwas fehlt … nicht, dass ich etwas besitzen würde, das sich zu stehlen lohnt.«

Der Polizist, der die Aussagen notiert hatte, nickte seinem Kollegen zu, worauf dieser nach oben ging, um sich ein Bild zu machen.

»Du hattest einfach nur Pech, Juno«, meinte Richard. »Du hast einen zufälligen Einbrecher überrascht, mehr nicht.«

»Zufällig?« Kate zog die Augenbrauen hoch. »Mit Taschenlampe und Skimaske?«

»Meiner Ansicht nach die Standardausrüstung von Einbrechern, oder etwa nicht?«, antwortete er.

Der Polizist kehrte zurück und meldete, außer der zerbrochenen Lampe scheine es in der Wohnung sauber und ordentlich zu sein. Falls der Mann etwas gesucht habe, sei er dabei vorsichtig gewesen. Aber natürlich müsse ich mir die Sache selbst anschauen.

Ich hatte keine Lust dazu. Mein Kopf tat weh, und ich sehnte mich nach meinem Bett. Allerdings begriff ich, dass ich reinen Tisch machen musste. Ich glaubte zwar nicht, dass es sich bei dem Einbrecher in meiner Wohnung um Vlad oder Igor gehandelt hatte, aber mir blieb nichts anderes übrig, als den Polizisten von den beiden, von meinem Verhältnis zu Nick und von den Ermittlungen wegen des Mordes an ihm zu erzählen. Ich erwähnte außerdem den Mord an Bert Evans.

Es war, als hätte ich einen Alarm ausgelöst. Plötzlich geriet alles in Bewegung. Der Polizist setzte einen Funkspruch ab. Er erhielt Antwort von einem körperlosen Außerirdischen vom Mars, den er jedoch offenbar mühelos verstand. »Gleich kommen ein Detective von der Zentrale und jemand, der die Fingerabdrücke sicherstellt«, kündigte er an.

»Jetzt?«, fragte Adam entsetzt. Er musste früh aufstehen, um im *Sunflowers* das Frühstück vorzubereiten, und wir hatten schon kurz vor eins.

»Ich fürchte, ja. Könnten Sie uns jetzt bitte zeigen, wo der mutmaßliche Mordverdächtige durch die Hecke verschwunden ist, Sir?«

»Richard kann doch bestimmt gehen.« Ich war sicher, dass er gern zurück in sein Hotel wollte. Nachdem der Polizist seine Kontaktdaten notiert hatte, war er einverstanden, wies ihn jedoch darauf hin, dass er seine Aussage vermutlich am nächsten Morgen würde wiederholen müssen.

»Ich rufe dich morgen an, Juno«, versprach er und tätschelte mir die Schulter. »Versuch, dich ein bisschen auszuruhen. Und keine Sorge. Es war bestimmt nur Zufall. Es stecken keine finsteren Machenschaften dahinter.«

Kurz nachdem er fort war, traf der Detective ein. Leider war es nicht Inspector Ford, sondern seine Kollegin Constable DeVille. Sie wurde von einem uniformierten Polizisten, einem Hundeführer und einem weiß gewandeten Alien begleitet, der nach oben entschwand, um meine Wohnung auf Fingerabdrücke zu untersuchen. Währenddessen schnüffelte der Polizeihund draußen die Hecke ab.

Nach einem kurzen Gespräch mit den Beamten, die zuerst vor Ort gewesen waren, schickte DeVille sie weg, las sich meine Aussage durch und ließ mich das Ganze zu ihrer Unterhaltung wiederholen. Offenbar hatte sie Spaß daran. »Und obwohl Sie das Gesicht des Mannes nicht gesehen haben, sind Sie sicher, dass es keiner der beiden ausländischen Gentlemen war, denen Sie im Moor begegnet sind?«

»So sicher, wie ich nur sein kann. Falsche Körpergröße, falscher Körperbau … einfach keine Übereinstimmung.« Etwas an dem Eindringling war mir seltsam erschienen, doch ich kam nicht darauf, was es war. Eines stand allerdings fest: Es handelte sich weder um Igor noch um Vlad.

»Und Sie haben ihn nicht sprechen gehört?«

Ich schüttelte den Kopf, eine spontane Bewegung, die ich sofort bereute. »Nein, kein Wort.«

»Geht es dir auch sicher gut, Juno?«, fragte Kate. »Du bist ja kreidebleich.« Sie wandte sich an Detective Constable DeVille. »Dauert es noch sehr lang? Juno gehört ins Bett.«

Cruella steckte ihr Notizbuch weg. »Nein, im Moment habe ich keine Fragen mehr. Wissen Sie, wo Sie übernachten können, Miss Browne?«, meinte sie zu mir.

»Übernachten?«, wiederholte ich verdattert.

»Tja, in Ihre Wohnung können Sie erst, wenn die Spurensicherung fertig ist, und das wird, wie ich fürchte, noch eine Weile dauern.« Vermutlich war sie machtlos gegen den Anflug eines hämischen Grinsens.

»Kein Problem, Juno. Du kannst in unserem Gästezimmer schlafen«, sagte Kate. »Und jetzt solltest du dich meiner Ansicht nach wirklich hinlegen.«

Detective Constable DeVille erhob keine Einwände und gestattete es gnädig, dass ich mich zurückzog. Bevor sie das Haus verließ, warnte sie mich, sie werde morgen vielleicht wiederkommen.

Kate befreite mich von der inzwischen aufgetauten Tüte Erbsen und führte mich fürsorglich wie eine Glucke in ihr Gästezimmer, das sich neben der Küche befand. Ich ließ mich bemuttern, weil mir die Kraft fehlte, mich zu wehren. Sie brachte mir Tee, Aspirin und ein T-Shirt von Adam als Nachthemd.

Anschließend lag ich stundenlang wach und lauschte den Schritten, die die Treppe hinauf- und hinuntertrampelten. Ich hätte schwören können, dass ich das Hecheln des Polizeihundes im Flur hörte. Als die Polizei fort war, räumte Kate die Küche auf und unterhielt sich dabei in einem Flüstern, das man auch noch in der letzten Reihe jedes beliebigen Zuschauerraums hätte verstehen können, mit Adam.

»Glaubst du nicht«, sagte sie zu ihm, »dass dieser Einbrecher derselbe Mann war, der Nick in seiner Wohnung umgebracht und dort was gesucht hat?«

Adams einzige Antwort bestand aus einem langgezogenen Gähnen.

»Und dieser Mensch, der Mörder, meine ich«, fuhr Kate fort, »denkt, dass Juno das Ding jetzt hat. Das, worauf er aus ist.«

»Wir wissen nicht, ob Nicks Mörder etwas gesucht hat«, entgegnete Adam spitz. »Es wurde nichts gestohlen. Herrje, ich gehe jetzt ins Bett. In zweieinhalb Stunden muss ich aufstehen.«

»Nick wurde zwar nicht beraubt, aber das heißt noch lange nicht, dass der Mörder nichts gesucht haben könnte.« Kate redete pausenlos weiter, während sie in der Küche das Licht ausknipste und Adam ins Schlafzimmer folgte.

Als es schließlich still im Haus war, horchte ich auf das Pochen meines eigenen Herzens. Hatte ich mich in Sachen Vlad und Igor von Anfang an geirrt? War es möglich, dass Richard seinen Vater umgebracht hatte? Hatten sie gestritten? Hatte Nick eine Bitte um Geld abgelehnt? Beim Abendessen hatte ich hinter der Fassade des liebenswürdigen Trottels, den zu spielen Richard sich so bemühte, einen Blick auf seine dunkle Seite erhaschen können. Doch das machte ihn noch lange nicht zum Mörder. Natürlich durfte man Helena nicht außer Acht lassen. Allem Anschein nach hatte sie Nick gehasst. Hatten sie und Richard sich miteinander verbündet? Logen die beiden, was den wahren Wert der Ringe anging? Hätte Helena den Mord allein verüben können? Falls das zutraf, war sie offenbar ziemlich abgebrüht. Und fest stand, dass weder sie noch Richard Bert auf dem Gewissen hatten. Vielleicht bestand doch kein Zusammenhang zwischen den Morden, und es handelte sich tatsächlich nur um einen verrückten Zufall.

Im Zimmer raschelte etwas. Im nächsten Moment landete Bill anmutig auf meinem Bauch und löste dadurch bei mir beinahe den endgültigen Nervenzusammenbruch aus. Er hingegen war überglücklich, mich entdeckt zu haben. Seine Pfoten trippelten mein Brustbein hinauf und hinunter, und er warf die Schnurrmaschine an. Sanft streichelte ich seinen Kopf. Nach einigen Minuten ekstatischen Trippelns rollte er sich manierlich zusammen und schlief ein.

Etwas an Richards Schilderung der nächtlichen Ereignisse kam mir komisch vor. Angeblich hatte er seinen Wagen gewendet und war gerade die Straße entlanggefahren, als er zufällig in den Rückspiegel geschaut und einen maskierten Mann bemerkt hatte, der zur Haustür hinaus- und davonlief. *Eindeutig ein Mann*, das waren seine Worte gewesen.

Die zeitliche Abfolge ging nicht richtig auf. Ich war die Treppe hinaufgeschlichen und hatte nach meinem Schlüsselbund gekramt, die Tür offen vorgefunden, mich ins Wohnzimmer getastet, meine Tasche abgestellt und die Lampe einschalten wollen. Der Einbrecher hatte mich gestoßen und war aus dem Zimmer und die Treppe hinab geflohen. Er hatte nur innegehalten, um mir eins mit der Taschenlampe überzubraten. Das Ganze hatte insgesamt eine oder möglicherweise zwei Minuten gedauert. Und in all dieser Zeit hatte Richards PS-starkes Auto es nicht einmal bis zur Kurve in der Straße geschafft? Außerdem hatte Adam Richard mit einem schiefen Blick bedacht, als dieser behauptet hatte, er sei sofort umgekehrt.

Immer wieder ließ ich seine Worte Revue passieren. *Eindeutig ein Mann*. Warum hatte er das eigens betont? Plötzlich stand mir eine Einzelheit des Überfalls so klar vor Augen, dass ich auflachte und Bill damit erschreckte. Ich hatte zwar keine Ahnung, wer Nick ermordet hatte, aber dafür einen ziemlich starken Verdacht, was die taschenlampenschwingende Person betraf, die nachts in meine Wohnung eingedrungen war.

27

Am nächsten Morgen bat ich die Empfangsdame in der *Dartmoor Lodge* um die Zimmernummer von Mrs. Helena Burgoyne. Sie und ihr Mann seien bereits nach Bradford abgereist, teilte die Frau mir mit. Ach wirklich? Es war noch recht früh. Die Meute hatte sich an diesem Morgen mit einem verkürzten Spaziergang begnügen müssen. »Wie wäre es dann mit der von Mr. Richard Nickolai?«, fragte ich.

Sie gab mir die Zimmernummer. Er erwarte mich, log ich, ohne mit der Wimper zu zucken. Sie brauche ihn nicht anzurufen. Ich würde den Weg schon finden.

Natürlich erwartete er mich nicht, und als er die Tür öffnete, war seine Miene im ersten Moment nicht gerade erfreut.

»Nightshade«, verkündete ich, bevor er Gelegenheit hatte, etwas zu sagen.

»Nightshade?«, wiederholte er konfus.

»Das ist der Name eines Parfüms, ein Thema, über das wir meiner Ansicht nach sprechen sollten. Möchtest du mich nicht hereinbitten?«

»Selbstverständlich. Wie unhöflich von mir.« Er machte mir Platz. »Wie fühlst du dich, Juno?«, erkundigte er sich in plötzlich überbesorgtem Ton. »Wie geht es dem Kopf?«

Ich schaute mich um. Das Zimmer war heimelig und auf eine rüschige Art ländlich. Das Bett hatte vier Pfosten, die Sprossenfenster zeigten auf die High Street hinaus. Es roch nach parfümiertem Dampf, so als habe jemand gerade geduscht. Als Richard auf einen Sessel am Fenster wies, setzte ich mich.

»Eigentlich wollte ich dich später besuchen.« Ein wenig nervös, wie ich fand, strich er sich mit der Hand durchs Haar. »Das war ja eine scheußliche Angelegenheit letzte Nacht, wirklich scheußlich!« Er musterte mich. »Ist alles in Ordnung?«

»Prima, danke, bis auf die Kopfschmerzen.«

»Also.« Er warf sich in Positur und lehnte sich, die Hände in den Taschen, an einen Bettpfosten. »Was soll das mit dem Parfüm?« Während er sprach, schob er mit einem Fuß verstohlen einen hochhackigen roten Schuh unters Bett. Ich tat, als hätte ich nichts bemerkt.

»Nightshade«, wiederholte ich noch einmal. »Das Parfüm, das unser Einbrecher von letzter Nacht benutzt.«

Er lachte. »Bestimmt irrst du dich. Vielleicht war es ja ein Rasierwasser.«

»Nein, ich kenne den Duft sehr gut. Helena hatte ihn gestern aufgelegt, und mein Onkel Brian hat mir vor ein paar Jahren eine Flasche zu Weihnachten geschenkt. Leider inzwischen restlos aufgebraucht. Doch letzte Nacht habe ich es gerochen, bevor mich jemand mit einer Taschenlampe niedergeschlagen hat. Und ich verrate dir noch etwas: Hier rieche ich es auch.« Ich wies mit dem Kopf auf die geschlossene Badezimmertür. »Warum sagst du ihr nicht, dass sie rauskommen kann?«

Wieder ein Lachen. »Wem soll ich es sagen?«

»Helena.«

»Helena?« Vor lauter Schreck nahm er sogar die Hände aus den Taschen. »Helena und Harry sind zurück nach Bradford gefahren.«

»Ach, verschon mich, Richard! Mein Besucher von letzter Nacht war eine Frau. Helena hat in meiner Wohnung ihre gottverdammten Ringe gesucht.«

»Du bist ja völlig übergeschnappt!« Richard lachte weiter. »Oder es sind die Folgen der Beule am Kopf.«

»Wir wissen beide, dass sie es war. Also spar dir das Theater.«

»Du liegst total daneben.«

»Das viele Geld, das du für ein Abendessen ausgegeben hast. Und dann die ewige Heimfahrt mit einem Zwischenstopp, um die Sterne zu bewundern. Trotzdem hast du mich nicht lange genug von zu Hause weglocken können, um ihr die Zeit zu geben, bei mir einzubrechen und unbemerkt zu verschwinden. Natürlich musste sie warten, bis Adam und Kate im Bett waren, bevor sie sich einschleichen konnte, was ziemlich ärgerlich für sie gewesen sein muss. Hast du deshalb beschlossen, mich zu küssen? Nur für den Fall, dass sie noch im Haus ist? Damit sie mehr Zeit zum Abhauen hatte?«

»Juno, ich versichere dir …«

»Du musst einen ziemlichen Schrecken gekriegt haben, als du sie aus dem Haus hast rennen sehen. Vermutlich einen noch größeren, als sie dir gestanden hat, sie habe mir eine verpasst. Sicher hattest du schreckliche Angst, dass sie mich umgebracht haben könnte. Bevor du zurückgekommen bist, hast du sie eingesammelt und aus der Gefahrenzone gebracht. Deshalb hat das arme Polizeihündchen auch keine Spur entdeckt, die aus der Hecke herausführte.«

Richard rieb sich das Gesicht. »Juno, ich schwöre dir, dass Helena nichts mit alldem zu tun hat.«

Ich stand auf. »Das kannst du der Polizei erzählen.«

Rasch trat er vor und versperrte mir den Weg. »Pass auf …

gut, ich gebe zu, dass ich dich gestern Abend eingeladen habe, um dich aus deiner Wohnung rauszulocken.«

Ich setzte mich wieder. »Weiter.«

Nach einem verunsicherten Blick zur Badezimmertür marschierte er hin und machte sie auf. »Du kommst besser rein«, rief er missmutig.

Die Frau, die aus dem Badezimmer trat, war nicht Helena Burgoyne, sondern ein südländisch wirkendes Geschöpf mit schimmerndem dunklen Haar, hohen Wangenknochen und einer sattgoldenen Sonnenbräune, die von ihrem weißen Frotteebademantel noch hervorgehoben wurde. Es waren ihre schwarzen Augen, die ich durch die Schlitze in der Skimaske hatte glitzern sehen. Nun glitzerten sie wieder, allerdings selbstgerecht und trotzig.

»Du hast es in den Sand gesetzt, Schätzchen«, wandte ich mich freundlich an sie, was mir einen giftigen und verächtlichen Blick einbrachte. Die Stimmung zwischen ihr und Richard konnte man getrost als dicke Luft bezeichnen.

»Wer ist das?«, fragte ich ihn.

»Ich bin Richards Frau«, entgegnete sie und schleuderte ihre glänzend schwarze Mähne zurück.

»Wirklich?« Ich sah Richard mit hochgezogenen Augenbrauen an. »Du hast sie mir verheimlicht.«

»Es bestand kein Grund, Tamara mit hineinzuziehen ... bis gestern. Ich habe sie angerufen und sie gebeten, aus London herzukommen. Dass Nick die Ringe nicht verkauft hat, wusste ich, denn er hat es mir bei unserem letzten Treffen erzählt. Er sagte, wenn Helena sie haben wolle, müsse sie ihn besuchen. Als wir sie in der Wohnung nicht gefunden haben, glaubten wir ... nun, mir wurde klar, dass der alte Knabe möglicherweise gelogen hat. Aber dann dachte ich ...«

»Du dachtest, dass ich sie habe.«

»Tja, da du dich geweigert hast, sie Helena auszuhändigen …«

»Ich habe mich nicht geweigert. Ich habe die verdammten Dinger nie zu Gesicht gekriegt. Helena kann sie meinetwegen geschenkt haben.«

»Wir glaubten … nun, ich glaubte, dass du sie, wenn sie in deinem Besitz sind, nie in der Wohnung meines Vaters lassen würdest. Du würdest sie irgendwo verstecken.« Er machte ein schuldbewusstes Gesicht wie ein Schuljunge, der beim Spicken erwischt worden ist. »Helena hat ein Anrecht auf diese Ringe«, fuhr er fort, sich zu rechtfertigen. »Sie hatte eine schlimme Zeit, damals als … Nie hätte sie einen Dreckskerl wie Harry geheiratet, wenn …« Er verstummte.

Ich drehte mich zu Tamara um, die sich inzwischen auf dem Bett räkelte wie ein schmollender Puma. »Bist du zufällig professionelle Einbrecherin?«

»Ich bin ein professionelles Model«, herrschte sie mich an.

»Wie bist du in meine Wohnung gekommen?«

»Mit einer Kreditkarte.« Sie grinste höhnisch und zog eine Schulter hoch. »Kein Problem bei diesen alten Schlössern.«

»Ich verstehe.« Ich versuchte, mir nicht anmerken zu lassen, wie beeindruckt ich war.

»Juno«, ergriff Richard wieder das Wort. »Ich schwöre, wir haben nichts mit dem Mord zu tun.«

»Das habe ich auch gar nicht angenommen.« Das entsprach nicht ganz der Wahrheit, denn in der Nacht war ich von Vermutungen nur so übergesprudelt. Doch obwohl Tamara gut mit einer Taschenlampe umgehen konnte, hatte ich nicht den Eindruck, dass sie den Mumm für einen Mord besaß. Ich beschloss, zumindest für den Moment, dass es sich bei Richard genauso verhielt. Er war unter seiner Sonnenbräune erbleicht, und wenn er dasselbe gesehen hätte wie ich, nämlich die Leiche seines Vaters, wäre er noch um einiges blasser um die Nase gewesen.

»Was hast du jetzt vor?«, erkundigte er sich besorgt, als ich mich erhob.

»Falls sie sich rächen will …« Tamara betrachtete mich hasserfüllt. »… läuft sie zur Polizei.«

»Falls sie sich rächen wollen würde«, erwiderte ich und betastete vorsichtig die Beule an meinem Kopf, »hätte sie eine Taschenlampe mitgebracht.« Ich wandte mich an Richard. »Weißt du was? Eigentlich sollte ich dir für deine Entscheidungshilfe dankbar sein. Ich habe nämlich beschlossen, Nicks Erbe anzutreten. Die Wohnung und den Laden zu behalten. Und wenn nur aus dem Grund, damit ihr miesen Gestalten sie nicht kriegt. Und weil ich Nick gernhatte.«

Richard lächelte traurig. »Er hat dir nie einen Anlass gegeben, ihn zu hassen.«

»Nein«, stimmte ich mit Nachdruck zu. »Das hat er nicht! Was die Ringe betrifft, kann Helena sie gern haben, wenn ich sie jemals finde. Es ist mir egal. Ich verlange nur, dass ihr alle mir nie wieder unter die Augen kommt. Ich empfehle dir, noch heute zurück nach London zu fahren. Denn falls ich dich je wieder hier sehe, Richard, verrate ich der Polizei, dass du Nick öfter aufgesucht und ihn um Geld angepumpt hast.«

»Juno, du hast mein Ehrenwort …« Da er spürte, dass er allmählich wieder festen Boden unter den Füßen bekam, lächelte er und knipste seinen aufgesetzten Charme an. »Ich schwöre …«

»Spar dir die Mühe, Richard. Das einzige Wort, was ich von dir hören will, lautet ›tschüss‹.«

Er zuckte die Achseln. »Tschüss, Juno«, antwortete er und hielt mir die Tür auf.

Ich drehte mich noch einmal zu Tamara um. »Ich würde auf der Hut sein, Schätzchen«, sagte ich und wies mit dem Kopf auf Richard. »Er ist Gebrauchtwagenhändler. Die tauschen normalerweise alte Modelle gegen neue ein.«

Zornig biss sie sich auf die Lippe, stolzierte ins Bad und knallte die Tür zu.

»Du kannst Helena ausrichten, dass das mit den Ringen mein Ernst ist«, sagte ich zu Richard. »Ich verspreche, sie ihr zurückzugeben, sollte ich sie jemals aufspüren.«

Richard lächelte. »Ich fürchte, das ist mehr, als wir verdient haben.«

»Ja«, stimmte ich zu und marschierte den Hotelflur entlang davon. »Das ist es ganz sicher.«

28

Bei meiner Rückkehr wurde ich von einem Besucher erwartet. Kaum hatte ich die Haustür geöffnet, rief Kate es mir von der Küche aus zu. Widerstrebend trat ich ein. Ich hatte für heute Vormittag genug Dramen erlebt. Außerdem hatte ich Kopfschmerzen und wollte mich hinlegen.

An Kates Tisch aus geschrubbtem Fichtenholz saß, ein sich langsam drehendes Mobile aus gläsernen Delfinen über seinem Kopf, Inspector Ford. Er betrachtete hingerissen Bill, der aufrecht auf seinem Schoß thronte und ihn aufmerksam musterte wie ein Mini-Zyklop. Kate hatte sich mit dem Rücken zum Spülbecken aufgebaut, und zwar so, dass sie nicht sehr unauffällig den Blick des Inspectors auf das Fensterbrett, insbesondere auf eine der Zimmerpflanzen, blockierte. Sie hätte genauso gut ein Hinweisschild aufhängen können.

»Guten Morgen, Inspector«, begrüßte ich ihn. »Nein, behalten Sie bitte Platz.« Er hatte aufstehen wollen und dabei Bill gestört, der grummelnd auf den Boden sprang. Ich setzte mich links vom Inspector an den Tisch, damit dieser sich vom Fensterbrett abwenden musste, um mich anzusehen.

»Guten Morgen, Miss Browne«, erwiderte er gut gelaunt. »Wirklich ein unglücklicher Zufall, diese Sache.«

»Ja, richtig«, antwortete ich bemüht fröhlich. Der Inspector verhielt sich ziemlich förmlich. Was mochte aus »Darf ich

Sie Juno nennen« geworden sein? »Kate, sei ein Schatz und koch mir einen Tee.«

Kate verdrehte vielsagend die Augen, als wolle sie mir ohne Worte mitteilen, dass sie ihren Posten nicht verlassen könne. Da ihr jedoch keine Ausrede einfiel, setzte sie sich unwillig in Bewegung und füllte den Wasserkessel. »Kamille?«, fragte sie.

»Willst du mich vergiften?« Ich erschauderte. »Bitte normalen Tee und zwei Aspirin, falls du welche dahast. Echte.«

»Macht der Kopf Ihnen noch Schwierigkeiten?«, erkundigte sich der Inspector.

»Es ist ein wenig lästig.«

»Dann werde ich Sie nicht länger als nötig aufhalten. Haben Sie festgestellt, ob in Ihrer Wohnung etwas fehlt?«

»Ich habe gleich heute Morgen nachgesehen. Nein, es ist alles noch da.«

»Detective Constable DeVille meldet, Sie seien überzeugt, dass der Angreifer keiner der Russen war, nach denen wir seit dem Mord an Mr. Nickolai fahnden.«

»Ich bin sicher, dass ich die beiden auch mit Maske erkannt hätte. Wie ich annehme, hat es bei der Suche nach ihnen noch keine Fortschritte gegeben?«

»Leider nein.« Inspector Ford schüttelte den Kopf. »Also besteht nach dem Stand der Dinge offenbar kein Zusammenhang zwischen dem Vorfall von letzter Nacht und dem Mord an Mr. Nickolai.«

»Dann halten Sie also nichts von Kates Theorie?«

Er blickte mich verständnislos an. »Ich wusste gar nicht, dass ... äh ... Kate ... eine Theorie hat.«

»Ihrer Vermutung nach hatte Mr. Nickolais Mörder es auf etwas abgesehen«, erklärte ich, »und da er es – was es auch sein mag – in der Mordnacht in der Wohnung nicht gefunden hat, hat er sein Glück hier versucht.«

Eifrig nickend stellte Kate die Teetasse und ein Döschen Aspirin vor mich hin. »Genau das habe ich gesagt.«

Nachdem der Inspector Kate einen Moment lang nachdenklich betrachtet hatte, wandte er sich wieder an mich. »Doch Sie teilen diese Ansicht nicht, Miss Browne?«

Ich schüttelte den Kopf, was ich sofort bereute. Als ich das Aspirindöschen öffnen wollte, zitterten meine Finger so sehr, dass der kindersichere Verschluss mit einem nervtötenden Klicken immer wieder durchdrehte. »Nein, ich teile sie nicht. Weshalb sollte Nicks Mörder annehmen, dass ich habe, was er will?«

Inspector Ford antwortete nicht. Stattdessen bedachte er mich mit einem seiner langen, eindringlichen Blicke und nahm mir das Aspirindöschen aus der Hand. »Die Angelegenheit scheint Sie ja längst nicht so zu belasten, wie ich vermutet hätte.« Er schraubte das Döschen so mühelos auf, dass ich mir ziemlich dämlich vorkam.

»Wirklich?« Ich starrte ihn mit Unschuldsmiene an. Er ahnte, dass ich ihm etwas verheimlichte. Dass ich mehr wusste, als ich zugab.

Nachdem er meinem Blick noch einen Moment lang standgehalten hatte, lachte er leise auf und reichte mir das Döschen. »Wenn mich nicht alles täuscht, darf man Ihnen gratulieren.«

Ich verzog das Gesicht. »Verzeihung, ich verstehe nicht ganz.«

»Mir ist zu Ohren gekommen, dass Sie eine hübsche kleine Erbschaft gemacht haben, Miss Browne.«

Ein schrecklicher Gedanke schoss mir durch den Kopf. »Bin ich jetzt verdächtig?«

»Gäbe es denn Grund dazu?«, erwiderte er ruhig.

»Nun, ich ... ich weiß nicht ...«, stammelte ich.

»Natürlich muss man sich bei jeder Mordermittlung die Frage stellen, wer davon profitiert.« Beim Anblick meiner entsetzten Miene lachte er auf. »Nur ein Scherz«, versicherte er mir und erhob sich. »Ich werde Sie nicht länger aufhalten, Miss Browne. Sie sind wirklich weiß wie ein Leintuch.«

»Verraten Sie mir eines, bevor Sie gehen, Inspector: Glauben Sie an einen Zusammenhang zwischen dem Mord an Nick und dem an Bert Evans?«

Er drehte sich zu mir um. Sein langer, eindringlicher Blick machte Überstunden. »Derzeit nehmen wir an, dass es sich um voneinander unabhängige Fälle handelt, Miss Browne.«

Er schob den Stuhl zurück an seinen Platz und schlenderte zum Fensterbrett, wo er innehielt, die Zimmerpflanze musterte und schließlich den Finger in die Blumenerde steckte. »Ein bisschen mehr Wasser«, teilte er der mit offenem Mund dastehenden Kate freundlich mit, »und nicht ganz so viel Sonne.«

Ich musste mir auf die Lippe beißen, um nicht hysterisch loszukichern.

Er marschierte zur Küchentür. »Keine Sorge, meine Damen, ich finde allein raus.«

Erst als die Haustür hinter ihm ins Schloss fiel, wagten wir, einander anzusehen.

»Ach du Scheiße!«, stieß Kate hervor und plumpste auf einen Stuhl.

Ich schluckte meine Aspirintabletten. »Ich lege mich ins Bett. Weck mich nicht auf, ganz gleich, wer anruft. Ich hatte für heute wirklich genug Aufregung.«

29

Einige Minuten lang stand ich nur da und starrte auf den zerkratzten schwarzen Lack, ehe ich den Mut fand, Nicks Tür aufzuschließen. Inzwischen *meine* Tür. Beim ersten Versuch ließ sich der Schlüssel nicht umdrehen, obwohl es der richtige war. Mr. Young junior hatte ihn mir erst am Vortag in die Hand gedrückt. Das wochenlange juristische Brimborium hatte sich über Weihnachten ins neue Jahr und über meinen Geburtstag hinaus den ganzen Februar bis in den März hingezogen.

Ich hatte in dieser Zeit zwar nicht mit Helena Burgoyne persönlich gesprochen, doch sie beharrte auf ihrer Überzeugung, ich hielte ihre Ringe zurück, die ich als Lohn für geleistete Liebesdienste bekommen hätte. Wenn es nicht so traurig gewesen wäre, hätte ich gelacht.

Nun aber war alles geregelt, und Nicks Haus gehörte offiziell mir. Beim zweiten Anlauf stellte ich mich beim Aufschließen weniger ungeschickt an. Die Tür öffnete sich und gab den Blick auf die Treppe frei. Diesmal war da kein Mr. Young, der mich begleitete. Ich war allein. Also holte ich tief Luft, rannte nach oben und blieb an der Wohnzimmertür stehen.

Seit dem Tag, an dem ich geputzt hatte, war ich nicht mehr hier gewesen. Ich fragte mich, ob die Burgoynes bei ihrem Besuch vor der Beerdigung wohl etwas durcheinandergebracht hatten, doch alles wirkte unverändert. Auf dem Tisch funkelte etwas. Das Licht brach sich im Gestell von Nicks Brille, die noch neben den staubigen Flaschen lag, wie er sie zurückgelassen hatte. Ich griff danach, klappte sie ordentlich zusammen und legte sie wieder an ihren Platz. Ich wusste nicht, was ich sonst damit anfangen sollte.

Falls ich in meiner Naivität geglaubt hatte, dass Helena ein Erinnerungsstück an ihren Vater hatte mitnehmen wollen, wurde ich beim Betreten des Schlafzimmers eines Besseren belehrt. Nichts schien zu fehlen. Seine Anzüge und sein Mantel hingen noch im Schrank. Gefaltete Hemden, Unterhemden und Socken befanden sich in der Kommodenschublade. So versessen Helena auch auf die Ringe gewesen sein mochte, bei der Durchsuchung hatte sie offenbar Vorsicht walten lassen. Im nächsten Moment fiel mir ein, dass Mr. Young ja dabei gewesen war. Ohne Beobachtung hätte sie vermutlich die Wohnung auf den Kopf gestellt.

Der einzige Hinweis auf ihre Anwesenheit war eine kleine Schmuckschatulle aus Holz, die umgekippt auf Nicks Bett lag. Der Inhalt war auf dem hellgrünen Federbett verteilt. Ich setzte mich aufs Bett und sammelte ein Paar goldene Manschettenknöpfe und eine Taschenuhr mit Kette ein. Die Uhr war nicht zu verachten, eine hübsche Sprungdeckeluhr, doch für Helena anscheinend nicht von Interesse. Ich nahm die Schatulle mit dem an Scharnieren befestigten, offenen Deckel und hob sie hoch. Darunter entdeckte ich einige Fotos, winzige Schwarzweißaufnahmen, die eine junge Frau und zwei Kinder zeigten. Ein Mädchen mit Zöpfen hielt die Hand seines kleinen Bruders. Eindeutig Helena und Richard. Gewiss Erinnerungen an glücklichere Tage. Wie hatte sie die Bilder zurücklassen können? Außerdem war da ein Foto von Nick selbst als junger Mann, das Haar ordentlich in der Mitte gescheitelt, doch mit demselben struppigen Schnurrbart und denselben Augen, die voller Schalk in die Kamera funkelten.

Ich griff nach seinem Foto, lehnte es aufrecht an die kleine Uhr auf der Kommode und beschloss, später einen Rahmen dafür zu suchen. Die übrigen Fotos würde ich zusammen mit den Manschettenknöpfen und der Uhr einpacken, Mr. Young übergeben und ihn bitten, sie Richard zu schicken. Vielleicht würde er eines Tages, wenn auch nicht heute, froh über dieses Andenken an seinen Vater sein.

Sonst fasste ich nichts mehr an außer Nicks Schachspiel, das noch, aufgebaut für die nächste Partie, auf einem Tisch im Wohnzimmer stand. Ich verstaute die Figuren in ihrem hübschen Kasten, um sie Mr. Singh zu schenken.

Dann ging ich nach unten in den Laden, schaltete die schauderhafte Neonbeleuchtung ein und betrachtete das heillose Chaos. Die Wände waren nur zum Teil gestrichen, die schweren Möbel in der Mitte des Raums zusammengeschoben und mit alten Bettlaken abgedeckt. Ich schlängelte mich durch die Stapel zur Vordertür des Ladens, die ich noch nie offen gesehen hatte. Dort kramte ich in dem Schlüsselbund, bis ich den richtigen Schlüssel gefunden hatte, einen alten aus Eisen, der in das riesige Schlüsselloch passte. Ich versuchte, die Tür zu öffnen, aber der Schlüssel ließ sich nicht drehen. Auch die Riegel rührten sich nicht. Ich würde mit einer Spraydose WD-40 wiederkommen müssen. An einem anderen Tag. In wenigen Minuten wurde ich bei einem Kunden erwartet, um einen Berg Bügelwäsche in Angriff zu nehmen. Alle vierzehn Tage arbeitete ich mich durch den Wäschekorb eines Steuerberaters, der, was seine Hemden betraf, sehr pingelig war.

Also knipste ich das Licht aus und klemmte das Schachspiel unter den Arm, um das Haus auf dem Weg zu verlassen, auf dem ich gekommen war. Ich öffnete die Tür, stieß einen Schrei aus und hätte fast den Kasten fallen gelassen. Vor mir stand Paul, die Hand erhoben, als habe er gerade läuten wollen.

»Juno!« Er lachte. »Habe ich dich erschreckt?«

Ich stimmte in sein Lachen ein, und nach kurzem Zögern fielen wir einander um den Hals. Wir hatten zwar miteinander telefoniert, uns aber nach dem Mord an Nick weder gesehen noch berührt. Natürlich war Paul seit einem langen Telefonat über meine Erbschaft im Bilde. »Ich kam gerade vorbei und habe deinen Transporter auf der anderen Straßenseite bemerkt. Da im Laden Licht brannte, dachte ich, ich schaue mal rein und sage Hallo.«

»Das freut mich. Schön, dich zu sehen. Bleibst du länger hier?«

»Nur ein paar Tage, um einiges in Ordnung zu bringen. Von jetzt an werde ich öfter hin- und herpendeln.«

»Wie geht es deiner Familie?«, erkundigte ich mich.

»Prima. Es geht allen prima.«

»Wunderbar.« Er sah spitze aus.

Eine kleine Pause entstand, in der wir beide lächelnd von einem Fuß auf den anderen traten.

»Wie läuft es da drin?« Paul wies mit dem Kopf in Richtung Laden.

Ich seufzte auf. »Offengestanden weiß ich nicht, was ich mit dem ganzen Kram machen soll.«

»Kann ich dir helfen?«

»Echt nett von dir, aber du hast bestimmt genug zu tun.«

»Ich finde schon die Zeit, dir zur Hand zu gehen.«

»Hör zu, Paul, ich muss jetzt los«, sagte ich und schaute auf die Uhr. »Ich habe gleich einen Kunden.«

»Also arbeitest du noch?«

Ich verzog das Gesicht. »Ich kann es mir nicht erlauben, damit aufzuhören.«

»Was hältst du von heute Abend?«, schlug er vor. »Wir könnten ein Bier trinken und eine Kleinigkeit essen, und dann erzählst du mir alles.«

»Das wäre super.«

Wir verabredeten uns für sieben Uhr.

Nach einer Stunde mit Paul fühlte ich mich schon viel besser. Ich schilderte ihm alle Einzelheiten, die er noch nicht kannte – hauptsächlich meine Abenteuer mit Richard und Helena und das Gezerre wegen des Testaments.

»Aber angefochten haben sie es nicht?«

»Nicht gerichtlich, nein«, erwiderte ich. »Nur dass Helena und ihr Mann keine Gelegenheit ausgelassen haben, mir Knüppel zwischen die Beine zu werfen. Sie haben die Angelegenheit verschleppt, mutwillig E-Mails nicht beantwortet, lauter solcher Kinderkram eben. Zum Schluss mussten die Anwälte Druck machen.« Ich seufzte auf. »Ich wünschte, Nick hätte es nicht getan. Mir etwas zu vererben, meine ich.«

»Nun, ich kann es ihm nicht verübeln. Seine Kinder haben ihm die kalte Schulter gezeigt, und du bist ihm ans Herz gewachsen. Er würde sicher nicht wollen, dass du dir deshalb graue Haare wachsen lässt.«

»Vermutlich nicht«, räumte ich widerstrebend ein.

»Was hast du jetzt vor?«

Ich schüttelte den Kopf. »Ich weiß nicht, ob ich es aushalten würde, dort zu wohnen …«

»Zu gruselig?«, fragte er.

»Das nicht so sehr«, meinte ich. »Eher deprimierend. Seine ganzen Sachen sind da … Ich muss sie wegwerfen. Außerdem ist im Laden eine Unmenge von Kram. Keine Ahnung, was ich damit anfangen soll.«

»Ach, schau doch nicht so traurig.« Er legte mir den Arm um die Schultern und drückte mich in aller Freundschaft an sich. »Das wird schon.«

»Bestimmt. Aber im Moment geht es mir an die Nieren, das Haus auch nur zu betreten.«

»Verständlich, wenn alles voll mit Nicks Sachen ist.«

»Seine Kinder haben nichts mitgenommen. Da sind seine Kleider …«

»Du musst ausmisten und neu anfangen. Pass auf. Morgen Vormittag habe ich keine Zeit, doch am Nachmittag könnte ich mich freimachen. Ich könnte dir helfen. Wir packen alle seine Kleider zusammen. Das wäre ein erster Schritt.« Er griff nach seinem Bierglas und stieß mit mir an. »Man weiß ja nie, vielleicht entdecken wir ja diese Ringe.«

»Das wäre fantastisch.« Ich seufzte inbrünstig. »Dann könnte ich wenigstens beweisen, dass ich die dämlichen Dinger nicht geklaut habe.«

Nachdenklich starrte er in sein Bierglas. Es kostete mich große Mühe, es nicht hinreißend zu finden, wie er die dunklen Augenbrauen zusammenzog. »Denkst du, Helena oder ihr Mann könnten schon früher jemanden damit beauftragt haben, die Ringe zu suchen? Vielleicht ist Nick ja deshalb ermordet worden.«

»Auf diesen Gedanken bin ich auch schon gekommen«, gestand ich, »doch es ergibt keinen Sinn, oder? Wenn Nick sie die ganze Zeit gehabt hat oder Helena das zumindest glaubte, wieso hat sie sie dann so plötzlich in ihren Besitz bringen wollen? Sie hatte doch schon jahrelang gewartet. Außerdem musste sie davon ausgehen, dass sie nach Nicks Tod sowieso

Alleinerbin ist. Weshalb sich also nicht noch eine Weile gedulden?«

Paul nickte zögernd. »Und wie ich annehme, haben unsere russischen Freunde bislang nichts von sich hören lassen?«

»Nein«, bestätigte ich beklommen. »Manchmal befürchte ich, dass wir nie rauskriegen, was passiert ist.« Aus heiterem Himmel musste ich mir Tränen abwischen. »Was hat der alte Idiot im Schilde geführt?«, sagte ich zornig und kramte nach einem Taschentuch. »Wie hat er es geschafft, sich ermorden zu lassen?«

Paul reichte mir sein Taschentuch. »Wahrscheinlich werden wir auch das nie erfahren.«

30

Nachdem ich am nächsten Morgen die Meute ausgeführt und bei Maisie vorbeigeschaut hatte, ging ich in Nicks Wohnung und begann, sie systematisch zu durchsuchen. Ich war auf der Jagd nach den Ringen und Hinweisen, die uns eine Erklärung für den Mord an Nick liefern konnten. Im Schlafzimmer fing ich an. Ich zog das Bett ab, drehte die Matratze um und hielt Ausschau nach Löchern, Rissen oder Stellen, wo man die Füllung entfernt haben könnte, damit ein Versteck entstand. Dann räumte ich jedes Paar Socken, jedes Hemd und auch alles andere aus der Kommode, schüttelte es aus, faltete es und legte es zurück. Eine kleine runde Dose zwischen den Kleiderstapeln klapperte vielversprechend, enthielt jedoch nur Kragenknöpfe. Ich durchwühlte die Taschen sämtlicher Jacken und Anzüge im Schrank, tastete das Futter ab, befühlte die Krawatten und drehte alle Schuhe um. Ohne Ergebnis.

Im Badezimmerschränkchen stieß ich nur auf einen Rasierpinsel, Seife und Gebisshaftcreme. Vermutlich habe ich zu viele Filme gesehen, doch ich beschloss trotzdem, den Deckel vom Spülkasten zu heben, diente dieser doch oft als Versteck für Drogen, Waffen und andere möglicherweise todbringende, in Plastik verpackte Gegenstände. Der Deckel wog ungefähr eine Tonne. Ein oder zwei Minuten lang mühte ich mich stöhnend damit ab, das verdammte Ding ein Stückchen beiseitezuschieben, um darunterspähen zu können. Doch das Einzige, was ich erblickte, war der Schwimmer.

Entnervt wandte ich mich dem Wäscheschrank zu, holte sämtliche Laken, Decken, Handtücher und Kopfkissenbezüge heraus, schüttelte sie aus und legte sie wieder zusammen, wie ich es schon bei den Kleidungsstücken getan hatte.

Gerade wollte ich mich über das Wohnzimmer hermachen, als das asthmatische Keuchen der Türglocke Pauls Eintreffen ankündigte. Ich stieß einen lautlosen Jubelruf aus, kam es mir doch vor, als sei ich schon seit Stunden allein in der Wohnung. Die Aussicht auf die Anwesenheit eines anderen Menschen schien mir verlockend.

Mit vereinten Kräften kriegten wir einiges geschafft. Wir packten Nicks Kleidung, die Vorhänge und das Bettzeug zusammen, verluden die Sachen in Pauls Transporter und brachten sie zu Ashburtons einzigem Sozialkaufhaus. Anschließend riss Paul im Wohnzimmer den Teppichboden heraus und nahm diesen und die Matratze mit zu seinem Feld, um sie dort zu verbrennen. Ich scheuerte die Dielenbretter, bis meine Knöchel wund waren, und fühlte mich schon viel besser.

Zu guter Letzt gingen wir hinunter in den Laden. Nach einigen Anstrengungen gelang es uns, die Ladentür zu öffnen, und wir ließen, begleitet vom Bimmeln eines eisernen Glöckchens, zum ersten Mal seit Jahren frische Luft herein.

»Na, jetzt können die Kunden kommen«, verkündete Paul.

»So weit bin ich noch längst nicht.« Ich betrachtete die abgedeckten Möbel und die noch immer nicht fertig gestrichenen Wände. Bis zur Eröffnung hatte ich noch einen weiten Weg vor mir.

Außerdem war nun Schluss mit den raschen Fortschritten. Paul wollte am nächsten Tag zurück nach Nottingham, er hatte seinen Stand im *Bazaar* geschlossen und sein Grundstück zum Verkauf annonciert. In ein paar Wochen würde er wiederkommen, um seine Werkstatt auszuräumen, aber er versprach, mir weiterhin zu helfen, falls ich ihn noch brauchte.

Bevor er ging, überreichte er mir ein in Seidenpapier gewickeltes kleines Geschenk. »Das habe ich auf einem Markt in Nottingham gesehen und an dich gedacht«, meinte er zu mir.

Das Seidenpapier enthielt eine funkelnde Hutnadel aus Silber mit einem aus einem schwarzen Stein geschnitzten Knauf. »Gagat«, erklärte er.

Ich bedankte mich mit einer Umarmung und nahm mir fest vor, irgendwann ein Netsuke für seine Sammlung zu suchen. Offengestanden war ich froh, dass er abfuhr. Es war einfach zu angenehm, ihn um mich zu haben. Ich durfte mich nicht an ihn gewöhnen. Er gehörte nicht mir.

Ich schloss die Ladentür wieder ab. Es war noch immer sehr seltsam, meinen eigenen Schlüssel zu benutzen. Ob ich wohl je in der Lage sein würde, die Treppe hinaufzusteigen, ohne an Nick zu denken, wie er an jenem Morgen tot dagelegen hatte?

Als ich im Wohnzimmer über die nackten Dielen ging, klangen meine Schritte wie Donnerschläge. Zum Entfernen des Teppichbodens hatten Paul und ich sämtliche Möbel in eine Ecke des Wohnzimmers geschoben, und so standen sie immer noch da. Die Stühle waren auf dem Tisch gestapelt. Ich zwängte mich zum Sekretär durch, klappte ihn auf, sammelte jeden Zettel aus den Fächern ein, verstaute alles in der zu diesem Zweck mitgebrachten Pappschachtel, klemmte sie unter den Arm und machte mich auf den Weg nach Hause.

Den Abend verbrachte ich damit, die Papiere – die Füße auf dem Couchtisch – zu sichten, während Bill auf meinem

Schoß schlief. Bei dem Großteil davon handelte es sich um Briefe, von denen die meisten die Geschichte eines langen und zunehmend erbitterten Disputs zwischen Nick und dem Finanzamt erzählten. Er hatte sich außergerichtlich geeinigt, bevor es zu einem Verfahren gekommen war. Ich bewahrte den Einzahlungsbeleg auf und warf den Rest in den Müll. Nichts als Altpapier. Nick war aller Wahrscheinlichkeit nach nicht von einem Finanzbeamten ermordet worden, auch wenn dieser vermutlich nicht übel Lust dazu gehabt hatte.

31

Als ich gerade frühstückte, läutete das Telefon.

»Gute Nachrichten, Miss Browne«, sagte der Inspector. »Ich glaube, wir haben einen Ihrer Russen aufgespürt.«

Ich stellte die Schale mit Frühstücksflocken weg, auf die ich mich gerade hatte stürzen wollen. »Wo?«

»In London. Sein Name ist Ilya Pietrov, ukrainischer Staatsbürger und bei Europol kein unbeschriebenes Blatt. Nach Ihrer Personenbeschreibung zu urteilen, kennen Sie ihn sicher als Igor. Bedauerlicherweise ist er tot. Ich schicke einen Beamten mit einem Foto zu Ihnen, in der Hoffnung, dass Sie ihn identifizieren können. Ich fürchte allerdings, er ist kein schöner Anblick.«

»Was ist passiert?«, fragte ich. Bill hüpfte auf meinen Schoß, als interessiere er sich ebenfalls für die Antwort.

»Er wurde vor einigen Tagen von einer Überwachungskamera erfasst, während er vor dem St. Thomas' Hospital aus einem Taxi stieg. Als er auf dem Weg zur Notaufnahme die Straße überquerte, wurde er von einem Auto überfahren. Der Fahrer beging Fahrerflucht, der dunkle BMW wurde später verlassen aufgefunden.«

»War er sofort tot?«, erkundigte ich mich.

»Mehr oder weniger. Allerdings war er ohnehin nicht bei bester Gesundheit. Sein Arm war nach den Hundebissen immer noch nicht verheilt und muss ihm starke Schmerzen bereitet haben, offenbar hat er ihn nie ärztlich behandeln lassen. Und er litt an den Spätfolgen einer Blutvergiftung. Die gute Nachricht lautet, dass die Spurensicherung eine Übereinstimmung zwischen seinen Fingerabdrücken und welchen gefunden hat, die im Haus von Mr. Albert Evans sichergestellt wurden. Das heißt, er war eindeutig am Tatort.«

»Aber nichts, das ihn mit Nick in Verbindung bringt?«, hakte ich nach.

»Bis jetzt nicht, tut mir leid.«

Ich bedankte mich bei dem Inspector für die Mitteilung, versprach, mir das Foto anzusehen, legte auf und wählte sofort Pauls Nummer, um ihm alles zu berichten. Doch er ging nicht ans Smartphone, weshalb ich ihm eine Nachricht hinterließ. Ich wollte ihn nur ungern auf dem Festnetz anrufen, denn dann wäre vielleicht Carrie an den Apparat gekommen, und was das betraf, hielt ich mich lieber bedeckt.

Später am Vormittag fuhr ich zu Ricky und Morris. Ich hatte zugesagt, ihnen bei einer dringenden Bestellung von Kostümen für eine neue Inszenierung von *Was ihr wollt* zu helfen, war allerdings von zwei Polizistinnen aufgehalten worden, die mir das angekündigte Foto zeigten. Dieselben, die mich wegen Verbenas Schmuck befragt hatten.

»Und war er es?«, drang Rickys Stimme hinter einem eng mit Kostümen behängten Kleiderständer hervor. Bis auf ein gelegentliches Rascheln, wenn er etwas suchte, war sein genauer Standort nicht zu ermitteln. »War es Igor?«

»Unverkennbar. Eine Aufnahme von Kopf und Schultern, gemacht in der Rechtsmedizin. Er sah schrecklich aus. Aber vergiss nicht«, erinnerte ich ihn, während ich mit einer harten Bürste den Samtkragen eines Umhangs bearbeitete, um die

Spuren angetrockneter Theaterschminke zu beseitigen, »dass er schon zu Lebzeiten keine Schönheit war.«

»Der Leidensdruck muss hoch gewesen sein.« Morris sprach mit einer Nadel zwischen den Lippen, weil er gerade etwas reparierte. »Ich meine …« Er entfernte die Nadel. »… wenn er bereit war, wegen einer ärztlichen Behandlung zu riskieren, dass er geschnappt wird.«

»Ein Risiko, das Vlad ihn nicht eingehen lassen wollte«, ergänzte ich. »Er hat ihn umgebracht, damit er nicht reden kann.«

Morris schnalzte missbilligend mit der Zunge, allerdings mehr wegen eines Risses im Kostüm als wegen Igors Ableben. »Wenigstens weiß die Polizei jetzt, wer Bert Evans auf dem Gewissen hat.«

»Offenbar«, fuhr ich fort, »könnten nach Ansicht des Gerichtsmediziners auch Mikroben im Wasser des Fischbeckens die Ursache für Igors Blutvergiftung sein.«

Rickys Kopf lugte zwischen den Kostümen am Kleiderständer hervor. »Jedem das, was er verdient.« Er grinste.

»Sei nicht so brutal«, tadelte Morris der Form halber.

»Oh, *Maurice*, was bist du wieder etepetete! Er hat es sich selbst zuzuschreiben.« Ricky sah mich an. »Und du brauchst seinetwegen keine Albträume mehr zu haben.«

Ich lächelte, schwieg aber. Leider war ich nicht beruhigt. Denn dass Vlad nun allein umherstreifte wie ein einsamer Wolf, war offengestanden noch beängstigender als er und Igor im Doppelpack.

An der Tür des *Ashbury Art and Antiques Bazaar* hängt ein Schild, auf dem klar und deutlich steht, dass Hunde im Café willkommen sind. Vermutlich jedoch überstrapazierte es die

Gastfreundschaft ein wenig, gleich die ganze Meute auf einmal mitzubringen, aber die Stammesmitglieder waren wirklich brav. E. B., der Minischnauzer, saß aufrecht auf meinem Schoß und benahm sich vorbildlich. Schnitzel verschwand unter dem Tisch und suchte nach Resten. Sally, die alte Labradordame, ließ sich, froh, sich nach dem Spaziergang ausruhen zu können, auf dem Boden nieder. Und Nookie und Boog kauerten ruhig neben meinem Stuhl. Boog lehnte ihren warmen Körper schwer gegen meinen Oberschenkel.

Mir gegenüber saß Sophie und starrte E. B. an. »Von so etwas lasse ich die Finger«, erklärte sie und verzog das Gesicht. »Tierporträts«, fügte sie verächtlich hinzu. »Überhaupt nicht mein Ding.« Sie wies auf das unvollendete zarte Aquarell auf der Staffelei an ihrem Stand. »Das ist mein Stil.«

Ich musste zugeben, dass ihr Stil tatsächlich hinreißend war: Das Gemälde stellte ein rostiges Gartentor dar. Winden rankten sich zwischen den schlanken Eisenstäben. Die steinerne Säule, an der es befestigt war, war mit Flechten bewachsen und von Efeu überwuchert. Totes Laub war unter das Tor geweht und hatte sich auf den geborstenen Platten eines Wegs verteilt, der durch einen dschungelartigen Garten führte. Ein Meer aus Wildblumen und Unkräutern. In der Ferne war schemenhaft ein verfallenes Häuschen auszumachen.

»Ich male keine Tierporträts«, wiederholte sie, klimperte mit den langen Wimpern und schob die Brille ihr Stupsnäschen hinauf.

»Aber E. B.s Mum möchte ihn gern malen lassen, und da habe ich an dich gedacht.« Das stimmte nicht ganz. E. B.s Mum hatte beschlossen, mit ihm einen professionellen Fotografen aufzusuchen. Es hatte mich einige Überredungskunst gekostet, sie von den Vorzügen eines gemalten Bildes zu überzeugen.

»Viele Künstler malen Tierporträts«, entgegnete Sophie und zuckte die mageren Schultern. »Warum fragst du nicht einen von denen?«

»Ja, viele Künstler malen Tiere«, pflichtete ich ihr bei, verärgert, weil mein Einsatz für sie auf eine solche Undankbarkeit stieß. »Und deshalb können sie es sich auch leisten, Essen zu kaufen und Miete zu bezahlen.« Ich wies mit dem Kopf auf die Staffelei mit dem Gemälde. »Wann hast du zuletzt so etwas verkauft?«

Sophie antwortete nicht. »Warum heißt er Ebee?«, fragte sie.

»E. B.«, verbesserte ich sie. »Es ist die Abkürzung für seinen Namen.«

»Und der wäre?«

»Das ist geheim. Du musst raten.« E. B.s Mum hatte mir strikte Anweisung erteilt, dieses Spiel zu veranstalten, wenn sich jemand erkundigte.

»Edward Bear?«, schlug Sophie gelangweilt vor.

»Falsch. Schau doch, wie niedlich er ist. Wie kannst du ihn *nicht* malen wollen?«

»Edward Bone?«

»Edward ist absolut daneben. Hör auf abzulenken.«

»Wie heißt der da?« Sie zeigte mit dem Finger auf ein anderes Mitglied der Meute.

Die reinrassige Boxerdame Bollywood Boogaloo Boogie Nights of Bognor, von allen, die sie lieben, Boog genannt, war ganz aus dem Häuschen, weil jemand auf sie deutete. Denn normalerweise hieß das, dass sie ein Leckerli bekam. Sie schnupperte und leckte sich die Schnauze.

»Die ist süß!«, rief Sophie aus und schnippte mit den Fingern. Boog sprang auf. Weil sie keinen Schwanz zum Wedeln hatte, wand sich ihr ganzes Hinterteil in einem wilden Willkommens-Calypso. Nookie, die bis jetzt mit hochherrschaftlicher Miene dagesessen und in die schneebedeckten arktischen Landschaften in der Ferne geblickt hatte, erhob sich ebenfalls. Leinen verhedderten sich, und das Tischchen, an dem die meisten davon festgemacht waren, wurde einen knappen Meter über den Boden geschleift, bis ich die Sache wieder unter Kontrolle hatte. Ich bemerkte, dass der Inhaber des Cafés mich scheel ansah. Für die Meute und mich wurde es Zeit zu gehen.

»Schau, Sophie, wenn das Porträt von E. B. gut wird, werden auch andere Besitzer ihre Hunde malen lassen wollen. Boog ist preisgekrönt. Ihre Mum ist Züchterin. Sie kennt viele Leute, die ihre Tiere anhimmeln. Es wäre unklug von dir abzulehnen.«

»Tja, vielleicht …«, begann Sophie. Ich schob ihr einen Zettel mit E. B.s Telefonnummer zu. »Überleg es dir wenigstens.«

»Das werde ich«, versprach sie, als täte sie mir einen Gefallen. »Oh … und … danke …«, fügte sie wenig begeistert hinzu.

Inzwischen hatte ich die Leinen und die in mir aufsteigende Gereiztheit im Griff und zerrte meine Schützlinge zur Tür.

Ich verließ den Basar und bog in die Sun Street ein, um jedes Mitglied der Meute zu Hause abzuliefern. Als ich dahinschlenderte und dabei versuchte, alle zusammenzuhalten, rauschte der langgezogene Umriss von Verbena Clarkes Porsche an mir vorbei. Ich beobachtete, wie er zum Ende der Straße fuhr und dort nach links abbog. Zuletzt waren wir uns in der Seitengasse begegnet, die die Sun Street mit der Shadow Lane verbindet. Plötzlich fiel es mir wie Schuppen von den Augen. Wie hatte ich so auf der Leitung stehen können? Verbena hatte mir nicht einfach nur aus dem Weg gehen wollen. Sie hatte verhindern wollen, dass jemand sie in dieser Seitengasse sah. Weil sie gerade von Nick kam.

32

Ich parkte meinen Transporter auf Verbenas Vorplatz, direkt neben ihrem Porsche. Der Range Rover stand auch da, sie war also bestimmt zu Hause. Die Hintertür war abgeschlossen, vielleicht achtete sie ja seit dem Einbruch mehr auf Sicherheit. Ich überquerte den Hof in Richtung Atelier.

Sie saß, den Bleistift in der Hand, inmitten von Zeichnungen und Proben von Polsterstoffen an einem Zeichenbrett. »*Shades of Grey*, was?«, sagte ich und musterte die Stoffproben, während sie überrascht aufblickte. »Das war doch eher letztes Jahr modern, oder?«

»Was wollen Sie?«, fragte sie und wurde bleich.

»Wir beide müssen reden.« Ich parkte meinen Hintern auf dem Drehstuhl gegenüber von ihrem Schreibtisch und verschränkte die Arme.

»Wir haben nichts zu reden.«

»Doch, haben wir«, entgegnete ich und drehte mich ein Stück. »Sie haben mich des Diebstahls bezichtigt.«

Sie errötete bis hinauf in die Haarwurzeln. »Ich habe Sie nicht bezichtigt!«

»Sie haben mir die Polizei auf den Hals gehetzt.«

»Ich habe sie nicht geschickt.« Ihre Schulmädchenstimme klang trotzig. »Ich habe nur gesagt, dass Sie als Letzte in meinem Schlafzimmer waren. Da war doch klar, dass sie mit Ihnen würden sprechen wollen.«

»Mir haben die zwei erzählt, Sie seien nicht sicher, wann sich der Diebstahl ereignet hat. Also können Sie auch nicht wissen, ob ich die Letzte war, richtig?«

Sie schloss die Augen und streckte die Handfläche aus, als wolle sie mich in Gedanken wegschieben. »Hören Sie, ich habe Sie nie beschuldigt. Und jetzt gehen Sie bitte!«

»Warum haben Sie mich dann gefeuert?«

Anstelle einer Antwort fing sie an, das Blatt Papier vor sich zu bekritzeln. Sie hatte die Augen gesenkt, die schwarz getuschten Wimpern hoben sich von ihren Wangen ab wie Spinnenbeine. Eine Weile sah ich zu, wie ihr Bleistift Kringel malte.

»Ich habe zwei Jahre lang bei Ihnen gearbeitet«, beharrte ich. »Ich finde, ich habe ein Recht darauf, es zu erfahren.«

Der Druck auf den Bleistift nahm zu, die Kringel wurden schwärzer. Ich wartete. Plötzlich brach die Bleistiftspitze ab. Mit einem zornigen Aufseufzen schleuderte Verbena den Stift durch den Raum. »Mein Gott, es ist so peinlich!« Sie schlug die Hände vors Gesicht. Schlanke Finger flochten sich in blonde Locken.

»Machen Sie einfach den Mund auf, Verbena!«

»Das geht Sie nichts an«, schrie sie wütend und mit loderndem Blick.

»Und ob es mich was angeht. Falls Sie es schon vergessen haben: Nick wurde ermordet. Ich habe seine Leiche gefunden. Und wenn ich jetzt die Polizei anrufe und berichte, dass ich beobachtet habe, wie Sie kurz vor dem Mord aus seinem Haus kamen, wird man sich fragen, warum Sie trotz der Aufforderungen in den Medien an alle, die ihn kannten, sich zu melden, geschwiegen haben.«

Eigentlich war es nur eine vage Vermutung, dass Verbena Nick besucht und die Gasse nicht wie alle anderen als Abkürzung benutzt hatte. Aber ihre schreckensstarre Miene, als sie langsam den Kopf hob, bestätigte meinen Verdacht.

»Oh Gott«, stöhnte sie.

»Raus mit der Sprache, Verbena«, wiederholte ich, diesmal freundlicher. »Hatte es mit den Ohrringen zu tun?«, hakte ich nach, als sie nicht antwortete.

Ihre blauen Augen füllten sich mit Tränen. »Sie wurden nie gestohlen«, gab sie leise zu. »Das habe ich nur gedacht. Wirklich! Und das Geld fehlte tatsächlich. Ich habe es der Versicherung gemeldet, doch die hat sich geweigert zu zahlen, weil es sich nicht um einen Einbruch handelte. Ich hatte die Tür nicht abgeschlossen. Deshalb haben sie mir Fahrlässigkeit vorgeworfen.« Sie zuckte die Achseln. »Wahrscheinlich hatten sie damit recht. Jedenfalls haben sie getan, als hätte ich alles nur erfunden, um die Versicherungssumme zu kassieren.«

»Waren die Ohrringe sehr wertvoll?«

»Neil hat sie eigens für mich anfertigen lassen. Sie waren mit fünfzehntausend versichert.« Sie zögerte. »Und dann, einige Tage später, verschwand noch mehr Geld. Nur diesmal wusste ich, dass niemand im Haus gewesen war. Außer …« Sie starrte auf ihre Hände und die ineinander verschlungenen Finger. »… außer den Mädchen.«

»Ihre Töchter?«

Sie nickte und ließ den Kopf hängen. »Kurz darauf tauchten die Ohrringe auf geheimnisvolle Weise wieder in dem Schälchen auf, in dem sie gelegen hatten. Amelia behauptete, sie habe sie sich nur geliehen, um sie zu einer Party zu tragen, und mich nicht um Erlaubnis gefragt. Ich wusste aber, dass sie sie gestohlen und es mit der Angst zu tun bekommen hatte, als ich die Polizei und die Versicherung verständigt habe.«

»Und das Geld?«

»Ach, das war reine Böswilligkeit.« Sie kaute an ihrer Unterlippe. »Offenbar ermuntert ihr Vater die Mädchen, mich zu bestehlen. Angeblich gehöre das Geld ihm, und sie täten ihm damit einen Gefallen.« Sie blickte mich an. »Und jetzt fragen Sie sich, warum ich Sie gefeuert habe.«

Ich wartete.

»Mein Gott, Juno, es war mir so unangenehm!«, rief sie. »Ich konnte den Gedanken nicht ertragen, Ihnen beichten zu müssen, was wirklich passiert war.«

»Das hätten Sie doch nicht gemusst«, wandte ich ein. »Für mich wäre es in Ordnung gewesen, dass Sie die Ohrringe gefunden haben und dass sie nicht gestohlen wurden. Irren ist menschlich.«

Sie beäugte mich argwöhnisch. »Was ist mit dem Geld?«

»Tja, dass Ihnen Geld geklaut wird, wundert mich nicht«, beschied ich ihr schonungslos. »Sie lassen Ihre Brieftasche überall herumliegen ...« Ich schüttelte den Kopf. »Ich kann nur nicht fassen, dass Sie mich lieber vor die Tür setzen, als mir die Wahrheit zu sagen.« Ehrlich gesagt verstand ich ihre Beweggründe. Die Angst vor Demütigung und davor, sich lächerlich zu machen, ist viel mächtiger, als die meisten von uns zugeben wollen.

Verbena hatte wieder Tränen in den Augen, und sie stieß einen todtraurigen Seufzer aus. »Ich habe mich so für die Mädchen geschämt.«

Sosehr ich mich auch bemühte, kein Mitleid mit ihr zu haben, konnte ich einfach nicht anders. Als sie sich mit einem Taschentuch die Augen abwischte, entstanden schwarze Schmierer unter ihren Wimpern. »Die dämlichen Ohrringe interessieren mich nicht ... auch nicht das Geld. Aber dass sie bereit waren, mich zu bestehlen, um ihrem Vater eine Freude zu machen … Offenbar mögen mich nicht einmal meine eigenen Kinder …« Sie putzte sich die Nase und schluchzte schniefend weiter.

»Das stimmt sicher nicht«, erwiderte ich mitfühlend. Was gelogen war, schließlich hatte ich ihre Töchter nie kennengelernt und konnte es deshalb überhaupt nicht wissen. Wenn ich zum Putzen gekommen war, waren sie immer in der Schule. Ich wusste von ihnen nur, dass sie alles stehen und liegen ließen. Allerdings musste es schrecklich sein, den eigenen Kindern nicht trauen zu können.

»Ich wollte die Ohrringe nicht mehr tragen«, jammerte sie. »Ich hielt den Anblick nicht mehr aus. Also wollte ich sie verkaufen, aber das durfte niemand erfahren. Ich hatte Angst, dass Neil es rauskriegen könnte.« Ein blechernes Auflachen. »Schließlich waren sie im Auftrag eines berühmten Rockstars für sein Häschen angefertigt worden. Ihre Herkunft war spannender als die Ohrringe selbst. Wenn ich sie offen zum Verkauf angeboten hätte, wäre das sicher auf einige Aufmerksamkeit gestoßen, und er hätte davon gehört. Deshalb brauchte ich jemanden, der sie für mich verkaufte. Jemanden, der diskret war …«

»Und deshalb haben Sie sich an Nick gewandt?«, hakte ich nach.

Sie nickte. »Ich wusste, wie er war und dass ich bei ihm nicht den gleichen Preis bekommen würde wie bei einem Juwelier. Er hat sie unter der Hand verkauft. Ich habe zwar nur die Hälfte von dem erhalten, was sie wirklich wert waren, doch das war mir egal.« Sie ließ die Schultern hängen. »Wenigstens war ich die Dinger los.«

»Haben Sie ihn umgebracht?«

Ihre blauen Augen weiteten sich vor Schreck. »Selbstverständlich nicht! Wieso sollte ich?«

»Und warum haben Sie der Polizei verschwiegen, dass Sie in Kontakt mit ihm standen? Wenn die Ohrringe Ihnen gehörten, war es doch nicht verboten, sie zu verkaufen.«

Sie zögerte. Ihre Hände nestelten an einem Papiertaschentuch herum. »Ich wollte nicht, dass die Polizei meine Fingerabdrücke nimmt.«

»Na, und wenn schon? Sie können Fingerabdrücke nur mit denen vergleichen, die sie schon in den Akten haben ...« Ich verstummte. Verbena saß stocksteif da. Ihre Lippen waren zu einem schmalen Strich zusammengepresst.

»Es ist passiert, als ich noch sehr jung war«, flüsterte sie. »Ich war in London in einem Club. Die Polizei hat eine Drogenrazzia veranstaltet. Alle wurden abgeführt. Man hat uns die Fingerabdrücke abgenommen. Ich bin mit einer Geldbuße davongekommen.«

»Also sollte die Polizei nicht wissen, dass Sie als Teenager Drogen eingeworfen haben?«, witzelte ich.

»Ich wollte nicht, dass die Mädchen es erfahren!«, rief sie mit plötzlicher Leidenschaft aus. »Sie ahnen ja nicht, wie sie sind. Sie wären so gehässig geworden, wenn ... Außerdem hätte es sich im ganzen gottverdammten Ashburton herumgesprochen«, fügte sie trotzig hinzu. »Solche Dinge verbreiten sich wie ein Lauffeuer.«

Ich war nicht sicher, ob sie mir die Wahrheit gesagt oder mir zumindest einen Teil davon verheimlicht hatte. Was, wenn der kleine Ohrringhandel schiefgegangen war? Was, wenn sie und Nick sich gestritten hatten? »Sie wissen nicht zufällig, wer die Ohrringe gekauft hat?«, erkundigte ich mich. »An wen Nick sie weiterveräußert hat?«

Ungeduldig zuckte sie die Achseln. »Ich habe mich rausgehalten. Ich glaube, es war jemand aus dem Ausland.«

»Verstehe. Danke.«

Sie fing an, nervös an ihrer Lippe zu kauen. »Erzählen Sie der Polizei, dass ich Nick aufgesucht habe?«

»Nicht wenn Sie mir versprechen, dass Sie das selbst erledigen.«

Nach einer kurzen Pause nickte sie widerstrebend.

Auf der Fahrt den Hügel hinunter fragte ich mich, ob Verbena, mit einem schweren Kerzenleuchter bewaffnet, den heftigen Schlag hätte ausführen können, der Nick getötet hatte. Sie war ein zierliches Persönchen, doch mit genügend Wut im Bauch und wild entschlossen, koste es, was es wolle, ihren guten Ruf zu verteidigen, traute ich es ihr durchaus zu.

33

Ganz gleich, wie ich Verbena Clarke auch einschätzte, ich hatte mir jedenfalls fest vorgenommen, am nächsten Tag ein wenig dringend fällige Arbeit in den Laden zu stecken. Ricky und Morris erschienen, um mir beim Dekorieren zur Hand zu gehen, doch offengestanden störten sie mehr, als zu helfen. Morris war zwar gewissenhaft, aber unerträglich langsam, und Rick ging so oberflächlich und schlampig zu Werk, dass man ihn höchstens mit dem Polieren der Holzvertäfelung betrauen konnte. Außerdem nörgelten sie ständig an der Farbgestaltung herum. Ich hatte die Wände mattweiß gestrichen, damit der Laden heller wirkte. Morris fand, er brauche ein bisschen mehr Wärme, während Ricky sich beklagte, es sähe hier aus wie in der Pathologie eines dämlichen Krankenhauses. Warum malte ich die Wände nicht bunter an? Trotzdem machte die Arbeit zusammen mit ihnen immer noch mehr Spaß als allein.

Da Paul durch Abwesenheit glänzte, hatte ich Adam gebeten, mir dabei zu helfen, die schweren Bücherregale wieder an die Wände zu schieben. Außerdem putzte ich die Fenster von innen, beseitigte Staub und tote Fliegen von den Fensterbrettern, entfernte den Maschendraht und schrubbte außen die Mauer. Eigentlich hätte man sie streichen müssen, und auch das Ladenschild über der Tür hatte dringend frische Farbe nötig. Aber ich besaß nicht das Geld für einen Schildermaler, weshalb die Angelegenheit warten musste.

Inzwischen waren Ricky und Morris wieder gegangen, und ich wollte mir noch mal die Decke vornehmen, in deren Mitte sich ein hartnäckiger Fleck befand, der an eine rostbraune Wolke erinnerte. Ich konnte mit der Farbrolle darübergehen, sooft ich wollte, er setzte sich immer wieder durch.

Als ich den Deckel des Farbeimers mit einem Schraubenzieher aufgehebelt hatte, wurde mir klar, dass es nicht mehr für einen weiteren Anstrich reichte. Unwillig zog ich den mit Farbe bekleckssten Overall aus, in den ich gerade geschlüpft war, schnappte mir meine Tasche und machte mich auf den Weg zu Church's, all das in der Hoffnung, dass sie noch einen Eimer »Strahlend weiß« auf Lager haben würden. Der Eisenwarenladen Church's befindet sich in einem mittelalterlichen Gebäude, das früher das *Mermaid Inn* beherbergt hat. Es ist ein niedriges Haus, in dem man ständig aufpassen muss, dass man sich nicht den Kopf stößt. Als ich ankam, war die Tür geschlossen. »Bin in zehn Minuten zurück«, stand auf einem Zettel.

Ich schimpfte wie ein Rohrspatz, aber wenn ich die Farbe haben wollte, blieb mir nichts anderes übrig, als draußen auf dem Gehweg zu warten und dem Schaufenster voller Rechen, Besen und beschichteter Eimer etwas Interessantes abzugewinnen. Aus den zehn Minuten wurden eher zwanzig, doch ein älterer Mann gesellte sich zu mir, der nur ein paar Schrauben brauchte. So hatte ich wenigstens jemanden, mit dem ich mein Schicksal beklagen konnte, bis die Hüterin des Ladens völlig aufgelöst eintraf und uns, begleitet von Entschuldigungen, hereinließ. Es täte ihr leid, sagte sie, aber sie habe zur Bank gemusst, und die bliebe nur eine halbe Stunde. Ich verstand, was sie meinte. Die Filialen der großen Banken haben Ashburton nämlich den Rücken gekehrt und das Dorf mit einem einsamen Geldautomaten vor dem Postamt zurückgelassen. Zwei Geldinstitute statten uns noch zweimal pro Woche mit Bussen einen Besuch ab, halten sich jedoch nicht lange auf. Nicht sonderlich kundenfreundlich also. Jedenfalls betrat der alte Mann vor mir das Geschäft, sodass ich noch mal eine Ewigkeit warten musste, bis er sein kompliziertes Schraubenproblem gelöst hatte, ehe ich meine Farbe kaufen konnte.

Als ich zurück im Laden war, war ich fast eine Stunde weg gewesen. Ich zog meine Malerkluft wieder an, um endlich loszulegen. Doch offenbar hatte ich die Pinsel nach dem letzten Benutzen nicht richtig ausgewaschen, denn die Borsten waren steif und eingetrocknet. Ganz gleich, wie oft ich sie auch hin und her bog, sie lösten sich nicht voneinander. Also mussten sie in Terpentin eingeweicht werden, und in der Flasche befand sich nur noch ein Tröpfchen. Kurz spielte ich mit dem Gedanken an einen weiteren Ausflug in den Eisenwarenladen, aber vielleicht gab es noch eine andere Möglichkeit. Jede Wette hatte Nick zwischen den Utensilien in seinem Küchenunterschränkchen noch welches gebunkert. Also lief ich die Treppe hinauf.

Als ich in die Küche trat, erstarrte ich. Auf den ersten Blick war mir klar, dass jemand hier gewesen war. Bei meinem letzten Besuch hatte ich Teewasser aufgesetzt, und ich wusste, dass ich die Türen des Unterschränkchens nicht offen gelassen hatte. Der Inhalt war auf dem Boden verstreut. Entsetzt schaute ich mich um. Auch eine Schublade war offen, ebenfalls nicht mein Werk.

Das Dielenbrett knarzte einen Moment zu spät. Von hinten schlang sich ein Arm um meine Kehle, und jemand drückte mir einen übel riechenden Lappen auf Mund und Nase. Zum Schreien blieb keine Zeit. Ich sträubte mich, versuchte, den

Arm loszuwerden, und wehrte mich gegen den säuerlich stinkenden Lappen. Ein seltsamer Geruch. Diesmal kein Parfüm. Kein *Nightshade*. Nicht der Geruch einer Frau, sondern einer, der mich an Krankenhäuser erinnerte.

Die Welt fing an, sich zu drehen. Ich strampelte und zerrte vergeblich an dem Arm, der mich festhielt. Der Arm eines Mannes … und so stark. Meine Hände wurden ganz schwer und sackten zur Seite. Ich hatte keine Kraft mehr zu kämpfen. Während alles um mich herum dunkel wurde, dachte ich noch, dass mir so etwas unmöglich passieren konnte. Nicht wirklich.

34

Inspector Ford war nicht in der Stimmung, sich abwimmeln zu lassen, und außerdem hatte ich dazu sowieso viel zu große Angst. Obwohl er sich höflich, ja sogar anteilnehmend verhielt, durchbohrte mich sein Blick quer über Nicks Küchentisch hinweg.

»Haben Sie einen Verdacht, wer Sie überfallen haben könnte, Miss Browne?«

»Nein, habe ich nicht«, erwiderte ich mehr oder weniger wahrheitsgemäß. Ich hatte zwar keine Ahnung, wer es gewesen war, wusste jedoch genau, wer nicht. Nicht Vlad, denn der hätte mich umgebracht. Der einzige andere mögliche Verdächtige war Richard, der noch immer die Ringe suchte. Allerdings hielt ich ihn nicht für dämlich genug, es zum zweiten Mal mit diesem Trick zu versuchen. Doch ich fand, dass ich ihn und Tamara erwähnen sollte, und nannte außerdem noch Verbena Clarkes Namen.

»Sie hätten mir von Mr. und Mrs. Nickolai und diesen Ringen schon damals erzählen müssen«, rügte mich der Inspector streng. Detective Constable DeVille, die neben ihm saß, bemühte sich um eine ebenso ernste Miene. Aber es gelang ihr nicht, das selbstzufriedene Grinsen zu unterdrücken, das um ihren hässlichen kleinen Mund spielte.

»Nur der Klarheit halber«, fuhr er fort. »Sie behaupten also, Mr. und Mrs. Nickolai seien in Ihre Wohnung eingebrochen und hätten Sie mit einer Taschenlampe niedergeschlagen.«

»Nun, es war nur Tamara, Mrs. Nickolai. Doch wahrscheinlich war es Richards Idee.«

Er seufzte tief auf. »Und Sie haben es vorgezogen, uns das zu verschweigen.«

»Ich wollte ihn nicht anzeigen«, gestand ich verlegen.

»Bei Einbruch und Raubüberfall handelt es sich um schwere Straftaten«, belehrte Constable DeVille mich in rechthaberischem Ton. »Es war nicht Ihre Sache, das zu entscheiden.«

»Die Person, die mich heute Morgen angegriffen hat, war ganz bestimmt nicht Tamara«, fügte ich hinzu.

»Vermutlich nicht. Aber wenn die Beschaffung dieser Ringe so wichtig ist«, gab der Inspector zu bedenken, »könnten die Nickolais die Dienste von jemandem in Anspruch genommen haben, der weniger Scheu vor Gewalt hat. Jedenfalls hat Mr. Nickolai die Polizei belogen, als er behauptet hat, er habe seinen Vater seit Jahren nicht gesehen.«

»Sie glauben doch nicht etwa, dass Richard seinen Vater ermordet hat!«

»Für die Mordzeit hat er ein Alibi, was heißt, dass er aus dem Schneider ist. Dasselbe gilt für Mrs. Burgoyne. Doch falls einer der beiden die Verantwortung für dieses letzte Abenteuer trägt, wird er ordentlich Ärger bekommen.« Kurz hielt er inne, und der Hauch eines Lächelns huschte über seine Lippen. »Zufällig haben die zwei, was den Mord an ihrem Vater angeht, ihre eigenen Theorien.«

»Wer soll es denn gewesen sein?«

»Sie.« Constable DeVille gelang es, die Silbe in einen hämisch gebrochenen Akkord zu kleiden.

Ich sackte gegen die Stuhllehne. »Das soll wohl ein Scherz sein!«

»Dass ihr Vater zu Ihren Gunsten sein Testament geändert hat, macht Sie natürlich zur Verdächtigen, Miss Browne«, meinte der Inspector lässig. »In ihren Augen.«

»Offengestanden gibt es in Ashburton einige Leute, die glauben …« Rickys Stimme erstarb, als der Blick des Inspectors auf ihn fiel.

Morris und Ricky hatten mich gefunden. Sie waren noch einmal vorbeigekommen, um zu schauen, wie ich vorankam. Stattdessen hatten sie mich nur halb bei Besinnung auf dem Küchenfußboden liegend angetroffen und Polizei und Krankenwagen verständigt. Bei Ankunft des Inspectors war die Show mit den blinkenden Blaulichtern und heulenden Sirenen bereits vorbei gewesen.

»Soll das heißen«, hakte ich entgeistert nach, »dass alle in Ashburton mich für Nicks Mörderin halten?«

»Nun, nicht alle«, druckste Ricky herum.

»Natürlich keiner, der dich kennt«, beteuerte Morris und errötete leicht.

Ich starrte die beiden an. Da Klatsch und Tratsch ihr Hobby waren, konnte ich es mir bildlich vorstellen. »Na toll«, murmelte ich.

Ein Räuspern des Inspectors brachte uns zurück zum aktuellen Thema. »Wir werden auch Mrs. Verbena Clarke vernehmen.«

Ich verschränkte die Arme und brummelte etwas. Ich wäre jede Wette eingegangen, dass sie die Gerüchteküche kräftig am Laufen gehalten hatte. Also war sie nicht freiwillig mit der Wahrheit herausgerückt. Das wird gar kein gutes Licht auf sie werfen, dachte ich schadenfroh.

Inspector Ford wandte den Blick von mir ab und betrachtete den widerlichen Lappen, den man mir aufs Gesicht gedrückt hatte und der jetzt zerknüllt auf Nicks Küchentisch lag. Es war eines seiner alten Poliertücher.

»Wir werden das analysieren lassen, aber es handelt sich zweifellos um Äther.« Er verstaute den Lappen in einem Plastikbeutel und reichte diesen DeVille. »Davon haben Sie sicher rasch das Bewusstsein verloren.«

»Auf dem Tisch im Wohnzimmer steht eine ganze Flasche davon«, teilte ich ihm mit. »Nick hat das Zeug als Lösungsmittel verwendet.«

Verzweifelt schüttelte der Inspector den Kopf. »Diese Substanz ist äußerst flüchtig und entflammbar. Man sollte sie nicht zu Hause aufbewahren. Und ganz sicher nicht zusammen mit anderen Chemikalien. Sie müssen jede dieser Flaschen ordnungsgemäß entsorgen, Miss Browne.«

»Aber wo ist die Flasche jetzt, Inspector?«, ließ sich Morris vernehmen.

»Offenbar hat die Person, die Miss Browne angegriffen hat, sie mitgenommen, vermutlich weil sich Fingerabdrücke darauf befanden«, mutmaßte der Inspector. »Allerdings verrät uns seine Vorgehensweise einiges über ihn.«

»Was zum Beispiel?«, erkundigte sich Ricky.

Der Inspector zögerte. Bei seiner Ankunft hatte ich ihn gefragt, ob Ricky und Morris bleiben dürften. Doch es war klar, dass er ihre Anwesenheit im Zimmer zwar duldete, aber gern darauf verzichtet hätte. »Wenn der Täter Ihnen ernsthaft hätte Schaden zufügen wollen, hätte er es getan. Aber der Einsatz von Äther weist darauf hin, dass ihm nur daran gelegen war zu entkommen.«

»Und das bringt uns zurück zu Richard«, merkte ich beklommen an.

»Oder zu einem Einbrecher, der die Gelegenheit genutzt hat«, ergänzte der Inspector. Kurz malte sich ein Lächeln auf sein Gesicht. »Ein zufälliger Täter, der im Vorbeigehen zugeschlagen hat, kommt nämlich am ehesten infrage.«

»Aber es gibt hier nichts zu stehlen«, wandte Ricky ein. »Nur jede Menge gebrauchte Schrottmöbel.«

»Diebe stehlen alles, was sich verkaufen lässt, insbesondere dann, wenn sie dringend Geld für Drogen brauchen«, antwortete er. »Selbst Ashburton ist gegen diese Probleme nicht gefeit.«

»Wissen wir, wie er reingekommen ist?«, fragte Morris.

»Es weist nichts auf ein gewaltsames Eindringen hin. Also ist er sicher reinspaziert wie Sie vorhin.« Die Miene des Inspectors wurde versöhnlicher. »Sie dürfen wirklich nicht vergessen, die Ladentür abzuschließen, wenn Sie gehen, Miss Browne.«

»Ich dachte, das hätte ich getan«, seufzte ich. »Ich war nur so genervt wegen der Farbe.«

»Aller Wahrscheinlichkeit nach hat jemand Sie beim Verlassen des Ladens beobachtet und beschlossen, ein bisschen herumzuschnüffeln. Als Sie zurückkamen, saß er oben fest und wusste sich nicht anders zu helfen. Falls er sich im Wohnzimmer aufhielt, hatte er Lappen und Äther griffbereit.«

»Also glauben Sie nicht, dass es etwas mit dem Mord an Nick zu tun hat?«, wollte Ricky wissen.

»Wenn er es auf Miss Browne abgesehen gehabt hätte, wäre sie, wie ich fürchte, nicht so glimpflich davongekommen.« Wieder lächelte er mich an. »Ich weiß, dass Sie etwas Schreckliches erlebt haben, aber leider gibt es eben bedauerliche Zufälle. Sie würden doch nicht versuchen, es für sich zu behalten, oder? Wenn noch etwas passiert, meine ich, Miss Browne?«

»Ich schwöre hiermit feierlich, dass Sie es als Erster erfahren«, versprach ich gehorsam.

Sobald der Inspector und Cruella DeVille weg waren, setzten wir den Kessel auf, um Tee zu kochen. Morris schlug zwar vor, in ein Café zu gehen, aber Ricky wollte lieber bleiben, damit er eine rauchen konnte.

»Sei nur vorsichtig beim Anzünden«, warnte Morris und blickte sich um. »Nimm dich in Acht vor gefährlichen Chemikalien.«

Ricky betätigte sein Feuerzeug, ohne ihn einer Antwort zu würdigen. »Wir wollten sowieso auf ein Tässchen Tee vorbeischauen, richtig, Morris?«, meinte er und inhalierte tief. »Das war, bevor wir das Burgfräulein in Morpheus' Armen aufgefunden haben.«

Sie hatten frische Milch dabei, weil sie offenbar annahmen, dass ich keine im Haus hatte. Außerdem drei neue Tassen, denn sie wollten nicht die von Nick benutzen. Allerdings war ich geneigt, meine Empörung zu zügeln. Zu ihren Mitbringseln gehörten nämlich auch Plunderteilchen. Als sie mich auf dem Fußboden entdeckt hatten, hatten sie ihre Tüten fallen gelassen, aber wie sich zeigte, war das Gebäck nur leicht zerdrückt.

»Eins nach dem anderen«, meinte ich, während ich mit dem Teekessel hantierte. »Erzählt mir, mit wem ihr geredet habt. Wer von den Leuten, mit denen ihr über mich gesprochen habt, hält mich für Nicks Mörderin?«

Doch sie waren in Gedanken schon beim nächsten Thema.

»Er ist nett, dein Inspector, oder?« Rick öffnete das Fenster, um den Rauch nach draußen zu pusten.

»Ich glaube, er mag dich.« Morris lächelte vielsagend.

»Er ist nicht *mein* Inspector!«, protestierte ich mit Nachdruck, denn ich ahnte schon, wohin das führen würde.

Morris drohte mir mit dem Finger. »Anscheinend hat er eine Schwäche für dich.«

»Schade, dass er einen Ehering trägt.« Rick zog die Nase hoch und schnippte die Asche über das Fensterbrett.

»Ach, hört auf mit dem Blödsinn«, schimpfte ich nachsichtig. Ich würde mich von den zweien nicht veräppeln lassen.

»Deshalb kann sie dich auch nicht leiden«, fügte Ricky hinzu. »Diese dunkelhaarige Tussi. Cruella! Sie steht auf ihren Chef.«

»Wirklich?« Ich traute meinen Ohren nicht. Schließlich war der Inspector sicher alt genug, um ihr Vater zu sein.

»Ist dir nicht aufgefallen, wie sie ihn anschmachtet?«

»Äh, nein«, gab ich zu. Ich hatte nicht darauf geachtet, wie sie den Inspector ansah. Sondern mich. Nämlich mit selbstgerechter Bösartigkeit in unterschiedlichen Abstufungen. Falls es je ein nächstes Mal geben sollte, musste ich besser aufpassen.

»Ein hübsches Mädchen«, fand Morris, legte eine Papiertüte auf den Tisch, riss sie vorsichtig auf und legte die Plunderteilchen frei.

»Ein Jammer, das mit ihrem Mund.« Rick zog noch einmal kräftig an der Zigarette und drückte sie im Spülbecken aus.

»Ja, ist es wirklich«, stimmte ich mit einem gehässigen Grinsen zu und setzte mich an den Tisch.

»Tja, es kann ja nicht jeder so eine Riesenklappe haben wie du, Juno«, neckte er mich freundschaftlich. »Und jetzt wähle deine Waffe – Zitronenmus, Aprikose oder Eiercreme!«

35

Am nächsten Tag nahm ich die Meute mit aufs Feld und saß auf einem Kuhgatter, während die Hunde fröhlich mit dem Schwanz wedelnd und mit im Wind flatternden Ohren herumtollten. In der Nacht hatte es geregnet. Das Gras funkelte, es tropfte von den Hecken, und das Holzgatter, auf dem ich mich niedergelassen hatte, war feucht. Doch das kümmerte mich nicht. Den Großteil der Nacht hatte ich wachgelegen und überlegt, was ich tun sollte. Nach der Teilchenorgie am Vortag hatten Ricky und Morris aufgehört, dummes Zeug zu quatschen, und einige Zeit damit verbracht, mich zum Verkauf des Ladens zu überreden. So könnte ich mich eines großen Problems entledigen und gleichzeitig aus der Armut befreien.

Das schien ein vernünftiger Vorschlag zu sein, aber ich wollte dem Laden eine Chance geben. Nicht nur wegen Nick, sondern auch, um mir etwas zu beweisen. Und obwohl ich nicht wusste, wie ich ihn betreiben und gleichzeitig weiterarbeiten sollte, denn ich wollte Maisie und meine übrigen Kunden nicht im Stich lassen. Ganz abgesehen davon, dass ich mir das auch gar nicht leisten konnte, solange der Laden nicht ein wenig Gewinn abwarf. Außerdem hatte sich der Gedanke in mir festgebissen, dass sich irgendwo im Haus der entscheidende Hinweis auf Nicks Mörder verbarg. Wenn ich es verkaufte, war diese Information für immer verloren.

Sally, die Labradordame, plumpste hechelnd vor meine Füße. Ich fragte sie nach ihrer Meinung, aber sie behielt sie für sich.

Obwohl ich Ricky und Morris versprochen hatte, ihnen Bescheid zu geben, wenn ich wieder in den Laden ging, damit sie mir Gesellschaft leisten konnten, schlich ich mich nach getaner Arbeit heimlich für ein Stündchen hin. Die Decke würde sich nicht von allein streichen, und außerdem brauchte ich Zeit für mich, um nachzudenken – was mir allerdings verwehrt blieb. Ich hatte noch nicht einmal den Deckel von dem Farbeimer entfernt, als es sachte an der Tür klopfte. Ich fuhr hoch und kreischte wie ein aufgeschrecktes Huhn.

Der Mensch, der mich durch die Scheibe angrinste, war Paul.

»Los, mach auf, es fängt an zu regnen.«

»Ich wusste gar nicht, dass du zurück bist«, rief ich und ließ ihn rein. »Was für eine schöne Überraschung!«

Ich erlaubte ihm, mich auf die Wange zu küssen.

»Wie geht es dir?«, fragte er gut gelaunt. »Wie ich gehört habe, hattest du gestern ein kleines Malheur.«

»So könnte man es auch bezeichnen. Herrje, hier spricht sich alles sofort herum. Aber der Krankenwagen und das Polizeiauto vor der Tür waren schon recht verräterisch, das muss ich wohl zugeben.«

»Die Mädchen auf dem Markt haben über nichts anderes geredet. Aber du bist nicht verletzt, oder?«, erkundigte er sich ein wenig ernster.

»Nur mein Stolz.«

Er musterte die frisch lackierten Regale und die strahlend weißen Wände. »Du machst Fortschritte.«

Ich spähte zu dem Fleck an der Decke hinauf. »Nicht genug.«

»Leg mal 'ne Pause ein. Ich bin hier, um dich aus diesem Jammertal zu entführen. Du suchst den Pub aus.«

Mein fester Entschluss, die Decke zu Ende zu streichen, hielt genau eine Sekunde lang an. Zehn Minuten später saßen wir gemütlich in einem Lokal, das zwar ein wenig rustikal war, jedoch über den Vorzug eines lodernden Kaminfeuers verfügte, angesichts der trotz der Jahreszeit nicht sehr frühlingshaften Temperaturen nicht zu verachten. Außerdem wurde hier Craft Beer ausgeschenkt, laut Paul ein weiteres Plus. Ich blieb bei Cider und lehnte das verlockende Angebot eines großen Glases Badger's Bum ab. Wenn ein Bier schon Dachshintern heißt …

»Und wann bist du angekommen?«, fragte ich.

»Letzte Nacht. Also habe ich die ganze Aufregung knapp verpasst. Du musst mir alles erzählen.«

Was ich tat. Als ich fertig war, starrte Paul mich entgeistert an. Er hatte die Hände hinter dem Kopf verschränkt und die Augenbrauen zweifelnd zusammengezogen. »Du hast doch nicht etwa weiter Detektiv gespielt, oder?«

»Nein, ich schwöre bei Gott«, beteuerte ich und hob beide Hände. »Nun, wenn du meinen Besuch bei Verbena nicht mitzählst.«

»Also hast du in letzter Zeit keine gefährlichen Verbrecher verärgert?«

»Nicht dass ich wüsste.«

Nachdenklich trank er einen Schluck Bier und leckte sich den Schaum von der Oberlippe. »Tja, dein Inspector hat bestimmt recht. Wahrscheinlich war das gestern einfach ein Einbrecher, der sein Glück versuchen wollte. Gott sei Dank, dass nicht mehr passiert ist.«

Ich nickte beklommen.

»Übrigens hat bei mir auch jemand rumgeschnüffelt, während ich weg war. Sie haben versucht, meinen Wohnwagen aufzubrechen.«

»Wirklich?«

»Am Türschloss wurde herumgefummelt. Die Typen müssen aber ganz schön dämlich gewesen sein. Es wäre viel einfacher gewesen, ein Fenster einzuschlagen und dort einzusteigen. Wahrscheinlich Jugendliche, die auf dem Feld herumgelungert haben.«

»Wurde etwas gestohlen?«

»Sie sind ja nicht reingekommen. Außerdem ist da nichts, was man klauen könnte.«

»Deine Netsuke-Sammlung«, erinnerte ich ihn.

Kurz sah er mich verständnislos an, als wisse er nicht, wovon ich redete. »Ach, die«, tat er den Einwand lässig ab. »Die habe ich mitgenommen, als ich das letzte Mal hier war.« Er lächelte finster. »Vermutlich sollte ich dankbar sein, dass sie das Ding nicht angezündet haben.«

»Hast du es der Polizei gemeldet?«

Er zuckte die Achseln. »Das bringt doch nichts. Allerdings sollte ich wirklich die Sicherheitsvorkehrungen erhöhen. Die Werkstatt ist leichte Beute, wenn ich die meiste Zeit weg bin. Das ist einer der Gründe für meinen Besuch. Ich will meine Werkzeuge einpacken, bevor jemand sie sich unter den Nagel reißt.«

»Also hast du bis jetzt nicht geschafft, das Grundstück zu verkaufen?«

»Nein. Aber wo ich schon mal hier bin, werde ich den Maklern Dampf machen. Aber«, fügte er triumphierend hinzu und klopfte mit den Fingern auf die Tischplatte, »ich habe wahrscheinlich einen Käufer für den Abbeiztank. Meinen

Kumpel bei der Gebäuderecyclingfirma. Er sagt, wenn ich nicht da bin, um seine Türen abzubeizen, kann er das genauso gut selbst erledigen. Allerdings hat er noch einen Auftrag für mich, den ich zuerst abarbeiten soll, der zweite Grund für mich herzukommen. Sobald ich damit fertig bin, lasse ich den Tank endgültig ab.«

»Und wie läuft es in Nottingham?«, erkundigte ich mich. »Wie fühlen sich Henry Wain und Arnold Bishop?«

»Ausgezeichnet.«

»Offenbar hast du noch eine Dose Darkolene aufgetrieben.«

»Leider nein. Deshalb«, erwiderte er mit einem schüchternen Lächeln, »habe ich angefangen, Bilder unter meinem eigenen Namen zu verkaufen.«

»Wunderbar!« Ich griff nach seinem leeren Glas. »Darauf müssen wir anstoßen.«

»Nein, nein, die Runde geht auf mich.« Er nahm mir das Glas ab, stand auf und wies mit dem Kopf auf die Tafel mit der Speisekarte an der Wand des Pubs. »Ich lade dich sogar zum Essen ein. Morgen muss ich eine sehr teure Reparaturarbeit bei einer Dame in Truro abliefern. Also komme ich mir vor wie Krösus.« Er zog die Augenbrauen hoch. »Fleischpastete und Pommes?«

Ich hatte schon gedacht, er würde nie fragen.

36

Da der nächste Tag ein Donnerstag war, fuhr ich am Nachmittag zu Maisie in die Brook Lane. Ich war später dran als gewöhnlich und nach der Arbeit ziemlich kaputt. Doch wenn ich ihren Abfall nicht sortierte, bevor morgen früh die Müllabfuhr kam, würde sie alles in die falschen Tonnen werfen. Mit dem Ergebnis, dass die Müllfahrer sie stehen lassen würden.

Aus Maisies Küche wehte mir ein merkwürdig strenger Geruch entgegen. Jacko half mir auf die Sprünge, indem er wie gebannt auf die Arbeitsfläche starrte und dabei ein sehnsüchtiges, kehliges Winseln ausstieß. Als ich ein Geschirrhandtuch lüpfte, entdeckte ich eine Packung dicker Würstchen, die die Farbe von Leichenfingern angenommen hatten.

»Wie lange liegen die schon da?«, rief ich Maisie zu, während ich versuchte, das Verfallsdatum zu entziffern, ohne der Packung mit der Nase zu nah zu kommen.

»Oh, die habe ich schon gesucht«, verkündete sie vergnügt und schlurfte zu mir hinüber. »Eigentlich wollte ich sie mir letztens zum Abendessen machen. Ich habe sie aus dem Kühlschrank geholt und dann nicht mehr wiedergefunden.«

»Ein Glück, dass Sie sie nicht mehr gefunden haben«, erwiderte ich streng. »Die können Sie nicht mehr essen.«

Sie schnupperte. »Dann frisst Jacko sie eben.«

»Nein, das wird er nicht.« Jacko mit Magenverstimmung war eine Vorstellung, der ich lieber nicht nachhing.

Maisie verlor das Interesse und schlenderte davon. »Legen Sie sie einfach für die Vögel raus.«

»Für welche Vögel, Geier? Nein, Maisie, die kommen in den Müll.«

Sie schnalzte mit der Zunge, als veranstalte ich viel Lärm um nichts, sparte sich aber den Widerspruch. Ich inspizierte den restlichen Inhalt ihres Kühlschranks, entsorgte alles Lebensbedrohliche, sortierte ihren Abfall in die entsprechenden Behälter und stellte alles für die Müllabfuhr nach draußen.

Dann ließ ich den Transporter draußen stehen und machte mit Jacko, dem Höllenhund, einen Spaziergang in die Stadt. Er benahm sich so schlecht wie immer, weshalb es eine Erleichterung war, ihn vor der Apotheke anzubinden, während ich Maisies Rezept einlöste. Danach ließ ich ihn dort sitzen und erledigte die restlichen Einkäufe. Bei meiner Rückkehr wirkte er so verloren, dass ich ein schlechtes Gewissen bekam, weil ich mich nicht um ihn gekümmert hatte. Also gab ich ihm ein paar Stückchen von der gerade bei Mr. Singh gekauften Hundeschokolade. »Wehe, du kotzt«, warnte ich ihn.

Als wir zurückkamen, schlief Maisie tief und fest in ihrem Lehnsessel. Es war überflüssig, auf Zehenspitzen herumzuschleichen, denn ich wusste, dass höchstens ein Erdbeben sie aufwecken konnte. Ich verstaute ihre Einkäufe, vergewisserte mich, dass sie keine Wäsche in der Maschine eingesperrt hatte, machte ihr zum Abendessen ein Schinkenbrot und deponierte den Teller zusammen mit dem Wechselgeld und dem Rezept auf dem Tischchen neben ihr. Dann ging ich.

Jacko war aufs Sofa und von dort aus auf seinen Lieblingsplatz auf dem Fensterbrett gesprungen und hatte es sich zu einem Nickerchen gemütlich gemacht. Als ich mich umdrehte, um das Gartentor zu schließen, fuhr er plötzlich hoch, steckte die Schnauze durch den Store und begann, mich anzuknurren und die Zähne zu fletschen. Der Vorhang war um seinen Kopf geschlungen wie ein gespenstischer Brautschleier.

»Was hast du?«, formte ich mit den Lippen. Dann überquerte ich die Straße zur Beifahrerseite des Transporters, damit ich meine eigene Einkaufstüte auf den Vordersitz werfen konnte.

Aus dem Spätnachmittag war Abend geworden. Die Sonne stand bereits tief am Himmel wie ein leuchtend roter, von einem Gitterwerk aus Geäst durchgezogener Ball. Zeit für mich, nach Hause zu fahren und etwas zu essen. Ich steckte die Hand in die Tasche, um den Schlüsselbund herauszuholen. Inzwischen drehte Jacko regelrecht durch. Er grollte und kläffte, bis ihm fast der hässliche kleine Schädel platzte.

Zu spät erkannte ich, dass er nicht mich anbellte. Etwas traf mich schwer am Hinterkopf, sodass ich nach Luft schnappte. Ich wurde schwungvoll gegen die Seite des Transporters geschleudert. Mein Arm klemmte zwischen Körper und Wagentür fest. Eine eiserne Faust umklammerte mein Handgelenk und bog mir den freien Arm auf den Rücken. Ich schrie auf. Meine Einkaufstüte landete auf dem Boden. Dosen rollten in den Rinnstein.

»Hallo, meine Freundin«, zischte eine Stimme mir ins Ohr.

Ich konnte den Kopf gerade genug drehen, um in den Seitenspiegel zu schauen: Vlad, eng an mich gepresst, die Lippen dicht an meinem Ohr.

Als Jacko immer rasender bellte, lachte er leise auf. »Dein kleiner Freund kann dir nicht helfen. Jetzt ist kein großer schwarzer Hund da, um dich zu retten, was?«

Wieder hatte ihn mein Transporter offenbar direkt zu mir geführt. Ich versuchte, ihn wegzuschieben, aber er verdrehte mir zur Warnung den Arm, bis ich erneut aufschrie. »Was willst du?«

Er packte mir mit der Faust ins Haar und zerrte kräftig daran. »Ich will sie zurück. Ich will, was mir gehört. Der alte Mann hat dir alles vererbt, meine Freundin. Also musst du sie haben.«

»Ich habe keine Ahnung, wovon du redest.« Meine Stimme war nur ein heiseres Flüstern.

»Wie unser Freund mit den Fischen. Der wusste auch nichts.«

»Mörder!« Als ich fest mit dem Fuß austrat, erwischte ich ihn am Schienbein. Er fluchte zwar, ließ aber nicht locker.

»Ich bin nur Geschäftsmann«, teilte er mir ruhig und mit einem leisen Lachen mit.

Ich konnte den rechten Arm nicht bewegen, denn der war immer noch an die Wagentür geklemmt. Allerdings gelang es mir, mit den Fingern zu wackeln. Sie ertasteten den Schlüsselbund tief in meiner Hosentasche. Ich manövrierte ihn in meine Handfläche und ballte die Faust.

»Wir machen eine nette Spazierfahrt mit dem Auto.« Vlads Stimme klang seidenweich und drohend. »Ins Moor. Vielleicht erinnerst du dich ja dort wieder.« Er wollte mich verschleppen. Die Straße war menschenleer. Nur ein rotes Auto parkte einige Meter entfernt. Wenn es ihm gelang, mich in diesen Wagen zu verfrachten, war ich eine tote Frau.

Ich ließ mich vom Transporter wegzerren und tat dabei, als wehrte ich mich. Mein linker Arm war noch immer auf den Rücken gebogen, seine Finger krallten sich in mein Haar. Langsam zog ich die rechte Faust aus der Tasche. Die Schlüssel ragten zwischen meinen Fingern hervor wie ein stacheliger Schlagring. Im nächsten Moment holte ich blitzartig aus, wirbelte auf einem Fuß herum und schlug ihm mit Wucht ins Gesicht. Wenn ich ihn frontal erwischt hätte, hätte er ein Auge verloren. Doch obwohl ich mich ein wenig verschätzt hatte, fuhren die Schlüssel ihm über die Stirn und hinterließen blutige Straßenbahnschienen oberhalb der Augenbraue und auf dem Nasenrücken.

Schimpfend machte er einen Satz rückwärts. Noch einmal schlug ich mit aller Kraft zu, und diesmal erzeugten die Schlüssel ein dumpfes, widerliches Geräusch. Der Aufprall fuhr mir durch die Faust, und ein starker Schmerz schoss meinen Arm hinauf. Vlad schrie. Torkelnd wie ein Betrunkener versuchte er, mit der Hand seine Augen zu schützen. Ich wollte den Transporter aufschließen, aber meine zitternden Finger gehorchten mir nicht. Als Vlad auf mich zustürzte, ließ ich die Schlüssel fallen. Die Zeit reichte nicht, sie aufzuheben, einzusteigen oder überhaupt etwas zu unternehmen. Ich konnte nur noch losrennen.

Die Straße vor mir versank in der einbrechenden Dunkelheit, und die dichte Hecke versperrte den Blick auf den Abendhimmel. Im Dämmerlicht sah ich das Flattern einer jagenden Fledermaus.

Ich hastete den Weg entlang und konnte nur beten, dass ich nicht über eine Wurzel oder einen Stein stolpern und stürzen würde. An der Kurve riskierte ich einen Blick über die Schulter und sah Vlad in das rote Auto springen. In wenigen Sekunden würde er mich einholen und überfahren. Ich musste runter von der Straße, und es gab nur ein mögliches Ziel.

Als Pauls Tor in Sicht kam, taumelte ich darauf zu und kletterte darüber aufs Feld. Dann rannte ich auf den Wohnwagen zu. Kein einladendes Licht schien aus dem Fenster, keine

Möglichkeit, Schutz zu suchen. Ich hämmerte an die Tür und schrie Pauls Namen. Keine Antwort. Er war nicht da. Natürlich nicht, fiel mir ein, als ich keuchend dastand und mir die pochende Hand hielt. Er hatte es mir selbst erzählt. Er war in Truro, verdammt.

Durch die Zweige der Hecke erhaschte ich einen Blick auf etwas Rotes – Vlads Auto, das vorbeibrauste. Dann ein Knirschen von blockierenden Reifen auf Kies. Langsam kam das Heck des Wagens wieder in Sicht, und er bremste vor dem Tor ab. Ich fluchte lautlos.

Als ich hörte, wie sich die Autotür öffnete, duckte ich mich hinter die Werkstatt. Mein sicheres Zuhause war nur drei Felder weit entfernt. Aber wenn ich losstürmte, wäre ich weithin zu sehen. Vlad würde mich bemerken, und ich war nicht sicher, ob ich über die gesamte Distanz schneller laufen konnte als er. Also suchte ich mir besser ein Versteck.

Ich pirschte mich an der alten Scheune entlang und hielt Ausschau nach einem Eingang. Auf halbem Wege, fast verborgen hinter einem Gestrüpp aus Nesseln und Kreuzkraut, befand sich eine niedrige Holztür. Sie war ziemlich windschief und morsch, mit Rissen zwischen den verzogenen Brettern und einem Spalt am unteren Rand, durch den der Wind pfiff. Ein Kind hätte sich vielleicht hindurchzwängen können, ich nicht. Als ich an dem rostigen Türknauf rüttelte, stellte ich fest, dass er lose war. Einmal und noch ein zweites Mal rammte ich die Schulter gegen die Tür, bis sie nachgab und ich, den Kopf voraus, ins düstere Innere der Scheune stolperte. Ich knallte die Tür hinter mir zu, lehnte mich schwer dagegen, und Erleichterung durchflutete mich wie ein Schwall kaltes Wasser. Mein Herz klopfte, als würde es mir die Brust sprengen. Ich atmete tief durch.

In der Werkstatt herrschte eine beinahe absolute Finsternis. Nach Luft ringend stand ich da und wartete ab, bis sich meine Augen an die Dunkelheit gewöhnt hatten. Wo mochte Vlad gerade stecken? Das große Metalltor im anliegenden Schuppen klapperte. Ich stieß einen leisen Fluch aus. Er war näher, als ich gedacht hatte. Ich tastete nach dem Schloss der kleinen Tür hinter mir. Meine Finger trafen auf das kalte Metall des Sicherungsblechs. Zugluft wehte durch das Schlüsselloch, einen Schlüssel gab es nicht. Suchend strich ich über das Holz. Es waren auch keine Riegel vorhanden, und es gab keine Möglichkeit, die Tür zu sichern. Bald würde Vlad sie gefunden haben. So wie ich auch.

Ich schnappte mir den nächstbesten Stuhl von einem Stapel alter Möbel und klemmte ihn unter die Türklinke. Die Konstruktion würde zwar nicht lange standhalten, aber so gewann ich wenigstens ein paar zusätzliche Minuten.

Auf Zehenspitzen schlich ich durch die Werkstatt. Ich öffnete die Tür des Raums mit dem großen Abbeiztank, dessen Umriss ich gerade noch ausmachen konnte. Darüber hing das Gitter zum Herunterlassen der Möbelstücke, und ein Stück weiter befand sich das einzige Fenster, das Aussicht auf den Himmel bot. Wenn ich auf das Gitter kletterte, würde ich es vielleicht schaffen, mich durch das Oberlicht hinauf aufs Dach zu zwängen. Der Deckel des Tanks war geschlossen. Von dort aus konnte ich das Gitter bestimmt erreichen und mich dann hochziehen.

Ich schloss die Tür, nahm einen Stuhl und stellte ihn leise neben den Tank. Kaum stand ich darauf, als ich auch schon an der Holztür zur Werkstatt lautes Gepolter hörte. Vlad wollte herein und warf sich mit dem Körper dagegen. Ich stieg auf den Deckel und spürte, wie er unter meinem Gewicht leicht nachgab. Außerdem nahm ich eine leichte Bewegung im Tank wahr, als die tödliche Flüssigkeit darin hin und her schwappte. Ich betete, dass der Deckel mich tragen würde, und streckte beide Arme aus. Die Holztür zur Werkstatt wurde mit einem Krachen zerschmettert. Der Stuhl scharrte über den Steinboden. Auf den Zehenspitzen stehend, griff ich nach den Stäben des Gitters und schloss die Finger um das kalte Metall. Das Gitter schwankte. Die Ketten, an denen es befestigt war, rasselten.

Im nächsten Moment ging in der Werkstatt klickend die Neonbeleuchtung an, und helles Licht strömte unter der Tür hindurch. Schritte erklangen und hielten inne. Wenn ich mich bewegte, würde das Rasseln der Ketten mich verraten. Ich hielt die Luft an.

Vlad suchte alles ab. Hin und wieder blieb er stehen. Ich hörte, wie er um die Hobelbank herumging, stoppte und dann einen Möbelstapel umrundete. Er marschierte zu der Leiter, die hinauf auf den Heuboden führte. »Bist du da oben, meine Freundin?« Er lachte höhnisch und machte sich an den Aufstieg.

Nun war meine Chance gekommen. Ich biss die Zähne zusammen, schloss die Finger fest um die Stäbe und sprang. Mit beiden Armen zog ich mich hoch und versuchte, mich auf die ebene Fläche des schwankenden Gitters zu wuchten. Es war, als wolle man auf ein schwimmendes Floß klettern. Keine einfache Aufgabe.

Das Gitter schwang hin und her, während ich mich daran festkrallte. Einen schrecklichen Moment lang geriet ich ins Rutschen. Ich konnte einen Aufschrei nicht unterdrücken und klammerte mich in letzter Sekunde an die Stäbe, während das Gitter noch einmal rückwärts schaukelte und wieder über dem Deckel des Tanks zum Stehen kam. Schritte polterten die Leiter hinunter, und wenig später leuchteten die Lichter im Raum auf.

Vlad stand in der Tür. Sein Auge war ein schrecklicher Anblick. Es erinnerte an einen geschwollenen blutroten Golfball. Das Lid war so stark lädiert, dass er es kaum schließen konnte. Doch das andere Auge, eisblau, kalt und voller Hass, flößte mir noch viel mehr Angst ein. Lachend betrachtete er mich, wie ich da hilflos baumelte, während meine Zehen kaum den Tankdeckel berührten.

»Weißt du, was im Tank ist, meine Freundin?«, fragte er lässig.

Ich antwortete nicht. Die Gitterstäbe gruben sich in meine Handflächen, meine Arme begannen zu zittern. Ich spürte, wie mir der Schweiß durchs Haar rann.

»Also, wo ist sie?« Er kam auf mich zu. »Du hast sie doch von dem Alten gekriegt, oder? Du hast ihn dazu gebracht, dir alles zu vererben. Kluges Mädchen!«

»Ich habe keine Ahnung, wovon du redest«, entgegnete ich. »Was willst du denn?«

Er griff sich ein langes Stück Holz von einem Stoß an der Wand und schlug damit gegen den Tank. Metall klapperte, und Flüssigkeit schwappte hin und her. »Ziemlich voll da drin.« Vlad musterte die Hebel der Maschinerie und griff nach einem. »Was macht man damit?« Als er an dem Hebel zog, setzte sich das Gitter in Bewegung. Der Deckel kam näher. Ich schrie.

»Aha!« Er nickte. »Damit fährst du rauf und runter.« Er nahm die Hand vom Hebel und ließ mich hängen. Meine brennenden Armmuskeln flehten um Erlösung.

»Wenn du mich umbringst, wirst du nie erfahren, wo sie

ist!«, rief ich verzweifelt. Ich wusste zwar nicht, was »sie« war, hielt bluffen jedoch für meine einzige Chance.

Er grinste tückisch. »Ich muss dich nicht umbringen, meine Freundin. Ich tauche einfach deine Zehen in den Tank, und dann wirst du darum betteln, mir sagen zu dürfen, wo sie ist.« Wieder betrachtete er das Bedienfeld und die beiden anderen Hebel. Er berührte erst den einen, dann den anderen, als könne er sich nicht entscheiden. Ich beobachtete ihn gebannt. Dann lächelte er mich an. »Na, mit welchem macht man wohl den Deckel auf?«

»Den da nicht!«, kreischte ich, als er die Hand nach dem mittleren Hebel ausstreckte.

Fragend zog er die Augenbrauen hoch. »Nein?«, meinte er grinsend und betätigte ihn.

Wie ich es vorausgeahnt hatte.

Damit, dass das Gitter plötzlich zur Seite schwingen würde, hatte er nicht gerechnet. Weil ich aber die Maschinerie im Gegensatz zu ihm schon bedient hatte, war ich darauf gefasst. Ich hielt mich fest, beugte die Knie und ließ dann die Beine gestreckt nach vorne schnellen. Mit beiden Stiefeln traf ich ihn an der Kehle, ehe er auch nur begriff, dass ich auf ihn zusauste. Er kippte rückwärts und fiel um. Ich ließ das Gitter los. Als ich auf dem Beton landete, tat der Aufprall so weh, dass ich aufschrie.

Vlad rappelte sich hoch und lachte atemlos. »Jetzt mache ich dich kalt«, verkündete er. In seiner Hand blitzte eine Messerklinge auf.

Einen Moment lang starrten wir einander an. Er stand zwischen mir und der Tür. Als ich mich nach rechts duckte, folgte er mir. Ich fing an, hinter den Tank zurückzuweichen. Doch damit manövrierte ich mich nur in eine Ecke. Panisch hielt ich

Ausschau nach einer Waffe. Da war nichts bis auf den zusammengerollten Schlauch an der Wand. Ich griff danach und wickelte ein Stück davon ab, während ich mich bemühte, mit der anderen Hand den Wasserhahn zu öffnen. Das Rädchen am Hahn klemmte. Es quietschte, als es sich endlich drehen ließ.

Vlad erkannte, was ich im Schilde führte. »Willst du mich ertränken, meine Freundin?«, fragte er lachend. »Ich glaube, das schaffst du nicht.«

Ich zielte mit der Düse auf Vlad. Nichts geschah. Kein gewaltiger Wasserstrahl trieb ihn zurück. Es tropfte nicht mal.

Das Messer in der Faust, kam er auf mich zu. Plötzlich baute sich doch Wasserdruck auf, und der Schlauch verwandelte sich in eine sich windende Schlange, die ich kaum noch bändigen konnte, als eine eiskalte Sturzflut aus ihrem Maul schoss. Die Schlange wurde zu einem sich aufbäumenden Drachen. Bald waren mein Gegner und ich bis auf die Haut durchweicht. Vlad sprang fluchend zurück. Wasser ergoss sich auf den Betonboden. Der Schlauch rutschte mir beinahe aus der nassen Hand, und in meinem verzweifelten Versuch, ihn festzuhalten, klemmte ich den Zustrom ab, weil ich ihn unwillkürlich etwa einen Meter oberhalb des Endes knickte. Als Vlad mit dem Messer auf mich zustürmte, schwenkte ich den Schlauch wie einen Knüppel. Die Messingdüse traf ihn an der Schläfe. Er ging sofort k. o.

Ich betrachtete ihn, wie er so von Wasser umspült auf dem Boden lag. Als ich sicher war, dass er sich nicht mehr rühren würde, drehte ich den Hahn an der Wand ab. Der Wasserfall wurde zu einem Plätschern und versiegte schließlich ganz.

Außer Atem und tropfnass verharrte ich auf der Stelle und fragte mich, ob ich ihn getötet hatte. Allerdings verspürte ich keinerlei Lust, mich zu ihm hinunterzubeugen, um mich zu vergewissern, dass er nicht Theater spielte. Stattdessen trat ich ihm kräftig in die Eier. Er zuckte nicht einmal. Ich knallte die Tür des Raums hinter mir zu, rannte in die Werkstatt und schleppte einen schweren viktorianischen Frisiertisch herbei. Ihn vor die Tür zu zerren dauerte eine Weile, denn das Ding wog bestimmt eine Tonne, und ich musste zweimal Pause machen, um Luft zu holen. Obwohl ich nicht glaubte, dass Vlad so bald wieder zu sich kommen würde, wollte ich absolut sicher sein, dass er mir nicht entkam.

Die kleine Holztür zur Werkstatt hing zersplittert in ihren Angeln. Verrammeln konnte ich sie nicht, also musste ich schnell sein. Ich hastete die Straße entlang bis zu Maisies Häuschen. Mein Schlüsselbund lag noch im Rinnstein, wo ich ihn verloren hatte. Ich suchte Maisies Schlüssel heraus und öffnete ihre Tür. Sie schlief noch immer tief und fest. Jacko sprang vom Fensterbrett. Ausnahmsweise bellte er nicht, sondern strich mir schwanzwedelnd um die Knöchel. Ich tätschelte ihn rasch. »Danke für den Versuch«, flüsterte ich.

Als ich zu Maisies Telefon griff und wählte, regte sie sich.

»Polizei«, sagte ich atemlos, als eine Stimme mich nach meinem Anliegen fragte. Ich war tropfnass und zitterte, außerdem hatte ich mir die rechte Hand verletzt, die schon anzuschwellen begann. Maisie wachte endlich auf, allerdings ohne all das zur Kenntnis zu nehmen. Sie blinzelte nur, als ich, ihr Telefon in der Hand, vor ihr stand.

»Sie sind ja noch da?«, wunderte sie sich.

37

»Das ist wie in *Robin Hood, König der Vagabunden*«, meinte Ricky grinsend. »Schade, dass ich nicht gesehen habe, wie du an dem Ding hin und her geschwungen bist. Wie Errol Flynn an einem Kronleuchter.«

»Errol *wer*?«, flötete ich zuckersüß. Er streckte mir die Zunge heraus.

»Wie geht es deiner Hand, Juno?«, erkundigte sich Morris besorgt. »Tut sie noch weh?«

»Ein bisschen«, gab ich zu. Seit meinem Zusammenstoß mit Vlad waren kaum zwanzig Stunden vergangen, und offengestanden tat die Hand sogar ziemlich weh. Bekümmert musterte ich meine verbeulten Fingerknöchel und den Verband um meine Handfläche.

»Nun, ich finde, du hast einen Orden verdient«, teilte er mir stolz mit und schnitt Stücke von einem Biskuitkuchen ab.

»Da kannst du lange warten! Ich denke, Inspector Ford ist nicht sehr begeistert von mir.« Er hatte mich am Vormittag vernommen und mich mit Unmengen von Fragen gelöchert. Natürlich hatte ich ihm meinen Kampf mit Vlad in allen Einzelheiten geschildert, den Tritt in die Eier jedoch weggelassen.

Obwohl ich wirklich keine Ahnung hatte, welchen Schatz Vlad in meinem Besitz vermutete, hegte ich den Verdacht, dass der Inspector mir nicht glaubte. »Der arme alte Paul«, fuhr ich fort. »Als er aus Truro zurückkam, wimmelte es bei ihm von Polizisten. Seine Tür ist kaputt, seine halbe Werkstatt steht unter Wasser, und er ist verwarnt worden, weil er nicht richtig abgeschlossen hatte.«

Morris schnalzte missbilligend mit der Zunge und reichte mir ein Stück Kuchen. »Tja, ohne dich hätte die Polizei Vlad nie gekriegt.«

»Nur dass er nicht Vlad heißt«, verbesserte ich ihn. »Sein Name lautet Sergei Zhotahyehski.« Auch wenn er für mich immer Vlad bleiben würde.

»Und wissen wir jetzt, wonach er gesucht hat?«, fragte Ricky, förderte eine Zigarette zutage und klopfte mit dem Ende auf die Tischplatte.

»Nein. Er schweigt sich darüber aus. Laut Inspector Ford schweigt er sich eigentlich über alles aus und schaltet auf stur.«

»Wisst ihr, was ich nicht verstehe?« Nachdenklich rührte Morris seinen Tee um. »Wie hat dieser Vlad erfahren, dass Nick dir den Laden vererbt hat? Deswegen war er doch hinter dir her, oder? Er dachte, dass Nick dir etwas vermacht hat, das seiner Ansicht nach ihm gehört.«

Ricky hielt in dem Versuch inne, seine Kippe anzuzünden.

»Ach, da braucht man kein Genie zu sein! Man muss nur fünf Minuten in Ashburton rumlungern, um überall Gerüchte aufzuschnappen.«

»Insbesondere dann, wenn derjenige mit einem von euch beiden redet«, merkte ich gereizt an.

»Aber er hat nicht in Ashburton rumgelungert, richtig?«, wandte Morris ein. »Nicht in letzter Zeit.«

»Zumindest nicht, soweit wir wissen«, räumte ich ein.

»Aber klar!« Von einem plötzlichen Geistesblitz beseelt, schnippte Ricky mit den Fingern. »Bert Evans hat es ihm erzählt.« Er drehte sich zu mir um. »Hat Vlad gestern nicht behauptet, Bert habe das Ding nicht, nach dem er sucht?«

Verdattert zog Morris die Augenbrauen zusammen. »Wieso sollte Bert Evans Vlad sagen, dass Juno es hat?«

»Um seinen Arsch zu retten natürlich!« Ricky pustete Rauch aus und warf das Feuerzeug auf den Tisch. »Überleg mal, Morris! Wenn zwei Kerle dir den Kopf ein paarmal in einen Fischteich tauchen, würdest du ihnen doch auch sagen, dass jemand anderer das Ding hat.«

»Die Theorie hat nur einen Haken«, merkte ich an, bevor die Debatte sich hochschaukeln konnte. »Bert war schon lange vor der Testamentseröffnung tot.«

Ricky ließ die Schultern hängen. Sein Vorschlag war abgeschmettert. »Stimmt«, murmelte er.

Einen Moment schwiegen wir drei.

»Aber vielleicht hat er es gesehen.« Morris blickte zwischen Ricky und mir hin und her. »Das Testament, meine ich. Nick könnte es ihm gezeigt haben. Jemand musste es doch bezeugen, oder?«

»Richtig.« Ricky nickte weise.

»Denkt ihr, Mr. Young könnte das wissen?«, erwiderte ich. »Ich könnte ihn anrufen.«

Ricky wies mit dem Kopf auf die Wanduhr. »Wahrscheinlich wirst du an einem Freitagnachmittag um halb sechs keinen Anwalt mehr in seiner Kanzlei erreichen.«

»Vermutlich nicht«, seufzte ich, versuchte es aber trotzdem. Nachdem es einige Male geläutet hatte, sprang der Anrufbeantworter an. Ich legte auf. Es brachte nichts, eine Nachricht zu hinterlassen. Also würde ich bis Montag warten müssen. Ich leerte meine Teetasse. »Danke für den Tee«, sagte ich und stand auf. »Ich gehe jetzt nach Hause.«

»Nun, wegen Vlad brauchst du dir ja keine Sorgen mehr zu machen«, stellte Morris fest und berührte mich am Arm. »Der sitzt hinter Schloss und Riegel.«

»Pass auf dich auf, Juno«, fügte Ricky hinzu und wies mit der Zigarette auf mich. »Gönn dir am Wochenende ein bisschen Ruhe.«

»Das werde ich«, log ich. Denn die dämliche Decke würde sich nicht von selbst streichen.

Dummerweise beschloss ich, diese Aufgabe noch am selben Abend in Angriff zu nehmen. Ich war zwar total fertig, redete mir aber ein, dass die Arbeit mit dem Farbroller schnell erledigt sein würde. Und falls das noch immer nicht reichte, könnte die Farbe so über Nacht trocknen, damit ich am Morgen eine weitere Schicht auftragen konnte.

Doch als ich in den Laden kam, stellte ich fest, dass es regnete. Auf dem Boden befand sich eine große, glänzende Lache, und von oben tropfte es stetig. Ich schaute hinauf und fluchte. Der Fleck an der Decke hatte sich in eine schmutzige Wolke verwandelt. Als ich die Hand darunterhielt, traf ein kalter Tropfen meine Handfläche. Während ich noch hinstarrte, spürte ich den nächsten Tropfen auf der Haut.

Da der Eimer oben stand, holte ich einen Nachttopf mit Weidenmuster aus der Ecke und stellte ihn als Tropfenfänger auf. Dann hastete ich die Treppe hinauf ins Wohnzimmer.

Ich musterte die Dielenbretter auf der Suche nach einem, das ich anheben konnte. Bald entdeckte ich eines in der Mitte des Raums vor dem Kamin und hebelte es, begleitet von Ächzen und Stöhnen, hoch. Ich schob es weg, kniete mich hin und spähte hinab in das finstere Loch.

Nachdem ich meine Taschenlampe aus der Tasche gekramt

hatte, leuchtete ich in das Loch hinein. Schließlich konnte unter dem Fußboden allerlei Kriechgetier lauern, weshalb ich keine Lust hatte, in der Dunkelheit herumzutasten. Der Lichtstrahl fiel auf Staub, Spinnweben und ein offenbar verrostetes Rohr. Ich legte mich auf den Boden, griff in die Öffnung und streckte die Fingerspitzen aus. Das Rohr fühlte sich nass an. Ich stemmte mich hoch auf die Knie, zielte mit der Taschenlampe und nahm das Ganze noch einmal in Augenschein. Dem dunklen Fleck unter dem Rohr nach zu urteilen, leckte es bereits seit einer Weile. Wahrscheinlich würde es keine größere Überschwemmung auslösen. »Zumindest nicht bis gegen zwei Uhr morgens, wenn die Decke des Ladens einstürzt«, sagte ich zu mir selbst. Meinen Galgenhumor hatte ich noch nicht verloren. Ich brauchte einen Installateur und hatte keine Ahnung, wo ich einen auftreiben sollte. Bei Sonnenuntergang verkriechen sich sämtliche Handwerker von Ashburton nämlich zu Hause in ihren Löchern wie kleine Pelztierchen. Entnervt starrte ich in den Hohlraum unter den Dielenbrettern. Ich würde bis morgen warten und das Beste hoffen müssen.

Bevor ich das Brett wieder an seinen Platz legte, leuchtete ich alles noch einmal mit der Taschenlampe ab. Das Licht fiel auf einen dunklen Umriss, etwa einen knappen Meter entfernt von der undichten Stelle im Rohr. Ich konnte nicht erkennen, was es war. Offenbar eine Art Päckchen. Ich legte die Taschenlampe beiseite, ließ mich flach auf dem Boden nieder, streckte meinen Arm aus, so weit ich konnte, und versuchte es zu greifen. Aber ich kriegte das Ding nicht zu fassen. Wenn ich nichts fand, um es herauszuangeln, würde ich wohl ein weiteres Dielenbrett entfernen müssen. Da fiel mir Nicks Spazierstock ein. Ich holte ihn aus dem Flur.

Nachdem ich mich wieder hingelegt hatte, nahm ich ihn unten am Gummistopper, schob ihn unter die Bohlen und fischte mit der Krücke nach dem Päckchen. Nach einigen Versuchen erwischte ich es. Ich hörte ein Scharren unter dem Fußboden. »Geschafft!«, rief ich triumphierend, zog den Spazierstock ein und holte das Päckchen aus seinem dunklen Versteck.

Es war etwa so groß wie ein Taschenbuch, in schwarzes Plastik verpackt und mit Klebeband umwickelt. Ich setzte mich auf und klopfte aufgeregt den Staub von der Folie.

Zu ungeduldig, um das Klebeband abzulösen, riss ich die Plastikfolie mit den Fingern auf, bis ein Loch entstand, durch das ich den Inhalt herausnehmen konnte. Bald hatte ich einen in einen weichen Wollstoff – anscheinend ein alter grauer Schal – gehüllten Gegenstand in der Hand. Beim Auspacken stockte mir der Atem. Hatte es Vlad darauf abgesehen gehabt? Oder hatte ich vielleicht endlich die verdammten Ringe gefunden?

Allerdings war das Objekt zu flach für eine Schmuckschatulle. Es war nur knapp zweieinhalb Zentimeter hoch, bestand aus einem dunklen, schimmernden Holz und war an den beiden langen Seiten mit Scharnieren versehen. Als ich bemerkte, dass ich die Rückseite vor mir hatte, drehte ich es um. Es ließ sich nicht aufklappen wie ein Buch. Stattdessen bestand der Deckel aus zwei Hälften, in der Mitte zusammengehalten von einer kunstvollen Schließe aus gelbem Metall. Ich drückte vorsichtig auf die Schließe, und der Deckel öffnete sich. Mir fiel die Kinnlade herunter. Eine traumhaft gestaltete, dunkeläugige Madonna erwiderte meinen Blick. Ihr strahlendes Gesicht wurde von einem blauen Schleier umrahmt. Ein goldener Heiligenschein zierte ihr jungfräuliches Haupt.

Ehrfürchtig schweigend betrachtete ich das Bild. Der Gegenstand in meiner Hand war eine Ikone, wunderschön und offenbar sehr alt. Kurz fragte ich mich, ob es sich um eine griechische handelte. Dann jedoch lächelte ich. Es war ganz sicher keine griechische. Sondern eine russische.

38

Am Telefon klang Inspector Ford beinahe beeindruckt. »Gut gemacht, Miss Browne. Ausgezeichnet, dass Sie die Ikone gefunden haben. Es sind einige interessante Fingerabdrücke drauf …«

Ich hatte die Ikone am nächsten Morgen voller Stolz nach Exeter in die Polizeizentrale gebracht. Allerdings war der Inspector nicht da gewesen, sodass ich sie Cruella DeVille übergeben musste. Ihr kleines Mündlein hatte vor Zorn gezuckt.

»Oh?«, meinte ich, bemüht, mir die Aufregung nicht anmerken zu lassen. Bill machte es sich auf meinem Schoß gemütlich.

»… erstens die Fingerabdrücke von Albert Evans«, fuhr der Inspector fort, »und auch die Ihres Freundes Sergei Zhotahyehski. Offengestanden hat Mr. Zhotahyehski mich den Großteil des Wochenendes auf Trab gehalten.« Der Inspector klang müde.

»Hat er gestanden?«

»Nun, zumindest redet er«, antwortete er seufzend. »Ihm ist klar, dass er ein paar Jährchen absitzen muss, und jetzt interessiert ihn, wo das sein wird. Er glaubt, er könne mit uns verhandeln, wenn er kooperiert. Inzwischen haben wir in dem verlassenen Auto genügend Beweise gesichert, um ihn wegen Mordes an Ilya Pietrov dranzukriegen. Außerdem hat er seine Beteiligung an dem Totschlag zum Nachteil von Albert Evans eingeräumt.«

»Totschlag?«, wiederholte ich.

»Angeblich ist Evans an einem Herzanfall gestorben. Sie hätten ihn nicht töten, sondern nur einschüchtern wollen.«

»Und Nick? Hat er den Mord an Nick gestanden?« Ich war ungeduldig und hätte den Inspector am liebsten aufgezogen wie eine zu langsam tickende Uhr.

Nach einer Pause sprach er weiter. »Ich erzähle Ihnen, was wir uns bis jetzt zusammenreimen konnten. Offenbar kam die Ikone zuerst in den Besitz von Mr. Evans, vielleicht sogar auf legalem Wege, obwohl sie irgendwann sicherlich Mütterchen Russland gestohlen wurde. Möglicherweise schon vor langer Zeit, während des Zweiten Weltkriegs. Jedenfalls wusste Evans, dass Nick Verbindungen nach Russland hatte, und hat ihm einen Anteil am Erlös angeboten, wenn er ihm helfen würde, die Ikone zu verkaufen.«

»Und er hat versucht, sie an Vlad zu verkaufen? Ich meine … an Zhotahyehski?«

»Wollen wir uns darauf einigen, ihn Vlad zu nennen?«, erwiderte der Inspector. »Das kann man besser aussprechen. Laut Vlad hat Nick sich an seinen Auftraggeber gewandt, bei dem es sich unserer Vermutung nach um einen russischen Staatsbürger mit Wohnsitz in London handelt.«

»Wissen wir … das heißt, wissen Sie … wer er ist?«

»Ich habe da so meine Vermutungen, aber Vlad ist nicht bereit, uns den Namen zu nennen. Er befürchtet, dass sein Auftraggeber sich im Gefängnis an ihm rächen könnte. Doch ganz gleich, wer der Mann auch sein mag, jedenfalls war er sehr interessiert an der Ikone und hat Vlad losgeschickt, damit der sie sich ansieht und ihm Bericht erstattet. Allerdings hat Nick sich geweigert, sie ihm ohne eine Anzahlung zu zeigen. Er behauptete, es gebe noch weitere Interessenten, weshalb Vlads Boss eine Art Reservierungsgebühr in bar entrichten müsse. Offenbar keine unübliche Praxis. Also einigte man sich auf eine Anzahlung. Das Geld wurde übergeben, das Objekt wurde fotografiert, und unser Freund kehrte nach London zurück und meldete alles seinem Boss. Dieser gab ein Angebot für die Ikone ab, das akzeptiert wurde. So schön, so gut.«

»Aber?«, hakte ich nach, als der Inspector Luft holte.

»Aber dann behaupteten Nickolai und Evans offenbar, sie hätten von einem anderen Interessenten ein besseres Angebot erhalten. Wir haben keine Ahnung, ob das stimmt oder ob es nur ein Versuch war, den Preis hochzutreiben. Jedenfalls war Vlads Boss außer sich. Man habe einen Preis vereinbart, und er sei nicht bereit, sich auf eine Bieterschlacht einzulassen. Also hat er Vlad und Pietrov nach Churchmoor geschickt, um seine Anzahlung zurückzuholen … und ich glaube, ab da kommen Sie ins Spiel, Miss Browne.«

»Deshalb wollten sie Nick damals zusammenschlagen«, ergänzte ich rasch. »Weil er das Geld nicht rausrücken wollte.« Ich konnte mir bildlich vorstellen, wie Nick Vlad und Igor mitgeteilt hatte, eine Rückerstattung der Anzahlung sei nicht vorgesehen. »Das muss das Geld gewesen sein, das Nick ihnen in Pauls Gegenwart übergeben hat. Aber wenn das Geld wieder da war, hätte die Sache doch ausgestanden sein müssen.«

»Schon, nur dass Vlad das Gesicht verloren hat«, fuhr der Inspector fort. »Er hat die ganze Angelegenheit als Demütigung betrachtet. Als persönliches Scheitern. Er glaubte, er könne seinen guten Ruf bei seinem Boss nur wiederherstellen, wenn er ihm die Ikone beschaffte. Vorzugsweise kostenlos.«

»Er hat doch zu diesem Zeitpunkt gar nicht wissen können, ob Nick die Ikone noch hatte«, wandte ich ein. »Er hätte sie auch an einen dieser angeblichen Interessenten verkauft haben können.«

»Er behauptet, nach der Begegnung mit Ihnen habe Nick ihn privat kontaktiert und ihm gesagt, die Ikone befände sich in seinem Besitz. Er sei bereit zu verhandeln.«

Ich traute meinen Ohren nicht und hätte wegen Nicks Dummheit und Habgier heulen können. Zum ersten Mal überkam mich das Gefühl, dass er sich sein Schicksal selbst zuzuschreiben hatte. Nick war einfach unfähig gewesen, der Versuchung zu widerstehen, wenn es um Geld ging. »Der alte Idiot!«, rief ich verzweifelt aus.

»Wie wahr«, stimmte der Inspector zu. »Zu Vlads Pech hatte sein Boss entschieden, ihn nach Russland zu schicken, um irgendeine Drecksarbeit zu erledigen. Deshalb musste er sich gedulden …«

»Und dann ist er zurückgekommen und hat Nick ermordet«, beendete ich den Satz.

Der Inspector machte eine seiner typischen langen und nachdenklichen Pausen. »Tja, jetzt wird es wirklich spannend, Miss Browne. Als Vlad und Pietrov einige Wochen später wieder in England waren und nach Ashburton fuhren, war Mr. Nickolai angeblich schon tot, und sein Haus war ein Tatort.«

»Aber das kann nicht sein«, protestierte ich.

»Da sie es nicht ratsam fanden, sich weiter hier herumzutreiben, haben sie Mr. Evans davon … äh … überzeugt, dass es in seinem besten Interesse sei, bei Nick einzubrechen und die Ikone für sie zu stehlen.«

»Doch das hat er nicht getan.«

»Nein, hat er nicht, und deshalb ist er schließlich bei den Fischen gelandet.«

Das musste ich erst mal sacken lassen. »Aber wir wissen, dass Vlad Nick umgebracht hat.«

»Es gibt keine Beweise, die ihn mit dem Tatort in Verbindung bringen.«

»Seine Fingerabdrücke sind auf der Ikone«, beharrte ich.

»Ihre auch.«

»Und das heißt was?«

»Dass er die Ikone irgendwann angefasst hat, ebenso wie Sie. Na und? Nichts als Indizien. Es belegt nicht, dass er in der Mordnacht in Nicks Wohnzimmer war.«

»Ach, scheiße«, murmelte ich.

»Sie haben den Nagel auf den Kopf getroffen, Miss Browne.«

Als ich später darüber nachdachte, klangen die Ausführungen des Inspectors durchaus logisch. Warum hatten Vlad und Igor, wenn sie Nick ermordet hatten, die Ikone nicht gesucht und seine Wohnung genauso auf den Kopf gestellt wie das Haus von Albert Evans? Außerdem lagen der Polizei Beweise dafür vor, dass Vlad und Igor am angegebenen Datum mit dem Flugzeug aus Russland gekommen waren, und zwar *nach* dem Mord an Nick.

Das also war der Stand der Dinge. Da ich so lange überzeugt gewesen war, dass Vlad Nick auf dem Gewissen hatte, war ich nun ziemlich ratlos. Ich wusste nicht, was ich denken sollte. Sonst kamen als Verdächtige nur Richard und Helena infrage, und die hatten beide Alibis. Es war, als sei mit einem Mal die Luft raus. Und auch dass die Lokalzeitung auf mich aufmerksam geworden war, hob meine Laune nicht gerade. Ein pickeliger Junge von der *Dartmoor Gazette* hatte mich aufgesucht, um mich zu meinen Abenteuern in Pauls Werkstatt zu interviewen. Und so schaffte ich es auf die Titelseite der nächsten Ausgabe: *Heldin des Alltags erledigt Killer.* Gott, war das peinlich! Gut, ich hatte einen Killer dingfest gemacht. Allerdings leider den falschen.

Es erübrigt sich zu erwähnen, dass Ricky und Morris sich königlich amüsierten. Bedauerlicherweise musste ich am Tag nach dem Erscheinen der Zeitung bei ihnen zur Arbeit antreten, weshalb ich keine Chance hatte, das Thema und überhaupt dieses Schmierblatt totzuschweigen. Nachdem die beiden mich etwa eine Stunde lang gnadenlos ins Verhör genommen hatten, drohte ich, nach Hause zu gehen, wenn sie nicht endlich den Mund hielten. Sie schworen Besserung, worauf ich mich wieder ungestört den zurückgegebenen Kostümen von *Die Lästerschule* widmen konnte, bis es Zeit zum Teetrinken war. Natürlich kam das Thema Mord unweigerlich wieder aufs Tapet.

»Hast du deinen Anwalt angerufen?«, erkundigte sich Morris, als ich gerade einen Haufen gerüschter Hemden, die gewaschen werden mussten, in den Wäschekorb warf. »Und ihn gefragt, wer Nicks Testament bezeugt hat?«

»Ja.« Ich setzte mich im Frühstückszimmer an den Tisch. »Ich habe es am Montag noch einmal bei Mr. Young versucht. Es war Albert Evans.« Für mich war es seltsam, dass Bert Evans lange vor mir von der Erbschaft gewusst hatte. Vielleicht hatte er ja deshalb die Smithsons nach mir ausgehorcht: Er war auf der Suche nach einer guten Partie gewesen. Bei der bloßen Vorstellung wurde mir ganz flau.

»Und wer war der zweite Zeuge?« Morris reichte mir eine Tasse. »Es muss einen zweiten gegeben haben.«

»Oh, daran hatte ich gar nicht gedacht!«, rief Ricky aufgeregt. »Bedeutet das, es gibt noch einen Verdächtigen, dem es nicht gefiel, dass Nick das Haus Juno vermacht hat?«

»Nun, wer war es?« Morris führte einen Keks an die halb geöffneten Lippen.

Ich winkte die beiden näher heran und senkte die Stimme zu einem verschwörerischen Flüstern. »Mr. Singh.«

Sie brachen in Gelächter aus.

»Was für ein Bild«, verkündete Ricky. »Nick ruft den armen alten Mr. Singh an und bittet ihn, ihm eine Packung Kekse zu bringen. Und, ach, ob er etwas dagegen habe, eine Unterschrift zu bezeugen, wenn er schon einmal da sei?«

Ich hatte es genau vor Augen. Der gute Mr. Singh. Vermutlich hatte es sich wirklich genau so abgespielt.

»Tja, da habt ihr es.« In Rickys Augen funkelte der Schalk. »Mr. Singh ist eindeutig der Mörder.«

»Niemals!«

»Wenn man das Unmögliche ausgeschlossen hat«, zitierte Ricky Conan Doyle und führte eine imaginäre Pfeife zum Mund, »muss das, was bleibt, so unwahrscheinlich es auch sein mag, die …«

»Ach, sei still, Sherlock!«, schimpfte Morris.

»Mr. Young hat noch etwas erwähnt, das ich interessant fand.«

Die beiden sahen mich an.

»Er hat das Datum genannt, an dem das Testament bezeugt wurde. Und zwar war das nicht lang nach Richards letztem Besuch bei seinem Vater, weshalb ich mich gefragt habe, ob es wohl zum Streit gekommen ist. Ob Nick sein Testament deswegen zu meinen Gunsten geändert hat.«

»Was wiederum zu der Frage führt, ob Richard der Mörder seines Vaters ist«, fügte Ricky hinzu. »Nur dass Richard ein Alibi hat.«

»Ich weiß.« Ich seufzte auf. »Wir drehen uns immer weiter im Kreis.«

»Pass auf, Liebelein.« Morris nahm meine Hand. Sein Mondgesicht wurde ernst. »Manchmal finden wir die Antwort auf eine Frage eben nicht und müssen akzeptieren, dass wir sie nie bekommen werden.«

Ricky nickte zustimmend. »Du musst aufhören, dich wegen des Mordes selbst zu zermürben, Liebelein. Lass los.«

Besorgt tätschelte Morris meine Hand. »Er hat recht, Juno. Du weißt, dass er recht hat. Finde dich damit ab.«

Natürlich wusste ich, dass sie recht hatten. Doch ebenso klar war für mich, dass ich das niemals schaffen würde.

Das erklärte ich am Abend auch Paul, als ich ihn auf ein Bier einlud. Das war das Mindeste nach der Verwüstung, die ich in seiner Werkstatt angerichtet hatte. Er hörte mir genau zu, teilte jedoch Morris' und Rickys Meinung. »Nick war schon lange im Geschäft. Du kannst jede Wette eingehen, dass Vlad nicht der Erste war, den er übers Ohr hauen wollte. Im Laufe der Jahre ist er bestimmt dem einen oder anderen begegnet, der auch ein Motiv hat.«

»Einen Grund, ihn zu töten?«

»Möglicherweise auch bloß Anlass für einen Streit. Damit wollte ich nur sagen, dass er sich gewiss Feinde gemacht hat.«

»Tja, da hätten wir Verbena Clarke …«, begann ich.

Stöhnend schlug Paul die Hände vors Gesicht. »Juno, ich flehe dich an!« Nach einer Weile hob er den Kopf und bedachte mich mit seinem typischen eindringlichen Blick aus dunklen Augen. »Es reicht, okay?«

»Tut mir leid.«

Kurz entstand Schweigen. Dann wechselte er das Thema. »Ich habe es heute geschafft, den verdammten Tank abzulassen«, erzählte er mir, lehnte sich zurück und griff nach seinem Glas. »Außerdem habe ich neue Türschlösser eingebaut. Ich möchte nicht, dass jemand da drin herumschnüffelt. Wenn ich nur daran denke, was dir alles hätte passieren können …« Er grinste mich an. »Der berühmten Heldin des Alltags …«

»Jetzt fang du nicht auch noch an!«

»Eigentlich wollte ich dir sagen, dass ich jetzt hier fertig bin und nicht mehr wiederkomme«, fuhr er, plötzlich ernst, fort. Er schaute einen Moment lang in sein Glas und zögerte. »Heute ist mein letzter Besuch.«

Ich hoffte, dass man mir mein Entsetzen nicht ansah. Obwohl mein Verstand mich beschwor, dass das die beste Lösung sei, brach es mir fast das Herz. »Also ist das der Abschied?«

»Ich muss noch ein paar Arbeiten erledigen und alles zusammenpacken, aber in einem oder zwei Tagen fahre ich.«

»Verstehe.«

»Wir treffen uns vorher noch einmal«, versprach er.

Ich zwang mich zu einem Lächeln und prostete ihm zu. »Auf Henry Wain und Arnold Bishop. Möge ihnen nie das Darkolene ausgehen.«

39

Endlich hatte ich mich dazu durchgerungen, Nicks Küche auszumisten, lange genug hatte ich das vor mir hergeschoben. Da ich nicht wusste, was ich mit Nicks Wohnung anfangen sollte – ich war sicher, dass ich nicht gern dort würde wohnen wollen –, hatte ich die längst überfällige Generalreinigung bis jetzt vertagt. Inzwischen empfand ich das Putzen als eine Art Therapie – eine Ablenkung für das Wochenende und ein Weg, Buße zu tun. Und so kratzte ich in dem winzigen vereisten Gefrierfach von Nicks altersschwachem Kühlschrank herum, der nun schon seit Monaten tapfer vor sich hin rumpelte, weil niemand – weder ich noch der Anwalt oder Nicks Kinder – daran gedacht hatte, ihn abzuschalten. Der sich in unterschiedlichen Phasen der Verwesung befindliche Inhalt ruhte bereits in schwarzen Müllsäcken und harrte darauf, nach draußen zu den Mülltonnen geschleppt zu werden. Das Gleiche galt für die ordentlich eingewickelten Flaschen mit diversen schauerlichen Substanzen aus dem Schränkchen unter der Spüle.

Nachdem ich mit einem Messer auf einen Eisblock eingehackt hatte, um eine darin festgebackene Packung Fischstäbchen freizukriegen, beschloss ich, den Kühlschrank seinem Schicksal zu überlassen, bis das Eis auf natürlichem Wege abgetaut war. Wahrscheinlich schmelzen eher die Polarkappen ab, als dass der Kühlschrank die Fischstäbchen herausrückt, dachte ich grimmig. Ich breitete Zeitungspapier auf dem Boden aus, um die Flüssigkeit aufzusaugen, und machte mich über die Küchenschränke her, die mit unzähligen schweren Dosen vollgepackt waren. Ein Wunder, dass sie noch nicht von der Wand gefallen waren.

Entweder hatte Nick noch nie das Wort Verfallsdatum gehört, oder er war ein leidenschaftlicher Sammler antiker Lebensmittel gewesen. Ich warf uralte Dosen mit Zunge und Corned Beef weg. Außerdem Packungen mit Trockenerbsen und Reis, Gläser voller abgelaufener Mixed Pickles und geronnener Worcestersauce, Flaschen mit Camp Instant Kaffeesirup und Dosen mit Senfmehl. Das Ganze wanderte in den Müll.

Als ich mich in die Tiefen der Fächer vorarbeitete, stieß ich auf einen emaillierten Mehlstreuer aus Blech und einen Zuckerstreuer, altmodische Küchenutensilien, inzwischen begehrte Antiquitäten. Ich beschloss, sie auszukippen, zu spülen und nach unten in den Laden zu bringen. Als ich nach ihnen griff, stürzte krachend ein Eisbrocken aus dem Kühlschrank herab, sodass ich vor Schreck den Mehlstreuer fallen ließ. Der Deckel löste sich, und begleitet von einer Mehlwolke verteilte sich der Inhalt auf die Arbeitsfläche. Ich stieß einen dem Ernst der Lage angemessenen Fluch aus und schnappte mir Kehrblech und Besen.

Gerade wollte ich alles auffegen, da bemerkte ich ein Glitzern. Aus dem weißen Pulver lugten drei harte Gegenstände. Ich pflückte einen heraus und pustete das Mehl weg. Ein kleines, leuchtendes rotes Auge starrte mich durch die Staubschicht an. Ich legte die anderen beiden Objekte auf meine Handfläche, hielt alle drei unter den Wasserhahn und spülte das Mehl ab. Sie glänzten. Drei Ringe: winzige Diamanten in

Clusterform, drei aufgereihte Rubine und ein viereckig geschliffener Smaragd.

»Du hinterlistiger alter Mistkerl«, meinte ich zu Nick.

Zugegeben, es handelte sich um ein ausgezeichnetes Versteck. Es würde mir ein großes Vergnügen sein, Mrs. Helena Burgoyne die Ringe zurückzuerstatten. Ich probierte sie an. Der Smaragdring gefiel mir recht gut, doch er war für zartere Finger bestimmt als meine. Deshalb trocknete ich die Ringe widerstrebend ab, wickelte sie sorgfältig in Küchenkrepp und verstaute sie in meiner Handtasche.

»Sonst ist da wohl nichts mehr drin«, sagte ich laut zu mir selbst, während ich noch ein wenig in dem Mehl herumtastete. Dann nahm ich mir den Zuckerstreuer und schüttelte ihn. Da klapperte etwas. Also offenbar nicht nur Zucker.

Anders als bei dem Mehlstreuer klemmte der Deckel des Zuckerstreuers. Außerdem war er am Rand verrostet, weshalb ich damit auf die Tischkante schlagen musste, um ihn aufschrauben zu können. Er war zu etwa zwei Dritteln mit Zucker gefüllt. Vorsichtig kippte ich die funkelnden kleinen Kristalle in die Spüle und beobachtete, wie die Oberseite eines hellen abgerundeten Gegenstands zum Vorschein kam. Schließlich rutschte das Ding aus dem Streuer in meine Hand.

Jetzt wusste ich, warum der alte Nick ermordet worden war. Und ich kannte den Täter. Kaltes Grauen breitete sich in mir aus. Endlich hatte ich meine Antwort. Und ich wünschte, es wäre eine andere gewesen.

40

»Hallo, Juno.« Überrascht blickte er von der Werkbank hoch. »Mit dir habe ich heute nicht gerechnet.«

»Hallo, Paul. Ich war nicht sicher, ob du hier bist.«

Paul hatte einen umgedrehten Tisch auf die Werkbank gestellt und klebte säuberlich einen dünnen Splitter Furnier an eines der Beine. Er lächelte. »Lass mich nur rasch eine Klemme dranmachen. Dann bin ich ganz Ohr.«

Schweigend beobachtete ich ihn. Seine starken, tüchtigen Hände. Warum ging ich nicht einfach, vergaß den schweren kleinen Gegenstand in meiner Tasche, verdrückte mich und ließ Paul ungestört zu seiner Familie zurückkehren und sein eigenes Leben führen?

Weil Nick, der tot auf dem Teppich gelegen hatte, es nicht zuließ.

Paul wischte sich die Hände an der Jeans ab. »So.« Er musterte mich mit fragend hochgezogenen Augenbrauen, und sein Lächeln verflog. »Hast du etwas?«

Ich schluckte. Der Kloß in meiner Kehle war so hart wie ein Bonbon. »Ich glaube, das da gehört dir.« Ich nahm den Gegenstand aus der Tasche, legte ihn auf meine Handfläche und streckte den Arm aus. Im ersten Moment weiteten sich seine Augen und leuchteten vor freudiger Erleichterung auf. Er wollte schon danach greifen, zögerte aber. Als unsere Blicke sich trafen, wurde er mit einem Mal aschfahl. Selbst seine

Lippen schienen plötzlich blutleer. Er hatte begriffen, dass ich es wusste.

»Wo hast du das gefunden?«, fragte er leise.

»In der Küche«, erwiderte ich. »Er hatte es in einem Zuckerstreuer versteckt.« Wir betrachteten beide den Gegenstand in meiner Hand. Das kunstvoll geschnitzte Figürchen stellte einen alten Japaner dar. Er hielt einen Stab in der Hand, sein kahler Schädel war ein wenig länglich, und ein wehender Bart fiel ihm über die Brust.

»Ein Elfenbein-Netsuke, achtzehntes Jahrhundert, signiert von Shugetsu«, sagte ich betont langsam. »Derzeitiger Versteigerungswert zwischen fünfzig- und fünfundfünfzigtausend Pfund. Ich habe meine Hausaufgaben gemacht.« Ich lächelte traurig. »Ich habe dich nie gefragt, ob du das verschwundene Netsuke wiedergefunden hast. Das ist doch deins, richtig?«

Paul konnte die Augen nicht von dem Figürchen abwenden. Aber er nickte, griff langsam danach und hielt es ehrfürchtig hoch. »Ich habe es bei einer Auktion in einer Schachtel voller Krimskrams gekauft. Die ganze Schachtel hat mich fünf Pfund gekostet. Ich habe mich nur dafür interessiert, weil einige Kommodenbeschläge aus Messing drin waren, die ich vielleicht brauchen konnte.« Er schüttelte den Kopf wegen dieses unglaublichen Zufalls. »Das Netsuke habe ich gar nicht bemerkt und die Schachtel monatelang stehen gelassen, bevor ich den Inhalt sortiert habe.«

»Wusstest du, wie wertvoll es war?«, fragte ich.

»Damals noch nicht. Ich hatte noch nie von Shugetsu gehört und dachte, man kriegt vielleicht fünfzig Pfund dafür.«

»Was passierte dann?«

Er rollte das Netsuke sanft in seiner Handfläche hin und her und schwieg eine Weile. »Ich habe Nick von meiner

Netsuke-Sammlung erzählt, und er meinte, er wolle sie gerne sehen. Aus reiner Neugier. Also habe ich sie eines Abends, jedes Stück in Seidenpapier gewickelt, in einem Schuhkarton mitgebracht. Wir haben sie etwa eine Stunde lang angeschaut, die Stempel studiert und versucht, ihren Wert zu schätzen. Ich erinnere mich nicht mehr, was er über das hier gesagt hat, ganz sicher nicht, dass es wertvoll ist. Aber als ich nach Hause kam, war es weg.«

Er lächelte bedrückt. »Ich dachte, ich hätte es bei Nick vergessen. Also habe ich ihn gefragt, als wir uns das nächste Mal trafen. Doch er schwor, er habe alle Netsuke wieder in die Schachtel gelegt. Ich habe es beschrieben und ...« Er holte lange und tief Luft, und als er weitersprach, war sein Tonfall hart geworden. »... da sah er mich an. Du kennst ja seinen schiefen Blick, wenn er versuchte, einen auszutricksen. Wenn er sich für ganz schlau hielt ...« Er hob den Kopf, wie um sich zu vergewissern, dass ich ihn verstand. »Er hat abgestritten, dass es ihm je untergekommen ist«, fuhr er fort. »Er hat behauptet, ich hätte es ihm nie gezeigt.« Fest umklammerte er das Netsuke mit der Faust, und seine Stimme klang schneidend. »Dann sagte er, ich hätte es ihm vielleicht doch gezeigt, aber er könne sich nicht erinnern. Möglicherweise hätte ich es auf dem Nachhauseweg verloren ...« Er öffnete die Finger und musterte noch einmal das Netsuke. »Und an dem Ausdruck seiner Augen erkannte ich, dass er es mir weggenommen hatte und behalten würde. Demzufolge musste es wertvoll sein.«

»Was hast du getan?«

»Mir im Internet einige Orientalisten gesucht und mich mit ihnen in Verbindung gesetzt. Als ich es beschrieb, waren sie ganz begeistert. Alle wollten es sehen.« Aus den Tiefen seiner

Brust stieg ein Seufzer auf, seine Schultern sackten ab, und er stützte sich schwer auf die Kante der Werkbank. »Selbst da bin ich bei Nick noch vom Guten ausgegangen. Ich habe alles abgesucht, den Wohnwagen auf den Kopf gestellt …«

»Das weiß ich noch«, unterbrach ich ihn. »An diesem Tag war ich mit den Hunden bei dir.«

»Stimmt.« Er lächelte traurig, als er daran dachte. »Allerdings wusste ich die ganze Zeit, dass er es hatte.« Seine Stimme erstarb, und er starrte in die Ferne. Er hatte nicht mich vor Augen, sondern blickte in seine eigene Hölle.

»Was geschah dann?«, holte ich ihn in die Gegenwart zurück.

Kurz starrte er mich verdattert an, bevor er wieder das Wort ergriff. »Ich war noch einmal bei ihm, habe ihm gesagt, dass ich Bescheid wüsste, und habe das Netsuke zurückverlangt. Wir würden das Thema nicht mehr erwähnen, wenn er es einfach herausrückte, sagte ich. Nick beteuerte weiter, er sei unschuldig, und schaffte es beinahe, mich zu überzeugen. Ich ging. Am Abend wollte ich nach Nottingham zu Carrie. Doch die Sache geisterte mir auf der ganzen Fahrt nach Bristol im Kopf herum. Wir brauchen das Geld so dringend. Ich durfte es einfach nicht auf sich beruhen lassen. Aber … Wenn ich nicht an einer Raststätte hätte halten und tanken müssen, wäre ich wohl nicht umgekehrt und zurückgefahren und …« Er beendete den Satz nicht.

Ich setzte mich neben ihn auf die Kante der Werkbank. »Du bist also zurückgefahren?« Ich sprach ganz ruhig, um ihm die Geschichte zu entlocken. »Und hast ihn noch einmal aufgesucht?«

»Oh ja. Inzwischen war es schon spät. Es hat mich gewundert, dass er mich überhaupt reingelassen hat, doch so war es. Nur dass ich diesmal die Beherrschung verloren habe. Ich habe ihm gesagt, ich würde mich nicht über den Tisch ziehen lassen, und ihm mit der Polizei gedroht. Er hat nur gelacht und meinte, ich könne nicht beweisen, dass das Netsuke mir gehörte ...« Er schüttelte den Kopf. »Selbst wenn ich bis zu diesem Moment noch daran gezweifelt hätte, dass er es mit Vorsatz gestohlen hatte, stand es nun fest. Aber er wimmelte mich nur ab ... auf seine unnachahmliche Art ... so als wäre nichts gewesen ... und kehrte mir den Rücken zu. Wir standen am Kamin und ... Mein Gott, Juno.« Er sah mich verzweifelt an. »Ich erinnere mich nicht einmal mehr daran, wie ich nach dem verdammten Kerzenleuchter gegriffen habe.«

Ich drückte seine Hand. »Erzähl weiter.«

»Offenbar habe ich ihn geschlagen. Nur einmal, mehr war nicht nötig. Das Ding in der Hand, stand ich da und starrte ihn an. Seinen Schädel. Ich wusste, dass ich ihn getötet hatte. Ich war wie versteinert, als ich zusah, wie sich das Blut unter seinem Kopf ausbreitete. Dann habe ich einen Schritt rückwärts gemacht, bevor es meine Schuhe erreichen konnte.

Ich bin raus aus dem Zimmer und habe dabei überlegt, was ich alles berührt haben könnte. Ich hatte ein Taschentuch dabei. Also habe ich angefangen, am Treppengeländer und an der Tür herumzuwienern, bis mir einfiel, dass ich ja oft in der Wohnung gewesen war und dass meine Fingerabdrücke mich deshalb nicht belasten würden, außer ...«

»Außer sie wären blutig gewesen.« Ich konnte ihm nicht in die Augen schauen.

»Ich musste vorsichtig sein.« Sein Lächeln wirkte beinahe unschuldig. »Deshalb habe ich den Türgriff mit dem Taschentuch angefasst, als ich ging. Erst später wurde mir klar, dass ich gar nicht gehört hatte, wie die Tür hinter mir einrastete.

Doch da war der Zug schon abgefahren. Ich konnte nicht riskieren umzukehren.«

»Was ist aus dem Kerzenleuchter geworden?«

»Ich hatte eine Plastiktüte im Auto, und darin habe ich ihn eingewickelt. Außerdem waren Feuchttücher im Handschuhfach. Bevor ich die Schlüssel und das Lenkrad angefasst habe, habe ich mir damit die Hände abgewischt. Ich wollte verhindern, dass Blutspuren ins Auto geraten. An einer Raststätte habe ich gehalten, keine Ahnung mehr, an welcher. Ich bin mit der Tüte aufs Klo. Inzwischen war es schon spät, es war niemand da. Ich habe das Ding im Becken abgewaschen, es abgetrocknet, sämtliche Fingerabdrücke weggerubbelt und es wieder verpackt. Dann habe ich auf einer Brücke über einen Bach gestoppt, habe es ins Wasser geworfen und beobachtet, wie es versank. Auf der Schnellstraße hatte es eine Massenkarambolage gegeben, die Leute steckten stundenlang im Stau fest. Als ich dort vorbeikam, hatte sich der Stau bereits aufgelöst, doch so hat sich niemand gewundert, warum ich so lange nach Nottingham gebraucht habe. Weder Carrie noch die Polizei. Carrie lag schon seit Stunden im Bett. Als ich zu Hause war, habe ich alle meine Sachen ausgezogen und sie in die Waschmaschine gestopft. Am nächsten Tag habe ich meine Schuhe beseitigt.« Er stieß einen tiefen Seufzer aus. »Ich wollte ihn nicht umbringen.«

Eine Träne funkelte auf seiner Wange. Sanft wischte ich sie mit dem Daumen weg. »Natürlich nicht.« Ich war selbst den Tränen nah.

»Es tut mir leid, dass du ihn so finden musstest«, flüsterte er mit rauer Stimme. »Es war sicher schrecklich für dich.«

Ich schwieg. In diesem Moment fehlten mir die Worte.

»Ich hatte nie vor, dir wehzutun, Juno«, sprach er weiter.

»An jenem Morgen in Nicks Küche … Ich hatte dich im Laden besuchen wollen. Du warst gerade im Aufbruch, um Farbe zu kaufen, erinnerst du dich? Ich habe gerufen, aber du hast mich nicht gehört. Da habe ich bemerkt, dass du nicht abgeschlossen hattest. Also bin ich rein und habe mich gründlich umgesehen. Ich dachte, das sei meine letzte Chance, das Netsuke zu finden. Dann bist du zurückgekommen …«

»Und da hast du beschlossen, dich mit einem Lappen voll Äther an mich heranzuschleichen.«

»Ich war in Panik.« Er ließ den Kopf hängen wie ein schuldbewusster Schuljunge. »Es tut mir leid.«

»Schon gut.« Ich nahm ihn in die Arme, und wir klammerten uns eine Weile aneinander. Obwohl er keinen Laut von sich gab, spürte ich, wie Schluchzer tief in seiner Brust seinen Körper erschütterten. Ich wartete, bis er sich ausgeweint hatte. Nach einigen Minuten konnte er wieder sprechen.

»Es ist ein gutes Gefühl, es endlich jemandem anvertraut zu haben«, raunte er mir ins Haar.

»Soll ich dich zur Polizei begleiten?«, fragte ich.

Er wich zurück und starrte mich mit einem abgrundtief verständnislosen Ausdruck in seinen dunklen Augen an. »Was?«, meinte er leise.

»Mit Inspector Ford kann man reden.«

Er betrachtete mich, als wäre ich nicht ganz richtig im Kopf. »Ich kann nicht ins Gefängnis. Juno, das begreifst du doch. Carrie … die Kinder …«

»Carrie wird zu dir halten, Paul, wenn du jetzt zur Polizei gehst … und denen dasselbe erzählst wie mir …« Als er den Kopf schüttelte, umfasste ich sein Gesicht mit beiden Händen. »Schau mich an«, drängte ich. »Du wolltest ihn nicht umbringen.«

Wieder ein Kopfschütteln. »Das kann ich nicht riskieren.«

»Paul, du musst!«

Einen Moment musterte er mich traurig und liebkoste dann meine Wange. »Es tut mir leid, Juno, ich kann nicht.« Kurz berührte er meine Lippen mit seinen. »Es tut mir leid, Juno«, flüsterte er eindringlich. »So, so leid.«

Erst als er mir die starken, geschickten Finger um den Hals legte, kapierte ich, was er vorhatte. »Paul!«, keuchte ich. Aber es war zu spät. Der Druck seiner Hände an meiner Kehle schnitt mir das Wort ab.

»Es tut mir leid«, wiederholte er niedergeschlagen. »So leid.«

Er zerquetschte mir die Luftröhre. Ich zerrte an seinen Handgelenken, um mich aus seinem Griff zu befreien, doch seine Hände schlossen sich um meinen Hals wie ein Kragen aus Eisen. Ich bekam keine Luft mehr. Er schob mich gewaltsam zurück, bis ich halb auf der Werkbank lag. Wild ruderte ich mit den Armen und tastete nach irgendeinem Werkzeug. Vergeblich. Deshalb zog ich die Arme zwischen seine und rammte sie ihm in die Armbeugen. Seine Finger lockerten sich einen Moment, hielten aber weiter fest. Ich kratzte an ihnen, wollte sie wegbiegen. Doch er umklammerte nur umso gnadenloser meinen Hals.

»Es tut mir leid«, murmelte er wieder und wieder.

Es war mir scheißegal, wie leid es ihm tat. Mir platzte fast der Schädel, und ein blendender Nebel aus grellen, stecknadelkopfgroßen Lichtpunkten waberte in meinen Augenwinkeln. Ich ließ seine Finger los, hörte auf, mich zu sträuben, und wurde ganz schlaff. Sein eigener Schwung ließ ihn vorwärts taumeln, und sein Gesicht näherte sich dem meinen. Ich steckte die Hand mit zu Klauen gebogenen Fingern zwischen seine Arme und verpasste ihm einen kräftigen Stoß ins Auge.

Fluchend ließ er mich los, worauf ich japsend gegen die Werkbank kippte.

Keuchend schleppte ich mich hinter das Möbel und schnappte mir einen langen, spitz zulaufenden Meißel von der Halterung an der Wand. Als er sich wieder auf mich stürzen wollte, holte ich nach ihm aus. Er machte einen Satz rückwärts und zögerte.

»Paul«, krächzte ich. Das Sprechen fiel mir schwer, meine Stimme klang erstickt und belegt. »Pass auf. Das … nützt … doch … nichts …«

Aber er hörte mir nicht zu. Seine ganze Aufmerksamkeit galt dem Meißel in meiner Hand. Als er mich am Handgelenk packen wollte, duckte ich mich weg und wich, in dem verzweifelten Versuch, die Tür zu erreichen, zurück. Wieder stürmte er auf mich zu, und als ich wegsprang, stieß ich gegen einen Stapel von Möbeln hinter mir. Er geriet ins Wanken, worauf ein Hocker herunterfiel und mich am Handgelenk traf. Mit einem Schmerzensschrei ließ ich den Meißel fallen. Er schlitterte über den Boden und blieb zu Pauls Füßen liegen. Als er ihn aufheben wollte, packte ich den Hocker an einem Bein und warf ihn nach ihm. Gerade noch rechtzeitig duckte er sich und näherte sich, den Meißel fest in der Faust. Seine dunklen Augen starrten ins Leere, beinahe wie bei einem Schlafwandler. Als ich noch einen Schritt rückwärts machte, trat ich auf etwas Hartes: das Netsuke.

Ohne Paul aus den Augen zu lassen, bückte ich mich danach und hielt es ihm mit zitternder Hand hin. »Willst du das da?«, fragte ich mit rauer Stimme.

Er fuhr zusammen wie aus einem Traum erwacht.

Ich schloss die Hand fest darum. »Kein Wunder, dass du mir unbedingt dabei helfen wolltest, Nicks Kleider auszumisten«, schleuderte ich ihm zornig entgegen. »So hattest du Gelegenheit, die Taschen zu durchsuchen.«

Ich warf das Netsuke mit Schwung in den Raum hinein. Es prallte in einer Ecke ab, und als Paul herumwirbelte, um festzustellen, wo es gelandet war, versetzte ich dem Möbelstapel hinter mir einen kräftigen Schubs mit der Schulter. Ein schwerer Holzstuhl purzelte von ganz oben herunter, touchierte Pauls Schultern, brach auf seinem Rücken auseinander und schlug ihn nieder.

Ich vergewisserte mich nicht, ob er auch liegen bleiben würde. Durch die offene Tür floh ich hinaus aufs Feld. Der kürzeste Weg nach Hause. Das Gelände war holprig, und als ich über Büschel aus Unkraut und Disteln hastete, geriet ich ins Stolpern. Plötzlich rutschte ich im Morast aus und landete unsanft auf allen vieren. Mit wild klopfendem Herzen rappelte ich mich auf und riskierte einen Blick hinter mich. Ich sah, dass Paul aufrecht im Rahmen der Werkstatttür stand und mich beobachtete. Also rannte ich weiter. Die Luft brannte in meiner Lunge, als ich nach Atem rang.

Vor mir erhob sich die dichte Hecke wie eine undurchdringliche Barriere. Ich watete durch Unmengen von taillenhohen Brennnesseln, kroch in das alte Gehölz, zwängte mich zwischen den Ästen hindurch, brach dabei Zweige ab, die sich mit meinen Haaren verhedderten, und zerkratzte mir die Hände an Dornenranken.

Fast hatte ich es geschafft, und ich konnte den rissigen Asphalt am Ende meiner Straße schon sehen. Wenn ich das Haus erreichte und irgendeinen Menschen traf, bevor Paul mich einholte, war ich gerettet. Im nächsten Moment sah ich etwas Neongelbes aufblitzen. Jemand machte sich am Ende der Straße zu schaffen. Als ich weitertaumelte, begriff ich, was da vor sich ging. Zwei städtische Müllwerker mit Signalwesten und Schutzhelmen beseitigten endlich die wilde Müllkippe auf der Brachfläche, wo ich meinen Transporter parkte. Gerade hievten sie eine Matratze auf die Ladefläche ihres Lasters. Ich winkte, um ihre Aufmerksamkeit zu erregen, stieß mühsam ein heiseres »Hey!« hervor und ruderte mit den Armen.

Einer der beiden bemerkte mich und versetzte seinem Kollegen einen Rippenstoß. Als ich, zu atemlos für einen weiteren Schrei, die Arme schwenkend auf sie zuhinkte, grinsten sie einander an und winkten zurück.

41

»Also am Montag?«, fragte Morris, während der Kellner aus einer kunstvoll verzierten Silberkanne Tee in zarte Porzellantassen goss. Auf dem blütenweißen Tischtuch thronte ein Teller mit Kanapees. Im *Church House Inn* wird der Nachmittagstee sehr ernst genommen.

»*Old Nick's* öffnet endlich seine Türen«, bestätigte ich. »Das ist offiziell.«

»Ach, offiziell ist das?« Ricky sah Morris zweifelnd an. »Ich erinnere mich nicht an eine Einladung, feierlich das Band durchschneiden und so, du vielleicht?«

»Wir werden da sein, Juno«, versprach Morris strahlend. »Wir bringen Champagner mit.«

»Wie wundervoll! Adam und Kate machen Appetithäppchen«, erwiderte ich. »Die ersten fünfzig Kunden kriegen einen kostenlosen Imbiss.«

»Fünfzig!«, höhnte Ricky. »Herrje, du bist aber optimistisch.«

»Keine Ahnung, ob jemand etwas kaufen wird, doch es werden sicher einige Leute kommen, um sich den Laden anzuschauen. Gestern habe ich einen Antiquitätenhändler vom *Bazaar* dabei erwischt, wie er neugierig zum Fenster hereinspähte.« Ich wusste, dass Tom und Vicky Smithson zur festlichen Eröffnung erscheinen würden. Ich hatte sogar Inspector Ford eingeladen. Er hatte mir nach Pauls Verhaftung zwar eine ordentliche Standpauke gehalten, weil ich mich mal wieder in Gefahr begeben hatte, anstatt das Netsuke sofort zu ihm zu bringen, aber inzwischen hatte er mir bestimmt verziehen. Schließlich hatte ich Nicks Mörder erwischt.

Was Paul betraf, hatte er die Verfolgung aufgegeben. Als die Polizei die Scheune erreichte, wartete er dort auf sie. Außerdem legte er ein volles Geständnis ab, was ihm vermutlich mildernde Umstände einbringen würde.

»Ganz Ashburton platzt schon vor Ungeduld und will sehen, was du aus dem Laden gemacht hast«, räumte Ricky ein. »Nach dem Mord und so.«

Morris schnalzte missbilligend mit der Zunge. »Es ist nicht nötig, das zu erwähnen«, merkte er spitz an und streckte mir den Teller mit den Kanapees hin. »Ich muss sagen, die Fassade sieht fantastisch aus.«

Jedenfalls würde es genügen. Zu guter Letzt hatte ich mir doch Geld von meinem Onkel Brian in Südkorea geliehen, um die Front frisch streichen, den Innenraum von Grund auf renovieren und das Schild mit der Aufschrift *Old Nick's* über der Ladentür herrichten zu lassen. Drinnen ist der Laden jetzt in zu vermietende Einheiten aufgeteilt, um mehrere Händler unter einem Dach zu versammeln. Sophie Child und Pat von der Honeysuckle Farm haben beide eine Nische am Fenster, wo sie kreativ sein und ihre Kunstwerke ausstellen können. Sophie hat bereits Staffeleien mit hinreißenden Aquarellen aufgebaut. Aber den Ehrenplatz hat E.B.s Konterfei. Darunter prangt ein Schild, auf dem *Tierporträts* steht.

Sie und Pat sind beide aus dem Markt geflogen. Pat, weil die alten Hexen im *Art and Antiques Emporium* der Geschäftsführung schließlich erfolgreich eingeredet haben, dass sie dort nicht hingehört. Und Sophie, weil sie sich die Miete nicht mehr leisten konnte. Mir bezahlt sie auch keine Miete, Pat ebenfalls nicht. Dafür öffnen und schließen sie jeden Tag den Laden und sorgen dafür, dass immer jemand da ist, der die Kunden berät. Das wiederum bedeutet, dass ich weiter meine eigenen Kunden betreuen und meine Zeiten im Laden mit meinem Beruf als Haushaltsgöttin vereinbaren kann. Das müsste klappen.

Pat hat die Idee eines viktorianischen Dioramas, die ich ihr gezeigt hatte, übernommen und in ihrem Sinne abgewandelt. Ihre Kulissen sind keine viktorianischen Salons, sondern blaue Himmel, grüne Felder und kleine Farmhäuser. Ihre Wäscheklammerpüppchen sind als winzige Schäfer mit wolligen Bärten verkleidet. Außerdem hat sie Hecken, niedliche Schäfchen und sogar Bäume gestrickt. Mehrere Läden für Kunsthandwerk in der High Street haben sich erboten, die Kästen in Kommission zu nehmen, doch diese Landschaftspanoramen gibt es ausschließlich bei *Old Nick's*.

Ich habe mit meinen Sachen den ehemaligen Lagerraum bezogen: Kleinmöbel, Sammlerobjekte und Nippes. Die übrigen Abteile sind zwar noch frei, aber es gab schon Anfragen, weshalb ich voller Hoffnung bin. Auch wenn ich mit *Old Nick's* nie Geld verdienen werde, freue ich mich schon darauf, eines Tages, wenn überhaupt je, nichts mehr zubuttern zu müssen.

In Sachen Wohnung habe ich mich noch nicht entschieden, aber einziehen werde ich dort bestimmt nicht, zumindest nicht in naher Zukunft.

Während ich diesen Gedanken nachhing, hatte ich gar nicht bemerkt, dass Morris mir noch immer die Kanapees hinhielt. »Hast du was, Juno?«, fragte er.

»Nein, alles bestens.« Ich nahm mir ein Häppchen mit Lachs und Gurke.

»Das war nicht meine Frage.« Er betrachtete mich zweifelnd über den Rand seiner Brille hinweg. »Ich meine, ob es dir nach all dem, was passiert ist, wirklich gut geht.«

Ich lächelte ihn an. »Ja, blendend.«

Im Laufe der Wochen habe ich aufgehört, mich wegen Paul zu zermürben. Anfangs fühlte ich mich, als hätte ich ihn skrupellos verraten. Inzwischen jedoch weiß ich, dass ich ihm nicht verzeihen kann. Nicht weil er die Beherrschung verloren und den armen Nick umgebracht hat. Nicht einmal weil er versucht hat, mich zu ermorden, um seine Haut zu retten. Nein, es liegt an all seinen vermeintlich besorgten Anrufen nach Nicks Tod und den anteilnehmenden Besuchen, um sich nach meinem Befinden zu erkundigen. Dieser Heuchelei. Ein Verhalten, das auf eine kalte, berechnende Seite hinweist, die mich mehr erschreckt als ein leidenschaftlicher Gewaltausbruch.

Die Ringe aus der Mehldose habe ich Richard geschickt. Er hat sie an Helena Burgoyne weitergegeben, von der ich kein einziges Wort des Dankes gehört habe. Vielleicht ist sie ja beim Krötenschlucken erstickt.

Mrs. Verbena Clarke hat ihr Polizeiverhör hinter sich gebracht, was die Luft gereinigt hat. Anschließend besaß sie sogar den Anstand, sich bei mir zu entschuldigen und mich zu fragen, ob ich wieder bei ihr anfangen wolle. Das ging zwar runter wie Butter, aber ich beschloss trotzdem abzulehnen.

»Wirst du es schaffen, nicht mehr in Schwierigkeiten zu geraten, da du dich jetzt ja mit Antiquitäten beschäftigst?«, fragte Ricky. »Hältst du dich in Zukunft von Mord und anderen Schauerlichkeiten fern?«

»Eher nicht«, erwiderte ich und betrachtete die Köstlichkeiten auf der dreistöckigen Kuchenetagere, die der Kellner gerade auf den Tisch gestellt hatte. Ich nahm ein Himbeerbaiser und stöhnte wohlig auf, als ich in die zartknusprige Hülle biss. »Schließlich«, fuhr ich fort, als ich wieder sprechen konnte, »bin ich wegen der Antiquitäten ja erst in Schwierigkeiten geraten.«

Ricky verdrehte seufzend die Augen. »Dann versprich wenigstens, dass du es versuchst.«

Die beiden blickten mich erwartungsvoll an. Morris lachte vor sich hin.

Ich nickte ihnen zu und leckte mir Sahnereste aus dem Mundwinkel. »Ich gebe mein Bestes.«